Barbara Wendelken

Mach was Böses

EDITION M

Das Buch

Blond, jung, tot – die Morde an zwei Joggerinnen in Bremen stellen Hauptkommissar Nikolai König und seine Kollegen vor ein Rätsel. Was treibt den »Drosselmörder«, wie die Presse ihn nennt, an? Warum platziert er die blonden Haare in den Mündern der Toten?

Unerwartet bekommt der Fall für Nikolai eine bedrohlich persönliche Wendung: Seine Ex-Freundin Finja Michaelis wird Zeugin eines weiteren Mordes. Obwohl das Vorgehen des Täters anders war als bei den beiden Joggerinnen, glaubt Nikolai, dass es eine Verbindung gibt. Als Psychologin könnte Finja sogar zusätzliche Hinweise geben. Aber dann verschwindet die Frau, die Nikolai immer noch liebt, spurlos …

Die Autorin

Schon als Kind gab es für Barbara Wendelken nichts Schöneres, als stundenlang in ihren ausgedachten Geschichten zu verschwinden. Nachdem sie einige Jahre als Kinderkrankenschwester gearbeitet und drei Kinder bekommen hat, entdeckte sie die Lust am Schreiben wieder. Seither sind zahlreiche Bücher für Kinder und Erwachsene erschienen. Einige wurden in andere Sprachen übersetzt. Zu ihren größten Erfolgen zählen die Martinsfehn-Krimis. Barbara Wendelken lebt mit ihrer Familie in der Nähe von Leer, Ostfriesland.

Mehr Infos unter www.barbarawendelken.de.

BARBARA WENDELKEN

MACH WAS BÖSES

THRILLER

EDITION M

Deutsche Erstveröffentlichung bei
Edition M, Amazon Media EU S.à r.l.
5 Rue Plaetis, L-2338 Luxemburg
November 2018

Umschlaggestaltung: bürosüd° München, www.buerosued.de
Umschlagmotiv: © Abstractor / Shuttestock; © Attitude / Shutterstock;
© kak2s / Shuttestock
Lektorat und Korrektorat: Verlag Lutz Garnies, Haar bei München,
www.vlg.de
Gedruckt durch:
Amazon Distribution GmbH, Amazonstraße 1, 04347 Leipzig /
Canon Deutschland Business Services GmbH, Ferdinand-Jühlke-Straße 7,
99095 Erfurt /
CPI books GmbH, Birkstraße 10, 25917 Leck

ISBN 978-2-91980-436-8

www.edition-m-verlag.de

FINJA

Es zählt zu den sieben Todsünden eines Psychotherapeuten, dem Patienten nicht aufmerksam zuzuhören. Vor ihr sitzt Sebastian Krüger, der nicht über den Suizid seiner jüngeren Schwester wegkommt, obwohl dieser schon zwanzig Jahre zurückliegt. Der Mann öffnet ihr bereitwillig sein Herz und Finjas Gedanken kreisen ständig um ihre eigenen Probleme. Vielleicht sollte sie dem Rat ihrer Freundin Bea Folge leisten und selbst therapeutische Hilfe in Anspruch nehmen, bevor ihr unprofessionelles Verhalten die ersten Patienten in die Flucht schlägt. Vor allem aber sollte sie sich jetzt auf ihren Patienten konzentrieren.

Herr Krüger ist einundvierzig, das hat sie vor der Stunde noch mal in der Akte nachgelesen, von Beruf Kaufmann, Näheres steht dort nicht, und er lebt seit einem Jahr in Trennung. Seit vielen Jahren leidet er an Schlafstörungen und neuerdings auch an unerklärlichen Ängsten. Seine Schwester hieß Annabell, den Namen seiner Frau hat er noch nie genannt.

Was hat Herr Krüger gerade gesagt? Finja könnte es nicht einmal ansatzweise benennen. Immerhin fällt ihr noch auf, dass er sie fragend anschaut und eine Reaktion erwartet. Rasch nickt sie und schenkt ihm ein aufmunterndes Lächeln. Hoffentlich hat er nicht gerade davon gesprochen, einen Mord zu begehen. Nein, natürlich nicht, was für ein Unsinn.

An ihrer Praxistür hängt ein Schild, auf das sie ziemlich stolz ist. *Finja Michaelis, Psychologin und Psychotherapeutin.* Darunter stehen die Sprechzeiten. Früher hat in diesen Räumen ihr Vater praktiziert, Dr. Bernd Michaelis, Facharzt für Kinderheilkunde. Finja hat die Praxis umgestaltet und ihren Ansprüchen angepasst. Helle, freundliche Farben wie Weiß, Vanillegelb und Apricot für das Zimmer, in dem sie die Erwachsenen empfängt; Weiß, Apfelgrün und Kornblumenblau für die beiden Räume, in denen sie mit Kindern arbeitet. Das ehemalige Labor und der Raum, in dem das Ultraschallgerät stand, sind bislang noch ungenutzt, sie denkt aber ernsthaft daran, zu erweitern und einen Kollegen mit in die Praxis zu nehmen, da sie ständig ausgebucht ist und potenzielle neue Klienten abweisen muss. Die Nachfrage nach psychotherapeutischer Unterstützung ist enorm und scheint permanent zu wachsen. *Wir leben uns krank*, hat kürzlich eine ihrer Kolleginnen gesagt, und Finja ist geneigt, ihr zuzustimmen.

Bei ihrer Arbeit wird sie von ihrer schokoladenbraunen Labradorhündin unterstützt. China, sie spricht den Namen englisch aus, also »tschaina«. Vorwiegend setzt sie den Hund bei der Arbeit mit Kindern oder Jugendlichen ein, da kann China wahre Wunder bewirken. Die meisten von Finjas minderjährigen Patienten leiden an Wahrnehmungsstörungen, sozial-emotionalen Auffälligkeiten oder Autismus in allen Erscheinungsformen, einige galten bereits als austherapiert. Doch der Hund ist in der Lage, Türen zu ihren Gedankenwelten zu öffnen, die jahrelang verschlossen waren.

Wir hatten die Hoffnung schon aufgegeben, wir erkennen unseren Sohn gar nicht mehr wieder, es ist wie ein Wunder! Wie oft hat sie das schon gehört, und doch berührt die Dankbarkeit der Eltern, wenn sich nach langer Leidenszeit der Zustand des Kindes zum Positiven verändert hat, sie jedes Mal aufs Neue. Manchmal bringen die Familien Hundekekse mit oder Kauknochen, einmal hat China ein selbst gewebtes Halsband bekommen, weiß mit roten Herzen, nicht unbedingt Finjas Geschmack, aber die Hündin trägt es wie einen Orden.

Jetzt liegt China zu ihren Füßen und schläft. Bei den erwachsenen Klienten reicht häufig bereits die Anwesenheit eines so offensichtlich tiefenentspannten Hundes aus, damit sie sich selbst entspannen können. Wer will, darf China ein Leckerchen füttern, die Dose steht auf dem Tisch. Es ist eine von vielen Möglichkeiten, mit dem Tier in Kontakt zu treten.

Finja zwingt sich, ihre Aufmerksamkeit wieder auf Sebastian Krüger zu lenken. Er ist groß und blond und die meisten Frauen würden ihn wohl als attraktiv bezeichnen. Bei seinem Aussehen könnte er sofort die Hauptrolle in einer dieser amerikanischen TV-Serien übernehmen, als Anwalt oder als engagierter Doktor in einer Ärztesoap. Finja faszinieren vor allem seine blassen Bernsteinaugen, der unglaublich intensive Blick. Würde er behaupten, Gedanken lesen zu können, würde sie sehr ernsthaft darüber nachdenken. Seine Art, sie anzuschauen, so als könnte er direkt in ihre Seele blicken und dort all ihre Geheimnisse ergründen, verunsichert sie ein wenig, und sie ertappt sich immer wieder dabei, seinem Blick auszuweichen.

Herr Krüger gehört zu den wenigen Patienten, die nichts mit ihrem Hund anfangen können. China zahlt diese ungewohnte Zurückweisung mit gleicher Münze heim, sie ignoriert ihn ebenfalls, und manchmal besteht sie darauf, in den Flur gelassen zu werden oder, wenn es warm genug ist, in den Garten.

Die Praxisräume liegen im Erdgeschoss von Finjas Elternhaus, einer wunderschönen alten Stadtvilla, und sie darf sich über einen verwilderten kleinen Stadtgarten freuen, blickdicht eingeschlossen von einer hohen immergrünen

Ligusterhecke. Den Mittelpunkt bildet eine mächtige Zierkirsche mit ausladender Krone, die vor einem Monat noch in voller Blüte stand, ein Traum in Rosa. Inzwischen hat der junge Mann, der den Garten in Ordnung hält, den Teppich aus abgeworfenen Blütenblättern entfernt. Der Rasen darunter ist durch das Wurzelwerk und den Baumschatten völlig vermoost, doch das stört Finja nicht. Sie hat zwei weiße Biergartenstühle aufgestellt und davor einen kleinen runden Tisch, auf dem immer eine Pflanzschale mit der Jahreszeit entsprechenden Blumen steht, jetzt sind es Margeriten und rosarote Geranien. Kein Mensch sitzt jemals auf den Stühlen, sie sind wackelig und unbequem, doch die kleine Sitzgruppe verleiht dem Garten etwas Einladendes, vor allem wenn China davorliegt und mit geschlossenen Augen vor sich hin döst.

Die Patienten gehen davon aus, dass Finja auch in dem Haus an der Weserstraße wohnt. *Schön haben Sie es hier, da könnte man glatt neidisch werden,* heißt es oft und sie lässt die Leute in dem Glauben. Weder ihre private Telefonnummer noch ihre Adresse kann man im Telefonbuch oder Internet finden. In ihrem Beruf empfiehlt es sich, die Klienten auf Distanz zu halten.

Die Wohnung im Obergeschoss, in der sie groß geworden ist, hat Finja an eine sehr nette Gymnasiallehrerin vermietet. Ein eigener Zugang über eine Stahltreppe hinter dem Haus, nicht ganz stilgemäß, aber praktisch, macht es möglich, dass sie Finjas Patienten nicht begegnen muss, die manchmal etwas speziell sind und vor allem Wert auf Diskretion legen. Den Hintereingang erreicht man über eine Tür zwischen Garage und dem Wohnhaus, das wissen aber nur Eingeweihte und der Postbote.

NIKOLAI

Missmutig starrt Hauptkommissar Nikolai König auf das Whiteboard im Besprechungsraum. Wieder und wieder fixiert er die Fotos. Zwei tote Frauen innerhalb von sechs Wochen im Bremer Stadtgebiet, beide blond, beide jung, beide Läuferinnen, beide waren in der Dämmerung unterwegs und allein. Sie wurden überwältigt und von hinten mit einem dünnen Draht erdrosselt. Der Täter ist schnell und entschieden vorgegangen, er wollte die Frauen sofort töten.

Bei dem Tatwerkzeug dürfte es sich um eine Art Garotte handeln. Ein feiner Draht, an beiden Enden mit einem Griff versehen, meist aus Holz, der es dem Täter ermöglicht, den Draht um den Hals des Opfers zu legen und mit viel Kraft zusammenzuziehen, ohne sich selbst zu verletzen. Häufig, so auch bei den beiden toten Frauen, schneidet der Draht dabei tief ins Gewebe. Die Opfer haben keine Chance, sie kommen nicht mal dazu, sich zu wehren, weil sie instinktiv an den Hals fassen, um die Schlinge zu lösen, die ihnen so grausam die Luft abschnürt.

Nachdem die Frauen tot waren, hat der Täter sie hinter das nächste Dickicht gezogen und dort ihren Unterkörper entblößt. Auch hier musste es schnell gehen, er hat ein Messer benutzt und die Kleidung regelrecht zerfetzt. Dabei ist er so brutal vorgegangen, dass die Haut darunter an vielen Stellen verletzt wurde. Zuletzt hat er die Frauen penetriert, vaginal und anal, mit Ästen, die er zuvor in unmittelbarer Nähe des Tatorts abgebrochen hat, außerdem hat er ihnen einen Teil ihrer langen Haare in den Mund gestopft. Bei der zweiten Frau steckte noch ein Ast in ihrem Anus, bei der ersten haben sie in der Vaginalschleimhaut Baumrinde gefunden. Als er fertig war, hat der Täter nicht mal versucht, die Leichen zu verbergen, er hat sie einfach liegen gelassen, auf dem Rücken und mit gespreizten Beinen, wie ausgedientes Spielzeug. Keine Spermaspuren, kein Hinweis, dass ein Kondom benutzt wurde. Der Täter hat Gegenstände zur Penetration benutzt, um sich nicht selbst an den Frauen schmutzig zu machen. So hat es der Psychologe jedenfalls erklärt.

Die Art und Weise, wie er die toten Frauen missbraucht hat, ist ein besonders widerliches Detail, das unter keinen Umständen an die Presse gelangen darf.

Es gibt nichts, das die beiden Frauen miteinander verbindet, abgesehen von Ähnlichkeiten ihrer Erscheinung und der Tatsache, dass sie regelmäßig am frühen Abend gelaufen sind, immer dieselbe Strecke, und dass sie sich auch allein sicher gefühlt haben und diese Tatsache mit ihrem Leben bezahlen mussten.

Die erste Leiche wurde an einem Badesee in Huckelriede entdeckt, also ganz im Süden vom Bremen, und eine Zeugin will in der Nähe des Fundortes einen grünen Wagen gesehen haben, eine Art Jeep, genauer kann die Zeugin, eine ältere Frau, sich nicht erinnern, mit Autos kennt sie sich nicht aus. Sie hat geglaubt, es handle sich um ein Militärfahrzeug. Eine Anfrage bei allen infrage kommenden Kasernen hat das aber nicht bestätigt.

Neben der zweiten Leiche, die in den Wallanlagen lag und damit mitten in der Stadt, was für eine ungeheure Kaltblütigkeit des Täters spricht, haben die Kriminaltechniker den Teilabdruck einer Schuhsohle gefunden; er stammt von einem billigen Laufschuh aus dem Supermarkt in Größe fünfundvierzig, der tausendfach verkauft wurde und keinerlei Abnutzungserscheinungen zeigt. Ein nagelneuer Schuh, Nikolai könnte sich gut vorstellen, dass der Täter sich vor jedem Mord neue Schuhe kauft.

Unter den zahlreichen DNA-Spuren, die man bei den Frauen isolieren konnte, gibt es eine vielversprechende Übereinstimmung. Ein männliches DNA-Profil, das jedoch in keiner der Polizeidatenbanken gespeichert ist. Theoretisch könnte es auch sein, dass beide Frauen denselben Bus benutzt oder im selben Laden eingekauft haben und die Spur nichts zu bedeuten hat. Nikolai ist allerdings überzeugt, dass es sich um die DNA des Täters handelt, die ihnen irgendwann als wichtiges Beweismittel dienen wird.

Wenn seine schlimmsten Befürchtungen sich bestätigen, wird es bald schon weitere Opfer geben, sportliche blonde junge Frauen. Nach dem zweiten Mord hat sich die Stimmung in der Stadt verändert, angeblich wagen die meisten Frauen sich im Dunkeln nicht mehr vor die Tür, schon gar nicht allein und zum Joggen.

Ihm selbst kommt es nicht so vor, als hätte sich das Stadtbild auffallend geändert. Immer noch laufen blonde junge Frauen auf einsamen Wegen, Frauen, die sich stark fühlen und nicht in ihrer Freiheit einschränken lassen wollen, obwohl der Gewalttäter, den die Öffentlichkeit *Drosselmörder* getauft hat, jederzeit wieder zuschlagen könnte.

Erst gestern ist ihm auf seiner neuen Laufstrecke auf dem Weserdeich eine Blondine mit wippendem Pferdeschwanz begegnet. Allein und mit Begleitmusik über die obligatorischen

Stöpsel im Ohr, die jedes Außengeräusch fernhalten. Er konnte nicht anders, als sich mitten auf den Weg zu stellen und die Frau anzuhalten. Geduldig hat er gewartet, bis sie die Ohrhörer herausgezogen hat, und dann provokativ gefragt, ob sie wirklich nichts von den beiden Frauenmorden gehört habe.

Vor Schreck fing sie an zu weinen, natürlich hielt sie ihn sofort für den Täter. Schnell hat er seine Polizeimarke hervorgeholt und sie eindringlich gebeten, sich künftig woanders fit zu halten.

»Ich habe Pfefferspray dabei«, hat sie geschluchzt und an dem Reißverschluss der Bauchtasche ihrer Outdoorjacke gezuppelt, viel zu nervös, um die Tasche zu öffnen.

»Dafür wäre es jetzt leider zu spät.«

»Ja, das stimmt. Da hab ich mich wohl überschätzt.«

Diese eine Frau konnte er hoffentlich zum Umdenken bewegen, aber wie viele von ihrer Sorte mag es noch geben, unbelehrbar und entschieden, sich ihren Spaß an der Bewegung nicht von einem Irren verderben zu lassen – bis sie wirklich von dem Täter überfallen werden.

Schon mehrfach hat er in der Dämmerung die Tatorte aufgesucht, die knapp zehn Kilometer auseinanderliegen, beide an beliebten Laufstrecken. Er glaubt zu wissen, dass die beiden Frauen selbstbewusst waren, sonst wären sie wohl kaum allein unterwegs gewesen, keine typischen Opfer also, die Ängstlichkeit ausstrahlen. Die Tatsache, dass sie einander ähneln, muss bedeuten, dass der Täter sie bewusst ausgesucht und im Vorfeld beobachtet hat. Inzwischen weiß Nikolai, dass die eine drei- bis viermal die Woche, die andere täglich zum Joggen unterwegs war, immer auf derselben Strecke. Ideale Voraussetzungen für den Täter, er brauchte nur zu warten, bis sein potenzielles Opfer auftaucht und keine Zeugen in Sicht sind.

Möglicherweise hat dieser Mann ein Problem mit lebendigen Frauen, vielleicht kriegt er keinen hoch, wenn eine Frau im Bett redet oder sich bewegt. Eine sehr dominante Mutter könnte Nikolai sich gut vorstellen, eine, die Sexualität als schmutzig verdammt. Vielleicht hat sie ihn mal beim Masturbieren erwischt und so ein Theater veranstaltet, dass der Klang einer weiblichen Stimme ihn seither total abturnt.

Hat er jahrelang davon geträumt, eine völlig passive, stumme Frau zu vögeln, und seine Fantasie so weit perfektioniert, bis er zur Tat geschritten ist, oder hat er vorher schon versucht, seinen Trieb anderweitig zu befriedigen? Eine Idee, die Nikolai weiterverfolgen muss. Er schreibt *Huren* auf seinen Block. Jemand muss sich in der Szene nach einem Freier umhören, der darauf steht, dass die Damen sich tot stellen.

»Wenn's recht ist, mach ich für heute Feierabend. Marius braucht Klamotten für die Klassenfahrt und Adam hat schon wieder Probe.«

Oberkommissarin Konstanze Schaffer steht in der offenen Tür, sie trägt bereits ihre Jacke und klimpert demonstrativ mit den Autoschlüsseln. Es kommt selten vor, dass Konstanze wegen Familienangelegenheiten eher nach Hause geht, und Nikolai sieht keinen Grund, ihr diesen Wunsch abzuschlagen.

Konstanze ist gerade vierzig geworden und damit zwei Jahre älter als Nikolai. Kurze dunkelblonde Haare, die mit den Fingern frisiert werden, blaugrüne Augen, kein Make-up, auch keinen Schmuck, sportliche Kleidung. Sie ist ziemlich groß für eine Frau, geht einmal die Woche zum Kickboxen, und Nikolai würde keinem raten, sich mit ihr anzulegen.

Ihr Mann Adam ist ein paar Zentimeter kleiner und Krankenpfleger. Die beiden haben einen vierzehnjährigen Sohn, Marius, über den Nikolai nicht viel weiß. Eigentlich kennt er nur den Namen und das Alter.

TIM

»Deine Texte sind Müll. Weichgespülte Mainstreamkacke, völlig austauschbar. Das kannst du vergessen.« Während Raphael das sagt, puhlt er mit seinem Taschenmesser das Schwarze unter seinen Fingernägeln hervor und wischt die Klinge an seiner Hose ab.

Bei jedem anderen hätte Tim vehement widersprochen, schließlich braucht er ganze Ewigkeiten, bis er einen Text als fertig betrachtet. Und wenn er an diesem Punkt angelangt ist, findet er jedes Mal, dass seine Worte genau das ausdrücken, was er sagen will. Wenn seine Texte also nur weichgespülte Mainstreamkacke sind, gilt das für sein ganzes Leben. Weichgespülte Mainstreamkacke. Das Schlimme ist, dass er Raphael insgeheim recht geben muss. Sein Leben ist nichts Besonderes, es plätschert so vor sich hin, ein Tag verläuft wie der andere, und er weiß nicht, wie er das ändern könnte.

Trotz seiner dreiundzwanzig Lebensjahre fühlt Tim sich immer noch wie ein Schuljunge, der nicht weiß, wie er erwachsen werden kann. Tausend Wünsche im Kopf, tausend Vorstellungen davon, wie es werden soll, aber keine Ahnung, wie er dort hingelangt.

Tim ist Musiker, aber nicht richtig, nicht so, wie er es sich immer erträumt hat. Die meisten seiner Auftritte finden auf Familienfeiern und Seniorennachmittagen statt, wo er als *Don Fox* – den Namen hat seine Mutter erfunden – an seinem Keyboard die richtigen Knöpfe drückt, bevor seine Finger dem Instrument gängige Schlagermelodien entlocken und er dazu singt. Angefangen bei Rex Gildo und aufgehört bei Helene Fischer, er kennt alle Schlagertexte auswendig, *Fiesta Mexicana, Atemlos, Er gehört zu mir, rumtata, rumtata.* Dabei trägt Tim einen Anzug aus dem Secondhandladen, schwarz mit schmalen weißen Streifen, er kämmt die Haare mit viel Gel zurück und versteckt seine Augen hinter einer verspiegelten Sonnenbrille in der Hoffnung, dass niemand ihn erkennt. Die Gefahr ist allerdings nicht sonderlich groß, wer von seinen Freunden geht schon auf solche Veranstaltungen. Wenn er mit seinen eigenen Songs auftritt, unter seinem richtigen Namen, sieht er natürlich ganz anders aus, aber das kommt leider nicht so häufig vor, und dann kriegt er meist keine Kohle dafür, sondern muss dankbar sein, dass er überhaupt auf die Bühne darf. Wenn er mit Musik Geld verdient, dann als Alleinunterhalter *Don Fox.*

Raphael würde sich nie so verkaufen, der würde lieber unter Brücken schlafen und hungern, bevor er sein Talent auf solchen Feiern verschleudert, Raphael will nicht Künstler werden, er *ist* Künstler. Schriftsteller, jedenfalls behauptet er das, und Tim glaubt ihm blind, obwohl er noch nie ein Buch von Raphael zu Gesicht bekommen hat. Es muss stimmen, Raphael lügt nicht, das weiß Tim einfach, Raphael ist ein echter Schriftsteller. Die Sätze, die er manchmal vorliest, gehen unter die Haut, so tief, dass es immer ein wenig schmerzt.

Das Glück ist mir lästig. Je länger Tim die Worte überdenkt, umso mehr füllen sie sich mit Inhalt. So etwas Tiefsinniges, über das man stundenlang grübeln kann, würde ihm selbst niemals einfallen, ein Satz, der in Wahrheit eine Geschichte ist. Vielleicht bildet Tim sich nur ein, talentiert zu sein, und in Wirklichkeit produziert er nichts als Mist. *Mainstreamkacke, austauschbar*, die Worte kratzen immer noch auf seiner Seele. Wenn er doch nur ein wenig so sein könnte wie Raphael.

Alles an Raphael ist besonders, nur nicht sein Äußeres. Auf diese Weise aufzufallen, hat er nicht nötig. Blondes Haar, glatt rasiertes Kinn, helle Augen. Gewöhnlich trägt er einen grob gestrickten weißen Wollpullover mit Zopfmuster, total out und deshalb schon wieder cool. Nicht mal tätowiert ist er, obwohl Tim findet, dass einer wie Raphael seinen ganzen Körper mit geheimnisvollen Tattoos bedecken müsste. Aber Raphael meint, nur Idioten verletzen sich selbst, nicht mal seine Ohrläppchen sind durchstochen.

Tim hat keine Ahnung, wie alt Raphael ist, dreißig mindestens, wahrscheinlich sogar vierzig oder noch älter. Er weiß nicht, wo Raphael wohnt, wie er mit Nachnamen heißt, ob er wirklich nichts anderes macht als schreiben und ob man seine Bücher irgendwo kaufen kann. Er kennt nicht mal seine Handynummer. Er weiß nur, dass Raphael immer mit seiner Freundin unterwegs ist, die Luna heißt und unglaublich jung aussieht. Auf den ersten Blick könnte man sie für Raphaels Tochter halten, aber dann würden die beiden wohl kaum so innig rumknutschen.

Als Schönheit würde Tim das Mädchen nicht gerade bezeichnen. Sie hat ein merkwürdig flaches Gesicht mit wulstigen Lippen und Glubschaugen, die durch ihre Brille noch betont werden. Die Brille ist auch hässlich, riesige runde Gläser, wie sie vor Urzeiten mal modern waren, als es noch Hippies gab, die am Lagerfeuer geklampft und gesungen haben. Lunas Haar ist kurz und strubbelig und leuchtend rot gefärbt. Sie trägt komische Klamotten und sieht jeden Abend anders aus. Mal verschwindet sie beinahe in einem unförmigen Trenchcoat, dann wieder zwängt sie ihre rundlichen Formen in etwas Enges, Gehäkeltes, so durchsichtig, dass man ihre Unterwäsche sehen kann. Heute hat sie einen Männerhut aufgesetzt, nichts Besonderes, einfach ein grauer Hut mit einem karierten Band, der speckig wirkt, dazu trägt sie eine dieser Retrosportjacken von Adidas, rot mit blauen Bündchen und Streifen auf den Ärmeln, und Jeans, die völlig zerlöchert sind, aber das ist ja gerade in.

Tim hat das seltsame Pärchen im *Millennium* kennengelernt, seiner neuen Stammkneipe, wo normalerweise nur Schüler und Lehrlinge verkehren. Raphael sitzt immer auf demselben Platz, er trinkt schwarzen Tee und kritzelt Sachen in ein kleines schwarzes Buch, mit einem Bleistift, den er regelmäßig mithilfe seines Taschenmessers anspitzt, und Luna hockt daneben und himmelt ihn durch die Gläser ihrer Brille an. Manchmal legt er das Buch auf den Tisch, zieht Luna an sich und steckt seine Zunge in ihren Hals. Hinterher sieht sie immer ganz rot aus, während er ungerührt weiterschreibt, als hätte er den Kuss schon wieder vergessen. Wenn man die beiden beobachtet, sieht es aus, als hätte Luna den Stellenwert einer Tasse Kaffee, man trinkt einen Schluck und stellt die Tasse wieder ab, ohne sie weiter zu beachten. Tim kennt kein anderes Mädchen, das sich so behandeln ließe.

Lange Zeit hat Tim sich gefragt, wer die beiden sind und was der geheimnisvolle Mann in dem altmodischen Pullover wohl aufzuschreiben hat, bis er sich eines Tages überwunden und ihn direkt gefragt hat.

»Ich bin Schriftsteller.« Über Luna verlor er kein Wort und sie schien das normal zu finden. »Und du?«

»Ich … nun ja, ich bin eigentlich … na ja, Musiker«, hat Tim gestammelt.

Seine Antwort hat Raphael amüsiert. »Eigentlich? Dann bist du kein Musiker. Du träumst davon, einer zu werden. Aber du glaubst nicht an dich.«

Bis heute kapiert Tim nicht, wie Raphael ihn so schnell durchschauen konnte. Vielleicht sollte der Mann nicht Bücher schreiben, sondern sein Geld als Therapeut verdienen. Inzwischen weiß er, dass Raphael nicht raucht und grundsätzlich keinen Alkohol trinkt, dass er den Kneipenlärm benötigt, um gute Texte zu schreiben, und dass er nie an sich zweifelt, ganz im Gegensatz zu Tim. Wenn Raphael etwas nicht erzählen will, bleibt er einfach stumm und man kann ihn mit nichts in Verlegenheit bringen.

Über Luna gibt es nicht viel zu wissen. Angeblich ist sie Aktionskünstlerin, was immer das auch sein soll. Vor allem aber scheint sie süchtig nach Raphael zu sein. Den ganzen Abend nippt sie an einer Apfelschorle und wartet geduldig darauf, dass er den Stift beiseitelegt und sich mit ihr beschäftigt. Wenn er etwas sagt, nickt sie eifrig, und manchmal lacht sie so laut und übertrieben, dass Tim eine Gänsehaut davon kriegt.

Heute hat Tim es zum ersten Mal gewagt, Raphael ein paar seiner Texte zu zeigen, nur die drei, die ihm mit Abstand am besten gefallen. Das Ergebnis ist niederschmetternd.

»Weißt du, was ich glaube, kleiner Timm Thaler? Du musst erst dein Lächeln verkaufen, bevor du etwas Ernstzunehmendes zu Papier bringen kannst. Wer noch nichts erlebt hat im Leben, sollte gar nicht erst probieren, Lyrics zu schreiben. Mach mal was Böses, Kleiner, was richtig Böses, damit du 'ne Ahnung davon kriegst, wie es sich anfühlt, wenn deine Seele zerreißt.«

»Genau«, quietscht Luna und hängt sich an Raphaels Oberarm. »Wenn du deine Kunst nicht am eigenen Leib spüren kannst, ist das Betrug.«

Tim kann sich nicht vorstellen, dass die Worte von ihr selbst stammen, bestimmt plappert sie nur das nach, was sie bei einer anderen Gelegenheit von Raphael gehört hat.

Ihr Freund atmet lautstark ein, dann lehnt er sich vor und starrt Tim an. »Stell dir vor, deine Freundin ist tot, sie liegt vor dir, blutig, ausgeweidet. Mach die Augen zu und mal es dir aus.« Ganz unerwartet legt er seine Hand auf Tims nackten Unterarm, sie ist eiskalt, und Tim muss sich zwingen, sie nicht abzuschütteln. »Du kannst das Blut riechen, Timm Thaler, der Geruch steigt dir in die Nase. Streng und metallisch. Widerlich.« Wenn Raphael so aussieht wie jetzt, könnte man direkt Angst vor ihm kriegen.

Blinzelnd schiebt Luna ihre Brille auf dem Nasenrücken nach oben, dann lächelt sie stolz, so als wären Raphaels Worte ihr Verdienst. Ihre Nägel sind ganz kurz und hellblau lackiert und sie trägt einen roten Plastikring am kleinen Finger.

»Ich … ähem, ich hab keine Freundin.« Kaum, dass er die Worte ausgesprochen hat, würde Tim am liebsten im Boden versinken. Mann, er benimmt sich wirklich wie der letzte Trottel. Dass Raphael sich überhaupt mit ihm abgibt, grenzt an ein Wunder.

»Du hast keine Freundin? Echt? Hätt ich mir ja denken können.« Er lacht kurz auf. Dann beugt er sich weiter vor, bis sein Gesicht nur noch wenige Zentimeter von Tim entfernt ist. »Wer ist der wichtigste Mensch in deinem Leben?«

»Bea«, sagt Tim sofort. »Meine Schwester. Vielleicht kennst du sie sogar, sie ist Steuerberaterin. Bea Kerber. Wenn irgendwas ist, kann ich jederzeit zu ihr kommen. Bea würde mich nie hängen lassen.«

»Wahnsinn«, haucht Luna, und er weiß gar nicht, wie sie das meint.

Vielleicht weiß Raphael es auch nicht, er geht jedenfalls nicht darauf ein. »Du hängst also an Bea, deiner Schwester. Wahrscheinlich ist sie älter als du.«

Tim nickt eifrig. »Vierzehn Jahre. Und …« Während er noch überlegt, was er über seine Schwester erzählen könnte, hebt Raphael die Hand. Nicht so, wie Tim die Hand heben würde, bei Raphael wird gleich eine dramatische Geste daraus, bühnenreif, und Tim hält gebannt den Atem an, genau wie Luna.

»Und jetzt nimmst du in Gedanken ein Messer und rammst es deiner Bea in den Bauch. Wumm. Ohne Ansage, sie rechnet überhaupt nicht damit.« Er hebt die Stimme. »Du hast jetzt keine Schwester mehr, Timm Thaler, deine Bea ist nur noch eine schreckliche, herzzerreißende, blutrote Erinnerung. Wenn du die Augen schließt, siehst du sie vor dir liegen, in ihrem eigenen Blut, du kannst es sogar riechen, säuerlich und metallisch. Ihr letzter Blick ist eine stumme Frage: Warum hast du das getan?«

»Irre«, stöhnt Luna auf, die mit großen Augen auf ihren Freund starrt und dann an ihrer Apfelschorle nippt.

»Aber nein … das würde ich doch nie …« Voller Entsetzen schüttelt Tim den Kopf. Das hier geht zu weit, oder? So etwas kann Raphael sich doch nicht einfach ausdenken.

»Ich seh schon, du kapierst nicht mal, was ich dir vermitteln will.« An dieser Stelle wechselt Raphael einen einvernehmlichen Blick mit Luna, auf deren plattem Gesicht jetzt ein spöttisches Lächeln erscheint. »Stell dir einfach vor, dass etwas wirklich Furchtbares passiert. Etwas, das dein Leben für immer verändert, das dich hilflos macht, zornig, traurig, etwas, das dich ganz tief drinnen zerstört.« Er legt die Hand auf seine Brust. »*Das* sind Gefühle, Timm Thaler, *das* geht unter die Haut, glaub mir. Danach bist du einer, der Texte schreiben kann, echte, ehrliche Botschaften und keine lauwarme Mainstreamsoße.«

»Aber … aber ich bring doch nicht meine Schwester um«, flüstert Tim. O Gott, hoffentlich merkt Raphael nicht, dass er sich jetzt vor ihm fürchtet.

»Nein. Natürlich nicht, du sollst es dir nur vorstellen. Wenn das nicht funktioniert, kann ja ein anderer deine Schwester umbringen, irgendwer, meinetwegen dieser Typ, der die beiden Joggerinnen ermordet hat. Was empfindest du bei dem Gedanken, dass deine Schwester tot ist?«

Tim weiß nicht, was er sagen soll. Der Gedanke ist so schlimm, dass er Angst hat, gleich in Tränen auszubrechen. Bitte nicht, das wäre das Ende, dann könnte er Raphael nie mehr unter die Augen treten.

»Pass auf, Timm Thaler, erst wenn du ganz unten bist, am Boden, wenn der Tod dir über die Schulter geschaut hat, wenn du seinen kalten Atem im Nacken gespürt hast, wenn du verzweifelt bist, völlig außer dir, erst dann gehörst du zu denen, die wirklich was zu sagen haben, kapiert? Dieses Liebesgesülze, das man überall hört, ist doch völlig belanglos. Nur das Echte hat Wert, nur das, was deine Zuhörer zerreißt. Nur das, was dir selbst wehtut, dich bluten lässt, kann andere berühren, alles andere ist völlig überflüssig. Das wirklich Elementare im Leben sind der Tod und die Frage, was zurückbleibt.«

»Hast du schon Menschen sterben sehen?«

Wie immer, wenn Raphael nicht antworten will, bleibt er stumm und verzieht auch keine Miene. Sein Gesicht verwandelt sich in eine leblose Maske, er nimmt den Stift und schreibt einfach weiter in sein Buch, als hätte das Gespräch nie stattgefunden.

Später, zu Hause in seinem Zimmer, fragt Tim sich, ob das alles zur Show gehört oder ob Raphael wirklich böse Sachen gemacht hat, um solche Texte aufs Papier zu bringen.

Je länger er Raphael kennt, desto unheimlicher kommt er ihm vor. Und doch gibt es keinen Menschen, der ihn so unglaublich fasziniert. Wer ist dieser geheimnisvolle Mann, warum spricht er ständig vom Tod? Lebt er mit Luna zusammen? Ist sie, so wie er selbst, geradezu besessen von Raphael? Und kann das, was er jetzt gerade empfindet, Eifersucht sein? Ist er eifersüchtig auf Luna, die angebliche Aktionskünstlerin, die nichts anderes zu tun scheint, als Raphael zu bewundern?

BEA

Für einen Tag im Juli ist es ungewöhnlich kühl, außerdem regnet es seit gerade eben, obwohl der Wetterbericht trockenes Wetter angesagt hat. Bea Kerber wünscht, sie hätte etwas Wärmeres als die gelbe Jacke aus Baumwollstrick angezogen oder wenigstens einen Schirm mitgenommen. Lida, ihre Golden-Retriever-Hündin, schleicht mit gesenktem Kopf hinter ihr her, leicht humpelnd, sie leidet an Arthrose in den Hinterbeinen, außerdem braucht sie regelmäßig Medikamente für ihr altersschwaches Herz. Bea weiß, dass dem alten Mädchen nicht mehr allzu viel Zeit bleibt, vorläufig weigert sie sich aber, diesen Gedanken konsequent zu Ende zu denken. Ein Leben ohne Lida kann sie sich nicht vorstellen, und solange die Golden-Retriever-Hündin noch da ist, will sie es ihr so angenehm wie möglich machen. Herumtoben oder Stöckchen apportieren gehören der Vergangenheit an, aber gemächliche Spaziergänge in der Natur genießt Lida immer noch. Nur das Ein- und Aussteigen in den Wagen fällt ihr zunehmend schwer.

Wie jeden Tag nutzt Bea ihre Mittagspause für einen Spaziergang am Grambker Sportparksee, einem künstlich angelegten Gewässer von immerhin vierzig Hektar Wasseroberfläche. Das Areal ist leicht hügelig und bewachsen mit Laubbäumen, vor allem Birken und Weiden. Es gibt Entwässerungsgräben und Stichkanäle mit steilen, dicht bewachsenen Ufern und waldähnliche Abschnitte, außerdem Liegewiesen, Badestrand und eine Surfschule, die allerdings nur nachmittags geöffnet ist.

Rings um das Wasser laden lange, geschlungene Wege zum Spazierengehen ein, und es kann schon mal vorkommen, dass sie hier keiner Menschenseele begegnet, vor allem seit man die toten Frauen gefunden hat. Trotzdem kommt Bea gern her. Von dem sogenannten Drosselmörder fühlt sie sich nicht bedroht. Bea ist weder schlank noch langhaarig und blond, außerdem hat sie einen großen Hund dabei. Manchmal stehen ein oder zwei Autos auf dem geschotterten Parkplatz, doch die Fahrer bekommt Bea nur selten zu Gesicht. Dafür bietet das Gelände zu viele Wege.

Sie sind etwa achthundert Meter in Richtung Wasser gelaufen, als Lida abrupt stehen bleibt und fiepende Geräusche von sich gibt, so als befände sie sich in höchster Not. Erschrocken schaut Bea sich um. In Lidas Blick liegt tiefste Verzweiflung, vielleicht auch so etwas wie Trauer, dann bricht sie einfach zusammen, erst hinten, dann vorn. Sie fällt auf die rechte Seite, ihr Körper zuckt und sie verdreht die Augen.

Bea sinkt neben der Hündin in die Knie und legt die Hände auf Lidas Körper. *O Gott, bitte nicht, was soll ich jetzt machen?* Ihr ist vollkommen klar, dass sie Lida beruhigen müsste, aber wie soll das funktionieren, sie zittert doch selbst am ganzen Körper. Steht nicht in dem Buch von Linda Tellington-Jones, dass man in Schocksituationen die Ohren des Hundes massieren soll? Ja, daran kann Bea sich erinnern. Sie beginnt, mit beiden Händen die Ohren der Hündin zu streicheln, mit kleinen, kreisenden Bewegungen. Vermutlich geht sie viel zu hektisch dabei vor, doch sie weiß nicht, wie sie ihre Panik unterdrücken könnte. Sie flattert vor Angst am ganzen Körper.

»Halt durch, Dicke, halt durch.«

Zum ersten Mal verflucht Bea die Tatsache, dass es hier draußen am See so einsam ist um diese Zeit. Sie möchte laut um Hilfe schreien, irgendwer soll jetzt kommen und sie retten, sie und ihre geliebte Hündin, aber weit und breit ist niemand zu sehen. Die Bretterbude der Surfschule öffnet erst um vierzehn Uhr, dort sind alle Schotten dicht, und andere Hundebesitzer kann sie nirgends entdecken. Badegäste sind bei dem Wetter natürlich auch nicht hier.

Lida atmet, wenn auch sehr viel langsamer als gewöhnlich, und ihr Puls ist schwach, aber noch zu ertasten. Es sieht so aus, als hätte die Hündin das Bewusstsein verloren, jedenfalls zeigt sie keinerlei Reaktion auf Beas Berührungen.

Und jetzt? Im Idealfall sollte eine ausgewachsene Golden-Retriever-Hündin um die dreißig Kilo wiegen. Lida bringt einiges mehr auf die Waage, ungefähr vierzig Kilo, wahrscheinlich sogar mehr, Bea hat sie schon länger nicht mehr gewogen. Seit sie sich kaum noch bewegt, hat Lida ordentlich zugenommen, was ihre Tierärztin bei jedem Besuch bemängelt. Doch ein bisschen Lebensfreude hat die alte Dame verdient und außer Fressen gibt es nicht mehr viel Vergnügen in ihrem Leben.

Jetzt allerdings stellt sich das als verheerend heraus. Wie um alles in der Welt soll Bea die Hündin zum Parkplatz tragen? Nie im Leben wird es ihr gelingen, das Tier auf die Schultern zu hieven. Und Hinterherziehen kommt überhaupt nicht infrage. Das erscheint so würdelos, beinahe wie ein Schlachttransport, außerdem wird ihre Kraft selbst dafür nicht ausreichen. Abgesehen von den gemächlichen Spaziergängen mit Lida betreibt Bea keinen Sport, sie hat selbst mit Gewichtsproblemen zu kämpfen und kommt schnell aus der Puste.

Verzweifelt presst sie die Fingerspitzen gegen ihre Schläfen, was soll sie bloß machen? Sie kann doch nicht tatenlos zusehen, wie Lida stirbt. Oder den Notruf wählen: *Hallo, hier stirbt gerade ein Hund, könnten Sie bitte einen Rettungswagen zum Sportparksee schicken.*

»Hilfe«, schluchzt sie und erkennt im selben Moment, dass dieses Wort die Lösung ist. Sie braucht jemand, der ihr hilft, und diesen Retter muss sie jetzt suchen. Aber ist das die richtige Entscheidung? Sollte sie nicht besser hierbleiben und Abschied nehmen? Unsicher streichelt Bea ihre Hündin hinter den eiskalten Ohren, dann zieht sie ihre Strickjacke aus und legt sie über das Tier. Nein, sie kann Lida nicht einfach aufgeben. Eine neue Entschlossenheit lässt Bea aufspringen und zurück zum Parkplatz spurten. Falls dort niemand ist, wird sie bis an die Straße rennen und das nächste Auto anhalten.

Schon von Weitem entdeckt Bea den Mann, der etwa fünfzig Meter vor dem Parkplatz steht und wirkt, als wisse er nicht, wohin. Er trägt Jeans, derbe Stiefel, eine Allwetterjacke in Olivgrün und eine schwarze Strickmütze, tief in die Stirn gezogen. Vor allem aber sieht er aus wie einer, der einen großen Hund tragen kann.

Normalerweise ist es nicht Beas Art, wildfremde Menschen mit ihren Problemen zu belästigen, aber dies ist ein Notfall. Sie stürzt sich förmlich auf den Mann. »Entschuldigen Sie bitte, das mag unverschämt wirken, aber ich brauche dringend Hilfe. Mein Hund ist auf dem Weg zusammengebrochen.«

Der Mann wirkt alles andere als begeistert. »Tut mir leid, da kann ich Ihnen nicht helfen. Ich habe keine Ahnung von Hunden.«

»Ja, aber … ich dachte, Sie könnten vielleicht … wie soll ich sie allein zum Parkplatz bringen? Ich kann sie nicht tragen, ich krieg sie nicht mal vom Boden hoch.« Zu ihrem Entsetzen bricht Bea in Tränen aus.

Der Fremde gibt ein unwilliges Geräusch von sich, er schaut auf seine Armbanduhr, seufzt demonstrativ, dann zuckt er mit den Schultern. »Was soll ich tun?« Bevor sie antworten kann, redet er schon weiter. »Alles klar, ich soll Ihre Hündin zum Parkplatz tragen. Wo liegt sie?«

»Den Weg rauf. Es ist nicht sehr weit.«

»Dann wollen wir mal.«

Er trabt einfach los, und Bea muss sich anstrengen, um Schritt zu halten. Lida liegt unverändert, die Atmung geht allerdings sehr viel flacher als eben noch.

Der Mann kniet sich neben die Hündin und fasst an ihren Hals. »Ist sie bewusstlos?«

»Ja«, schluchzt Bea. »Sie ist einfach zusammengebrochen. Ihr Herz, denke ich. Sie ist schon zwölf.«

»Okay. Ich versuche es. Aber Sie müssen mir dabei helfen. Nehmen Sie erst mal die Jacke weg.« Ohne zu zögern, lässt er sich auf die Knie fallen; dass die Jeans dabei schmutzig wird, scheint ihn nicht zu stören. Dann fasst er Lida unter den Bauch und hebt ihren Vorderkörper an. »Ich versuche, sie auf die rechte Schulter zu nehmen, mit dem Kopf nach vorn. Sie müssen die Vorderbeine halten und über meine Schulter ziehen.«

Gehorsam knotet Bea die Jacke um ihre Taille, dann umklammert sie Lidas Vorderläufe direkt über den Pfoten, sie fühlen sich kalt an, wie tot.

»Jetzt«, keucht der Mann, hebt den rechten Arm, von dem Lidas Kopf schlaff herunterhängt, zieht die Schulter nach unten und dreht sie gleichzeitig nach hinten. »Ziehen«, keucht er. »Ordentlich, sie merkt das nicht.«

Mit aller Kraft zerrt Bea an Lidas Beinen und der schwere Hundekörper rutscht über seine Schulter, Zentimeter für Zentimeter, und die ganze Zeit fürchtet sie, dem Tier wehzutun.

»Das reicht, so muss es gehen«, ächzt der Mann. »Puh, die wiegt ja ordentlich was.« Einmal ausbalanciert, scheint das Gewicht der Hündin ihm dann nichts mehr auszumachen, und für einen flüchtigen Moment denkt Bea, dass er gut austrainiert sein muss. »Ist das schon mal passiert?«

»Nein. Zum Glück nicht. Sie ist natürlich alt.«

»Und übergewichtig.« Das klingt nicht besonders nett. Aber Bea lässt die Worte unkommentiert stehen. Sie weiß ja selbst, dass Lida viel zu schwer ist, außerdem will sie ihren Retter auf keinen Fall verärgern, indem sie ihm widerspricht.

Mehr reden sie nicht, er hat es offenbar wirklich eilig, jedenfalls rennt er beinahe. Es ist schrecklich anzusehen, wie Lidas Kopf bei jedem Schritt gegen seine breite Brust schlägt, doch Bea tröstet sich damit, dass die Hündin nichts mitbekommt.

Auf dem Parkplatz stehen drei Autos. Sie zeigt auf den blauen Polo mit dem Werbeaufdruck: *Bea Kerber, Steuerberaterin.* Darunter stehen Anschrift, Telefonnummer und E-Mail-Adresse. Der Wagen ist uralt und ziemlich schäbig, die Rückbank fehlt, damit Lida genug Platz hat, und sie benutzt ihn nur für die Fahrten mit dem Hund. Nachdem sie die Klappe zum Kofferraum geöffnet hat, geht der Mann erneut in die Knie, beugt sich über die Ladefläche und lässt Lida von seiner Schulter rutschen. Das dumpfe Geräusch, als der Körper der Hündin auf die Ladefläche plumpst, lässt Bea zusammenzucken. Lida zeigt keinerlei Reaktion und das ist kein gutes Zeichen.

Vorhin hat sie sich für einen kurzen Moment vor dem Mann gefürchtet. Da flackerte so etwas Kaltes in seinem Blick, etwas Böses, das aber gleich darauf verschwunden war. Was man sich doch alles einbilden kann, wenn die Nerven blank liegen. Sie wird ihn nach seinem Namen oder seiner Telefonnummer fragen. Vielleicht kann sie ihn zum Essen einladen. Er trägt keinen Ehering und Bea lebt schon viel zu lange allein.

»Ich bin Ihnen sehr dankbar, wirklich. Vielleicht ...« Bea verstummt. Jetzt sieht er wieder so aus, als ob er sie am liebsten umbringen würde. Die toten Frauen fallen ihr ein, mein Gott ...

NIKOLAI

Nikolai kann deutlich spüren, wie die Frustration im Präsidium um sich greift, und das ist Gift für die Motivation der Mitarbeiter. Aber sie kommen einfach nicht voran. Nichts von dem, das sie mühselig rausgefunden haben, bringt die Ermittlungen voran, sie treten auf der Stelle.

Die zwei toten Frauen haben sich in völlig unterschiedlichen Lebenskreisen bewegt, und nach allem, was sie wissen, sind die beiden einander nie begegnet. Die eine war alleinstehend, die andere hatte einen Freund. Gestern war ihre Schwester hier, um ihnen mitzuteilen, dass es in der Beziehung gekriselt habe.

»Wenn Ingo jetzt so tut, als wäre die Welt für ihn untergegangen, ist das nur geschauspielert. Er ist froh, Marina los zu sein. Das weiß jeder, der sie in letzter Zeit gemeinsam erlebt hat. Ingo fühlte sich schon angegriffen, wenn meine Schwester ihn nach der Uhrzeit gefragt hat. Haben Sie sein Alibi geprüft? Vielleicht hat er zuerst die andere Frau umgebracht, damit Sie nicht an ein persönliches Motiv denken.«

Ohne viel Hoffnung hat er den Mann herbestellt. Ingo Derbeck, der jetzt vor Nikolai sitzt und mit den Tränen kämpft, ist am Boden zerstört. Doch anders als seine Schwägerin, hält

Nikolai seine Trauer nicht für gespielt. Der Mann ist total am Ende.

»Wir haben uns zuletzt ständig gezankt …«, jammert Herr Derbeck. »Wegen nichts, wegen Kleinigkeiten.« Er steckt den Zeigefinger der linken Hand in den Mund und nagt kaninchengleich an dem Nagel. Sämtliche Fingernägel sind runtergekaut, und seine Hände zittern so stark, dass Nikolai gar nicht hinsehen mag.

»Möchten Sie einen Kaffee?«

»Nein. Wozu? Ich möchte, dass Sie dieses Schwein finden, das Marina auf dem Gewissen hat. Ich kann nicht mehr schlafen, nicht mehr essen, ständig stelle ich mir vor, was sie in ihren letzten Minuten gedacht hat. Diese Angst!«, schreit er auf. »Sie muss doch durchgedreht sein vor Angst!« Er schnieft und fällt in sich zusammen. »Eine Zeit lang sind wir abends zusammen gelaufen. Aber ehrlich gesagt war mir das zu anstrengend. Das hat sie mir immer vorgeworfen, dass ich nichts zu Ende bringe, kein Durchhaltevermögen, hat sie gemeint.« Seine Hände legen sich über seinen Bauch, der sich deutlich unter dem Sweatshirt abzeichnet. »Sie wollte, dass ich zehn Kilo abspecke. Marina war ja so schlank und wunderschön und ich hab mich einfach gehen lassen, hab gedacht: Das spielt doch keine Rolle mehr, sie kennt mich ja. Warum soll ich mich so quälen.« Seine Mundwinkel zucken. »Ich würde zwei Wochen hungern und jeden Tag einen Marathon laufen, wenn ich dadurch Marina zurückbekäme, Herr Kommissar, das können Sie mir glauben. Wenn ich doch nur mit ihr gelaufen wäre … ich hasse mich für meine Bequemlichkeit!«

Für den Abend, an dem die erste Frau ermordet wurde, kann er ein Alibi vorweisen. Zusammen mit seiner jetzt toten Freundin war er auf dem Geburtstag seiner Mutter eingeladen. »Um Punkt sieben gab es Rehkeule, Klöße und Rotkohl, wie jedes Jahr. Um zehn waren wir wieder zu Hause. Marina war sauer, weil ich so viel gegessen habe, aber wann gibt es schon mal Wild?«

Die Frau wurde gegen zwanzig Uhr ermordet und mit der Rehkeule ist die Theorie der Schwägerin widerlegt.

Auch Nikolai war gestern Abend zu einer Geburtstagsfeier eingeladen. Die Mutter seiner Freundin hat ihren Sechzigsten gefeiert und einen Tisch im feudalsten Restaurant der Stadt reserviert. Für diesen Anlass hat Charlotte auf einem neuen Sakko bestanden, nachtgrau und eine Spur zu elegant, um sich darin wohlzufühlen, und sie hat ihm dazu ein weißes Hemd mit rot gemusterten Einsätzen an der Innenseite der Manschetten und einem roten Band auf der Knopfleiste geschenkt. Ein Blick auf den Kassenbon hat ihn nach Luft schnappen lassen. Dass man für ein simples Hemd so viel Geld ausgeben kann, war ihm nicht bewusst gewesen. Selbst hätte er wohl einfach nur ein schwarzes Longsleeve angezogen und darüber sein altgedientes Sakko, das bestimmt fünf Jahre alt ist, aber nur selten den Schrank verlässt. Doch seine Freundin legt großen Wert auf angemessene Kleidung, so wurde sie von ihrer ehrgeizigen, stets auf die äußere Wirkung bedachten Mutter erzogen, und der Mann an ihrer Seite muss sich in dieser Beziehung anpassen.

Als Belohnung dafür, dass er sich ihrem Wunsch beugt und sich verkleidet, hat sie ihm versprochen, zum Essen das schwarze Kleid mit dem Wahnsinnsausschnitt am Rücken anzuziehen. Als er sie zum ersten Mal darin gesehen hat, wurde ihm klar, dass er alles tun würde, um der Mann zu sein, der dieser atemberaubend schönen Frau abends das Kleid ausziehen darf. Drei Wochen später hat er dann alle Vernunft über Bord geworfen und zum ersten Mal mit ihr geschlafen. Danach ist sein Leben förmlich explodiert.

In letzter Minute hat Nikolai seine Teilnahme an dem Geburtstagsessen abgesagt. »Ich schaffe es nicht, hier ist der Teufel los, tut mir leid, Engelchen.«

Das war gelogen, in Wahrheit hat er an seinem Schreibtisch gehockt, auf den Monitor gestarrt und sinnlose Notizen auf Zettel geschrieben, die er anschließend zusammengeknüllt und in den Papierkorb befördert hat. Es ist ihm sogar gelungen, sich einzureden, dass er den Kopf für Small Talk nicht frei hätte, doch in Wahrheit ist Nikolai einfach noch nicht bereit, den Löwen oder besser der Löwin zum Fraß vorgeworfen zu werden.

Das ist Nikolai, mein Freund. Ein Polizist. Nein, *ein Kriminalpolizist*, hätte sie wahrscheinlich gesagt, das klingt eindrucksvoller. Schließlich ist ihre Mutter nicht irgendwer, sondern die amtierende Innensenatorin von Bremen und damit seine oberste Dienstherrin. Dr. Katharina Kanngießer, eine Powerfrau mit zwei wohlgeratenen Töchtern, aber ohne Mann an ihrer Seite. Es heißt, sie habe Haare auf den Zähnen.

Erst gegen Mitternacht hat er sich nach Hause getraut, und er war mehr als erleichtert, dass Charlotte noch nicht zurück war. Keine Diskussionen, keinen Streit, er konnte direkt ins Bett gehen und sich in einen tiefen, wohlverdienten Schlaf flüchten. Gegen zwei Uhr wurde er auf die denkbar angenehmste Weise geweckt. Charlotte war erstaunlicherweise gar nicht sauer. Sie hatte einen gehörigen Schwips und wollte unbedingt mit ihm schlafen. Anstatt sich tausend Mal entschuldigen zu müssen, hatten sie Sex bis morgens um vier, Versöhnungssex nennt man das ja wohl, danach sanken sie ineinander verknäuelt in einen totenähnlichen Schlaf, total ausgepowert, und der letzte Gedanke, an den Nikolai sich erinnern kann, ist der, dass sie schon lernen wird, sich mit den Schattenseiten seines Berufs zu arrangieren.

Als Pressereferentin einer mittelständischen Kosmetikfirma darf Charlotte sich über regelmäßige Arbeitszeiten und freie Wochenenden freuen, abgesehen von den Messen inklusive Vor- und Nachbereitung natürlich. Daran, dass Nikolai in Hochphasen einer Todesermittlung nur zum Schlafen nach

Hause kommt, muss sie sich erst gewöhnen. Manchmal stellt er sich vor, dass sie einen anderen kennenlernen könnte, einen geschniegelten Yuppie mit Sportwagen und festen Arbeitszeiten, aber dann fallen ihm ihre Liebesbeteuerungen ein, dass er der Mann ist, von dem sie ihr ganzes Leben geträumt hat.

Nikolai will gerade den PC runterfahren, als das Telefon klingelt. Unten sitzt eine Frau, die ihre Schwester als vermisst melden will. Eine blonde junge Frau, die Kurzbeschreibung reicht aus, damit alle Alarmglocken schrillen, nicht nur bei ihm. »Schick sie rauf.«

Der Anruf zu Hause dauert nicht lange. »Hey, tut mir echt leid, aber wir haben eine weitere Vermisste, die in das Schema des Täters passt. Ich weiß nicht, wann ich hier wegkomme.«

»Was? Hör mal, du bist doch nicht der einzige Polizist in der Stadt, oder? Es kann ja wohl nicht sein, dass ausgerechnet du schon wieder Überstunden schieben musst. Was machen denn die anderen? Diese Konstanze zum Beispiel?«

»Sie hat einen privaten Termin.«

»Du hattest gestern Abend auch einen privaten Termin!«

»Vielleicht dauert es ja gar nicht so lange«, versucht er sie zu beschwichtigen. »Ich kann dir aber nichts versprechen. Hör zu, Engelchen, ich bin Mordermittler und kein Finanzbeamter. So sieht mein Alltag aus. Damit musst du dich abfinden.«

»Aber doch nicht jeden Tag«, schnaubt sie empört und legt einfach auf.

Er zwingt sich, alle Gedanken an seine Freundin und das Gewitter, das ihn zu Hause erwartet, beiseitezuschieben. Er wird schon dafür sorgen, dass ihre Wut verraucht, spätestens im Bett, so wie in der letzten Nacht. Jetzt muss er sich auf seinen Job konzentrieren.

Gabriele Mewert kann ihre Schwester Anja nicht erreichen. Sie legt ein Bild auf den Tisch, die Ähnlichkeit mit ihr ist unverkennbar. Beide sind blond und Mitte zwanzig. »Anja arbeitet in der Radiologie im Klinikum Mitte und sie hat diese Woche Urlaub. Wir wollten uns heute Nachmittag zum Kaffeetrinken treffen, aber ich kann sie nicht erreichen. Das ist wirklich total ungewöhnlich für meine Schwester. Und wegen der Geschichte mit den ermordeten Frauen ... da kommen einem sofort die schrecklichsten Gedanken.«

»Hat sie ein Handy?«

»Ja, es ist aber ausgestellt. Zu Hause ist sie auch nicht, ich war schon da.«

»Ist Ihre Schwester sportlich, geht sie joggen?«

Frau Mewert holt tief Luft. »Ja«, flüstert sie rau. »Anja ist sehr sportlich. Sie fährt Rad und läuft auch gern, allerdings nur noch tagsüber, eben wegen dieser toten Frauen.«

»Kennen Sie die Strecke, die sie üblicherweise nimmt?«

»Sie läuft nach wie vor am liebsten in den Wallanlagen, obwohl man da ja eine der Ermordeten gefunden hat. Anja läuft nur tagsüber, sie meint, da sei es ungefährlich, weil immer viele Leute unterwegs sind.«

Eine Stunde später hat Nikolai die Maschinerie in Gang gesetzt. Polizisten suchen den gesamten Grüngürtel ab, der einen Teil der Innenstadt säumt. Zusammen mit Frau Mewert fährt er zu der Wohnung der Toten. Sie hat einen Schlüssel, die Schwestern stehen sich sehr nah. Die Wohnung wirkt ganz normal. Im Flur stehen eine paar Laufschuhe, doch Frau Mewert weiß nicht mit Sicherheit, ob ihre Schwester nur das eine Paar besitzt, also noch keine echte Entwarnung. Sie brauchen ein Kleidungsstück für die Spürhunde, die Nikolai angefordert hat, und entscheiden sich für das Nachthemd der Vermissten, das unter der aufgeschlagenen Bettdecke liegt.

Nikolai verabschiedet sich. »Wir tun, was wir können. Sobald wir etwas wissen, rufe ich Sie an.«

Zurück im Präsidium, übergibt er das Nachthemd an die Hundestaffel. Jetzt heißt es warten. Im Grunde könnte er nach Hause fahren, auf Abruf, bis man die Frau gefunden hat. Stattdessen setzt er sich in seinen Wagen und macht sich noch mal auf den Weg zum Fundort der ersten Leiche. Ungeachtet des Regens, der seit heute Mittag auf die Stadt fällt, hockt er sich genau dorthin, wo man die Tote gefunden hat, und wartet, worauf auch immer, vielleicht auf eine Eingebung, die ihn den Täter besser verstehen lässt.

FINJA

Vielleicht sollte Finja alles aufgeben und wegziehen, am besten bis nach New Orleans, der Stadt ihrer Träume. Nicht, dass sie schon mal in New Orleans gewesen wäre, doch sie glaubt zu wissen, wie es sich anfühlen muss, dort zu leben. Eine swingende Stadt, *the big easy*, wunderschöne alte Häuser, schon ein wenig angenagt vom Zahn der Zeit, die kreolische Küche, Jambalaya und Gumbo, Pferdekutschen und überall Livemusik, Jazz natürlich. Eine total romantisierte Vorstellung, wie ihr Ex-Freund spöttisch behauptet, die nichts mit der Realität zu tun hat. Ja, vielleicht … ein bisschen. Natürlich ist ihr bekannt, dass der Wirbelsturm Katrina große Teile der Stadt verwüstet hat, doch das ist viele Jahre her und es muss auch heutzutage noch schöne Ecken in New Orleans geben, solche, wie sie in Finjas Vorstellung existieren. Wie auch immer, ihr ist ohnehin klar, dass sie nicht nach New Orleans gehen wird, nicht mal in den Süden von Deutschland wird sie ziehen, nach München, obwohl sie früher immer davon geträumt hat, dort zu wohnen, am liebsten in Schwabing. München ist viel zu teuer, und wer weiß, ob Finja dort überhaupt eine Wohnung finden würde, in der man Hunde halten darf, gar nicht zu reden von einem Kassensitz für ihre Praxis.

Sie wird hierbleiben, in Schönebeck, einem Stadtteil im Norden von Bremen mit immer noch dörflichem Charakter, in ihrem Haus, das gegenüber der Aueniederung liegt. Ihr Haus ist zartgrau gestrichen, eine unaufdringliche Farbe, von der sich die weißen Rahmen der Sprossenfenster abheben, die erst vor zwei Jahren eingebaut wurden. Der Garten ist mit einem weißen Lattenzaun umgeben und so zugewachsen, dass man von der Straße aus nur die Einfahrt, das weiße Garagentor mit der Hausnummer und das rote Ziegeldach sehen kann und das Schlafzimmerfenster im ersten Stock, das nach vorn zu den Auewiesen rausgeht, auf denen im Sommer Pferde weiden.

Dort, wo Garage und Wohnhaus einen rechten Winkel bilden, ist mithilfe einer Holzkonstruktion, die überwuchert ist von Knöterich, Geißblatt und wildem Hopfen, eine Art Innenhof entstanden. Unzählige Sommerabende hat sie hier mit ihrem Ex-Freund verbracht, bei Kerzenlicht und leiser Musik, manchmal haben sie sogar getanzt oder sich unter freiem Himmel geliebt. In diesem Jahr hat sie noch keine einzige Stunde dort gesessen, nicht mal die Gartenmöbel sind aufgestellt. Die Vorstellung, allein dort zu sitzen, fühlt sich schrecklich an.

Wieder einmal verspricht sie sich hoch und heilig, ihn zu vergessen, einfach auf ihrer persönlichen Festplatte zu löschen. Eines Tages wird ein neuer Mann seinen Platz einnehmen, einer, der nicht so feige und verlogen ist und sie zu schätzen weiß.

Finja ist bei ihrem Vater aufgewachsen, einem Facharzt für Kinderheilkunde. Wohl die Hälfte ihrer Mitschüler zählten zu seinen Patienten und alle fanden ihn nett. Ihre Mutter hat die beiden kurz nach Finjas fünftem Geburtstag verlassen, ein anderer Mann versprach ihr die große Freiheit und sie ist seinem Ruf gefolgt. Für ein Kind gab es keinen Platz in dem neuen Leben, so ist Finja zwischen den Praxisräumen im Erdgeschoss und der Wohnung, die darüber lag, groß geworden. Sie trifft ihre Mutter, die inzwischen in der Schweiz lebt und zum dritten Mal verheiratet ist, nur sehr selten, alle zwei bis drei Jahre. Die Begegnungen verlaufen sehr verkrampft, sie haben sich nicht viel zu sagen.

Bis Finja ausgezogen ist, um zu studieren, gab es nur ihren Vater und sie selbst, und sie kann sich an keinen einzigen Abend während ihrer Kindheit erinnern, an dem er ihr nicht vor dem Schlafengehen eine Geschichte vorgelesen hat. Über ihre Mutter, die sie nur ein- oder zweimal im Jahr für ein paar Stunden gesehen hat, wurde so gut wie nie gesprochen, und wenn doch einmal, ließ ihr Vater nichts Negatives über sie verlauten. Mama war woanders und hatte gerade keine Zeit für ihre Tochter. Wie nobel das von ihm war, hat Finja erst als Erwachsene verstanden.

Nach dem Abitur hat sie Psychologie in Osnabrück studiert, elf Semester, darauf folgte eine dreijährige Zusatzausbildung zur Psychotherapeutin in Bochum. Kurz vor ihrem Abschluss hat ihr Vater sich wieder verliebt, in eine seiner Arzthelferinnen, Stella, beinahe zwanzig Jahre jünger als er selbst und wirklich hübsch anzusehen.

Eine ganze Weile haben die beiden es geschafft, ihre Beziehung vor Finja geheim zu halten. Sie erinnert sich noch sehr genau an den Abend, an dem sie und ihr Vater feierlich essen waren, weil sie nach achteinhalb anstrengenden Jahren sowohl den Abschluss als Psychotherapeutin in der Tasche hatte als auch die Genehmigung für eine Praxisniederlassung in Bremen und den Mietvertrag für eine kleine Praxis. Ihr Vater war so unglaublich stolz, dass er ihr gleich ein ganzes Haus geschenkt hat, ihr Traumhaus in Schönebeck, das sie von den Sonntagsspaziergängen ihrer Kindheit mit dem Rauhaardackel Peppi so gut kannte, natürlich nur von außen, es war ja immer bewohnt. Als Finja noch klein war, war sie fest davon überzeugt, dass dort eine Hexe lebte, und sie ist immer mit angehaltenem

Atem vorbeigelaufen. Später dann hat sie sich in das weiße Haus mit den grünen Sprossenfenstern, dem spitzen Dach und dem wilden, kunterbunten Blumengarten verliebt und beschlossen, eines Tages dort einzuziehen. Viele Jahre später hat sich dieser Wunsch mithilfe ihres Vaters tatsächlich erfüllt.

An genau diesem Abend, als er Finja das Dossier des Maklers auf den Tisch legte und erklärte, dass er das Haus für sie gekauft habe als Belohnung für ihren Fleiß und ihre Zielstrebigkeit, gestand er die Sache mit Stella und er wurde dabei so rot wie ein Schuljunge. Stella sollte demnächst ganz offiziell bei ihm einziehen. Weihnachten wollten sie heiraten und er wünschte sich von Herzen, dass seine neue Liebe auch Finjas Zustimmung fand.

Gleich am nächsten Abend trafen sie sich zu dritt. Stella war wunderschön und sie sprühte vor Leben. Warum auch immer – wahrscheinlich lag es daran, dass Finja in der Ausbildung gelernt hatte, Menschen zu beobachten und aus ihren Worten und Gesten die richtigen Schlüsse zu ziehen –, sie wusste gleich, dass es nicht klappen würde mit den beiden. Und richtig, ein paar Wochen später beendete Stella die Beziehung, weil sie sich in einen sehr viel jüngeren Mann verliebt hatte. An dieser Enttäuschung ist ihr Vater zerbrochen.

»Ich muss dir leider sagen, mein Spatz, dass es so etwas wie die große Liebe nur im Schlager gibt, und wie du weißt, dauert so ein Liedchen nur dreieinhalb Minuten.«

Diese Worte hat sie nie vergessen. Ihr Vater starb nicht mal ein Jahr später an einem Herzinfarkt. Finja löste den Mietvertrag und zog mit ihrer Praxis in ihr Elternhaus.

Als Psychologin ist ihr bewusst, dass sie seither nach einem Mann gesucht hat, der so ist wie ihr Vater, ehrlich, verlässlich und voller Liebe. Bis vor Kurzem hat sie geglaubt, einen solchen Mann gefunden zu haben. Ein Irrtum. Es gibt sie tatsächlich nicht, die große Liebe, ihr gemeinsames Lied war traumhaft schön, aber es ist zu Ende.

Zuerst wollte Finja sogar ausziehen, weil alles hier an ihn erinnert, an ihre gemeinsame Zeit, doch das bringt sie nicht fertig. Hier ist ihr Zuhause und so wird es auch bleiben. Das Haus hat ihr schon gehört, bevor sie ihrem Freund begegnet ist. Sie allein hat ein gemütliches Nest daraus gemacht, es eingerichtet mit Möbeln aus dunklem Holz, die noch von ihrer Großmutter stammen, und ein paar Basics von IKEA. Ihre Farben sind Dunkelrot, Goldgelb und Moosgrün, sie kommen überall vor, in den Gardinen, den Polstern, den Teppichböden und den Kissen und Decken, die zum Kuscheln einladen. Nur dass da niemand mehr ist, der sie in den Arm nimmt.

»Ich hasse ihn!«, brüllt sie in die Stille und China hebt den Kopf. Ihr Blick sagt: *Komm, jetzt reicht es auch mal.* Sie hat recht. Finja muss endlich nach vorn schauen und dieses Arschloch auf zwei Beinen vergessen.

Wie so oft zieht sie Schuhe und Strümpfe aus und schiebt ihre nackten Füße unter den warmen Hundebauch. Mit geschlossenen Augen versucht sie, Chinas Energie zu erspüren, ihre unerschütterliche Kraft und die Ruhe, um damit ihre tobenden Gedankenstürme zu beruhigen. Sie zapft ihre Hündin an, als wäre sie selbst ein Patient, und das seit nunmehr zwei Monaten. Arme China, nicht mal abends hat sie ihre Ruhe. Beschämt zieht Finja ihre Füße zurück.

Ein Gedanke lässt sie erschrocken nach Luft schnappen. Sie muss ihr Testament ändern, so schnell wie möglich. Ganz bestimmt soll ihr Ex nicht das Haus erben oder der Nutznießer ihrer Lebensversicherung sein, so wie es bis jetzt noch dort steht. Nach kurzer Überlegung beschließt sie, alles der Hospizeinrichtung zu vermachen, die es hier in Schönebeck gibt, mit der Einschränkung, dass das Haus nicht an den Mann verkauft werden darf, der sie so bösartig betrogen hat. Ansonsten wird das Testament hinfällig und der Tierschutz bekommt alles.

Die Vorstellung, etwas zu tun, das ihn verletzt, verleiht Finja neue Energie. Sie springt auf und tanzt durch die Küche. Mit weißer Kreide schreibt sie TESTAMENT an die Schiefertafel über der Spüle, wo alles notiert wird, das sie nicht vergessen darf.

Es klingelt an der Tür. Wer könnte sie an einem Dienstagabend um halb neun Uhr abends besuchen? Er? Kehrt er reumütig zurück? Hat er erkannt, dass sie doch zusammengehören? Falls ja, wird sie nicht über die Schwelle lassen. Es ist aus.

Es klingelt erneut. Na gut …

NIKOLAI

Nikolai hat verschlafen. Eine Zweiminutendusche, einen Kaffee im Stehen, zu mehr hat die Zeit am Morgen nicht gereicht. Deshalb ist er wohl der Einzige im Präsidium, der nicht weiß, was ihn erwartet. Alle Leute seiner Abteilung haben sich im großen Besprechungsraum versammelt, Nikolai, der als Letzter ankommt, muss die Tür schließen.

»Woher hat die Presse das?«, tobt der Erste Hauptkommissar Jochen Miletzki, während er wild mit der Tageszeitung in der Luft herumwedelt. Sein Gesicht leuchtet feuerrot, und Nikolai will lieber gar nicht wissen, in welch astronomischen Höhen sich Jochens Blutdruck gerade bewegt.

In jungen Jahren hat Nikolais Chef sehr erfolgreich auf Landesebene geboxt, sich aber für eine Karriere bei der Polizei entschieden. Jetzt sieht er aus wie ein alternder, leicht verlebter Boxer, der ein paar Kämpfe zu viel auf dem Buckel hat. Sein graues Haar ist militärisch kurz geschoren, und über dem linken Ohr fällt sofort eine fünf Zentimeter lange zackenförmige Narbe auf. Das verknautschte rote Gesicht wird beherrscht von stark ausgeprägten Tränensäcken und einer knolligen Nase. Auch wenn Jochen ein wenig Fett um die Körpermitte angesetzt hat, sieht man auf den ersten Blick, dass er noch regelmäßig trainiert.

Im Präsidium kursieren Gerüchte, dass Jochen vor Jahren bei einer Verhaftung einem durchgeknallten Gewalttäter, dem es gelungen war, seinen Kollegen zu entwaffnen, ohne großes Federlesen den rechten Arm und damit auch jeglichen Widerstand gebrochen hat. Keiner weiß, ob die Geschichte stimmt, aber sie bringt Jochen den nötigen Respekt ein.

Nikolai versucht, Jochens Armbewegungen zu folgen, um einen Blick auf die Titelschlagzeile zu erhaschen, was ihm aber erst gelingt, als sein Chef das Blatt voller Verachtung auf den Tisch pfeffert.

Perverser Killer!
Erst tötet er die Frauen, dann missbraucht er
die Leichen!

»Wer hat gequatscht?«, schnauft Jochen. Erschöpft von seinem Ausbruch, stützt er beide Hände auf den Tisch. »Wenn ich rauskriege, wer das war, Leute …« Mehr sagt er nicht, den Rest darf sich jeder ausmalen. »Wieder diese Alexandra Kanngießer! Bei dem Namen sehe ich inzwischen rot. Ihr wisst ja wohl, dass die Mutter dieser dämlichen Zeitungstante unsere Innensenatorin ist.«

Am liebsten würde Nikolai jetzt zum Telefon stürzen und Charlotte anrufen. *Ich habe dir doch gesagt, dass alles, was mit meiner Arbeit zu tun hat, streng vertraulich ist.* Natürlich bleibt er an seinem Platz stehen, setzt ein betroffenes Gesicht auf, wie jeder der Anwesenden, und murmelt: »Keine Ahnung.« Jetzt bloß nicht auffallen.

»Glaubst du echt, das war einer von uns?«, flüstert Kommissar Florian Gercke, ein übereifriger Berufsanfänger, der erst seit ein paar Wochen hier arbeitet. Seine mädchenhaft rotblonden Locken sind links gescheitelt und auf Kinnlänge abgeschnitten und seine Haut sieht so babyweich aus, als wäre er gerade erst konfirmiert worden und müsste sich noch nicht rasieren. Muss er wahrscheinlich auch nicht, jedenfalls nicht jeden Morgen, so wie Nikolai. Florian trägt immer diese superengen Skinny-Jeans, die nach Nikolais Ansicht nur Frauen tragen sollten, und dazu rote Basketballstiefel. Er raucht wie ein Schlot, ernährt sich aber vegan. Vom ersten Tag an versucht er sich an dem Kunststück, es allen recht zu machen.

»Das ist ein Dienstvergehen, Nikolai, oder? Ein Grund für eine Suspendierung!«

Ich hab's schon kapiert, Kleiner, so etwas Böses würdest du niemals tun. Hab ich auch mal gedacht. Er beschließt, keine Antwort zu geben.

Wenigstens ist Anja Mewert wieder aufgetaucht. Sie hat jemand kennengelernt, abends in der Kneipe, und gleich ein paar Tage mit ihm in seiner Wohnung verbracht. Vor lauter Verliebtheit hat sie die Verabredung mit ihrer Schwester total verschwitzt. Zum Telefonieren hatte sie keine Zeit, ihr ist nicht mal aufgefallen, dass der Akku ihres Handys leer war. Es wird die einzige gute Nachricht des Tages bleiben, aber das weiß Nikolai noch nicht.

Fünf Minuten später ereifert Florian sich immer noch über Kollegen, die mit der Presse kooperieren und damit den Ermittlungen schaden. Nikolai hat sich gerade einen Kaffee an seinen Schreibtisch geholt, als eine junge Frau, fast noch ein Mädchen, in das Büro geführt wird.

»Meine Mitbewohnerin ist verschwunden. Jessica Plocher, einundzwanzig Jahre alt, sie studiert Kunstgeschichte. Wir wohnen in einer Zweier-WG in Oslebshausen.«

»Seit wann vermissen Sie Frau Plocher?«

»Wir wollten gestern zusammen kochen, aber sie war nicht da. Das passt nicht zu ihr, Jessica ist ziemlich zuverlässig. Normalerweise säße ich nicht gleich hier, aber jetzt, wo diese Frauen ermordet wurden … man macht sich natürlich Gedanken … Jessica ist auch blond. Und sie joggt, allerdings nur noch tagsüber. Hoffentlich spinne ich nur, aber ich hab so ein blödes Gefühl. Ihr Handy ist auch aus, mindestens seit gestern Mittag, vorher hab ich es nicht probiert.«

Nikolai nickt. Wenn das Handy einer Einundzwanzigjährigen über Stunden aus ist, gibt das Anlass zur Besorgnis. Die jungen Leute würden eher auf ihr Auto verzichten als darauf, »on« zu sein. »Wann haben Sie Frau Plocher zuletzt gesehen?«

»Am Sonntag. Da bin ich mittags zu meinen Eltern nach Vechta gefahren, bis gestern Abend. Mein Vater ist krank, Gürtelrose, der kann sich kaum rühren vor Schmerzen, und ich musste meine Mutter im Laden unterstützen. Jetzt haben die Tabletten aber angeschlagen und ich bin sofort zurückgekommen. Ich schreibe nächsten Montag eine Klausur und muss noch sehr viel dafür tun. Die Verabredung zum Kochen gestern Abend ist schon älter, aber wie schon gesagt, Jessica ist zuverlässig, die vergisst so etwas nicht.«

»Okay. Sie wissen also nicht genau, wann Ihre Mitbewohnerin verschwunden ist. Irgendwann zwischen Sonntag und gestern Mittag, das sind drei Tage. Oder haben Sie zwischenzeitlich telefoniert?«

»Nein. Wir teilen eine Wohnung und kommen gut klar, aber so richtig befreundet sind wir nicht.«

»Warum?«, fragt Nikolai sofort.

»Keine Ahnung, es gibt keinen Grund. Jessica ist ziemlich eigensinnig. Ich jogge zum Beispiel nicht mehr nach diesen Frauenmorden, man kann sich ja auch anders fit halten. Jessica meint, dass man sich nicht durch irgendwelche irren Typen einschränken lassen darf.«

»Sie wohnen in Oslebshausen, haben Sie gerade gesagt. Wo läuft Ihre Freundin?«

»Bei uns gibt es einen kleinen Park, gleich bei der Oberschule. Von unserer Wohnung sind das nur ein paar Minuten mit dem Rad. Sie läuft nur noch tagsüber und in der Schule ist auch nachmittags Unterricht. Man sollte also annehmen, dass dort nichts passieren kann.«

Nicht dumm, aber auch nicht so schlau, wie die junge Dame zu glauben scheint. Niemand weiß mit Sicherheit, wie der Mann wirklich vorgeht. Vorläufig gehen sie davon aus, dass er seine Opfer eine Zeit lang beobachtet, bevor er zuschlägt. Genauso gut ist es aber auch möglich, dass er einfach nur irgendwo im Gebüsch hockt und wartet, bis eine blonde, schlanke Läuferin vorbeikommt, die ihm gefällt.

»Hmm. Und das Fahrrad fehlt auch, nehme ich an. Können Sie es beschreiben?«

»Ach du je«, sagt sie leise. »Ein ganz normales Damenrad, schon ein bisschen älter. Nichts Sportliches, der Rahmen ist silbern.«

Eine Beschreibung, die auf unzählige Räder in der Stadt passt. »Kein besonderes Kennzeichen? Vielleicht erinnern Sie sich an das Fabrikat?«

Jetzt fällt ihr doch noch etwas ein. »Die Fahrradklingel ist besonders. Oben rot mit weißen Punkten, darunter ist ein schmales weißes Band mit türkisblauen Wolken und das Unterteil ist türkisfarbig. Ich hab sie ihr zum Geburtstag geschenkt, zusammen mit einer kleinen Minivase, türkis mit roten Punkten. Nur so groß.« Mit den Fingern zeigt sie etwa zehn Zentimeter an. »Die wird vorn an den Lenker geschraubt. An ihrem Geburtstag hab ich ein paar Blümchen reingesteckt, Vergissmeinnicht.«

»Ich brauche die Namen aller Freunde von Frau Plocher und ein Foto.«

Sie zeigt ihm ein Selfie auf ihrem Smartphone. »Hier, das ist sie, die Blonde in der Mitte.«

Hübsch, denkt er sofort, und dass sie genau in das Beuteschema des Täters passt. »Können Sie mir das Bild bitte auf mein Handy schicken, damit ich es an die Kollegen draußen weitergeben kann? Wir bemühen uns wirklich, die bekannten Laufstrecken im Blick zu haben. Aber wir können nicht rund um die Uhr überall vor Ort sein und aufpassen. Ein wenig Eigenverantwortung erwarten wir schon von den Bürgern.«

Ein weiteres Mal werden sie ausschwärmen und nach einer blonden, hübschen, langhaarigen Joggerin suchen, hoffentlich wieder mit glücklichem Ausgang.

FINJA

Schon den ganzen Tag ist Finja übel. Zu viel roter Sekt. Seit sie allein lebt, hortet sie einen Vorrat davon im Keller. Jammern und roter Sekt bilden ein unschlagbares Duo und ein Grund zum Jammern findet sich immer.

Bea war gestern Abend hier, ihre allerbeste Freundin. Ihr Hund ist gestorben. Lida, die treue Seele, ist beim Spazierengehen zusammengebrochen. Als sie bei der Tierärztin ankamen, war Lida schon tot.

Die beiden Freundinnen haben geheult wie die Schlosshunde, Bea um ihre geliebte Lida und Finja zuerst um die sanfte Retrieverhündin und irgendwann um ihren Ex, schon wieder, dabei wollte sie sich das doch abgewöhnen. Dazu gab es Sekt, zweieinhalb Flaschen, wie sie heute Morgen beschämt feststellen musste.

Mit großer Mühe versucht sie, den Verlauf des Abends zu rekonstruieren. Gleich zu Anfang hat Bea sich auf China gestürzt. Die Hündin konnte ihr weitaus mehr Trost spenden als Finja selbst. Doch irgendwann wurde es selbst China zu viel und sie hat sich in ihr Körbchen zurückgezogen. Obwohl sie erst fünf ist, schläft sie ziemlich viel. Das ist wohl der Ausgleich zu ihrer stressigen Aufgabe, den Patienten Ruhe zu vermitteln, und seit zwei Monaten auch ihrem Frauchen. Die Trauer und die Wut über die kaputte Beziehung hat Finja in erster Linie bei China abgeladen, und nie ist ihr die Idee gekommen, sich zu fragen, ob China ebenfalls darunter leidet, dass der Mann, den sie seit ihrer zwölften Lebenswoche kennt und der jeden Morgen mit ihr eine Radtour durchs Dorf gemacht hat, um Brötchen beim einzigen Bäcker zu holen, aus ihrem Leben verschwunden ist. Aber China ist ein Hund – Finjas Hund –, und sie wurde nicht gefragt, bei wem sie bleiben möchte.

Bea hat hier geschlafen, an Fahren war nicht mehr zu denken, nicht mal an Laufen. Sie ist auf der Couch zur Seite gekippt und liegen geblieben. Finja ist die Treppe hochgekrabbelt, auf allen vieren, falls sie das nicht geträumt hat, und oben auf das Bett gekrochen. Nicht mal die Schuhe hat sie ausgezogen. So kann es wirklich nicht weitergehen, sonst endet sie noch als haltlose Trinkerin.

Zum Frühstück gab es keine feste Nahrung, nur Kamillentee mit Honig. Irgendwer hat mal behauptet, das würde Wunder wirken bei einem Kater. Bei Finja hilft es nicht, das kann sie jetzt beschwören, und Bea hat auch nicht den Eindruck erweckt, dass es ihr nach dem Tee besser ging. Sie hat zwei Aspirin eingeworfen, im Büro angerufen und ihrer Angestellten ein paar Instruktionen erteilt, bevor sie sich auf den Heimweg gemacht hat. Sie wollte duschen und dann ihren Platz hinter dem Schreibtisch einnehmen. Am Nachmittag wird ein wichtiger Klient seine Unterlagen bringen. Finja ist ziemlich sicher, dass ihre Freundin noch gar nicht ans Steuer durfte, aber egal. Welcher Polizist hält schon vormittags eine Steuerberaterin an, um zu testen, ob sie betrunken ist.

Als Bea fort war, hat Finja mit schlechtem Gewissen sämtliche Termine für heute abgesagt. Es ist das erste Mal, seit sie als selbstständige Therapeutin arbeitet, dass sie sich so etwas erlaubt, und sie schwört hoch und heilig, alle Termine nachzuholen.

Natürlich ist ihr Verhalten trotzdem nicht in Ordnung. Für ihre Patienten sind die Sitzungen von größter Wichtigkeit. Andererseits ist Liebeskummer eine schwere Krankheit, und gestern hat sie einen unerwartet heftigen Rückfall erlitten, den letzten, wie sie sich heute Morgen geschworen hat. Hier und jetzt beginnt ihr neues Leben, keine Träne wird sie ihm mehr nachweinen. Sie wird nur noch nach vorn schauen.

NIKOLAI

Die Suche in dem Park an der Oberschule wurde vor zwei Stunden abgebrochen, weil die Kollegen vom Streifendienst das Fahrrad von Jessica Plocher entdeckt haben, am Krimpelsee in Huckelriede, wo vor sechseinhalb Wochen die erste tote Frau gefunden wurde. Das Rad liegt im Gebüsch neben dem Wanderweg, der um den See führt und den viele Leute zum Laufen nutzen.

Inzwischen ist das gesamte Gebiet weiträumig abgesperrt. Eine Hundertschaft der Bereitschaftspolizei, Suchhunde und ein Hubschrauber durchkämmen seit einer Stunde jeden Zentimeter nach der Vermissten. Nikolai steht vor seinem Wagen und starrt auf sein Smartphone. Wenn er Raucher wäre, würde er jetzt wohl eine nach der anderen rauchen, so wie Florian, der hektisch an seiner x-ten Zigarette zieht. Nikolai versucht seine Nerven im Zaum zu halten, indem er zuerst seine Nachrichten abruft und dann den Wetterbericht.

»Gott, wie lange brauchen die denn?«, stöhnt Florian. »Ich dachte, diese Hunde sind darauf abgerichtet, Leichen aufzuspüren.«

Niemand zweifelt daran, dass Jessica Plocher tot ist und sie heute noch auf ihren Leichnam stoßen werden, und jeder hofft, dass es nicht so lange dauern wird.

»Der Weg ist gut fünf Kilometer lang.« Das hat Nikolai gerade bei Google nachgeschaut. »Und du siehst ja, wie langsam die Leute vorankommen. Schließlich dürfen sie nichts übersehen. Du kannst dich ja anschließen, wenn es dir zu langweilig ist. Ich fahr erst mal zurück ins Präsidium.«

Gegen Abend erfährt er per Telefon, dass die Suchaktion vorerst abgebrochen wurde, ohne Ergebnis. Alle sind davon ausgegangen, dass der Täter sein Opfer direkt neben dem Weg abgelegt hat, wie es bei den beiden anderen Frauen der Fall war. Aber dann wären die Suchtrupps längst auf die Leiche gestoßen.

Möglicherweise hat er die Frau in die Büsche am Westufer geschleppt, damit sie nicht sofort gefunden wird. Da wäre es allerdings kontraproduktiv, das Fahrrad so offensichtlich liegen zu lassen. Vorstellbar wäre auch, dass er den Leichnam in den See geworfen hat, beschwert mit Steinen, sodass er unter Wasser bleibt. Oder aber Jessica Plocher ist weder verschwunden noch tot und alles klärt sich als harmlos auf. Doch daran glaubt Nikolai nicht eine Sekunde. Aus welchem Grund sollte sie ihr Rad in die Büsche werfen, ihr Handy ausschalten und spurlos verschwinden? Trotzdem wird er sich morgen danach erkundigen, ob sie in persönlichen Schwierigkeiten steckte. Er streicht sich über den Bart, den er erst seit Kurzem trägt und der ihn manchmal noch stört. Suizid, das sollten sie nicht ausschließen.

Morgen muss die Suche ausgedehnt werden und er wird zusätzlich Taucher anfordern.

Florian verabschiedet sich und Nikolai könnte jetzt auch nach Hause fahren. Stattdessen blättert er erneut durch die Spurenakte, liest das, was er schon tausend Mal gelesen hat, und versucht, neue Verknüpfungen herzustellen. Sein Bauchgefühl sagt ihm, dass die Frau ein Opfer des sogenannten Drosselmörders ist, sein Verstand warnt ihn davor, voreilige Schlüsse zu ziehen.

Er versucht sich vorzustellen, wie die junge Frau durch die Stadt radelt, bei Tageslicht und guter Dinge. Sie will laufen, sich bewegen. Und weil sie von dem Frauenmörder weiß, hat sie beschlossen, von ihrer Routine abzuweichen und eine andere Strecke zu wählen. An dem kleinen Badesee ist tagsüber viel los, vor allem im Sommer. Zudem hat der Täter hier bereits einmal zugeschlagen. Sie kann sich nicht vorstellen, dass er zweimal am gleichen Ort mordet.

Auch Nikolai fällt es schwer, das zu glauben. Kann der Drosselmörder wirklich so kaltblütig sein, dort, wo er bereits einmal getötet hat, auf ein weiteres Opfer zu lauern? Bereitet es ihm besondere Lust, mit dem Feuer zu spielen, oder hält er sich für unangreifbar?

Und dann ist da noch etwas, das Nikolai stutzig macht. Er gibt die Eckdaten in den PC ein und das Ergebnis bestätigt sein Unbehagen. Von Frau Plochers Wohnung bis zu dem See in Huckelriede braucht man mit dem Rad fünfundvierzig Minuten. Hin und zurück eineinhalb Stunden. Für die meisten Menschen reicht das als Fitnesstraining völlig aus. Wenn die Frau nicht gerade für einen Triathlon trainieren wollte, scheint es schwer vorstellbar, dass sie sich ausgerechnet für diese Laufstrecke entschieden hat.

Er greift zum Telefon und ruft die junge Frau an, die das Verschwinden ihrer Mitbewohnerin gemeldet hat. »Eine Frage habe ich noch. Wie lange ist Frau Plocher gewöhnlich gelaufen? Anders gefragt: War sie sehr sportlich?«

Ungläubiges Lachen. »Ist das wichtig? Aber gut. Sie war nicht gerade eine Hochleistungssportlerin, falls Sie das meinen. Wie lange war sie unterwegs … hm … eine Stunde, höchstens, eher weniger.«

»Plus Hin- und Rückfahrt mit dem Rad, richtig?«

»Nein«, sagt sie zögernd. »All inclusive.«

»Könnten Sie sich vorstellen, dass Frau Plocher eine Strecke wählt, zu der sie eine Dreiviertelstunde mit dem Rad unterwegs ist?«

»Einfache Strecke? Eineinhalb Stunden insgesamt? Dann hätte sie doch gar nicht mehr laufen müssen, oder?«

»Genau das beschäftigt mich. Sind Sie sicher, dass Frau Plocher joggen wollte?«

»Natürlich nicht, ich war ja nicht dabei. Darauf kommt man wohl automatisch, wegen dieses Drosselmörders. Ich kann ja mal nachsehen, ob ihre Laufschuhe da sind. Moment.«

Ein paar Minuten später steht fest, dass Jessica Plocher bei ihrem Verschwinden Laufschuhe, eine türkisfarbene Trikothose und ein geringeltes Shirt getragen hat. Ihren üblichen Laufdress.

FINJA

Mühsam hat Finja sich durch den Tag geschleppt, sie hat viel geschlafen und in der übrigen Zeit versucht, jede unnötige Bewegung zu vermeiden. Und natürlich hat sie sich geschworen, nie mehr Alkohol zu trinken, jedenfalls nicht so viel.

Um halb sechs will sie es sich gerade mit einer Zeitschrift und einem Becher Tee im Innenhof gemütlich machen, zum ersten Mal in diesem Jahr, als Bea anruft und fragt, ob Finja zu ihr kommen könne. Sie hat im Internet einen Tierfriedhof entdeckt und überlegt, Lida dort beerdigen zu lassen. *Beerdigen*, das sagt sie wirklich, und Finja muss sich zusammenreißen, um nicht zu kichern.

»Okay, ich komme.«

Da es ihr wieder besser geht, beschließt sie, mit dem Rad zu fahren. Falls ihr der Rückweg abends zu anstrengend erscheint, kann sie einfach bei ihrer Freundin übernachten. Zu Hause wartet ja keiner mehr. Sie ist frei wie ein Vogel und kann tun und lassen, was ihr gerade in den Sinn kommt.

Kurz entschlossen tauscht sie die ausgebeulte Jogginghose, in der sie den ganzen Tag verbracht hat, gegen ihre Lieblingsjeans aus, die nahezu perfekt sitzt und ihre schlanke Figur betont. Dazu wählt sie ein schwarz-weiß gestreiftes Shirt. Vielleicht lässt sich

Bea überreden, noch irgendwo hinzugehen. Die Vorstellung, den ganzen Abend über Hundebegräbnisse zu reden, erscheint ihr irgendwie absurd und auch nicht sehr verlockend.

Obwohl das Thermometer immer noch zwanzig Grad anzeigt, zieht Finja ihre blaue Windjacke über. Rein äußerlich verkörpert sie den skandinavischen Typ, hellblonde Haare und blaue Augen, trotzdem friert sie sehr schnell. Am wohlsten fühlt sie sich, wenn alle anderen schon über die Hitze jammern, und bei dreißig Grad im Schatten lebt sie förmlich auf. Deshalb möchte sie ja nach New Orleans ziehen, jedenfalls theoretisch.

Sie befestigt die Leine an Chinas Halsband und radelt los. Den Gedanken, dass ihr unterwegs einer der Patienten begegnen könnte, dem sie heute wegen Krankheit abgesagt hat, schiebt sie beiseite. Unterwegs stellt sich ganz unerwartet ein Hauch von guter Laune ein. Da sieht man es wieder, Bewegung ist gut für Körper und Seele; das hat schon ihr Vater gesagt, der ein begeisterter Leichtathlet war und bis kurz vor seinem Tod noch Halbmarathon gelaufen ist, natürlich in seiner Altersklasse. Auch China genießt es, sich auszupowern. Früher hat Finjas Ex-Freund sie regelmäßig neben dem Rad herlaufen lassen, bestimmt fehlt ihr das. *Stopp,* ermahnt Finja sich, *du willst doch nicht mehr an ihn denken.*

Bea wohnt an einer viel befahrenen Straße, die vom Industriehafen nach Lesum führt, also nicht gerade in bevorzugter Wohnlage. Das Haus, das vorher einer Fußpflegerin gehörte, war sehr günstig und als bekennende Schnäppchenjägerin konnte Bea einfach nicht widerstehen. Mit weißer Fassadenfarbe, dreifach verglasten neuen Fenstern, die den Verkehrslärm draußen halten, und einer schicken Haustür mit bleigefassten Ornamenten in der Glasscheibe macht das ehemals hässlich runterrenovierte Haus jetzt richtig was her. Das winzige Grundstück ist komplett gepflastert und wird als Parkplatz genutzt. Im Erdgeschoss liegen ihre Geschäftsräume, eine kleine Teeküche und zwei Gästezimmer, oben befindet sich ihre Wohnung. Weil Lida seit einiger Zeit nicht mehr die Treppe hochkam, hat Bea ihr Schlafzimmer in eines der Gästezimmer im Erdgeschoss verlegt, damit der Hund weiterhin nachts vor ihrem Bett liegen konnte.

Im Flur riecht es noch ein wenig nach nassem Hund, aber nicht so sehr, dass es stört, und Finja denkt wehmütig, dass es damit jetzt vorbei ist.

Bea sieht wieder total verheult aus. Sie reißt Finja stürmisch in die Arme, dann widmet sie sich China, die ihre Streicheleinheiten mit geschlossenen Augen genießt und vor Wohlbehagen ein tiefes Brummen ausstößt.

»Danke, dass du gekommen bist. Allein will ich das nicht entscheiden. Ich weiß ja selbst, wie albern sich das anhört, Hundefriedhof …« Sie kichert und zieht dabei die Schultern hoch, dann zupft sie, wie immer, wenn sie verlegen ist, an ihren kurzen Ponyfransen. »Aber ich glaub, ich muss das einfach tun.«

»Wo …« Finja räuspert sich. »Wo ist Lida?«

»Sie liegt noch im Kofferraum, eingeschlagen in eine Decke. Morgen früh bringe ich sie in die Turnerstraße, da gibt es einen Tierfriedhof. Die kümmern sich um alles. Nicht ganz billig, aber ich kann sie doch nicht einfach verbuddeln oder, schlimmer noch, der Tierkörperbeseitigungsanstalt übergeben. So ein Grab, das wäre ein Ort, an dem etwas von ihr bleibt, ein Ort, an dem ich sie besuchen kann.«

Klingt schräg, aber so ist Bea, ein bisschen schräg und wahnsinnig lieb und warmherzig. Ein Leben ohne Bea kann Finja sich überhaupt nicht vorstellen, die beiden kennen sich seit Kindergartenzeiten und haben einander nie aus den Augen verloren. Es gibt wohl keinen anderen Menschen, der so viel über Finja weiß wie Bea, und umgekehrt ist es genauso.

China wirkt irritiert, wahrscheinlich fragt sie sich, wo Lida ist, und Finja beschließt, ihre Freundin abzulenken, bevor sie auf das Verhalten der Labradorhündin aufmerksam wird.

»Neu?« Mit dem Zeigefinger tippt sie gegen einen weiß gerahmten Kunstdruck, auf dem ein Paar roter Damenpumps zu sehen ist. Auf dem Leder perlen Wassertropfen, ein Schuh liegt auf der Seite, der andere steht. Alles andere ist grau, der körnige Asphalt und die Regenwand im Hintergrund.

»Ja. Sieht irgendwie irre aus, oder?« Bea ist überwiegend mit italienischen Designermöbeln eingerichtet, nicht unbedingt Finjas Geschmack, aber sehr schick und sehr teuer. *Irgendwo muss ich mein Geld ja lassen*, sagt sie immer. Finja findet die Küche mit den orangeroten Fronten am schönsten, die – bis auf die eigens angefertigten Arbeitsplatten aus schwarzem Granit, die nichts übelnehmen, wie Bea ständig betont – aus einem bekannten schwedischen Möbelhaus stammt und damit nicht wirklich zum Stil der übrigen Einrichtung passt. An dem runden Tisch, ebenfalls von IKEA, finden locker acht Leute Platz, und Finja kann gar nicht zählen, wie oft sie hier schon Beas köstliches Essen genießen durfte.

Heute Abend gibt es wahlweise Apfelschorle oder Tee und dazu eine Schüssel mit griechischem Nudelsalat, den Bea zwischen Tür und Angel gezaubert hat. Für den köstlichen Salat aus griechischen Kritharakinudeln, frischen und getrockneten Tomaten, Oliven, Schafskäse, Kräutern und sehr viel Olivenöl könnte Finja glatt einen Mord begehen. Sie kennt das Rezept auswendig und hat sich schon tausend Mal daran versucht, doch ihr gelingt der Salat bei Weitem nicht so gut wie ihrer besten Freundin. Bea ist einfach die geborene Köchin, die ohne viel nachzudenken die wunderbarsten Gerichte zaubert, während sie sich mit drei Leuten gleichzeitig unterhält. Finja muss sich beim Kochen immer konzentrieren und ohne Rezept ist sie verloren.

»Der Salat muss noch zwei Stunden ziehen«, erklärt Bea und schlägt Finja, die gerade eine Olive aus der Schüssel angeln will, spielerisch auf die Finger.

Sie beschließen, die Wartezeit mit einem ausgiebigen Spaziergang Richtung Lesum und einem nichtalkoholischen Getränk in ihrer Lieblingskneipe zu füllen. Heute ist Mittwoch, da kostet jeder Cocktail nur 4,50 Euro, doch sie werden enthaltsam bleiben.

»China bleibt hier«, beschließt Finja. »Hunde gehören nicht in Kneipen und wir kommen ja bald wieder.« Den beleidigten Blick ihrer Hündin ignoriert sie tapfer.

Unterwegs haken sie sich ein wie zwei alte Frauen aus dem Seniorenheim, die allein nicht mehr so gut laufen können. Bea ist einen Kopf kleiner als Finja, deshalb schunkeln sie beim Gehen hin und her, das sieht bestimmt witzig aus.

Auf der Lesumbrücke bleibt Finja plötzlich stehen. »Von jetzt an«, erklärt sie feierlich, »werde ich nur noch das Positive im Leben sehen. Genug geheult, ich will wieder glücklich sein!«

»Sag ich doch. Du musst den Arsch endlich vergessen. So eine Klassefrau wie dich hat er gar nicht verdient. Am Ende kommt er sowieso wieder angekrochen, das wirst du sehen. Aber dann lässt du ihn abblitzen. Versprich mir das.«

»Versprochen.«

In der Kneipe setzen sie sich an die Theke und bestellen zwei Wasser. Ein Mann, der zwei Barhocker weiter sitzt, schaut Finja ständig an und als sie seinen Blick erwidert, grinst er erfreut und hebt sein Bierglas an, als wolle er ihr zuprosten.

Auch Bea bleibt das Interesse des Mannes nicht verborgen. »Hey, der blonde Typ lässt dich gar nicht aus den Augen.«

Okay, denkt Finja, die nicht leugnen kann, dass sie das Interesse des Fremden genießt. *Das Leben kann wieder beginnen. Ich bin wieder zu haben.* Sie schenkt dem Mann ein Lächeln und ordert zwei *Sex on the Beach.* Gute Vorsätze sind dafür da, gebrochen zu werden, und wer geht schon in eine Kneipe, um langweiliges Wasser zu trinken. »Wir sind doch keine alten Jungfern, die abstinent leben müssen, nur weil wir es gestern übertrieben haben mit dem Alkohol«, raunt sie Bea zu und die grinst verschwörerisch.

Der Cocktail, vor allem natürlich der Wodka darin, tut Bea leider nicht gut, das erkennt man an ihren Mundwinkeln, die langsam, aber unaufhaltbar nach unten sacken. Vielleicht sollte Finja den Blonden bitten, nicht mit ihr, sondern stattdessen mit ihrer Freundin zu flirten, die hat es gerade nötiger. Nein, sie sollten jetzt aufbrechen, bevor erneut Tränen fließen.

Finja umarmt ihre Freundin und haucht einen Kuss auf ihre Wange, dann winkt sie den Barkeeper ran und bezahlt. Sie rutscht vom Barhocker und hilft Bea in ihre Jacke. Der Blonde wendet den Blick ab, fast schon angewidert, wahrscheinlich denkt er jetzt, dass Finja und Bea ein Paar sind. Egal, der Typ ist ihr sowieso zu alt, mindestens fünfzig. Sie ist ja erst sechsunddreißig.

Im August wird sie ihren siebenunddreißigsten Geburtstag feiern, Bea hat es schon hinter sich, weil sie die Ältere der beiden ist, geboren am 25. März, ein Widder also, zielstrebig, diszipliniert und durchsetzungsfähig.

Auf Beas Wunsch bestellen sie für den Rückweg ein Taxi, Finja ist das nur recht, allzu verlockend findet sie die Vorstellung nicht, durch die mittlerweile dunkle Stadt zu laufen, und das mit einer leise vor sich hin schluchzenden Bea an ihrer Seite.

Kaum dass Bea die Tür aufschließt, werden sie freudig von China begrüßt. In der Küche machen sie sich über den Salat her, dazu gibt es aufgebackenes Baguette und ein Glas Trollinger. Bea will ganz automatisch ein Stück Brot auf den Boden werfen, hält aber im letzten Augenblick inne. Es gibt ja keine Lida mehr, die sich darüber freut, und China kriegt grundsätzlich nichts vom Tisch.

»Sie fehlt mir so«, schluchzt sie auf, und Finja versichert, dass sie das sehr gut verstehen kann.

China legt eine Pfote auf Beas Oberschenkel, Finja trinkt Rotwein und versucht, ihren neu gewonnenen Optimismus nicht zu verlieren, Bea reißt das Brot in kleine Stücke, die sie in den Mund steckt und mechanisch kaut.

Den Rest Salat füllen sie in zwei dunkelgrüne Keramikschälchen, die sie mitnehmen, als sie sich nebeneinander vor Beas Computer setzen, der in einer kleinen Kammer neben dem Schlafzimmer aufgebaut ist. Der Architekt, der seinerzeit für den Umbau zuständig war, hat den winzigen Raum mit der Dachschräge als Kinderzimmer deklariert, Bea nennt ihn Arbeitszimmer, obwohl ihr Büro nur eine Treppe tiefer liegt und sie hier oben kein Arbeitszimmer benötigt. Aber wozu braucht eine Singlefrau überhaupt so ein großes Haus? Eine Frage, die Finja auch sich selbst stellen könnte.

In dem Raum gibt es eine kleine dunkelgraue Couch, die man zum Bett ausziehen kann, einen Schreibtisch aus dem Baumarkt – das einzig wirklich hässliche Möbelstück in ihrem Haus – und einen Korbstuhl, der bei jeder Bewegung heftig knarrt. Mehr passt hier nicht rein, und es stellt sich die Frage, welches Kind der Architekt vor Augen hatte, als er diese Kammer als Kinderzimmer bezeichnet hat, vielleicht ein Liliputanerkind.

Während Finja einen Hocker aus Beas Schlafzimmer holt und neben den Korbstuhl stellt, hat China es sich auf der Couch gemütlich gemacht.

»Lass sie«, sagt Bea, bevor Finja etwas sagen kann. »Lida hat da früher auch gern gelegen. Das riecht sie bestimmt. Komm, setz dich hin.«

Sie hat schon ein paar Links rausgesucht, die sie nacheinander aufruft. Grabsteine für Tiere, Finja wusste nicht mal, dass es so etwas gibt. Aufgeregt zeigt ihre Freundin auf eine Art Herz, auf dem ein Hund liegt, der einem Retriever ähnelt. Für

Finja ist das der Inbegriff von rührseligem Kitsch, Bea findet den Stein wunderbar und klickt auf die Seite des Verkäufers. Es handelt sich um keinen echten Stein, sondern um Steinguss, was das Ganze erschwinglich macht.

»Was meinst du?«, fragt sie mit glänzenden Augen.

»Ja, warum nicht«, sagt Finja, bevor sie den letzten Rest Salat auf die Gabel schiebt und in ihrem Mund verschwinden lässt. Insgeheim ist sie froh, dass es nicht mehr davon gibt, sie könnte stundenlang weiteressen.

Als es klingelt, sehen die beiden Frauen sich überrascht an. Wer besucht Bea um halb elf am Abend?

»Tim«, sagt sie sofort und ein hoffnungsvolles Lächeln erhellt ihr Gesicht. »Ich hab ihm gemailt, dass Lida tot ist.«

Finja kennt Beas kleinen Bruder fast seit dem Tag seiner Geburt. In ihren Augen ist er eine Art Peter Pan, der nicht erwachsen werden will, kaum einen halben Kopf größer als seine eher rundliche Schwester, die nur 1,58 groß ist, und von schmächtiger Statur. Den Kopf voller hochtrabender Pläne, ist er immer noch ohne einen richtigen Job und wohnt nach wie vor bei seinen Eltern, um die Miete zu sparen.

Obwohl Tim so klein und dabei sehr grazil gebaut ist, hat er eine kräftige und ziemlich tiefe Stimme, fast als hätte die Natur beschlossen, dass irgendetwas an ihm auch männlich wirken muss. Tim macht Musik in der Art von Max Giesinger und hofft, eines Tages davon leben zu können. Nicht gerade realistisch, es gibt so viele Max Giesingers, doch Tim lässt sich nicht entmutigen. Solange das mit dem Geld nicht klappt, jobbt er mit seinem Keyboard als Alleinunterhalter auf Familienfeiern – darüber wird allerdings nie geredet, weil es peinlich ist –, außerdem erledigt er unter der Hand kleinere Reparaturen an Autos, unter anderem erhält er Beas uralten Polo am Leben. Wenn er keine Kohle mehr hat, klingelt er bei

Bea, die sofort das Portemonnaie aufreißt, natürlich das Fach mit den großen Scheinen.

Bea vergöttert ihren Bruder, seit er auf der Welt ist. Bei seiner Geburt war sie schon vierzehn und hat den kleinen Nachkömmling von Anfang an in ihr Herz geschlossen. Obwohl sie selbst nach der Ausbildung im Handumdrehen ein erfolgreiches Steuerberaterbüro mit inzwischen zwei Angestellten aufgezogen hat, findet sie nichts dabei, dass ihr Bruder mit dreiundzwanzig Jahren immer noch von der finanziellen Unterstützung seiner Familie abhängig ist.

Für Finja, die ihre Begeisterung nicht zu teilen vermag, ist Tim der wenig sympathische, verwöhnte Nachkömmling, der nie gelernt hat, zurückzustecken, Regeln zu befolgen oder Grenzen einzuhalten. Vom Moment seiner Geburt an war er der Mittelpunkt, um den sich alles in der Familie Kerber dreht. Als er zwölf oder dreizehn war, hat er jede Menge Mist gebaut, Sachbeschädigung, Ladendiebstahl, Schuleschwänzen, er hat auch Tiere gequält. Genaues weiß Finja allerdings nicht darüber, weil ihre Freundin schon damals alles, was Tim betraf, geradezu zwanghaft verharmlosen und schönreden musste. Irgendwann haben die Nachbarn Anzeige erstattet, das Jugendamt wurde eingeschaltet und Tim kam für ein halbes Jahr in die Jugendpsychiatrie. Es war die Zeit, in der Finja ihr Psychologiestudium in Osnabrück begonnen hatte. Anhand der Fachbücher, die sich auf ihrem Schreibtisch türmten, war sie eine ganze Weile davon überzeugt, dass aus Tim ein Massenmörder werden musste. Heute weiß sie natürlich, dass nur wenige Tierquäler im Verlauf ihres Lebens die Lust entwickeln, auch Menschen zu quälen, und Tim Kerber zählt ihrer Einschätzung nach nicht dazu. Ihm hat einfach jemand gefehlt, der ihm klare Grenzen setzt.

Leider ist genau das nicht passiert. Nach seinem Aufenthalt in der Klinik wurde er erst recht mit Samthandschuhen angefasst und so ist es bis heute geblieben. Bedauerlicherweise kann sie über dieses Thema nicht offen mit Bea reden. Nach einem heftigen Streit haben die beiden beschlossen, alles, was mit Tim zusammenhängt, aus ihrer Freundschaft auszuklammern.

Schon möglich, dass Finja sich kein Urteil erlauben darf, weil sie ohne Geschwister aufgewachsen ist. Doch ihrer Meinung nach braucht Tim Kerber einen gehörigen Tritt in den Allerwertesten, damit er endlich sein Leben auf die Reihe kriegt. Ja, sie kann den kleinen Mistkerl nicht gut leiden, er zählt eindeutig zu der Spezies Schmarotzer. Jedes Mal, wenn sie ihn vor sich sieht, denkt sie ganz automatisch an ein Frettchen. Vielleicht liegt es an der spitzen Gesichtsform oder seinem fliehenden Kinn, vielleicht auch an seinem unruhigen Blick. Er ist ihr einfach nicht sympathisch.

Deshalb verspürt sie auch keine Lust, ihn freudig zu begrüßen. Als Bea aufsteht und zur Treppe geht, starrt Finja weiterhin auf den Monitor und ruft China zurück, die Bea hinterhertapsen will.

»Komme schon!«, ruft Bea laut und öffnet die Tür. »Aber …«

Das sind die letzten Worte, die Finja jemals von ihrer Freundin hören soll. Das Nächste, das sie wahrnimmt, sind ein unterdrückter Schrei, ein Stöhnen und dann ein Geräusch, als würde etwas Schweres auf den Boden fallen. China, die sich gerade wieder auf die Couch legen wollte, springt auf und schaut ihre Besitzerin aufmerksam an. *Achtung, da stimmt was nicht*, sagt ihr Blick und Finja nimmt sie vorsichtshalber am Halsband.

Es heißt so oft: *Ich wusste sofort, dass etwas Schlimmes passiert ist.* Jetzt begreift Finja, dass es so etwas wirklich gibt. Sie kann überdeutlich spüren, dass das Böse zugegen ist, der Tod. Es fühlt sich an, als würde sich eine kalte Hand um ihre Kehle legen und fest zudrücken. China spürt das Gleiche, ihre Nackenhaare stellen sich auf, und sie knurrt leise, während ihr Blick Richtung Flur gerichtet ist. Mit einer Handbewegung gibt Finja ihr zu verstehen, dass sie keinen Laut von sich geben darf, und China gehorcht sofort wie ein gut ausgebildeter Therapiehund.

Es braucht einen Moment, bis Finja den Mut fasst, das Zimmer zu verlassen, die Hand immer noch in Chinas Halsband gekrallt. Später weiß sie nicht mehr, ob es zwei Minuten waren oder zehn, weil die Zeit scheinbar stehen geblieben ist. Sie hat Angst, Angst um ihr Leben, um Chinas Leben, aber auch Angst um ihre beste Freundin. Gleichzeitig möchte sie sich einreden, dass nichts passiert ist, jedenfalls nichts wirklich Schlimmes, nicht hier in diesem Haus und schon gar nicht ihrer Freundin Bea, die jeder mag, der sie kennt.

Dennoch muss sie nachschauen. Ganz vorsichtig tastet Finja sich voran, sie setzt einen Fuß vor den anderen, bemüht darum, kein Geräusch zu verursachen, und jeder Schritt kostet sie Überwindung. Als sie die Treppe erreicht und sich über das Geländer beugt, sieht sie ihre Freundin unten im Flur liegen, die Haustür steht auf, und ein Mann, der ein Messer in der Hand hält und von dem sie nur noch den Rücken sehen kann, flüchtet nach draußen. Das schwere Türblatt knallt in den Rahmen und sie hört das Schloss einschnappen. Der Teil von Finjas Bewusstsein, der noch fähig ist, logisch zu denken, erinnert sich, dass die Tür von außen einen Knauf hat und er deshalb nicht zurückkommen kann.

China, die sich losgerissen hat, springt bereits die Stufen runter und beugt sich winselnd über Bea, die auf dem Rücken liegt, ein Bein angewinkelt, das andere ausgestreckt. Aus ihrem halb geöffnetem Mund dringt ein gurgelndes Geräusch, für das Finja keinen Namen findet, ein blubberndes Stöhnen vielleicht, falls es so etwas gibt.

Irgendwie schafft sie es die Treppe runter, Blut sprudelt aus Beas Hals, aus der linken Brust und ihrem Bauch, ein kurzes

Zittern läuft durch ihren Körper und alles steht still. Das Blut sprudelt nicht mehr, es läuft nur noch, vermutlich weil das Herz nicht mehr schlägt und kein Blut mehr durch die Gefäße gepumpt wird.

Als würde sie einem inneren Drehbuch folgen, kniet Finja sich hin, schiebt die Ärmel ihres gestreiften Shirts nach oben und legt beide Hände nebeneinander auf Beas Rippen. Sie versucht das Blut, das über ihre Hände läuft, auszublenden und beginnt eine Herzdruckmassage, so wie sie es mal im Erste-Hilfe-Kurs gelernt hat, dreißigmal ganz schnell auf den Brustkorb drücken, zweimal Atem spenden. Als sie den Kopf ihrer Freundin in den Nacken legen will, öffnet sich die Wunde im Hals noch weiter und Finja schreit erschrocken auf. Die Beatmung scheint keinen Sinn zu machen, Beas Mund ist voller Blut, vielleicht sollte sie sich nur auf die Herzdruckmassage konzentrieren. Doch jedes Mal, wenn sie die Rippen nach unten drückt, presst sie noch mehr Blut aus Beas Körper.

China fiept in den höchsten Tönen, Finja schluchzt verzweifelt, draußen klappt eine Autotür, ein Motor heult auf, Reifen quietschen.

NIKOLAI

Mit allem hat Nikolai gerechnet, aber nicht damit, dass die nächste tote Frau nicht Jessica Plocher heißt und überhaupt nichts mit der Serie zu tun hat, und schon gar nicht hat er erwartet, dass er die Tote persönlich kennt.

Bea Kerber, Bea, die so oft und gern lacht, die eine fantastische Paella zubereiten kann und die jedes Jahr mit wahrlicher Engelsgeduld seine Unterlagen für die Steuer sortiert, Bea liegt im Flur ihres Hauses, jemand hat ihr ein Messer in Oberkörper und Bauch gestoßen und die Kehle mit einem wütenden langen Schnitt komplett durchtrennt. Dann hat der Täter sie einfach in ihrem Blut liegen lassen.

Ausgerechnet Finja hat den Mord gemeldet, und einige hier fragen sich vermutlich, ob sie selbst das Messer geführt hat. Florian jedenfalls scheint davon überzeugt zu sein. Die ganze Zeit drückt er sich in Finjas Nähe rum, so als hätte er Angst, dass sie plötzlich aufspringen und flüchten könnte. Man muss ihm wohl zugutehalten, dass er zu den wenigen Kollegen vor Ort zählt, die Finja nicht persönlich kennen, trotzdem scheint der junge Kollege über den Instinkt einer leeren Milchtüte zu verfügen.

»Guck mal auf ihre Hände«, hat er Nikolai gleich als Erstes zugeraunt, so laut, dass Finja es hören musste, und sie hat auf ihre blutverschmierten Hände gestarrt und ungläubig den Kopf geschüttelt.

Jetzt sitzt Finja in der Küche, verständlicherweise steht sie unter Schock, und sie weigert sich, mit ihm zu reden. China sitzt bei ihr, China, die sich bei seinem Eintreffen vor Freude überschlagen wollte, bis Finja sie energisch zurückgerufen hat. Nikolai ist jetzt *Pfui* für die Hündin, auch wenn sie das nicht verstehen kann. Das, was er noch niemandem im Präsidium erzählt hat, wird jetzt die Runde machen. Er ist seit zwei Monaten nicht mehr mit Finja zusammen.

»Wo ist Lida?«, fragt er mitten in die peinliche Wortlosigkeit hinein.

Erschrocken starren die Kollegen ihn an. »Lida? Wer ist das? Ein Kind? Hatte sie eine Tochter?«

»Nein«, beschwichtigt er sofort. »Lida ist eine Golden-Retriever-Hündin, schon ziemlich alt.«

Hauptkommissar Herbert Beenke, der Leiter der Kriminaltechnik, den alle Herbie nennen, ein überschlanker Mann in den Fünfzigern mit kahl rasiertem Schädel und einem kleinen Goldring im linken Ohrläppchen, der in seiner Freizeit Tischtennis spielt, schüttelt den Kopf, erleichtert. Verschwundene Hunde sind weitaus weniger schlimm als verschwundene Kinder. »Hier ist kein Hund, nur der braune Labrador.«

»Das ist unser Hund«, sagt Nikolai automatisch und verbessert sich gleich: »Finjas Hund.«

»Wie kommst du darauf, dass hier noch ein Hund sein muss? Niemand von uns hat einen Retriever gesehen.« Aus Florians Worten klingt Skepsis. »Kennst du die Tote?«

»Ja. Wir waren befreundet, haben uns aber seit Wochen nicht gesehen.« Den Grund hat wohl jeder inzwischen kapiert. Bea und Finja sind Freundinnen, und Bea hat sich nach der Trennung auf Finjas Seite geschlagen, schließlich kennen die beiden sich schon ewig, praktisch seit der Kindergartenzeit. »Glaub es ruhig, Florian, Bea hat einen Hund. Schau dich bitte mal nach Lida um.«

Zum Glück beendet Herbie die Diskussion. »Die Frau wurde von vorn attackiert und der Täter muss durch die Haustür gekommen sein. Alles andere ergibt keinen Sinn. Sieht so aus, als hätte er Frau Kerber einen Meter in den Flur zurückgedrängt und direkt zugestochen, in den Hals, in die Brust, in den Unterleib. Kein Kampf. Keinerlei Abwehrverletzungen an ihren Händen, obwohl er ein Messer benutzt hat. Sie muss sofort zusammengebrochen sein, vielleicht hat er auf Anhieb das Herz erwischt. So wie ich es sehe, hat er ansonsten keinen Schritt ins Haus gesetzt. Die blutigen Fußabdrücke stammen von der Freundin der Toten, sie finden sich im Flur, auf der Treppe und ganz schwach nachweisbar in dem Zimmer mit dem PC. Sie hat neben der Leiche gekniet, um sie wiederzubeleben, dann ist sie hoch in das Zimmer, um ihr Handy zu holen und die 110 anzurufen.«

»Behauptet sie«, murmelt Florian, ohne jemand anzusehen.

Seine Bemerkung lässt Herbie unwillig schnauben. »Wenn sie die Täterin wäre, müsste das Messer sich noch im Haus oder wenigstens auf dem Grundstück befinden. Außerdem sähen die Blutspuren an ihrer Kleidung ganz anders aus. Guck dir die Blutspritzer an den Wänden an, so ein ähnliches Muster müsste Finjas Shirt auch zeigen.«

Automatisch richten sich alle Blicke auf Finja. Schuhe und ihre Jeans, vor allem im Bereich der Unterschenkel, sind mit Blut besudelt, weil sie neben Bea gekniet und eine Herzdruckmassage gemacht hat. Die Hände sehen aus, als hätte sie sich mit Beas Blut eingerieben, doch das Shirt wirkt auf den ersten Blick sauber. Als Finja auf dem Boden kniete, konnte Beas Herz nicht mehr genügend Druck aufbauen, um das Blut aus den Wunden so hoch spritzen zu lassen.

»Finja scheidet als Täterin aus«, raunzt Nikolai seinen jungen Kollegen an. »Die beiden sind befreundet, seit sie drei sind.« Kein Argument, das weiß er selbst. Doch er kennt Finja so gut wie kein anderer hier im Raum, und die Vorstellung, dass sie ihre beste Freundin mit einem Messer attackiert hat, ist geradezu lächerlich und er wird keinen weiteren Gedanken daran verschwenden. »Kein Raubmord. Eine gezielte Aktion. Es ging nur darum, Bea Kerber zu töten. Warum?«

Der Leiter der Spurensicherung grinst. »Die Frage solltest du uns vielleicht beantworten. Du hast sie gekannt, wir nicht.«

Ja, er hat Bea gekannt. Sie liebte das Leben, ihre fette Retrieverhündin, ihre Freunde, ihr Haus, sogar ihre Arbeit. Mit Bea konnte man die Nächte durchfeiern bis morgens um sechs, und dann reichte ihre Energie immer noch aus, um den Frühstückstisch zu decken und für alle Anwesenden Spiegeleier zu braten. Ohne Bea ist die Welt ein Stück ärmer, das muss er sich eingestehen, und er fühlt ehrliches Bedauern, auch wenn Bea ihm in den letzten Wochen am liebsten die Augen ausgekratzt hätte.

»Sie ist Steuerberaterin. Ich halte es nicht für sehr wahrscheinlich, aber vielleicht ist der Täter ein unzufriedener Klient.«

Nikolai teilt ein paar Leute ein, um die Nachbarn zu befragen, darunter auch Florian; er selbst wird mit der Person reden, die am meisten über Bea weiß und die zur Tatzeit zugegen war, ihre beste Freundin Finja.

»Und achtet auf Beas Hund!«, ruft er über seine Schulter. »Lida ist eine alte Retrieverdame, sehr freundlich, aber auch sehr ängstlich. Vielleicht hockt sie irgendwo im Garten und versteht die Welt nicht mehr.«

Aber eigentlich weiß er selbst, dass das Blödsinn ist. Irgendjemand hätte Lida schon gefunden.

FINJA

Wenn du denkst, es geht nicht mehr,
kommt von irgendwo ein Lichtlein her.

So ein Scheiß!

Wenn du denkst, es geht schon wieder,
streckt der nächste Mist dich nieder!!!

Ihr ist schwindelig, und sie muss die Augen schließen, um das Karussell in ihrem Kopf anzuhalten. Mit beiden Händen umklammert sie die Tischkante, damit sie nicht vom Stuhl rutschen kann. Bea ist tot, ihre beste, ihre allerliebste Freundin, ihr Anker in den Wochen, als die Welt drohte unterzugehen. Irgendein Schwein hat sie regelrecht abgestochen, einfach so, vielleicht nur zu seinem persönlichen Vergnügen. Sie kann es einfach nicht fassen, erst stirbt Lida und dann ihr Frauchen.

Und in der Tür steht Nikolai, ihr Ex-Freund, und will mit ihr reden. Aber das ist zu viel, das erträgt sie nicht auch noch, es gibt Grenzen, Grenzen für alles und Grenzen für das, was ein Mensch aushalten kann.

»Verschwinde aus Beas Küche. Sie hätte nicht gewollt, dass du hier stehst.« Irgendwie bringt sie das über ihre Lippen. Dann lässt sie den Kopf auf die Tischplatte fallen, die sich angenehm kühl anfühlt, und heult.

Als er sie berührt, seine so unglaublich vertrauten Hände über ihren Rücken streicheln, schlägt sie um sich wie ein bockiges Kindergartenkind.

Mit diesem Mann wird sie in ihrem ganzen Leben kein Wort mehr wechseln, das hat sie vor zwei Monaten beschlossen, und Bea hat applaudiert, als Finja ihr davon erzählt hat.

Richtig so, es gibt nichts mehr zu besprechen mit diesem Arschloch. Soll er doch sweet Charlotte zusülzen, wenn er Zuhörer braucht. Für uns sind die beiden tot, mausetot.

Und jetzt ist sie selber tot.

Nikolai gibt natürlich nicht auf. »Komm, lass uns bitte vernünftig miteinander reden. Es geht um Bea, deine beste Freundin, nicht um uns.«

Ruckartig hebt Finja den Kopf, mit dem Handrücken wischt sie die Tränen ab, damit sie wenigstens für einen kurzen Moment klar sehen kann. So ein Hemd hätte Nikolai in ihrer gemeinsamen Zeit nie angezogen, hellblau, dezentes Karomuster und gebügelt. Er riecht auch anders, ganz fremd, irgend so ein Herrenduft, sie kann sich schon vorstellen, wer den ausgesucht hat. Sogar die Frisur ist neu, im Nacken und an den Seiten viel kürzer geschnitten, das lange Deckhaar links gescheitelt und mit Gel in Form gehalten. Einen Bart hat er sich auch stehen lassen, ganz exakt gestutzt. Er sieht jetzt aus wie einer dieser Moderatoren im Fernsehen, die sich alle so gleichen, als würde jemand sie züchten. Schwiegermamas Liebling heißt die Sorte. Schmerzhaft wird ihr bewusst, dass er jetzt Charlottes Freund ist und die ihn nach ihrem Gusto umgestylt hat. Dass er so etwas mit sich machen lässt, hätte Finja nie gedacht. Wenn das etwas über den Grad seiner Zuneigung aussagen sollte, hat er sie nicht annähernd so geliebt wie jetzt Charlotte.

»Hau ab, oder kannst du sie wieder lebendig machen?«

»Finja, bitte ...«

»Also nicht. Dann verpiss dich einfach. Glaub mir, Bea hätte es nicht gefallen, dass ausgerechnet du in ihrem Leben rumwühlst! Sie war ein aufrechter und ehrlicher Mensch und konnte Lügner nicht ausstehen.«

Dagegen kann er nicht viel sagen, er und Charlotte haben sie nach allen Regeln der Kunst belogen und Bea gleich mit. Wenn sie nur daran denkt, wie sie alle zusammen im März gemeinsam Beas Geburtstag gefeiert haben. Da sind die beiden sich zum ersten Mal begegnet. Er ist mit ihr nach Hause gefahren und hat sich dabei gewünscht, Charlotte wäre an ihrer Stelle. Allein das wird sie ihm niemals verzeihen.

Jetzt ist er sauer. Sein Mund wird ganz schmal. »Hör mal, das, was du hier gerade abziehst, könnte man als Behinderung von Ermittlungsarbeit ansehen. Das ist strafbar. Im Übrigen stehst du selbst unter Tatverdacht, zumindest theoretisch.«

Ihr Lachen klingt viel zu laut und völlig hysterisch, man könnte auch sagen, sie kreischt wie eine Wahnsinnige, bis irgendwer kommt und sie fest in die Arme nimmt.

»Gott, du Arme«, murmelt Konstanze neben Finjas Ohr. »Ich bin gerade erst gekommen. Ich übernehme hier, dann kann Nikolai dich nach Hause bringen.«

»Ganz bestimmt nicht«, würgt sie mit letzter Kraft hervor. Alles tut ihr inzwischen weh, der ganze Körper, jeder Knochen, jeder Muskel, jede Sehne, und ihr Hals fühlt sich an, als hätte sie ihn mit Schmirgelpapier bearbeitet. Sie findet kein trockenes Taschentuch mehr und wischt Rotz und Tränen einfach in den Ärmel ihres Shirts.

»Oder würdest du dich von deinem Ex, der dich nach Strich und Faden betrogen hat, nach Hause bringen lassen, wenn es dir richtig mies geht? Nikolai wohnt nicht mehr bei mir, der bumst jetzt die Tochter unserer Innensenatorin! Ist bestimmt gut für seine Karriere!« Tausend Dinge möchte sie Konstanze noch über Nikolai mitteilen, Schimpfwörter der übelsten Sorte will sie benutzen, doch jetzt brennt da oben in ihrem Kopf eine Sicherung durch und alles wird rot und schwammig. Finja springt auf, will weglaufen, Konstanze versucht sie festzuhalten und wird beiseitegeschubst. Mit dem Arm fegt Finja eine Schale vom Tisch, die Bea mal in Berlin gekauft hat und die sie sehr mochte. China bellt, es klingt aufgeregt und ängstlich, aber nicht mal das bringt sie zur Vernunft. Sie kann einfach nicht aufhören zu schreien. Und dann knallt es und alles wird dunkel.

Als sie wieder zu sich kommt, liegt sie auf dem Boden, ein Arzt kniet neben ihr und schiebt eine Nadel in die Vene in ihrer Armbeuge. Sie versucht sich aufzurichten und die Umgebung verschwimmt erneut vor ihren Augen. Das Letzte, das Finja wahrnimmt, sind China, die nach dem Doktor schnappt, und Nikolai, der es wagt, ihren Hund zurechtzuweisen. Wie sie diesen Mann hasst!

NIKOLAI

Lida ist spurlos verschwunden, genau wie die Tatwaffe, wahrscheinlich ein kurzes, sehr scharfes Messer mit breiter Klinge. Gerade wird Beas Leichnam in einem blauen Leichensack abtransportiert, und es fällt Nikolai schwer, dabei zuzusehen. Nur gut, dass Finja nicht mehr hier ist, dieser Anblick hätte ihr wohl den Rest gegeben. Der Notarzt hat sie in die Klinik eingewiesen, Kreislaufkollaps und akuter Nervenzusammenbruch, außerdem Verdacht auf Gehirnerschütterung. Als sie umkippte, ist sie mit der Stirn auf den Tisch geknallt. Die dicke Beule wird sie noch eine Weile begleiten.

Nikolai hat beschlossen, China zu sich mit nach Hause zu nehmen, irgendwer muss sich um den Hund kümmern und er fühlt sich immer noch als ihr Herrchen. Wahrscheinlich wird Charlotte nicht begeistert sein, mit Tieren kann sie nicht viel anfangen, doch China ist so wohlerzogen, dass sie garantiert keine Probleme bereitet. Morgen kann er sie zur Not mit ins Büro nehmen, als Therapiehund ist sie es gewohnt, sich im Hintergrund zu halten.

Gerade hat er sie in einen der Dienstwagen gebracht. Dort wartet sie jetzt, wenn auch nicht so brav und geduldig wie gewöhnlich. Finjas Zusammenbruch hat sie verunsichert, sie fühlt sich verlassen dort draußen in dem fremden Auto, und er wünschte, er könnte ein bisschen Zeit für den Hund erübrigen.

Sein Telefon klingelt. Charlotte. »Wo bleibst du. Sag nicht, du musst schon wieder Überstunden machen.«

Diesmal versucht er gar nicht erst, sie zu beschwichtigen. »Wir haben endlich eine Spur der vermissten Frau, außerdem eine weitere weibliche Leiche. Hier ist noch viel zu tun, und ich habe keine Ahnung, wann ich zu Hause bin. Moment, ich geh mal eben vor die Tür.« Draußen sucht er einen Ort, an dem kein Kollege mithören kann. »Ich weiß, es ist viel im Augenblick, aber so läuft der Job nun mal.« Dass es sich bei der Toten um Bea handelt, will er ihr jetzt nicht erzählen, zwischen Tür und Angel am Telefon. Diese traurige Nachricht muss er persönlich überbringen. Schließlich waren die beiden bis vor Kurzem Freundinnen, und das schon seit der Schulzeit.

»Aber wir haben Besuch«, jammert Charlotte. »Meine Schwester ist hier. Ich hab uns was vom Italiener kommen lassen, eine Vorspeisenplatte. Was soll ich denn sagen: Dass du schon wieder keine Zeit hast?«

»Ich muss weitermachen.«

»Aber Alexandra wollte …«

Er kürzt das Gespräch mit »Wir sehen uns« ab. Nikolai hat Charlottes ältere Schwester erst ein paarmal gesehen und kann sie nicht sonderlich leiden, jetzt schon gar nicht mehr. Alexandra ist Redakteurin bei der Zeitung und seit diese Frauenmorde passiert sind, versucht sie ständig, ihm Interna zu entlocken. Natürlich hat er kein Wort verraten, doch anscheinend ist es ihr geglückt, Charlotte auszuhorchen. Wie sonst soll das vom Missbrauch der Leichen in die Presse gelangt sein. Mist, darüber muss er auch mit seiner Freundin reden, heute noch, und er weiß jetzt schon, dass es keine angenehme Unterhaltung wird.

»Nikolai, kannst du mal kommen?« Konstanze steht vor einem der Dienstwagen und winkt ihn heran. »Ich hab gerade mit den Leuten im Haus nebenan gesprochen. Bea Kerbers Hund ist tot, gestern beim Spazierengehen zusammengebrochen, mehr wissen sie nicht. Die Frau hat sehr darunter gelitten.«

»Das kann ich mir vorstellen«, sagt er leise. »Lida war ihr Ein und Alles, ihr Ersatz für Partner und Kinder.«

»Familie?«

»Ein Bruder, wohnt noch bei den Eltern, komischer Vogel. Die beiden haben viel Kontakt, seltsam eigentlich, weil der Altersunterschied ziemlich groß ist. Über die Eltern weiß ich nicht viel, ich hab sie noch nie gesehen. Frag Finja.«

»Sehr witzig. Warum hast du nicht erzählt, dass ihr getrennt seid?«

»Vielleicht weil das privat ist?«, schnappt er böse.

Seine unfreundliche Antwort lässt Konstanzes Gesichtszüge vereisen. Sie dreht sich auf der Stelle um und stapft Richtung Haus.

Okay, er hätte nicht so pampig reagieren müssen. Soll er jetzt hinterherlaufen und sich entschuldigen, weil er seine Beziehungsprobleme nicht mit ihr teilt? Nein, so nahe stehen sie sich nicht, Konstanze ist eine Kollegin und keine Freundin.

Als er zwei Stunden später nach Hause fährt, ruft er vom Wagen aus in der Klinik an und erkundigt sich nach Finja. Sie schläft. Es war ein Schock, sie wiederzusehen, dazu noch in so einer Ausnahmesituation, und er muss sich zwingen, nicht daran zu denken, was er in diesem Moment gefühlt hat. Er läuft mit China noch einmal ums Karree und atmet tief durch, bevor er die Wohnungstür aufschließt.

China schaut ihn fragend an, dann erkundet sie den Flur mit der Nase am Boden. Bestimmt ist es Einbildung, dass sie angeekelt die Lefzen hochzieht. Charlotte hat ein Faible für angenehme Gerüche, sie sagt, das hebe ihre Stimmung. Überall stehen elegante Gefäße mit sogenannten Raumdüften herum, früher haben er und Finja sich darüber lustig gemacht, jetzt stört es ihn nicht mehr, er hat sich daran gewöhnt.

»Wo kommt der Hund her?« Charlotte wirft einen Blick auf China, der nichts Gutes verheißt. »Keine Tiere in meiner Wohnung, ich dachte, da sind wir uns einig. Der Teppichboden hat ein Vermögen gekostet.«

»Das ist ein Notfall. Und jetzt setz dich bitte hin, ich muss dir etwas Schlimmes erzählen.«

Beas schrecklicher Tod beendet den aufkeimenden Streit um den Hund. Charlotte schüttelt zuerst den Kopf, dann wirft sie sich schluchzend in seine Arme. Sie zittert am ganzen Körper. »Das ist nicht wahr … sag bitte, dass das nicht stimmt.« So etwas Entsetzliches passt nicht in Charlottes kleine heile Welt, in der alles farblich aufeinander abgestimmt ist und angenehm duftet.

»Schon gut«, murmelt er und fühlt sich vollkommen hilflos. Natürlich ist überhaupt nichts gut. Vor wenigen Stunden wurde Charlottes Schulfreundin ermordet, die beiden waren zuletzt zerstritten, und jetzt gibt es keine Möglichkeit mehr, das wieder in Ordnung zu bringen. Außerdem hat er Finjas Hund mitgebracht, den Hund der Frau, die dafür gesorgt hat, dass einige Leute, darunter auch Bea, den Kontakt zu ihm und Charlotte abgebrochen haben. Nicht alle natürlich, ihr Freundeskreis ist in zwei Teile zerbrochen. Einige Freunde haben Finjas Partei ergriffen, neben Bea sind das Eike, der wohl hofft, selbst bei Finja landen zu können, und Annika, ihre Tierärztin, die allerdings mit einem seiner ältesten Freunde verheiratet ist und so ein bisschen zwischen den Stühlen sitzt. Die Mehrzahl will sich nicht einmischen und ist bereit, ihm und seiner neuen Beziehung eine Chance zu geben.

»Finja war da? Was habt ihr geredet?«

»Nichts. Sie hat sich geweigert, auch nur ein Wort mit mir zu wechseln.« Kurz beschreibt er Finjas Zusammenbruch.

»Sie beschimpft und beleidigt dich vor deinen Kollegen, macht uns überall schlecht und dann schleppst du ihren Köter hier an?«

»China ist auch mein Hund und ich fühle mich für sie verantwortlich. Wenn ihre Anwesenheit so schlimm für dich ist, können wir auch in ein Hotel gehen. Auf keinen Fall bringe ich sie jetzt in ein Tierheim. Sie ist total verstört.«

Natürlich kann er bleiben, Charlotte entschuldigt sich sogar und sucht im Schrank nach einer alten Schüssel, aus der China Wasser saufen kann, und nach einem Badelaken, das sie sowieso nicht mehr benutzt.

Während der Hund sich im Flur auf dem aussortierten Badetuch zusammenrollt und langsam zur Ruhe kommt, spürt Nikolai seine eigene Erschöpfung. Er lässt sich auf das Bett fallen, verschränkt die Arme hinter dem Kopf und starrt an die Zimmerdecke. Charlotte umklammert seinen Oberkörper. Sie wimmert leise vor sich hin, und er bringt es einfach nicht fertig, sie auf ihre Schwester und den Zeitungsartikel anzusprechen. Das muss bis morgen warten.

Am liebsten würde er sich noch mal in der Klinik nach Finja erkundigen, aber das würde einen erneuten Streit mit Charlotte bedeuten.

KONSTANZE

Vorhin, als Nikolai angerufen und Konstanze zum Tatort bestellt hat, war Adam noch nicht zu Hause. Jetzt ist er da, sein grüner Parka hängt an der Garderobe. Im Wohnzimmer brennt Licht. Er hat sich einen Stuhl vor das Fenster gestellt und schaut raus in den dunklen Garten. Als Konstanze reinkommt und Hallo sagt, dreht er nicht mal den Kopf. Keine Frage, warum sie so spät dran ist. Ihre WhatsApp hat er nicht gelesen. Es ist halb drei in der Nacht und Adam liegt nicht im Bett, sondern sitzt hier und starrt raus in die Dunkelheit.

Konstanze sehnt sich nach Schlaf, einfach die Augen schließen und wegdämmern, gleichzeitig weiß sie jetzt schon, dass sie keine Ruhe finden kann, ohne zu wissen, was ihren Mann dazu bewegt, sich so seltsam zu verhalten.

Auf Socken durchquert sie den Raum, stellt sich hinter ihn und legt ihre Hände auf seine Schultern. »Was ist los? Warum schläfst du nicht?« *Hast du auf mich gewartet?* Nein, diese Frage stellt sie nicht, ihr ist klar, dass Adam mit sich selbst beschäftigt ist und nicht mit den beruflichen Problemen seiner Ehefrau.

Er spannt die Muskulatur an, das kann sie unter ihren Händen fühlen, doch er hebt nicht den Kopf, um sie anzuschauen. Auch im Spiegelbild der Scheibe sucht er nicht ihren Blick. Seine Augen sind geschlossen.

»Ich denke nach. In der Nacht ist es so still und friedlich. Ich wünschte, es wäre immer so«, bringt er schließlich hervor, und sie weiß nicht, was er damit sagen will. Spricht er von seinem Theaterstück, ihrer Beziehung oder seinem schwierigen Verhältnis zu Marius?

Irgendwas ist anders geworden in den letzten Wochen, auch wenn sich, oberflächlich betrachtet, nichts verändert hat. Sie teilen das Haus und die Arbeit, die hier anfällt. Sie kümmern sich gemeinsam um Marius, der mitten in der Pubertät steckt und seinen Eltern einiges abverlangt. Mit großem Engagement gehen sie ihren Berufen nach und nebenbei ihren Hobbys, und sie schlafen im selben Bett, allerdings ohne sich dort nahezukommen.

Konstanze geht zum Kickboxen, jeden Freitagabend, Adam widmete seine Freizeit dem Theaterspiel. Er ist der Regisseur einer Laienspielgruppe, sucht die Stücke aus und besetzt die Rollen. Zurzeit wird jeden Abend geprobt, in vier Wochen steht die Premiere an. Diesmal spielen sie ein avantgardistisches Stück, der Name des Autors ist ihr entfallen, wahrscheinlich weil sie ihn vorher noch nie gehört hat.

Wenn Konstanze ehrlich ist, kann sie nicht viel mit der Geschichte anfangen, und ihr Versuch, ihre Kritik in freundliche Worte zu kleiden, kam bei Adam nicht sonderlich gut an. Jetzt weiß sie, dass sie viel zu statisch denkt, das Wort *kleinkariert* ist gefallen. Mag sein, sie ist schließlich Kriminalpolizistin. In ihrem Job zählen nur die Fakten. Natürlich wird sie die Premiere trotzdem besuchen, vielleicht sieht alles ganz anders aus, wenn Schauspieler die Dialoge sprechen und mit ihrer Persönlichkeit füllen.

Beim letzten Mal hat die Gruppe ein Stück von Dürrenmatt aufgeführt: *Der Besuch der alten Dame*. Claire, die weibliche

Hauptrolle, wurde von Judith gespielt. Die Sportlehrerin ist Ende zwanzig, auf eine ganz eigene Weise anziehend, aber in festen Händen, jedenfalls behauptet Adam das. Konstanze versteht nicht viel von Schauspiel, doch es will sich ihr nicht erschließen, warum eine junge Frau auf alt geschminkt werden musste, was erwartungsgemäß nicht überzeugend gelungen ist, obwohl zwei vom Alter her perfekt zu der Rolle passende Frauen zum Ensemble gehören. Vielleicht hat Judith mit dem Regisseur geschlafen, um die Rolle zu ergattern. Der Regisseur ist Konstanzes Ehemann.

Seit Wochen wirkt Adam so, als wäre er in Gedanken ganz woanders. Marius ist das auch schon aufgefallen. *Papa kriegt ja gar nichts mehr mit.* Tausend Entschuldigungen hat sie sich zurechtgelegt. Adam ist Mitte vierzig, vielleicht sind das die ersten Zeichen einer Midlife-Crisis. Beruflich läuft es gerade nicht so gut, Adam arbeitet in der ambulanten Krankenpflege und zwei seiner langjährigen Patienten sind kürzlich gestorben. Erst letzte Woche lag eine Frau mit Multipler Sklerose, die er seit sechs Jahren betreut, morgens tot in ihrem Bett. Das hat ihn ziemlich mitgenommen.

Marius ist auch so schwierig geworden, schweigsam, fast schon feindselig. Alles, was sie von ihm verlangen, ist in seinen Augen blödsinnig und überflüssig, vor allem die Arbeit im Garten. *Wozu die Büsche beschneiden, wenn sie sowieso wieder nachwachsen? Wozu denn die vielen Beete, wenn keiner von euch Zeit hat, sich darum zu kümmern?* Wenn er heimkommt, will er nichts mit ihnen zu tun haben, er marschiert auf direktem Weg in sein Zimmer und dreht die Musikanlage bis zum Anschlag auf. Gleichzeitig beschwert er sich, dass nie jemand da ist. Vielleicht sollte sie mal mit Finja über ihren Sohn reden, wenn es ihr besser geht.

Jetzt erst fällt ihr auf, wie sehr die Trennung von Nikolai und Finja sie beunruhigt. Die beiden haben immer so glücklich gewirkt. Wie kann so eine Beziehung kaputtgehen? Die Wahrheit ist, dass es jeden treffen kann, auch Konstanze und Adam. Es hat keinen Sinn, die Augen davor zu verschließen, dass ihr Mann sich gerade von ihr entfernt und sie keine Zeit findet, ihre Ehe zu kitten, weil sie drei Morde aufklären muss, wahrscheinlich sogar vier. Nicht eine Sekunde glaubt Konstanze, dass Jessica Plocher gesund und munter auftauchen wird.

Ganz unvermittelt steht Adam auf. »Ich geh ins Bett, kommst du auch?«

Als würde dich das interessieren, denkt sie, verspricht aber, gleich nachzukommen. In der Küche schenkt sie sich ein Glas Wasser ein, das sie in einem Zug austrinkt, dann geht sie rüber in den Hauswirtschaftsraum, öffnet die Waschmaschine, die seit Stunden durchgelaufen ist, stopft Handtücher und Unterwäsche in den Trockner und stellt ihn an. Auf einmal ist sie so todmüde, dass sie im Stehen einschlafen könnte. Sie löscht alle Lichter und schleppt sich die Treppe hoch.

Adam liegt im Bett. Er schnarcht. Vielleicht träumt er gerade von einer anderen Frau oder einem anderen Leben. Sie selbst kommt in diesem Traum wohl nicht vor, und sie ist nicht mal sicher, ob sie das überhaupt will.

NIKOLAI

Hinter Nikolai liegt eine weitere kurze Nacht, zu kurz, um sich erholt zu fühlen. Charlotte hat ihn im Bett angefleht, einen Tag freizunehmen und bei ihr zu bleiben. Sie hat sich krankgemeldet.

»Du kannst doch nicht pausenlos arbeiten! Ich brauch dich! Unsere Bea lebt nicht mehr! Das macht mir solche Angst. Kann man sich als Frau überhaupt noch auf die Straße wagen?«

Natürlich muss er ins Büro. Und ihm bleibt keine andere Wahl, als den Hund mitzunehmen. Eine kurze Frage, ob Charlotte vielleicht ... wenn sie doch sowieso zu Hause ist ... wird mit einem energischen: *Das kannst du nicht von mir verlangen!* abgebügelt. Ein kurzer Gang um den Block mit China, die wirkt, als wäre sie dankbar, die mit Düften überfrachtete Wohnung verlassen zu dürfen.

»Zwischendurch besorg ich dir Futter«, verspricht er. »Aber jetzt müssen wir dringend los.« China bekommt Spezialnahrung, die sie direkt beim Tierarzt kaufen, und die Tierärztin ist gleichzeitig ihre Freundin. Er wird nachher bei Annika klingeln und einen Sack Futter rausholen.

Drei rote Ampeln reichen aus, um aus fünf Minuten Verspätung zehn zu machen. Die Morgenbesprechung hat schon angefangen.

»Und dieser Fall Kerber …« Jochens Blick wandert zu Nikolai, von ihm zu dem Hund und bleibt dort hängen. »Du bist persönlich involviert, Nikolai, wie man sieht.« Jeder hier, mal abgesehen von Florian, kennt China von dem jährlichen Grillen an Nikolais Geburtstag oder anderen Aktivitäten, an denen er gemeinsam mit Finja teilgenommen hat. »Konstanze wird die Ermittlung führen.«

»Aber ich …«

»Du kannst deine Ex-Freundin nicht vernehmen, das ist ja wohl klar. Mal abgesehen davon, dass sie sich weigert, mit dir zu reden.«

Schau an, Konstanze hat dafür gesorgt, dass seine Trennung bereits die Runde gemacht hat. Und jetzt weicht sie seinem Blick beharrlich aus.

»Gib Konstanze einen Überblick davon, was du über die Lebensumstände der Toten weißt, dann machst du mit den Joggingmorden weiter. Jessica Plocher ist noch nicht aufgetaucht. Da hab ich ein verdammt blödes Gefühl.«

»Ich auch«, muss Nikolai zugeben. »Rein optisch passt sie perfekt in sein Schema. Einiges spricht allerdings auch dagegen, dass sie ein Opfer des Drosselmörders geworden ist.«

»Jetzt benutzt du nicht auch noch diesen idiotischen Namen, den die Presse erfunden hat«, beschwert sich Konstanze.

»Warum nicht. Ist doch kurz und griffig«, grinst er. Und dann erläutert er seine Überlegungen vom Vorabend. »Warum sollte sie sich zum Joggen eine Strecke aussuchen, für die sie fünfundvierzig Minuten mit dem Rad braucht? Das klingt nicht sehr wahrscheinlich.«

»Aber sie ist in Laufklamotten verschwunden, also wollte sie auch joggen«, wirft Konstanze ein; es klingt angriffslustig und ihr Blick ist alles andere als freundlich.

»Eben.« Jochen streicht über seine grauen Borsten. »Ich denke auch, dass sie ein weiteres Opfer dieses Irren geworden ist. Ich kläre das mit den Tauchern; du, Nikolai, kannst ja noch mal mit der Mitbewohnerin reden und checken, ob Selbstmordgefahr bestand. Und denkt dran, Leute, kein Wort außerhalb der offiziellen Pressekonferenz an die Geier von der Zeitung, schon gar nicht an diese Kanngießer. Wenn ich rauskriegen sollte, wer da gesungen hat …«

Nikolai kann nur hoffen, dass sein Chef niemals von seiner Beziehung zu Alexandras Schwester erfährt.

»Wir gehen in mein Büro«, sagt Konstanze und wirft ihm einen weiteren bitterbösen Blick zu. Er hat sich nicht geirrt, sie ist wütend auf ihn.

Nikolai braucht einen Moment, um sich zu erinnern, was der Grund sein könnte, dann fällt es ihm ein: Er hat gestern ziemlich harsch auf ihre Frage reagiert, weshalb er die Trennung von Finja geheim gehalten hat. Seit wann ist Konstanze so nachtragend? Im Übrigen hat sie keinen Anspruch darauf, dass er sie regelmäßig über die neuesten Entwicklungen in seinem Privatleben informiert. Wahrscheinlich findet sie es unmöglich, dass er Finja mit ihrer Freundin betrogen hat. Das nennt man wohl Frauensolidarität. Aber gut, heute Morgen ist sein Stresslevel deutlich gesunken, er wird sich brav entschuldigen.

»Hör mal«, sagt er, sobald die Tür geschlossen ist, »wegen gestern …«

»Soll ich es Jochen erzählen oder übernimmst du das selbst?«

»Was ist los? Wovon redest du überhaupt?«

»Ich rede davon, dass Alexandra Kanngießer, wie man hört, seit Neuestem das Bett mit dir teilt. *Aus gesicherter Quelle* stand gestern in dem Artikel, ich nehme an, die gesicherte Quelle heißt Hauptkommissar Nikolai König.«

»Das kannst du nicht beweisen!«, fährt er sie an und weiß sofort, dass er das Falsche gesagt hat. Er hätte seine Unschuld beteuern müssen und das bestimmt nicht in so einem rotzigen Ton. Also noch mal von vorn und diesmal ganz ruhig. »Ich weiß, dass das blöd aussieht, aber ich habe Alexandra Kanngießer nichts erzählt. Im Übrigen bin ich nicht mit ihr zusammen, sondern mit ihrer Schwester. Alexandra hab ich seit Tagen nicht gesehen. Du weißt doch selbst, wie mein Überstundenkonto aussieht. Die Infos stammen nicht von mir.«

Ihr gleichmütiges Achselzucken sagt: *Ich glaube dir kein Wort.*

»Du kannst Alexandra ja vorladen lassen. Sie wird bestätigen, dass sie die Infos nicht von mir hat.« *Nein, besser nicht,* denkt er sofort, *das ist eine Scheißidee.*

»Wozu? Als Redakteurin kann sie sich darauf zurückziehen, dass sie nicht verpflichtet ist, ihre Informanden zu nennen. Und genau das wird passieren. Was willst du mir also beweisen, Nikolai?«

Am liebsten würde er sie jetzt anbrüllen. *Ich brauche dir gar nichts zu beweisen, schließlich bist du nicht meine Vorgesetzte!* Doch er weiß jetzt schon, dass Jochen genauso argumentieren wird. Niemand wird ihm glauben. Und er wird Charlotte nicht glauben, dass sie das, was er zu Hause über die Ermittlungen ausgeplaudert hat, nicht an ihre Schwester weitergegeben hat, vielleicht mit dem Versprechen, nichts davon in die Zeitung zu bringen. Verdammte Scheiße. Das darf doch alles nicht wahr sein.

»Also was ist, sagst du es Jochen selbst oder soll ich hingehen?«

»Findest du das kollegial?«, fragt er leise.

»Was? Dass du im Privatleben Dinge weitergibst, die der Schweigepflicht unterliegen? Vielleicht hast du die Einzelheiten tatsächlich nicht Alexandra Kanngießer erzählt, sondern ihrer Schwester, deiner neuen Liebe. Das Ergebnis bleibt das Gleiche.«

»Hat Finja dir das eingeflüstert?«

Ärgerlich schüttelt sie den Kopf. »Du glaubst, dass ich gestern Abend mit Finja über so etwas gesprochen habe? Mach dich bitte nicht lächerlich.«

»Ich rede mit Jochen.«

»Und ich fahr zu Finja in die Klinik.«

»Sag ihr, dass China bei mir ist und sie sich keine Sorgen machen soll.«

»In Ordnung.«

FINJA

Es war Finja nicht klar, dass Gedanken so klebrig sein können wie Kaugummi. Man wird sie einfach nicht mehr los. Der Notarzt hat sie gestern Nacht in die Klinik eingewiesen, in die psychiatrische Notaufnahme. Sie ist völlig durchgedreht, hat um sich geschlagen und gebrüllt wie eine Irre. O Gott. An etwas anderes kann sie heute früh nicht denken. Selbst Beas Tod rückt in den Hintergrund. *Schon gehört? Die Psychotherapeutin Finja Michaelis ist selbst verrückt geworden.*

Der Pfleger, der sich als Matthias vorstellt und das Frühstücksgeschirr abräumt, scheint sie nicht zu mögen, und sie fragt sich, ob sie das persönlich nehmen soll oder ob er grundsätzlich keine Leute mag, die ihm Arbeit machen. Dabei würden sie vom Äußeren her perfekt zusammenpassen. So wie Finja selbst verkörpert er den hellen, nordischen Typ, sonnig, hat Nikolai immer gesagt.

Nikolai, der 1990 im Alter von elf Jahren als sogenannter Spätaussiedler nach Deutschland gekommen ist und dem man die russischen Vorfahren auf den ersten Blick ansehen kann, ist das genaue Gegenteil. Als wirklich gut aussehend im klassischen Sinn würde Finja ihn nicht bezeichnen, trotzdem hat sie sich damals auf der Stelle in ihn verliebt. Ihr gefielen sein kantiges Gesicht mit den hoch angesetzten und stark ausgeprägten Wangenknochen, seine dunkelbraunen Augen und die Nase, die eine Spur zu groß ist und ein wenig schief, seine vollen Lippen und das energische Kinn. Außerdem mag sie seit jeher Männer mit dunklen Haaren, blond ist sie schließlich selbst. Seine sind beinahe schwarz. Charlotte hat auch schwarze Haare. Sollte das Übereinstimmen der Haarfarbe etwa das Geheimnis der ewigen Liebe sein oder produziert ihr Gehirn nur noch Gedankenmüll? Und halten Pfleger Patienten, die einen Nervenzusammenbruch hatten, für irre?

»Wann darf ich nach Hause?«

»Jederzeit. Aber ich an deiner Stelle würde erst mal ein bisschen durchatmen, bevor ich mich wieder in die stressige Welt stürze.«

Er duzt sie, das gefällt Finja. »Geht nicht, ich habe einen Hund.« China! Wo ist der Hund? Sie zwingt sich, nicht gleich wieder auszuflippen, schließlich will sie so rasch wie möglich entlassen werden. Das wird sich klären, ganz bestimmt. *Tief durchatmen, Finja.*

»Draußen ist eine Frau von der Polizei. Konstanze Schaffer. Fühlst du dich einem Gespräch gewachsen?«

Sie redet sich ein, so etwas wie Besorgnis in den hellblauen Augen zu erkennen, genauso gut könnte es aber auch Ungeduld sein.

»Ja. Lass sie rein. Das ist ja wichtig. Sie weiß bestimmt auch, wo mein Hund ist«, sagt sie schnell.

»Okay. Du kannst jederzeit auf die Klingel drücken, wenn es dir zu viel wird.«

Konstanze setzt sich auf Finjas Bett und greift nach ihrer Hand, die sie zuerst vorsichtig drückt und dann festhält. Sie trägt ein Shirt mit V-Ausschnitt und Dreiviertelärmeln, das Finja gut gefällt, die Farbe würde sie als Tannengrün bezeichnen. Konstanze sieht völlig übernächtigt aus und auch ein bisschen traurig, dabei hat sie Bea nicht mal gekannt. Aber vielleicht ist das, was Finja für Traurigkeit hält, in Wahrheit nur Mitleid für eine verlassene Frau, also für sie selbst.

»Hallo. Ich bin froh, dass es dir wieder einigermaßen geht. Fühlst du dich imstande, meine Fragen zu beantworten?«

Bea ist tot. Eine eiskalte Welle schwappt über Finjas Körper. Bea ist tot, aber sie kann nicht weinen. Was haben die ihr bloß für ein Zeug eingetrichtert, dass sie so emotionslos ist? Wo, verdammt, bleiben ihre Tränen? Sonst heult sie doch andauernd. Nikolai hat manchmal gesagt, dass sie viel zu sensibel für ihren Job sei.

»Kein Problem. Meine Gefühle sind dank der modernen Medizin ausgeschaltet«, hört sie sich sagen. »Aber etwas muss ich zuerst wissen. Was ist mit China?«

»Dein …«, Konstanze senkt den Blick und räuspert sich verlegen, »Nikolai hat sie gestern mit nach Hause genommen. Heute früh hat er sie mit zum Dienst gebracht.«

Nikolai. Vor Finjas geistigem Auge taucht das Bild auf, wie er und Charlotte mit China spazieren gehen, genauso wie sie es immer gemacht haben, Hand in Hand, und der Hund läuft ein paar Meter voraus. Das ist zu viel, allein die Vorstellung macht sie krank. Der Hund darf keine Sekunde länger als unbedingt nötig bei Nikolai bleiben.

Das Handy hat der Arzt ihr gestern abgenommen, es muss im Dienstzimmer liegen. Also bittet sie Konstanze um ihr Telefon und ruft, ohne groß nachzudenken, bei Nikolai an, die Nummer kennt sie immer noch auswendig, vielleicht wird sie die Zahlenfolge niemals vergessen.

»Hier ist Finja. Vielen Dank, dass du dich um meinen Hund gekümmert hast. Ich werde nachher entlassen und hole sie sofort ab.« Ihre Stimme klingt gepresst, aber nicht hysterisch, und sie beendet das Gespräch, ohne ihn zu Wort kommen zu lassen.

Konstanze nickt, Finjas Aktion findet ihren Beifall. »Kennst du seine Neue?« Sofort rudert sie zurück. »Entschuldige, du musst die Frage nicht beantworten, geht mich ja nichts an.«

»Charlotte war mal meine Freundin. Auch Beas Freundin, wir drei kennen uns schon ewig. Charlotte hat ein paar Jahre in Berlin verbracht, aber seit Anfang des Jahres wohnt sie wieder in Bremen. Ist ziemlich schnell passiert mit den beiden«, betet Finja mit ihrer neuen Roboterstimme runter. »Ich hab zufällig ihre Nachrichten auf seinem Handy gesehen, der Klassiker. Seine angebliche Fortbildung in Hannover hat er mit Charlotte an der Ostsee verbracht. Ich hab es fünf Minuten vor der Abfahrt gelesen.«

»Und er ist trotzdem gefahren?«, fragt Konstanze schockiert.

»Ich hab nicht verraten, dass ich wusste, wohin seine Reise geht.« Selbst ihr Lachen klingt fremd.

Am liebsten würde sie jetzt nach Matthias klingeln und fragen, ob das für immer so bleibt. Aber sie muss jetzt von Bea erzählen, von gestern Abend, dem letzten Abend im Leben ihrer besten Freundin. Heute Morgen arbeitet Finjas Gehirn nur über ein Notstromaggregat. Ihr fällt selbst auf, dass sie immer wieder abschweift und unwichtiges Zeug erzählt. Sie landet bei dem Grabstein für Lida, dem griechischen Nudelsalat, der länger ziehen muss als gedacht, damit er richtig gut schmeckt, sie landet sogar ein weiteres Mal bei Charlotte und Nikolai. Alles in ihr sträubt sich dagegen, das wirklich Schreckliche zu beschreiben, diese wenigen Minuten, die ihr vorkommen wie Stunden. Irgendwann schafft sie es aber, die Geschehnisse einigermaßen verständlich zu schildern.

»Du hast ihn gesehen?«

Das ist wichtig, wichtiger als ein Hundefriedhof oder griechischer Nudelsalat. Natürlich.

»Ja«, sagt sie zögernd. »Flüchtig. Aber ich kann ihn nicht beschreiben. Er befand sich ja bereits auf dem Weg nach draußen. Er trug etwas Dunkles, eine Jacke mit Kapuze, glaub ich, dann fiel die Tür auch schon zu und ich bin die Treppe runter und hab mich um Bea gekümmert. Ich hab noch gehört, dass ein Auto weggefahren ist.«

»War er groß, schlank, dünn, dick? Irgendwas musst du doch gesehen haben? Überleg ganz in Ruhe.«

Finja gibt sich alle Mühe, doch da ist nichts abgespeichert. In ihrem Kopf existiert kein Bild von dem Mann, da sind nur ein dunkler Schatten und ein Gefühl, ein schreckliches, alles übertünchendes Gefühl, Todesangst. »Tut mir leid.«

»Kam dir irgendwas an ihm bekannt vor. Kann es sein, dass du ihn kennst?«

»Ich weiß es nicht.«

»Er könnte dich auch gesehen haben.« Es klingt wie eine nüchterne Feststellung, doch Finja meint, so etwas wie Besorgnis in Konstanzes Stimme zu erkennen.

»Kann ich mir nicht vorstellen. Ich stand oben an der Treppe und er hat nicht hochgeschaut. Sonst wüsste ich ja, wie er aussieht.«

»Über dein Autokennzeichen könnte er deinen Namen rauskriegen.«

»Ich war mit dem Fahrrad dort.«

»Richtig, das hab ich ganz vergessen. Entschuldige, mir fehlen drei Nächte Schlaf, mindestens. Aber das ist gut, wirklich gut.« Konstanze atmet erleichtert aus und drückt Finjas Hand. »Hat er deinen Hund gesehen, kann er da irgendwelche Rückschlüsse ziehen?«

»China war bei mir, ich hab sie die ganze Zeit am Halsband festgehalten. Gebellt hat sie auch nicht. Ich kann mir ehrlich nicht vorstellen, dass er uns bemerkt hat. Er wird denken, dass Bea allein war im Haus.«

»Das würde mich sehr beruhigen. Was ist mit deiner Freundin, hatte sie Feinde?«

»Nein, auf keinen Fall. Sie war einer dieser Menschen, die jeder auf Anhieb in sein Herz schließt. Bea war sehr beliebt, die Leute sind gern zu ihr gekommen. Sie konnte super gut kochen. Und sie hatte die Gabe, Menschen zusammenzubringen.« Bea war die Erste, mit der Charlotte nach ihrer Rückkehr Kontakt aufgenommen hat. Das behält Finja allerdings für sich, weil es nichts mit Beas Tod zu tun hat.

»Was ist eigentlich mit ihrem toten Hund? Wo könnte er sich befinden?«

Verständnislos schaut sie Konstanze an. Nach allem, was Nikolai immer über seine Arbeit erzählt hat, sucht die Polizei doch jeden Tatort gründlich ab, sprichwörtlich mit der Lupe. Auch die Autos, die dort stehen.

»Lida liegt in dem alten Polo, Beas Zweitwagen, sie hat ihn nur für die Fahrten mit dem Hund benutzt. Eine alte Klapperkiste, steht direkt neben dem Carport. Die Rückbank ist ausgebaut. Lida liegt auf der Ladefläche, eingeschlagen in eine Decke. Bea wollte sie heute wegbringen, an der Turnerstraße gibt es einen Tierfriedhof.«

»Okay, darum werde ich mich kümmern. Wie lange ist sie schon tot?«

Finja muss ihre Finger zu Hilfe nehmen und kommt auf zwei Tage.

»Ich werde ihre Eltern anrufen, die sollen das übernehmen. Nach zwei Tagen in einem Wagen, der sich tagsüber durch die Sonne aufheizt, hat der Verwesungsprozess bereits eingesetzt.« Erneut drückt sie Finjas Hand. »Entschuldigung. Das möchtest du jetzt sicher nicht hören.«

»Sag ihnen, dass Bea sich für einen Platz auf dem Hundefriedhof entschieden hat. Das war ihr sehr wichtig. Ihr letzter Wunsch sozusagen.«

Konstanze nickt, aber beide wissen, dass weder sie noch Finja das entscheiden dürfen.

Trotzdem lässt Finja nicht locker. »Ich übernehme die Kosten«, sagt sie eindringlich. »Gibst du das bitte weiter?«

»Ja. Versprochen.«

Als Konstanze sich verabschiedet, drückt Finja auf den Klingelknopf. Diesmal erscheint eine Schwester, die so ähnlich aussieht wie eine ihrer Lehrerinnen in der Grundschule, deren Name ihr partout nicht einfallen will. Irgendwas mit M. Nichts will ihr heute Morgen einfallen, ein Wunder, dass sie sich noch an ihren eigenen Namen erinnern kann.

»Schwester Irene«, stellt die Schwester sich vor. Die Freundlichkeit in ihrem Blick wirkt ehrlich, vielleicht mag sie Finja ja wirklich. Ein schöner Gedanke, denn gerade kommt es ihr so vor, als wäre mit Bea der letzte Mensch gestorben, der sie gern hatte.

Sie erklärt, dass sie so schnell wie möglich nach Hause muss. Wegen China. Weil sie es nicht erträgt, dass ausgerechnet ihr Ex-Freund und seine Neue sich um ihren Hund kümmern.

»Ach, Mädchen«, sagt Schwester Irene leise und setzt sich auf die Bettkante. »Gönnen Sie sich doch erst mal ein bisschen Ruhe.«

Finja ist sechsunddreißig Jahre alt und eine gestandene Psychotherapeutin mit eigener Praxis. Mädchen hat schon lange niemand mehr zu ihr gesagt. Aber jetzt ist sie unendlich dankbar dafür, und sie möchte hier liegen bleiben, schlafen, stundenlang schlafen und zwischendurch mit warmer Milch und Keksen verwöhnt werden wie ein kleines Mädchen. Aber das geht nicht, sie ist eine erwachsene Frau mit Verantwortung und muss sich jetzt um China kümmern. Also schüttelt sie entschieden den Kopf. »Der Hund braucht mich und ich brauche meinen Hund.«

»Na gut. Ich sag der Stationsärztin Bescheid. Begeistert wird sie nicht sein, das kann ich Ihnen versprechen. Bestimmt schreibt Sie Ihnen was zur Beruhigung auf. Tun Sie mir einen

Gefallen und nehmen Sie das Zeug, wenigstens eine Zeit lang, bis Sie wieder stabil sind. Das ist weder schlimm noch peinlich, Frau Michaelis. Irgendwelche schlauen Köpfe haben diese Medikamente entwickelt, damit Menschen solche Ausnahmesituationen unversehrt überstehen.« Wieder dieses samtweiche Lächeln. »Sie sind doch selbst Therapeutin und kennen sich aus.« Unvermittelt legt sie ihre Fingerspitzen gegen Finjas Stirn. »Da drinnen hat ein heftiger Sturm gewütet, das kann jedem von uns passieren. Und jetzt müssen Sie aufpassen, dass keine Schäden zurückbleiben.«

Ihre Hand fühlt sich warm an. Vielleicht hat Schwester Irene recht und sie sollte eine Zeit lang Pillen schlucken, damit sie klarkommt.

NIKOLAI

Vorhin hat Finja angerufen, ihre Stimme klang fremd, sie will den Hund zurück, heute noch, dabei wäre sie besser in der Klinik aufgehoben, wenigstens bis morgen. Den Vorschlag braucht Nikolai gar nicht erst zu machen, Finja wird nicht auf ihn hören, jetzt da Bea tot ist, wird sie auf niemanden mehr hören.

Heute ist er mit seinem Privatwagen unterwegs, einem schwarzen Mégane Kombi mit Sportfelgen und getönten Scheiben. Die Ladefläche bietet genügend Platz, damit China sich bequem hinlegen kann. Viel mehr kann er leider nicht für sie tun. Wenigstens Futter hat er vorhin besorgt und die Hündin in seinem Büro fressen lassen.

Er zwingt sich, wieder an seine Arbeit zu denken, an Jessica Plocher, die immer noch verschwunden ist. Von ihrer Nachbarin wird die junge Frau als offener und sehr lebensfroher Mensch beschrieben. Im August plant sie, mit ihrer Schwester nach Mallorca zu fliegen, die Reise ist schon gebucht. Sie spricht ständig davon, wie sehr sie sich auf die Reise freut. Nach suizidalen Absichten klingt das nicht. Lebt sie noch? Inzwischen glaubt er nicht mehr daran. Wenn sie dem sogenannten Drosselmörder in die Hände gefallen ist, wird es hoffentlich nicht mehr lange dauern, bis ihre Leiche auftaucht. Es gehört zu seinen Inszenierungen, dass seine Opfer entdeckt werden.

Der Mann ist verrückt und wird nicht aufhören zu töten und das ist eine furchtbare Vorstellung. Charlotte ist auch schlank und wunderschön, zum Glück aber schwarzhaarig. Außerdem hält sie sich im Studio fit. Das Laufen in der freien Natur würde er ihr jetzt verbieten.

Das Telefon klingelt, Finja. Natürlich geht es ausschließlich um China. Sie fragt, ob er den Hund nach Schönebeck bringen könnte. Man hat ihr in der Klinik starke Beruhigungsmittel verabreicht und sie traut sich nicht hinter das Lenkrad, sehr vernünftig. »Ich könnte Eike anrufen und ihn bitten, sie herzubringen, aber ich denke, das sollte ich China nicht zumuten. Sie kennt ihn ja kaum.« Mit anderen Worten, es kostet sie Überwindung, ihn um diesen Gefallen zu bitten, und sie macht es nur China zuliebe. Und es ist ihr wichtig, dass er das weiß.

Der Gedanke, dass die Hündin wieder komplett aus seinem Leben verschwinden wird, erfüllt ihn mit Bedauern, auch wenn ihm klar ist, dass es keine Alternative gibt. In seinem stressigen Job ist kein Platz für einen Hund, jedenfalls nicht, wenn die Partnerin sich nicht einbringen will, und Charlotte hat ihre Meinung dazu deutlich geäußert.

Finja wartet bereits an der Gartenpforte. Ihr weizenblondes Haar reicht nur noch bis auf die Schultern, sie hat es ein Stück kürzen lassen. Keine großartige Veränderung, deshalb ist es ihm wohl gestern nicht aufgefallen. Erschreckend blass sieht sie aus und sie bewegt sich genauso langsam, wie sie spricht. Mit Sicherheit ist das irgendwelchen Medikamenten geschuldet. Sie schaut ihm kein einziges Mal in die Augen, sondern konzentriert sich nur auf China, die vor Wiedersehensfreude wie ein Welpe rumspringt und auf den Plattenweg pinkelt.

»Ich war vorhin bei Annika und hab Futter gekauft, der Sack liegt im Wagen. Ich hol ihn eben.«

»Lass, ich brauch kein Futter.«

»Und was soll ich damit anfangen?«

»Spende ihn doch dem Tierheim, die freuen sich bestimmt.«

Herrgott, wie lange will sie noch so weitermachen, ihn mit jedem Wort, jedem Blick, jeder Geste bestrafen? Sogar jetzt bringt sie noch die Kraft auf, die Krallen auszufahren. »Sei bitte nicht albern. Das Futter ist nicht giftig, nur weil ich es gekauft habe!«, fährt er sie an. »Der Sack hat sechzig Euro gekostet, warum willst du ihn nicht verfüttern?«

»Vielen Dank, dass du dich um meinen Hund gekümmert hast.« Sie dreht sich um und bewegt sich Richtung Haus, ein bisschen unsicher auf den Beinen und doch zielstrebig. Zum ersten Mal wird ihm klar, wie allein sie jetzt ist. Ohne Bea. Ohne Charlotte. Ohne ihn selbst. Es gibt nur noch Finja und ihren Hund. Aber sie will es offenbar so haben.

Ja, verdammt noch mal, er hat sich mies verhalten, das weiß er selbst. Er hat etwas getan, das er bei jedem anderen zutiefst verurteilen würde. Doch genauso wenig, wie er sich selbst so einen feigen Betrug zugetraut hätte, wäre es ihm in den Sinn gekommen, dass Finja derart bockbeinig und unerwachsen reagieren könnte.

Kaum dass er damals losgefahren ist, um mit Charlotte ein Wochenende in Travemünde zu verbringen, in der Ferienwohnung ihrer Mutter, ließ Finja alle Schlösser auswechseln. Dann hat sie seinen gesamten Krempel einfach vor die Tür gestellt, in den strömenden Regen. Die Fotobücher mit den Bildern der gemeinsamen Urlaube waren völlig aufgeweicht, er musste sie wegwerfen, genau wie die Originale der Asterix-Comics und seine Gitarre, die zwar seit Jahren nur rumstand, ihn aber seit seinem vierzehnten Lebensjahr durchs Leben begleitet hat. Das Holz war nach zwei Tagen Dauerregen völlig aufgequollen und an mehreren Stellen aufgeplatzt, sodass er sich schweren Herzens von dem Instrument trennen musste. Sein Notebook und die Musikanlage hatte sie wenigstens mit einer Plastiktüte vor der Feuchtigkeit geschützt, eine der Lautsprecherboxen sah allerdings so aus, als wäre sie runtergefallen.

Gleichzeitig hat Finja ihn auf allen sozialen Netzwerken geblockt und seine Anrufe nicht mehr angenommen. Sie hat eine Rundmail an alle Freunde geschickt und verkündet, dass er beschlossen habe, sein Leben künftig an Charlottes Seite zu verbringen, und sie sich nie wieder im selben Raum mit ihm aufhalten würde. Eine Aufforderung an alle, sich zu entscheiden: Finja oder Nikolai. Finja hat ihre Tür nicht nur zugeschlagen, sondern auch mit Riegeln und Ketten verbarrikadiert.

Sie weiß nicht mal, dass er Charlotte auf der Rückfahrt von Travemünde erklärt hat, dass es keine Fortsetzung geben würde. »Ich liebe Finja und werde sie nicht verlassen.«

Wie hätte er ahnen können, dass Finja alles wusste und ihn bereits komplett aus ihrem Leben entfernt hatte. Es war Sonntagabend, er klingelte Sturm, hinter der Tür bellte der Hund wie verrückt, aber Finja ließ ihn nicht herein. Irgendwann warf er den nassen Krempel in seinen Wagen und fuhr in die Stadt. Drei Nächte hat er in einem Hotel gewohnt und versucht, Kontakt zu Finja aufzunehmen, dann hat er bei Charlotte geklingelt, die ihn mit offenen Armen empfing.

Charlotte behauptet, dass Finja schon immer so war, schnell beleidigt, nachtragend, ungerecht und sehr besitzergreifend, wenn es um Menschen geht, doch Nikolai hat seine Ex-Freundin in den fünf Jahren ihrer Beziehung nicht ein einziges Mal so unversöhnlich erlebt. Seit gestern Abend ist er allerdings geneigt, Charlotte zu glauben.

Wie kann eine erwachsene Frau aus persönlichen Rachegefühlen die Arbeit der Polizei boykottieren, obwohl es um den Tod ihrer besten Freundin geht?

Er fährt zurück ins Präsidium. Sein erster Weg führt zur Kaffeemaschine. Plötzlich steht Konstanze vor ihm, die Arme vor der Brust verschränkt, den rechten Fuß nach vorn gestellt. Es wirkt so, als würde sie ihn zum Kampf auffordern, fragt sich nur, in welcher Disziplin.

»Hast du schon mit Jochen geredet?«

Scheiße, nein, das hat er nicht, und er verspürt auch keine Lust, das nachzuholen. »Hör mal, es gibt doch überhaupt keinen Beweis …«

»Gut, dann erledige ich das, bevor auf wundersame Weise weitere Einzelheiten über den Täter in die Zeitung gelangen.«

»Nein, verdammt«, zischt er böse. »Ich gehe selbst hin. Jetzt. Damit du zufrieden bist. Scheint dir ja viel zu bedeuten.«

»Richtig. Es gibt hier ganz klare Richtlinien, die für alle gelten, und eine davon lautet, dass die Presse nur die Fakten erfährt, die wir weitergeben wollen. Diese Regel wurde gebrochen und zurzeit stehen wir alle unter Generalverdacht. Du findest es nicht kollegial, wenn ich darauf bestehe, dass Jochen die Wahrheit erfährt. Ich finde es sehr unkollegial von dir, Zwietracht im Team zu säen, indem du zulässt, dass einer dem anderen misstraut. Meiner Meinung nach muss Jochen von deiner Verbindung zu Alexandra Kanngießer wissen und danach entscheiden, ob einer, der Täterwissen im Bett ausplaudert, für das Team tragbar ist. Wie lange seid ihr zusammen, du und deine neue Flamme? Einen Monat?«

»Zwei«, knurrt er unwillig.

Das Schlimmste ist, dass Konstanze vollkommen im Recht ist. Nikolai hat zu Hause Details über den Fall verraten. Gemeinsam haben sie überlegt, wie so ein Täter ticken könnte. Mit Finja konnte er so etwas machen, sie hat die Regeln kapiert, Charlotte leider noch nicht. Er hätte deutlicher sagen müssen, dass nichts von ihren Gesprächen nach außen dringen darf. Das wird er heute nachholen.

Und Alexandra wird er sich auch vorknüpfen. Die weiß garantiert, was sie da angerichtet hat. Vielleicht steckt sogar ein Plan dahinter, in Alexandras Augen ist er ja nur ein kleiner Polizist und nicht gut genug für ihre Schwester. Vielleicht wollte sie ihm ganz bewusst schaden. Aber jetzt muss er bei Jochen anklopfen. Und wenn er Pech hat, ist er anschließend den Fall los.

Jochen ist nicht da, das Schicksal gewährt ihm Aufschub.

Mit dem Wagen fährt er noch mal raus nach Huckelriede. Die Taucher packen gerade ihre Siebensachen zusammen.

»Nichts«, seufzt der Leiter der Aktion. »Wir brauchen einen Leichenhund mit Zusatzausbildung zur Wassersuche. Der kommt morgen.«

FINJA

Finja ist froh, wieder zu Hause zu sein, gemeinsam mit China, die ihr auf Schritt und Tritt folgt. Die Hündin scheint zu spüren, dass ihre Besitzerin jetzt jemanden braucht, der ihr Kraft schenkt, damit sie nicht aufgibt.

So wie sie es auch ihren Patienten raten würde, versucht sie, sich mit positiven Gedanken aufzumuntern. *Ich habe einen tollen Beruf. Ich wohne in einem wunderschönen Haus, in dem ich schon als Kind leben wollte. Neben mir sitzt der beste Hund der Welt. Finanziell geht es mir gut, mein Auto ist erst zwei Jahre alt und springt immer an. Es ist Sommer, die Rosen blühen und der erste Phlox geht bald auf. Mein Leben ist wunderbar.*

Als gäbe es nicht die andere Seite der Medaille. Bea ist tot, Nikolai hat sie mit Charlotte betrogen, die mal ihre Freundin war, doppelter Betrug also, und gestern hatte sie einen Nervenzusammenbruch und ist zusammengeklappt. Jedes Mal, wenn sie in den Spiegel schaut, bekommt sie einen Schreck, weil auf ihrer Stirn eine dicke blaue Beule prangt, die sie aussehen lässt, als hätte sie sich geprügelt. Nein, ihr Leben ist alles andere als wunderbar, und es wird ihr nicht gelingen, sich das Gegenteil einzureden.

Die Stationsärztin hat ihr vorgeschlagen, sich zu schonen und ein paar Tage zu Hause zu bleiben. Doch nicht zu arbeiten bedeutet stundenlang zu grübeln, und das ist das Letzte, was Finja jetzt möchte.

»Nein«, sagt sie so laut und entschieden, dass China erstaunt den Kopf hebt, »ich muss auch an meine Patienten denken, die brauchen mich.«

Und dann unterbricht das Klingeln ihres Telefons die Stille und die Nummer auf dem Display ist Finja völlig unbekannt. Ein Patient, denkt sie sofort, aber dann fällt ihr ein, dass keiner der Patienten ihre Privatnummer kennt. Nach kurzem Zögern nimmt sie das Gespräch an.

Tim ist dran, Beas kleiner Bruder. »Ich wollte fragen, wie es dir geht. Ob du Unterstützung brauchst. Ich glaub nämlich nicht, dass du jetzt allein sein solltest. Hast du schon was gegessen?«

So viel Fürsorge, ausgerechnet von Tim, ist eine echte Überraschung, und ihr kommt der Gedanke, dass Beas Mutter ihn um diesen Anruf gebeten hat.

»Frühstück. Heute Morgen in der Klinik.«

»Ich komm vorbei und bring was mit.«

Eine halbe Stunde später klingelt es an der Haustür. Augenblicklich blinkt in ihrem Kopf eine Warnleuchte auf, Alarmstufe Rot, *höchste Gefahr*, schreit eine hysterische Stimme, die nur Finja hören kann, ihr Herz hämmert erschreckt gegen die Rippen und ihre Hände werden feucht. So fühlt sich also echte Angst an, die Art von Angst, von der ihre Patienten immer berichten, eine Mischung aus Panik und absoluter Machtlosigkeit. Nie wieder wird sie heimlich denken, dass es gar nicht so schlimm sein kann, wie die Leute es beschreiben. Es ist schlimmer, viel schlimmer sogar.

Ihr Blick fällt auf China. Die Hündin wirkt total entspannt, ein Zeichen, dass sie weiß, wer vor der Tür steht, und ihr Blick scheint zu sagen: *Los, mach schon auf.* Was würde sie ohne diesen Hund machen?

Es ist wirklich nur Tim. Wie lange wird es dauern, bis ein schlichtes Klingeln an der Tür keine solchen Panikreaktionen mehr bei ihr auslöst?

Finja erster Gedanke ist, dass Beas kleiner Bruder anders aussieht, irgendwie älter, aber vielleicht bildet sie sich das auch nur ein, weil es logisch wäre. Immerhin hat er gerade seine Schwester verloren. So ein schrecklicher Verlust kann Menschen für immer verändern, manchmal auch zum Positiven. Warum sollte ein Träumer wie Tim nicht endlich aufwachen und erwachsen werden? Wortlos fallen sie sich in die Arme.

»Ausgerechnet Bea, die Liebste von allen«, krächzt er rau. Er will nicht weinen, das kann sie deutlich spüren. Tim ist immer darum bemüht, männlich zu wirken, cool und abgeklärt, aber meist gelingt es ihm nicht. So auch jetzt, denn plötzlich sackt er in ihren Armen zusammen und heult jämmerlich auf.

Es ist ganz leicht mitzuweinen, ihre Tränen fließen ganz von selbst, und Finja spürt eine seltsame Erleichterung, weil sie ihre Gefühle wiedergefunden hat. Vielleicht fließen mit den Tränen auch die letzten Reste des Beruhigungsmittels aus ihrem Körper. Sie bleiben eine halbe Ewigkeit so stehen. Die Arme umeinandergeschlungen, den Kopf auf die Schulter des anderen gelegt, wiegen sie sich sanft vor und zurück, und hinterher fühlt Finja sich ein kleines bisschen besser.

Später setzen sie sich an den Küchentisch und essen die Cheeseburger, die Tim mitgebracht hat. Im Gegensatz zu Finja steht er auf McDonald's. Selbst würde sie diesen pappigen, überwürzten Mist nicht mal an ihren Hund verfüttern, aber heute ist alles egal. Sie muss etwas essen, unbedingt, und Tim hat etwas zu essen mitgebracht. Und es ist sicher in Ordnung, dass er ihr den Kassenbon auf den Tisch legt, damit sie ihm das Geld erstattet. Warum sollte ausgerechnet Tim, der ständig blank ist, sie zum Essen einladen.

Später kramt sie ihr altes Fotoalbum hervor, das blaue mit der Friedenstaube vorn drauf, das sie schon ewig nicht mehr aufgeschlagen hat, und sie schauen zusammen die Fotos an. Kindergartenbilder, die Einschulung. Finja und Bea stehen in der ersten Reihe rechts, sie tragen weiße Söckchen und Lackschuhe mit Knöchelriemchen. Finjas Kleid ist hellrosa, das von Bea gelb mit blauen Streifen. Leider ist Charlotte ebenfalls mit auf dem Bild, vorn in der Mitte, eine schwarzhaarige Prinzessin in einem weißen Spitzenkleid, Schneewittchen. Ihr Anblick verdirbt alles und Finja blättert rasch weiter. Nie zuvor ist ihr aufgefallen, dass Charlotte auf beinahe allen Schulfotos zu sehen ist, immer perfekt getroffen und immer genau in der Mitte. Dafür hat schon ihre Mutter gesorgt. *Charlotte, du stehst vorn. Halt den Kopf gerade und guck nicht so böse, wie sieht das nachher auf dem Bild aus.*

Es gab Zeiten, da hat Charlotte ihr sogar leidgetan, wer wünscht sich schon so eine dominante Mutter, die einen ständig überall blamiert, aber das ist lange vorbei. Jetzt stellt sie sich lieber vor, an der Tür zu klingeln und Charlottes hübsches Puppengesicht mit Säure zu verätzen, und sie hat nicht mal ein schlechtes Gewissen bei solch abscheulichen Gedanken.

Charlotte braucht kein Mitleid, Charlotte bekommt immer, was sie will, sogar den Mann, den Finja liebt. Als sie Nikolai zum ersten Mal gesehen hat, das war auf Beas letztem Geburtstag, hat sie gemurmelt: *Gott, ist der heiß. Halt ihn gut fest, Finja.* Und sie hat das nicht ernst genommen, hat geglaubt, ihre Beziehung wäre unzerstörbar. Idiotisch und naiv.

Warum nur landen ihre Gedanken immer wieder bei Charlotte und Nikolai, sie kapiert es einfach nicht. Bea ist tot, ihre beste Freundin, und sie sollte den ganzen Tag nur an Bea denken und trauern.

»Was glaubst du, hat Bea gelitten?« Tims Stimme klingt gepresst und er lässt Finja nicht aus den Augen.

»Wenn ich das nur wüsste. Es ist so furchtbar und ich kann überhaupt keinen Sinn darin entdecken, jemand, der so beliebt war wie Bea.«

»Was ist denn da passiert?« Mit dem Zeigefinger streicht Tim über die Beule auf ihrer Stirn. Seine Finger sind dünn und knochig und die Nägel ziemlich lang. Die Berührung ist ihr unangenehm, doch sie kann wohl schlecht seine Hand fortschlagen, auch wenn es das ist, was sie jetzt am liebsten tun würde. Es gibt einfach Menschen, von denen man sich ungern anfassen lässt, und für Finja gehört Tim dazu.

»Ich bin umgekippt und mit der Stirn auf den Tisch geknallt.«

»Sag mal, hast du den Täter eigentlich gesehen?«

Auf einmal wirkt Tim total angespannt, er sitzt kerzengerade da, die Hände auf die Knie gelegt, und starrt auf ihren Mund, als könnte er ihre Antwort kaum erwarten. Stellt er sich insgeheim vor, der Polizei zuvorzukommen und den Täter in einer blindwütigen Racheaktion umzubringen? Tim, der große Held, der seine tote Schwester rächt. Das würde ihm sicher gefallen. Nur leider sitzt dort Tim, der Träumer, der sich ständig große Dinge vornimmt, die er am Ende doch nie in die Tat umsetzt.

»Nicht wirklich, dafür ging alles viel zu schnell.«

»Ach so.« Er nimmt ihr das Fotoalbum aus den Händen, ein bisschen grob, so als wäre er plötzlich wütend. Planlos blättert er darin herum und landet auf der Seite mit den Fotos vom Abiball. Bea trägt ein bodenlanges nachtblaues Kleid mit schmalen Trägern, Finja leuchtet ganz in Rot, Charlotte ist ein weiteres Mal in makelloses Weiß gehüllt. Drei Mädchen, die unbedingt erwachsen aussehen wollen, eine davon so wunderschön, dass die beiden anderen neben ihr kaum auffallen.

Plötzlich fällt Finja ein, dass der heißeste Junge aus der Klasse, Julian Ortgies, den ganzen Abend mit ihr getanzt hat und nicht mit Charlotte, der Prinzessin in weißer Spitze. Er fand sie hohl im Kopf. *Eine hübsche Schachtel, leider ohne Inhalt*, hat er Finja zugeflüstert, und für einen Moment fragt sie sich, was wohl aus Julian geworden ist. Sie könnte ihn bei Facebook suchen und, falls sie ihn dort findet, einfach anschreiben. *Stell dir vor, die leere Schachtel hat sich meinen Freund gekrallt.*

»Toll sieht sie da aus, richtig wunderschön«, unterbricht Tim ihre Gedanken. Er meint Bea, seine große Schwester, und Finja nickt. Vor dem Abiball hat Bea ihr damals noch langes Haar beim Friseur aufstecken lassen, ein Wunsch ihrer Mutter. Vier Wochen später folgte der große Cut, Bea ließ sich eine freche Kurzhaarfrisur schneiden, die sie total verändert hat, plötzlich wirkte sie selbstbewusst und ein bisschen frech. Genauso, wie es ihrem Charakter entsprach. Bei den kurzen Haaren ist es bis zu ihrem Tod geblieben.

Tims Zeigefinger tippt auf Charlotte. »Die ist aber auch nicht zu verachten.«

»Das ist Charlotte, du weißt schon, Nikolais Neue.«

»Oh.« Es klingt so, als wollte er sagen: *Kann ich verstehen.*

Am liebsten würde Finja ihn jetzt vor die Tür setzen, aber dann wäre sie allein und das möchte sie sich lieber gar nicht vorstellen.

»Willst du ein Bier?« Die Kiste Jever hat Nikolai noch gekauft, und es wird Zeit, dass jemand sich darüber hermacht, warum nicht Tim.

Beas Bruder willigt ein und Finja verschwindet im Keller. Kaum dass sie die Tür zum Vorratsraum aufstößt, muss sie feststellen, dass Alleinsein und Dunkelheit ihr jetzt Angst machen. Sie zieht drei Flaschen aus der Kiste, schnappt sich eine Flasche roten Sekt, es ist die vorletzte, und flüchtet nach oben, wo sie die Flaschen demonstrativ auf den Tisch stellt. Der Abend ist noch lange nicht zu Ende, soll das heißen.

Tim fragt nach einem Öffner, den Trick mit dem Feuerzeug, den die meisten Männer aus ihrem Freundeskreis anwenden, scheint er nicht zu beherrschen. Wenigstens verlangt er kein Glas. Und natürlich macht er auch keine Anstalten, den Sekt zu entkorken, aber das kann Finja auch allein. Schweigend betrachten sie die letzten Bilder. Tim will etwas sagen, das merkt Finja ganz deutlich, er traut sich aber erst, nachdem die erste Bierflasche leer ist.

»Sag mal, wie war das, als Bea da lag? Hast du was gespürt, als sie gestorben ist, so was wie ihre Seele? Hat sich in dem Moment irgendwas verändert, anders angefühlt, wurde es kälter? War da ein Lufthauch?«

Ihr irritiertes Nein scheint ihn zu enttäuschen. Gott, was hat er sich denn vorgestellt? Eine Szene aus einem Mysterythriller? Dass Beas Seele in Form eines schwarzen Falken in den Himmel geschossen ist, während alle Fenster schauerlich geklappert haben?

Nach dem fünften Bier – die letzten beiden Flaschen musste er sich selbst aus dem Keller holen – bietet Tim an, bei Finja zu übernachten, damit sie nicht allein bleiben muss. »Ich schlafe natürlich auf der Couch«, betont er gleich zweimal.

Als hätte sie etwas anderes auch nur in Betracht gezogen. Ihr ist sofort klar, dass er nach dem ganzen Bier nicht mehr Auto fahren darf und sich kein Taxi leisten kann, und sie ärgert sich darüber, dass er nicht ehrlich ist, sondern sich als großmütigen Beschützer darstellt, dem ihr Seelenwohl am Herzen liegt.

Nur weil die Vorstellung, allein im Haus zu bleiben, sich so bedrohlich anfühlt, willigt sie trotzdem ein und verliert kein Wort darüber, dass Bea zuletzt auf der Couch geschlafen hat, vor gerade mal zwei Nächten.

NIKOLAI

Charlottes ärmelloses, hautenges Kleid ist aus einem seidenähnlichen Material, das im Lampenlicht ständig seine Farbe wechselt, mal schillert es grünlich, dann wieder grau. Sie trägt hochhackige Schuhe, die nur aus Riemchen zu bestehen scheinen, und keine Strümpfe. Ihr Haar, das tiefschwarz ist und vollkommen glatt, fällt in einer einzigen glänzenden Woge bis zu ihrer schmalen Taille. Bei ihrem Anblick kriegt Nikolai sofort eine Erektion, und ihm ist klar, dass sie genau das bezweckt hat.

»Lass uns nicht von Bea reden, bitte.« Wie zufällig rutscht einer der breiten Träger von ihrer Schulter, die nackt ist, sie trägt also keine Unterwäsche. »Sag mir, dass du mich willst, dass ich wichtig bin für dich, dass du mich niemals verlassen wirst.«

Sie drängt sich gegen ihn und sein Mund legt sich wie von selbst auf die weiche Haut ihrer unbedeckten Schulter. Dann allerdings besinnt er sich, hebt den Kopf, umfasst ihre Taille und schiebt seine einen Schritt zurück.

»Hast du mit deiner Schwester über meine Arbeit geredet?«

»Was? Kannst du um Himmels willen einmal deinen Scheißjob vergessen? Siehst du mich überhaupt? Ich bin es, Charlotte, die Frau, die du liebst, für die du Finja verlassen hast.«

Nicht ganz, denkt er, *in Wahrheit hat Finja mich knallhart vor die Tür gesetzt.* »Ich wiederhole meine Frage: Hast du Alexandra davon erzählt, dass der Täter sich an den toten Frauen vergangen hat?«

»Nein, natürlich nicht. Du hast doch gesagt, dass ich nicht darüber sprechen darf.«

Im Lauf seiner Berufstätigkeit hat Nikolai unzählige Verhöre geführt, er hat die entsprechenden Fortbildungen besucht und gelernt, Mimik und Körpersprache seines Gegenübers zu deuten. In der Regel erkennt er ziemlich schnell, wenn jemand nicht die Wahrheit sagt. Charlotte ist keine sonderlich geübte Lügnerin, sie kann ihn nicht eine Minute täuschen. Und das merkt sie gerade. Also versucht sie ihn abzulenken, mit ihren Mitteln, die immer greifen.

Ihre Lippen verziehen sich zu einem Schmollmund. »Ich dachte, wir könnten uns endlich mal wieder einen schönen Abend zu zweit machen und jetzt bist du so mies drauf. Komm, vergiss das alles. Nur wir sind wichtig, du und ich.«

»Vergessen?« Er lacht böse. »Es ist möglich, dass ich den Fall verliere. Ich habe gegen eine Dienstvorschrift verstoßen und im Privatleben über Dienstgeheimnisse gesprochen. Weißt du eigentlich, was du da angerichtet hast?«

Ihre Augen füllen sich mit Tränen, ganz langsam. Sogar wenn sie weint, sieht Charlotte wunderschön aus, wie ein verängstigtes Reh, das nicht weiß, wohin, und das beschützt werden muss.

»Ich wollte das doch nicht. Alexandra hat geschworen, dass nichts in der Zeitung landet. Du warst nicht da, ich war enttäuscht und habe zu viel getrunken …«

»Und zu viel erzählt«, sagt er rau.

Sie nickt unter Tränen. »Ja, zuerst hab ich gar nicht gemerkt, dass sie mich ausfragt. Und als es mir aufgefallen ist, hab ich den Mund gehalten. Es war keine Absicht, ehrlich.«

Aber so leicht wird er es Charlotte nicht machen. Ein paar Tränen und die Welt ist wieder in Ordnung, das kann nicht jedes Mal funktionieren. »Tut mir leid, aber dafür hab ich kein Verständnis. Wir reden hier nicht davon, dass jemand die falschen Schuhe trägt oder den verkehrten Lippenstift aufgetragen hat. Es geht um meinen Beruf und darum, dass ich ernsthafte Schwierigkeiten kriege.«

»Hast du Finja auch so behandelt, wenn sie mal einen Fehler gemacht hat?«

»Finja hätte das nicht ausgeplaudert«, sagt er, ohne nachzudenken.

»Natürlich nicht«, schluchzt sie auf. »Ich bin ja nur die kleine Charlotte, die immer alles falsch macht. Weißt du, dass meine Mutter nie mit mir zufrieden ist, egal was ich tue? Alexandra ist die Kluge, die es mindestens bis zur Chefredakteurin schaffen wird, und ich bin nur das dumme kleine Püppchen mit den schönen Haaren.« Ihr Weinen wird heftiger. »Einmal, ein einziges Mal im Leben habe ich es gewagt, mich zu widersetzen. Ich habe mich in einen Mann verliebt, der angeblich nicht gut genug für mich ist. Ja, vielleicht wollte ich an dem Abend beweisen, dass der Mann, den ich liebe, Achtung verdient, dass er in seinem Beruf wichtig ist, und deshalb hab ich von deinen Ermittlungen erzählt. Es tut mir leid, ich wollte dir nicht schaden, ich hab einfach nicht nachgedacht.«

Voller Verzweiflung reißt sie an ihren Haaren, es sieht schrecklich aus, richtig gewalttätig, und er kann nicht anders, als ihre Hände festhalten und versichern, dass er sie trotzdem liebt und nicht verlassen wird. »Es wird schon nicht so schlimm werden«, murmelt er, obwohl er nicht daran glaubt.

Als Charlotte schläft, stiehlt er sich vorsichtig aus dem Bett. Er zieht sich an und verlässt die Wohnung. Aus unerfindlichen Gründen muss er bei Finja vorbeischauen, sich vergewissern, dass bei ihr alles in Ordnung ist.

Auf der Auffahrt steht ein alter Corsa mit Bremer Kennzeichen und im Haus ist alles dunkel. Er ruft einen Kollegen an, gibt das Kennzeichen durch. Als er erfährt, wem der Wagen gehört, kann er es nicht fassen. Beas kleiner Bruder, den Finja nie leiden konnte, übernachtet bei ihr. Was hat das zu bedeuten?

FINJA

Finja fängt selten vor elf Uhr an, Therapiestunden gleich morgens um acht scheinen die Patienten zu überfordern. Das kommt ihr sehr entgegen, sie steht nicht gern früh auf.

Tim hat gestern Abend noch eine sechste Flasche von dem Bier geschafft, danach wurde er erst albern und dann rührselig. Jetzt holt er Brötchen, die Finja natürlich bezahlen muss. Sie setzt die Kaffeemaschine in Gang und deckt den Tisch. Weil ihr Kühlschrank nicht viel hergibt, kocht sie Eier, für jeden zwei. Sie rumpeln gemütlich in dem Kochwasser vor sich hin und Finja schaut ihnen dabei zu. China, die bereits den Garten begutachtet hat, liegt unter dem Küchentisch und knabbert an einer Kaustange aus Rinderhaut.

Als Tim zurückkommt, muss Finja feststellen, dass er sich von ihrem Geld Zigaretten gekauft hat. Nur weil sie keine Lust auf Stress verspürt, hält sie den Mund, obwohl sie das ziemlich unverschämt findet. Falls er glaubt, dass sie Beas Platz einnehmen und ihn künftig subventionieren wird, hat er sich geirrt. Sie denkt nicht daran.

Nicht Finja, sondern Tim entdeckt die Anzeige zuerst. Sie steht immer noch am Herd und wartet darauf, dass die Eieruhr klingelt.

»Komm mal eben her«, sagt Beas kleiner Bruder, seine Stimme klingt ernst und er tippt mit seinem knochigen Zeigefinger auf eine Traueranzeige.

Ein wunderbarer Mensch ist das Opfer einer feigen Gewalttat geworden. Warum?

Darunter stehen Beas Name, ihr Geburtsdatum und der Tag ihres Todes.

Wir trauern um einen besonderen warmherzigen Menschen. Deine besten Freunde …

Die Liste der Namen wird angeführt von Charlotte Kanngießer und Nikolai König. Ein Statement, wie es deutlicher nicht sein könnte: *Wir sind jetzt ein Paar.*

Es folgt ihr kompletter gemeinsamer Freundeskreis. Henrieke, die Kunstgeschichte studiert und anschließend promoviert hat, steht direkt unter dem neuen Glück, sogar mit Doktortitel, obwohl sie sonst keinen Wert darauf legt.

Bis vor Kurzem zählte Roman, ihr neunjähriger Sohn, der bei Überforderung zu heftigen Gewaltausbrüchen neigt, zu Finjas Patienten. Nachdem Henrieke sich auf Charlottes Seite geschlagen hat, allerdings nicht mehr. In einem kurzen Anruf hat sie Finja wissen lassen, dass es Roman schon viel besser geht und er vorläufig keine Therapiestunden benötigt. Klar, sie sieht den Kleinen förmlich vor sich, wie er den nächstbesten Stuhl zerlegt, weil seine Mutter den falschen Joghurt eingekauft hat.

Davor war Finja nicht klar, dass ein lausiger roter Lippenstift in genau der richtigen Farbe, *du bist ein Schatz, woher hast du das gewusst*, ein Lippenstift im Wert von fünfzehn Euro – für den Charlotte garantiert nichts bezahlen musste, schließlich vertritt sie den Konzern nach außen –, mehr wert ist als eine über Jahre gewachsene Freundschaft. Aber man lernt ja nie aus. Soll Henrieke doch mit leuchtend roten Lippen an ihrem Sohn verzweifeln. Ihr Mann ist vor einem Jahr ausgezogen, weil er weder Romans Ausbrüche noch Henriekes Inkonsequenz länger ertragen konnte.

»Du stehst nicht mit drauf«, sagt Tim und aus seinen Worten klingt Fassungslosigkeit. »Dabei warst du doch ihre beste Freundin.«

Finja nickt und versucht, nicht schon wieder zu heulen, nur weil ihr Name der einzige in der Freundesliste ist, der fehlt. Sie gehört nicht mehr dazu. Dort steht es schwarz auf weiß. Charlotte hat ihren Platz eingenommen.

»Ich kapier das nicht. Zu uns haben die Bullen gesagt, dass wir keine Anzeige schalten dürfen, weil Beas Name geheim bleiben soll. Und Nikolai setzt eine Todesanzeige rein. Der ist doch bei der Kripo, oder?«

NIKOLAI

Wie befürchtet, braucht Nikolai gar nicht erst an Jochens Tür zu klopfen, sein Chef erwartet ihn bereits auf dem Flur, die Tageszeitung in der Hand.

»Bist du von allen guten Geistern verlassen?«, brüllt er so laut, dass man es wahrscheinlich auf der ganzen Etage hören kann, auch noch hinter den geschlossenen Türen. Die meisten allerdings sind nur angelehnt, alle warten auf den großen Knall.

»Ich wusste nichts davon.«

»Und das soll ich glauben? Du wusstest nicht, dass dein Name in der Zeitung erscheint, in einer Todesanzeige, in der der Name eines Mordopfers publik gemacht wird! Ein Name, der nicht in die Öffentlichkeit gehört!« Jochens rechte Hand ballt sich zur Faust, und beinahe wünscht Nikolai sich, dass er zuschlagen würde, damit er nicht als Einziger im Unrecht ist.

»Charlotte … sie hat einfach nicht richtig nachgedacht.«

»Ja klar, nimm die dumme Pute noch in Schutz. Immerhin wissen wir jetzt, wie die sichere Quelle heißt, aus der ihre Schwester die geheimen Informationen bezieht. Wahrscheinlich hat Charlotte da auch nicht richtig nachgedacht oder hast du selbst aus dem Nähkästchen geplaudert?«

»Natürlich nicht, so weit solltest du mich ja wohl kennen. Es war meine Freundin und ich habe ihr bereits sehr deutlich klargemacht, dass das nicht geht.«

Wenn Jochen ihn wenigstens in sein Büro gebeten hätte, bevor er ihn so runtermacht. Nikolai weiß genau, dass die Kollegen jetzt die Ohren spitzen und seiner Hinrichtung lauschen. Vor allem Florian, dieser Kriecher, wird sich die weißen Hände reiben und Konstanze wird sich ebenfalls freuen.

»Und das Scheißinterview auf Seite sieben, hast du das auch gelesen?«

Nein. Nachdem Charlotte ihm heute früh voller Stolz die Anzeige präsentiert hatte, gab es einen Riesenkrach. Seine Frage, wie sie dazu komme, seinen Namen in die Zeitung zu setzen, ohne das vorher mit ihm zu besprechen, stieß auf komplettes Unverständnis. *Wieso? Wir gehören jetzt doch zusammen. Warum willst du nicht neben mir in der Anzeige stehen?* Und dann wieder Tränen, wahre Ströme von Tränen, die ihn allerdings zum ersten Mal völlig kaltgelassen haben. Rasend vor Wut ist er aus der Wohnung gestürmt. Er hat weder zu Ende gefrühstückt noch einen Blick in die Zeitung geworfen.

Wortlos streckt er seine Hand aus und blättert, bis er die entsprechende Seite gefunden hat. Eine Dr. Sarah Hermann aus Trier, Psychologin und Psychotherapeutin, analysiert das Verhalten des Serientäters.

Das Interview hat Alexandra Kanngießer geführt, wer sonst. Es geht natürlich um den Missbrauch der toten Frauen und die Psychotante nimmt dabei wahrlich kein Blatt vor den Mund. Der Leser weiß jetzt, dass der Täter mit an Sicherheit grenzender Wahrscheinlichkeit allein lebt, weil er Schwierigkeiten im Umgang mit Frauen hat. *Ich denke, er ist impotent und hat keine Partnerin. Lebende Frauen jagen ihm Angst ein. Da bleibt ihm nur übrig, sich an Toten zu vergehen. Von dem, was er mit den Frauen anstellt, hat er vermutlich schon jahrelang geträumt. Im*

Kopf hat er seine Vorstellung immer weiter perfektioniert, bis er sie einfach in die Tat umsetzen musste. Gehen Sie davon aus, dass er weitermachen wird, jetzt, da er im wahrsten Sinn des Wortes Blut geleckt hat. Endlich ist er wichtig, endlich findet er Beachtung. Seine lange Negativliste, wenn es um sexuelle Kontakte zu Frauen geht, ist beendet. Ob er eine Erektion bekommt, wenn er die Frauen mit Gegenständen penetriert, kann ich nicht sagen, ich denke aber nicht. Dazu dürfte er nicht fähig sein.

»Hier wird auf die denkbar billigste Art und Weise die Gier nach Sensationen befriedigt«, ereifert sich Jochen. »Mit seriösem Journalismus hat das nichts zu tun. Das kannst du deinem heißen Draht zur Presse ausrichten!«

»Hör mal, ich hab kein Wort mit Alexandra gesprochen. Und was die Annonce angeht: Ich weiß doch selbst, wie unmöglich das gelaufen ist. Ich werde dafür sorgen, dass nichts Vergleichbares mehr vorkommt. Darauf gebe ich dir mein Wort.«

Jochen gibt ein schlürfendes Geräusch von sich, als würde Luft durch einen dicken Schlauch gesaugt. »Allerdings«, poltert er dann. »Das wird nicht wieder vorkommen, weil du von allen Ermittlungen abgezogen wirst. Ich musste mir heute Morgen bereits einen Einlauf vom Polizeipräsidenten verpassen lassen und den gebe ich hiermit mit großem Vergnügen an dich weiter. Pack deinen Kram zusammen, du hast eine Woche Urlaub, keine Ahnung, was danach wird.«

»Urlaub? Wir ersticken in Arbeit!«

»So ist es. Wir haben drei Morde zu klären, möglicherweise sogar vier, die Personaldecke ist dünn, einer von uns befindet sich im wohlverdienten Urlaub auf Madeira, Frank hatte einen Infarkt und macht gerade eine Rehakur, vielleicht kommt er überhaupt nicht wieder, und jetzt muss ich feststellen, dass ein Kollege, für den ich meine Hand ins Feuer gelegt hätte, neuerdings mit dem Schwanz denkt und nicht mehr mit dem Kopf.

Fahr nach Hause zu deiner Charlotte, muss ja ’ne ganz heiße Nummer sein, und lass uns in Ruhe arbeiten.« Er kratzt sich mit einer seiner mächtigen Hände unter dem Kinn. »Florian übernimmt den Fall Bea Kerber, Konstanze die Serienmorde. Wenn es etwas gibt, das sie nicht den Akten entnehmen können, teil es den beiden bitte mit, bevor du gehst. Jessica Plocher ist noch nicht aufgetaucht. Möglicherweise fand der Mord ein ganzes Stück entfernt statt. Wir haben den Suchradius bereits ausgeweitet. Außerdem kommt heute der Wassersuchhund.«

Also hat der Täter sein Vorgehen geändert und die Leiche diesmal nicht so offen liegen gelassen. Warum? Dieses Rätsel wird jetzt Konstanze lösen. Er ist raus. Fassungslos schnappt Nikolai sich den erstbesten Kuli und bricht ihn in zwei Teile.

Dass so etwas passieren wird, hat er bereits heute früh geahnt, als Charlotte ihm voller Stolz diese beschissene Anzeige präsentiert hat. Mit zusammengebissenen Zähnen, den Blick stur nach unten gerichtet, macht er sich auf den Weg an seinen Schreibtisch, unterwegs befördert er den kaputten Kugelschreiber in einen Mülleiner. Florian soll Beas Tod aufklären, ein Anfänger, noch ganz grün hinter den Ohren, der garantiert noch Herzklopfen kriegt, wenn er seine Polizeimarke zeigen muss. Florian ist gerade mal ein halbes Jahr im Dienst, die ersten vier Monate davon bei der Sitte. Zwei Monate im Dezernat für Kapitalverbrechen, und jetzt soll er schon eine Mordkommission leiten, das ist ja wohl ein Witz.

Erschrocken, dass sein Name gefallen ist, erhebt Florian sich von seinem Stuhl, er macht ein paar kleine Schritte in Nikolais Richtung, besinnt sich aber anders, dreht um und lässt sich wieder auf seinen Stuhl fallen. Dort stützt er beide Ellenbogen auf den Schreibtisch und schüttelt den Kopf. »O Mann …« Mehr bringt er nicht raus und es klingt wie ein Hilferuf.

Stumm zieht Nikolai die Schultern hoch, trösten wird er den Kleinen jetzt bestimmt nicht. Er fühlt sich ungerecht behandelt und merkt, dass er alle Schuld auf seine Freundin schieben möchte. Aber das wäre zu einfach. Er hat die Infos weitergegeben und darauf vertraut, dass sie versteht, was passiert, wenn sie etwas davon ausplaudert. Die Anzeige allerdings toppt das Ganze noch.

Ein Mitglied der Mordkommission gibt den Namen des Opfers preis. Jedenfalls sieht es für alle anderen so aus. Offenbar ist sein Verstand wirklich in die Hose gerutscht. Und jetzt muss er sich zusammenreißen, um seinen Abgang einigermaßen anständig über die Bühne zu bringen.

Nikolais Aktenführung ist geradezu vorbildlich, es gibt nichts, das er heute Morgen nachtragen müsste. Trotzdem fährt er seinen Computer hoch und ruft die Dateien auf, liest noch mal quer, was er in den letzten sechs Wochen aufgeschrieben hat, und verbessert ein paar Formulierungen. Dann winkt er Konstanze heran.

»Die Sache mit den Huren«, er sagt nie »Nutten«, weil es so abfällig klingt, »musst du unbedingt weiterverfolgen. Vielleicht ist dort ein Kunde aufgefallen, der darauf abfährt, dass seine Sexualpartnerin sich totstellt.«

»Ja, mach ich«, sagt sie, ohne aufzuschauen. Dann gibt sie sich einen Ruck. »Tut mir leid, dass es so ausgegangen ist. Aber ich kann Jochen verstehen.« Sie senkt ihre Stimme und murmelt: »Wie kannst du nur so ein Idiot sein! Und ich stehe jetzt allein da mit unserem neuen Ermittlungsleiter.« Sie nickt in Florians Richtung.

Als hätte er seinen Namen verstanden, steht Florian jetzt auf und nähert sich den beiden. »Vielleicht hat Jochen sich morgen schon wieder eingekriegt und du kannst weitermachen.«

Konstanzes spöttisches Prusten macht deutlich, dass sie nicht an so einen Sinneswandel glaubt.

Und Nikolai teilt ihre Meinung. Jochen wird seine Entscheidung nicht revidieren. Der Leiter des Ersten ist keiner, der heute hü und morgen hott sagt. Er wird sich diesen Zwangsurlaub gut überlegt haben und keinen Meter davon abweichen. Und wenn Nikolai nicht der Hauptbetroffene wäre, würde er seinem Chef dafür auf die Schulter klopfen. Ein leitender Kommissar muss eine klare Linie verfolgen, sonst wird niemand ihn respektieren.

Bevor er das Präsidium verlässt, gibt Nikolai weder die Dienstwaffe noch seine Marke ab. Er ist ja nicht vom Dienst suspendiert. Noch nicht.

FINJA

Finja ist erleichtert, wieder in ihrer Praxis zu sein. Ihr gegenüber sitzt Sebastian Krüger, der Mann mit den magischen Bernsteinaugen. Sie sehen sich zweimal die Woche. Er zahlt die Therapiestunden selbst, und sie fragt sich zum x-ten Mal, was der Mann wohl arbeitet. Kaufmann, das kann alles Mögliche bedeuten. In jedem Fall scheint er nicht am Hungertuch zu nagen, er fährt einen silberglänzenden Alfa Romeo, der nagelneu aussieht. Ja, sie hat vorhin aus dem Fenster geschaut, weil sie neugierig ist und gern mehr über diesen Mann wüsste.

Nachdem sie sich in langen, manchmal sehr zähen Gesprächen bis zur Ursache seiner Schlafstörungen vorgearbeitet haben, möchte er seit zwei Wochen nur noch von seiner Schwester erzählen. Wie schön sie war, wie begabt, wie nahe sie einander standen. Annabell hat sich mit siebzehn Jahren die Pulsadern aufgeschnitten, und weil sie so klug war, hat sie es richtig gemacht und die Blutgefäße der Länge nach aufgeschlitzt. Als ihre Mutter sie fand, war sie bereits seit mehreren Stunden tot. In ihrem Abschiedsbrief stand: *Ich gehöre mir selbst und mein Tod ist der einzige Weg zu entkommen.*

Niemand hat die Bedeutung dieser Botschaft verstanden.

Für Finja hört es sich so an, als hätte Annabell sich bedroht gefühlt, doch all ihre Versuche, mehr über die junge Frau und ihre Lebensumstände in Erfahrung zu bringen, sind gescheitert. Annabell war schön, klug und begabt, mehr kriegt sie einfach nicht raus. Sebastian Krüger fühlt sich nicht mehr komplett ohne seine tote Schwester, was ihn verletzlich macht und anfällig für psychische Störungen jeder Art.

Dass Geschwister sich nahestehen, ist nichts Ungewöhnliches, und dass ein Suizid bei den Hinterbliebenen tiefe Wunden hinterlässt, auch nicht. Doch seit Annabells Tod sind zwanzig Jahre vergangen, und ihr Patient müsste längst gelernt haben, mit dem Verlust zu leben.

»Wie haben Sie damals getrauert?«, fragt sie vorsichtig.

Irritiert schaut er sie an, dann verzieht sein Mund sich zu einem traurigen Lächeln. »Gar nicht. Meine Mutter ist sehr gläubig und Selbstmord gilt bei den Katholiken immer noch als Verhöhnung Gottes. Mein Vater betrachtet Selbstmörder als Feiglinge, die vor ihren Pflichten davonlaufen. Für ihn sind sie gleichzusetzen mit Deserteuren. Es gab eine Seebestattung, angeblich weil Annabell es so gewünscht hat. In Wahrheit hat sie in den Augen meiner Eltern keinen Anspruch auf eine Grabstelle, die gepflegt werden muss.«

Für einen Moment bleibt Finja die Luft weg. Können Eltern wirklich so grausam sein? Wie kann man einer Siebzehnjährigen ihre Verzweiflung vorwerfen, die sie in den Tod getrieben hat? Ganz von selbst landen ihre Gedanken bei Bea, die das Leben so geliebt hat und trotzdem nicht mehr da ist. Sie kneift sich in den linken Unterarm, um die Fassung zu bewahren, bis Sebastian Krüger sich vorbeugt und mit dem Zeigefinger über ihre Wange fährt, unendlich sanft.

»Ist das eine Träne? Hat meine Geschichte Sie so berührt?«

»Entschuldigung«, flüstert Finja beschämt. »Die Vorstellung, jemand könnte seiner Tochter nicht mal ein Grab gönnen, ist wirklich herzlos.« Dass sie gerade ihre beste Freundin verloren hat, behält sie für sich. Eine Therapeutin darf gewisse Grenzen nicht überschreiten. Sebastian Krügers Leid ist Thema der Therapiestunden, Finjas Leid dagegen privat, und beides sollte nicht miteinander in Berührung kommen.

»Herzlos, ja, das trifft es wohl. Dass Sie so mitfühlend sind, überrascht mich ein wenig. Sie hören doch jeden Tag traurige Geschichten. Ich hab mir vorgestellt, dass Sie sich längst einen dicken Schutzpanzer zugelegt haben. Andererseits bin ich froh darüber, weil es zeigt, dass Sie bei aller Professionalität noch Anteil nehmen.« Er richtet seinen Blick in die Ferne, als wäre es peinlich, Finja jetzt anzuschauen. »Ihre Reaktion macht es mir leichter, mich zu öffnen. Es fällt mir nämlich schwer, einen anderen Menschen so tief in meine Seele blicken zu lassen. Ich bin das nicht gewohnt. Als Sohn meines Vaters musste ich früh lernen, meine Gefühle für mich zu behalten. Wir sind hart wie Kruppstahl.« Er lacht traurig. »Jedenfalls tun wir so.«

Heimlich beschließt Finja, seinen Namen später zu googeln. Vielleicht ist Sebastian Krüger der einzige Sohn einer bekannten Unternehmerfamilie oder sein Vater ist in der Politik.

»Fanden Sie das Verhalten Ihrer Eltern damals normal?«

»Normal, was heißt schon normal. So ging es bei uns eben zu. Ich war einundzwanzig Jahre alt, ein Grab hat mir nichts bedeutet. Die Kränkung, die darin liegt, habe ich erst sehr viel später begriffen. Und falls Sie das als Nächstes fragen wollten: Nein, ich habe nie ernsthaft mit meinen Eltern darüber gesprochen. Ich habe es hingenommen wie alles andere auch. Ganz am Anfang war ich sogar enttäuscht von Annabell, richtig wütend, und meine Eltern haben mich darin bestärkt, so zu fühlen. Annabell war für sie eine Nestbeschmutzerin, die mit ihrem feigen Selbstmord unseren guten Namen in den Schmutz gezogen hat.«

»Sie haben Ihre Trauergefühle durch Zorn kompensiert.«

»Ja. So war es wohl. In Gedanken hab ich mit Annabell geschimpft: *Was fällt dir ein, warum hast du nicht an uns gedacht, was soll dieser dämliche Brief bedeuten, wen willst du bestrafen?*«

Bei den letzten Worten wird er laut, so laut, dass China aufsteht und zur Tür tapst, was bedeutet, dass sie den Raum verlassen möchte. Finja steht auf und öffnet die Tür zum Flur.

»Oh, ich habe Ihren Hund erschreckt, das tut mir leid.«

»Mir zeigt Chinas Reaktion, dass Sie wirklich zornig sind auf Ihre Schwester, immer noch. Fühlen Sie sich persönlich bestraft durch den Selbstmord?«

Die Frage verunsichert ihn, allerdings möchte er das vor Finja verbergen. Männlichen Klienten fällt es häufig schwer, sich einer Frau gegenüber in eine schwache, angreifbare Position zu begeben, und sie versuchen, ihre Betroffenheit zu überspielen, wenigstens am Anfang der Therapie.

»Nein, natürlich nicht. Man kann einen Menschen doch nur bestrafen, wenn er etwas Unrechtes getan hat, und was sollte das in diesem Fall sein? Wenn Ihre Überlegung stimmt, hätte Annabell ja die gesamte Familie strafen wollen. Nein«, sagt er leise, »undenkbar. Annabell war ein wunderbarer Mensch, der beste, den unsere Familie je hervorgebracht hat. Sie hat ein hervorragendes Abitur gemacht und wollte in der Schweiz studieren. Nein«, wiederholt er eindringlich, »sie hatte keinen Grund, sich das Leben zu nehmen, und ich werde diese Entscheidung nie verstehen.«

Ein unauffälliger Blick auf die Uhr verrät, dass die Stunde beinahe vorbei ist. Finja fragt noch nach seinen Panikattacken und bittet ihn, die genauen Umstände festzuhalten, unter denen sie auftreten. »Schreiben Sie es bitte direkt hinterher auf, so genau wie möglich.«

Zum Abschied geben sie sich die Hand und wünschen sich gegenseitig ein schönes Wochenende, dabei hält er Finjas Hand einen Moment länger als nötig fest. Es fühlt sich aber nicht unangenehm an.

Als er fort ist, gibt sie den Namen Sebastian Krüger in den PC ein.

TIM

Zu Hause kann Tim es kaum aushalten. Seine Mutter schwimmt auf einer Woge aus Tränen durch das Haus, ihr Schluchzen hallt durch die Räume, immer wieder unterbrochen von einem anklagenden: *Warum unsere Bea?*

Unter Tränen will sie wissen, wo er die letzte Nacht verbracht hat, und er erzählt von Finja, dass er sich verpflichtet gefühlt hat, ihr beizustehen. Finja erfreut sich hier großer Beliebtheit und die Geschichte von ihrem Nikolai und Charlotte haben sie schon tausend Mal am Küchentisch durchgekaut. *Dieser verlogene Kerl, dabei ist er doch bei der Polizei und da dürfte man ja wohl ein wenig Anstand erwarten!*

Seit er Charlotte auf dem Foto vom Abiball gesehen hat, kann er Finjas Ex allerdings verstehen, die Frau ist top und jede Sünde wert. Aber das würde hier niemand kapieren. Bei den Kerbers geht es ordentlich zu, da wird nicht fremdgevögelt.

In seinem Zimmer denkt er, dass die Sache mit Nikolai und Charlotte dazu geeignet sein könnte, ein Lied daraus zu machen.

Du bist so heiß, dass nichts anderes zählt
Darum hab ich deine Nummer gewählt.

Nee, die zweite Zeile ist Müll, die erste kann allerdings bleiben. Aus *heiß* könnte er noch *geil* machen, klingt eindeutig besser. *Du bist so geil, dass nichts mehr zählt …* Das ist es, was Raphael gemeint hat, echte Gefühle, die unter die Haut gehen. Ein Mann, der alles aufgibt für eine Wahnsinnsfrau.

Und schon landen seine Gedanken wieder bei Raphaels Worten.

Du hast keine Schwester mehr, Timm Thaler, nur noch eine schreckliche, herzzerreißende, blutrote Erinnerung. Wenn du die Augen schließt, siehst du sie vor dir liegen, in ihrem Blut, ihr letzter Blick eine stumme Frage: Warum hast du das getan?

Sein Vater zitiert ihn in die Küche. »Die Polizei hat gestern angerufen wegen Lida. Die lag immer noch im Kofferraum von dem Polo. Ich hab den Kadaver gleich heute Morgen zur Tierkörperverwertung gebracht. Was sollen wir sonst damit anfangen?«

»Moment!«, ruft Tim erschrocken. »Bea wollte doch, dass Lida ein richtiges Grab kriegt, auf einem Tierfriedhof. Finja hat gesagt, dass sie alles bezahlt.«

Resigniert winkt sein Vater ab. »Ich weiß, die Polizistin hat davon gesprochen. Aber dafür fehlen mir gerade die Nerven, tut mir leid. Ein Hund bleibt immer noch ein Hund, auch wenn er Bea gehört hat. Beim besten Willen kann ich mir nicht vorstellen, ein Hundegrab zu besuchen. Und wenn sowieso keiner hingeht, kann man sich das Ganze wohl sparen.«

»So ist es«, schluchzt seine Mutter. Sie hat keine Frisur mehr, nur noch traurig herabhängende Haare, und ein rotfleckiges Gesicht mit riesigen Tränensäcken und geschwollenen Augen, das sie wie eine Achtzigjährige aussehen lässt. »Wir müssen jetzt über Beas Grab nachdenken.« Sie faltet die Hände, hebt sie vor den zuckenden Mund und beißt in die Knöchel.

Die Trauerannonce von Beas Freunden haben sie natürlich auch gelesen, seitdem klingelt ständig das Telefon. Leute, von denen man seit Ewigkeiten nichts gehört hat, bekunden wortreich ihr Beileid. Einige wollen kommen und die Familie unterstützen, aber das lehnt Tims Vater jedes Mal ab.

»Wir möchten jetzt allein sein.« Vorhin hat er das Telefon auf lautlos gestellt. »Ich ertrage diese widerlichen Katastrophentouristen nicht mehr.« Er hat sich sogar bei der Polizei beschwert, ganz offiziell, schließlich gehört Nikolai ja zu dem Verein. Als würde das irgendwem helfen.

»Ich muss noch mal los.« Es ist Tim herzlich egal, dass seine Eltern finden, er müsste zu Hause bleiben und mit ihnen trauern. Er muss unbedingt mit Raphael sprechen.

»Der Pastor hat gemeint, wir drei müssen jetzt ganz viel reden, uns gemeinsam an Bea erinnern«, schluchzt seine Mutter, und er muss sich zwingen, nicht zu brüllen: *Was geht mich deine Scheißkirche an*, sondern ruhig zu bleiben und zu erklären, dass er die traurige Atmosphäre beim besten Willen nicht länger aushalten kann.

»Ehrlich, Mama, ich muss jetzt ein bisschen allein sein. Tut mir leid.«

Draußen schnappt er sich sein Rad und tritt mit aller Kraft in die Pedale, das tut richtig gut. Im *Millennium* merkt er, dass alle ihn anstarren, nicht offen, das gehört sich ja nicht, sondern verstohlen, sodass es nicht gleich auffällt. Doch sie lassen ihn nicht aus den Augen und irgendwie ist das ein gutes Gefühl.

Noch nie hat Tim sich so wichtig, so bedeutsam, so erwachsen gefühlt. Er ist nicht länger Tim Kerber, der kleine Spinner, der schon mal weggesperrt werden musste und sowieso nichts auf die Reihe kriegt, jetzt ist er der Bruder eines Mordopfers, einer, der mit dem Tod in Berührung gekommen ist. Die ungestellten Fragen bohren sich in seine Haut, sie prickeln in seinem

Nacken, aber es fühlt sich nicht unangenehm an. *Hast du die Leiche mit eigenen Augen gesehen? War alles voller Blut?*

Raphael und Luna sind nicht da. Dabei ist er nur wegen Raphael gekommen. Er trinkt ein Bier, zu mehr reicht sein Geld nicht, weil er nicht gewagt hat, mehr als fünf Euro aus Finjas Portemonnaie zu nehmen. Dann fährt er noch ein bisschen durch die Stadt und schließlich zurück nach Hause.

KONSTANZE

Manchmal kann das Richtige sich total verkehrt anfühlen, so wie jetzt. Konstanze ist überzeugt, dass Jochen die richtige Entscheidung gefällt hat. Ein Mann in Nikolais Position darf einfach nicht zulassen, dass die Grenzen zwischen Beruf und Privatleben verschwimmen. Wenn er sich entschließt, mit einer geltungssüchtigen, nicht sonderlich klugen Frau zusammenzuleben, darf er zu Hause nichts über seine Arbeit erzählen.

Und diese Todesanzeige ist wirklich das Letzte. Wenn man Nikolai persönlich kennt, scheint es kaum vorstellbar, dass er sich von einer Frau derart übertölpeln lässt. Es passt einfach nicht zu Hauptkommissar Nikolai König, nicht zu merken, was um ihn herum vor sich geht. Anders herum kann Konstanze sich kaum vorstellen, dass er mit dem Erscheinen der Anzeige einverstanden war. Aus welchem Grund sollte ein ehrgeiziger Ermittler beruflichen Selbstmord begehen?

Gibt es tatsächlich Frauen, die Männer in willenlose Marionetten verwandeln, sogar Männer wie Nikolai? Und falls ja, gehört auch Judith in diese Kategorie?

Im Haus ist es ganz still, Adam und Marius schlafen sicher längst. Das Haus gehört ihr allein, ein angenehmer Zustand. Sie zieht ihre Jacke aus, hängt sie an die Garderobe und knipst das Licht im Wohnzimmer an.

Adam hat wieder den Stuhl vor das Fenster gerückt und schaut raus in die Dunkelheit.

»Was machst du da?«, fragt sie, bemüht darum, sich ihren Schreck nicht anmerken zu lassen.

»Ich denke nach. Über das Leben. Diese tote Frau, hast du damit zu tun?«

»Warum?«

»Die Geschichte hört sich so schrecklich an. Da öffnet jemand arglos die Tür und wird erstochen.«

»Woher weißt du das?«

»Es wurde heute auf der Dienstbesprechung erzählt. Stimmt es denn nicht?

»Doch.« Warum muss sie jetzt an Nikolai denken, daran, wie schnell man etwas ausplaudern kann, das nicht an die Öffentlichkeit gehört. »Lass uns bitte das Thema wechseln. Nikolai hat seine Freundin verlassen. Natürlich wegen einer anderen Frau. Ich finde das furchtbar. Es kommt mir so vor, als könnte man sich auf nichts im Leben verlassen.«

Sie würde jetzt wirklich gern hören, wie er darüber denkt, dass einer seine Frau betrügt und dann verlässt, doch Adam schweigt. Er sagt nicht: *Mach dir keine Sorgen, das würde ich niemals tun*, und die Stille breitet sich im Zimmer aus wie schwarzer Nebel. Sie muss jetzt etwas sagen, um nicht in dem Nebel zu verschwinden.

»Nikolai ist seit heute beurlaubt. Es geht um diese Traueranzeige, in der sein Name ganz oben steht, zusammen mit dem seiner neuen Freundin. Selbstverständlich hätte die Identität der Toten nicht öffentlich gemacht werden dürfen.« Weil Adam immer noch keine Reaktion zeigt, redet sie einfach weiter. »Für mich bedeutet seine Beurlaubung vor allem mehr

Arbeit. In den nächsten Tagen werde ich nicht viel Zeit für Marius erübrigen können. Du bist also am Zug.«

»Mal wieder«, seufzt er. »Dieses Wochenende hab ich zwar frei, aber morgen ist Theaterprobe, wahrscheinlich den ganzen Tag. Wir hängen ziemlich hinterher. Ich glaub, ich geh jetzt schlafen.«

»Ich auch.« Tatsächlich setzt sie sich, sobald sie Adams Schritte auf der Treppe hört, auf seinen Stuhl, den er nicht zurückgestellt hat, und schaut raus in den dunklen Garten. Es gibt nichts zu sehen, natürlich nicht, also hat er nachgedacht und ist nicht bereit, seine Überlegungen mit ihr zu teilen.

Nicht lange, und die Augen fallen ihr zu. Als sie das nächste Mal auf die Uhr sieht, ist es halb fünf. Ihr Rücken schmerzt heftig und der linke Fuß ist eingeschlafen. Mühsam rappelt sie sich hoch, tritt ein paarmal fest auf, um die Durchblutung im Fuß wieder in Gang zu bringen, dann humpelt sie nach oben ins Schlafzimmer. Totale Übermüdung hat sie schon dazu gebracht, an den unmöglichsten Orten einzuschlafen, einmal sogar im Kino, aber noch nie ist sie auf einem Stuhl eingenickt.

Adam schnarcht. Warum auch immer erfüllt sie das gleichmäßige Geräusch mit Wut? Vielleicht weil sie jetzt schon ahnt, dass es Ewigkeiten dauern wird, bis sie in den Schlaf findet.

FINJA

Heute ist Samstag und Finja muss nicht arbeiten. Trotzdem schafft sie es nicht, länger als bis halb neun im Bett liegen zu bleiben. Wenigstens hat sie durchgeschlafen, und sie denkt lieber nicht darüber nach, dass sie diese Tatsache einer kleinen gelben Tablette verdankt.

Gestern hat Beas Vater angerufen. Er hat Finja um die Adressen aller Leute gebeten, deren Namen in der Traueranzeige aufgeführt sind. Sein Plan ist es, an jeden Einzelnen einen Brief zu schreiben. Darin will er ihnen Mangel an Anstand und Menschlichkeit vorwerfen. Finja kann ihn gut verstehen, sehr gut sogar, doch sein Brief kann nichts mehr ändern. Beas Name stand in der Zeitung und jetzt muss seine Familie mit den unangenehmen Folgen klarkommen.

Herr Kerber klang am Telefon sehr erbost, überhaupt nicht wie ein Vater, der gerade unter tragischen Umständen seine Tochter verloren hat. Sie konnte ihn direkt vor sich sehen, einen großen, sehr schlanken Mann, der ständig an dem goldfarbenen Rahmen seiner Brille fummelt und sein Gegenüber nie aus den Augen lässt. Bis zu seiner Pensionierung hat er Mathe und Physik an einem Gymnasium unterrichtet, immer in den oberen Klassen. Probleme mit Disziplin waren ihm fremd, die

Schüler haben ihn bis zu ihrem letzten Schultag gefürchtet. Als Mädchen erging es Finja nicht anders, sie fand ihn immer ein bisschen Angst einflößend, ganz anders als ihren eigenen Vater, mit dem man unvernünftige Dinge machen und Spaß haben konnte und der sie nie von oben herab behandelt hat.

Beas Mutter dagegen mag Finja sehr gern. Sie hat bis zum Renteneintritt als Köchin in einem Altenheim gearbeitet und das mit großer Begeisterung. Von ihr hat Bea die Liebe zum Kochen geerbt und wohl auch das Talent. Almuth Kerber gehört zu den Menschen, die sich ganz selbstverständlich und ohne große Worte um andere sorgen. Nachdem Finjas Mutter die Familie verlassen hatte, hat Beas Mutter sich dafür zuständig gefühlt, dass Finja zu Karneval wie Pippi Langstrumpf aussehen konnte oder wie eine Ballerina, zur Weihnachtsvorführung in der Schule hat sie zwei Engelskleider genäht, eins für Bea und eins für Finja, und sie war es, die Finja beigebracht hat, wie man einen Apfelkuchen backt. Auch wenn sie davor zurückschreckt, ist ihr klar, dass sie Beas Eltern besuchen muss. Aber nicht heute.

Sie lässt China, die schon vor der Terrassentür hockt, in den Garten und stellt die Kaffeemaschine an. Es sind genug Brötchen vom Vortag da, die sie noch mal aufbacken kann. Danach muss sie wohl einkaufen. Sie könnte in einen anderen Stadtteil fahren oder noch weiter bis nach Delmenhorst, irgendwohin, wo sie keiner kennt. Heute möchte Finja mit keiner Menschenseele reden, schon gar nicht über Bea.

Eine Viertelstunde später fällt ihr ein, dass sie noch gar nicht die Zeitung hereingeholt hat, was sie unverzüglich nachholt. Sie blättert durch die Seiten, ohne sich richtig zu konzentrieren, und stößt auf einen neuen Artikel über die Umstände von Beas Tod. Fassungslos liest sie, dass es eine Tatzeugin gibt, eine Freundin der Toten, die den Mörder identifizieren kann. Fehlen nur ihr Name, ihre Anschrift und am besten noch die

Telefonnummer. Natürlich hat Alexandra Kanngießer den Artikel geschrieben, wer sonst, und Finja braucht gar nicht erst zu überlegen, von wem diese Informationen stammen.

Ohne zu zögern, ruft sie im Präsidium an. Sollte Nikolai das Telefonat annehmen, wird sie jedes Gespräch verweigern und Konstanze verlangen und, falls sie nicht im Haus ist, Jochen. Das ist aber nicht nötig, weil Konstanze selbst am Apparat ist und verspricht, sofort vorbeizukommen, gemeinsam mit dem Kollegen, der die Ermittlungen leitet. Es hört sich an, als wäre Konstanze sehr wütend. Hoffentlich hat das nichts damit zu tun, dass Finja sie an einem Samstagmorgen herzitiert, doch sie kann nicht anders. Dieser Artikel bedeutet für sie eine ernsthafte Bedrohung, und sie hat das dringende Bedürfnis, darüber zu reden.

Laut fluchend umkreist sie den Küchentisch. Wie ist es möglich, dass so ein Mist in der Zeitung steht? Sie kann den Täter doch gar nicht identifizieren. Eigentlich müsste sie jetzt Nikolai anrufen und ihn in Grund und Boden brüllen, ihn fragen, ob sie ihm inzwischen so egal ist. Aber diese Blöße wird sie sich nicht geben. Irgendwann fällt ihr auf, dass sie immer noch ihren Schlafanzug trägt, und sie flitzt hoch ins Schlafzimmer, damit sie die Polizei komplett bekleidet begrüßen kann. Sich gut angezogen zu fühlen, stärkt die Verhandlungsposition. Allerdings weiß Finja gar nicht, was es zu verhandeln gibt. Im Grunde will sie sich nur beschweren, von Angesicht zu Angesicht und nicht übers Telefon, und sie wünscht sich, dass Nikolai hinterher einen ordentlichen Rüffel kriegt, mindestens von Jochen.

Ein Wagen rollt auf die Auffahrt, China bellt dreimal und Finja öffnet die Tür. Konstanze ist wirklich sauer, das erkennt man schon an ihrem Gang, sie setzt die Füße nicht, sie stampft sie auf die Fliesen im Flur und hält sich dabei so kerzengerade, als hätte sie ein Brett im Kreuz. Ein junger Mann stakst ihr mit langen, dünnen Beinen hinterher. Seine Streberfrisur, kinnlange rotblonde Locken mit Seitenscheitel, lässt ihn aussehen wie einen Schülerreporter. Herr Gercke – Finja bringt es nicht mal in Gedanken über sich, ihn Kommissar zu nennen – leitet also die Ermittlungen zu Beas Tod. Unfassbar. Dunkel erinnert Finja sich daran, wie er sie am Abend von Beas Tod misstrauisch beäugt hat, so als würde er sie für die Mörderin halten. Im Leben glaubt sie nicht daran, dass dieser Jüngling die Tat aufklären kann, und sie spürt, dass ihr Zorn erneut anschwillt. Hat Bea keinen richtigen Ermittler verdient?

»Wir haben diese Information nicht rausgegeben«, sagt Konstanze schon, bevor die Haustür geschlossen ist. »Das ist dir ja wohl hoffentlich klar.« Sie folgt Finja in die Küche, den Kollegen im Schlepptau, setzt sich ungefragt auf die Bank und lässt sich einen Kaffee einschenken.

Nach kurzem Zögern gönnt Finja Kommissar Gercke auch einen Becher.

»Nikolai ist seit gestern beurlaubt. Erst die Info, dass der Täter die Frauen nach ihrem Tod sexuell missbraucht, die nicht an die Öffentlichkeit gelangen sollte, dann die Todesanzeige mit dem Namen deiner Freundin. Und jetzt das hier. Ich glaub, der hat völlig den Verstand verloren.«

Eine interessante Theorie, Nikolai hat also den Verstand verloren. Es gibt nichts, was Finja dazu sagen möchte. Für einen Moment stellt sie sich vor, wie es ihm ohne seine Arbeit gehen mag. Gut wahrscheinlich, weil er sich jetzt rund um die Uhr um sweet Charlotte kümmern kann. Vielleicht befinden sie sich gerade auf dem Weg nach Travemünde in die Ferienwohnung ihrer Mutter, um sich voll und ganz ihrer jungen Liebe zu widmen.

Konstanze bittet um Zucker für ihren Kaffee. »Danke, das hab ich echt gebraucht. Bei mir zu Hause ist die Hölle los, Adam hat Mutterboden bestellt, und jetzt wird er nicht mal da sein, um den Lkw-Fahrer zu bezahlen. Der hängt nur noch mit seinen Theaterleuten rum. Marius probt den Aufstand und weigert sich, die Erde anzunehmen, schließlich sei er nicht unser Angestellter … und ich habe keine Ahnung, wann ich Feierabend machen kann. Ich ersticke in Arbeit und kann das Wochenende nicht freimachen. Aber vermittle das mal einem Vierzehnjährigen, der sich vernachlässigt fühlt, und das nicht mal zu Unrecht.« Ihr Blick fällt auf China, die in ihrem Körbchen schläft. »Vielleicht hätten wir uns lieber einen Hund anschaffen sollen, Kinder legen sich tagsüber nicht so friedlich hin, das kannst du mir glauben. Und sie gehorchen auch nicht aufs Wort.«

»Wisst ihr schon irgendwas?«

»Vorerst werten wir noch die Tatortspuren aus«, erklärt Kommissar Gercke mit wichtiger Miene. »So etwas dauert, weil das Spurenmaterial in unserem Kriminaltechnischen Institut untersucht werden muss. Das sind komplizierte Vorgänge, die ihre Zeit brauchen.«

Nach fünf Jahren an der Seite eines Kriminalhauptkommissars im Dezernat für Gewaltverbrechen kann Finja über so eine Antwort nur lachen. Als wüsste sie das nicht selbst. Noch viel mehr ärgert sie sich über den herablassenden Tonfall, in dem der Jüngling sie an seinem Wissen teilhaben lässt. Dass Konstanze hinter seinem Rücken demonstrativ die Augen verdreht, tröstet sie ein wenig.

»Ach, Finja, wenn, dürften wir es nicht verraten. Aber nein, wir haben noch nichts Konkretes. Die Kollegen gehen sämtliche Akten deiner Freundin durch, vielleicht ist sie in beruflichen Zusammenhängen jemand auf den Schlips getreten oder einem Steuerbetrug auf die Spur gekommen. Jemand spricht gerade mit ihren Angestellten. Hat sie mal was in der Richtung angedeutet?«

»Nein. Über ihre Arbeit haben wir allerdings kaum mal geredet.« Finja kippt einen weiteren Löffel Zucker in ihren Kaffee und rührt um. »Doch wenn sie auf etwas Spektakuläres gestoßen wäre, hätte sie mir wahrscheinlich davon erzählt. Ich hab auch manchmal über besondere Patienten geredet, natürlich ohne Namen zu nennen. Macht man doch so unter Freunden.«

»Was ist mit einem Freund? Onlinedating?«

»Beides nein. Und ich wäre die Erste, die sie eingeweiht hätte.«

Konstanze nickt.

»Ich werde trotzdem ihren PC untersuchen lassen«, erklärt der kleine Kommissar.

»Gute Idee«, lobt Konstanze ihn. »Zurück zu diesem leidigen Artikel. Der Täter hat dich nicht gesehen, davon gehen wir nach wie vor aus. In der Traueranzeige taucht dein Name zum Glück nicht auf. Wenn er nicht aus deinem nahen Umfeld stammt und durch die Zeitung von deiner Anwesenheit in Beas Haus erfahren hat, kann er eigentlich nicht auf dich kommen. Trotzdem möchte ich, dass du ein bisschen vorsichtig bist.«

»Im Telefonbuch stehen weder meine Privatadresse noch meine private Telefonnummer. Das ist in meinem Beruf so üblich. Damit nicht irgendwelche schrägen Vögel auf die Idee kommen, ihren Therapeuten privat zu besuchen.«

»Das ist gut.« Konstanze sieht aus, als wäre ihr ein Stein vom Herzen gefallen. »Sobald dir irgendwas komisch vorkommt, rufst du mich an. Egal wie spät es ist. Okay? Du hast ja meine Nummer. Und mach nicht die Tür auf, wenn du nicht weißt, wer davor steht. Deine Praxis liegt in Vegesack, oder?«

Finja nickt. Ihre Praxisräume liegen in der Weserstraße, wo sich Haus an Haus reiht. Abgesehen davon, dass die Wohnung im ersten Stock vermietet ist, gibt es rechts und links Nachbarn. Sie bildet sich ein, dass sie dort niemand überfallen würde. Jetzt allerdings befindet sie sich zu Hause in Schönebeck, die Häuser stehen weiter auseinander, gegenüber liegt das Auetal, ihr Grundstück ist so eingewachsen, dass niemand das Haus sehen kann, auch nicht die Nachbarn, und sie lebt allein.

Da ist sie wieder, diese beklemmende Angst. Angst, ermordet zu werden, zu sterben wie ihre Freundin Bea. Die Psychopharmaka fallen ihr ein, zu denen die Ärztin ihr dringend geraten hat. *Damit Sie zur Ruhe kommen und schlafen können, Frau Michaelis.* Wenn Konstanze fort ist, könnte sie eine von den Pillen einwerfen, zum Beispiel die Sorte, die akute Angst- und Spannungszustände löst – und sich wieder in einen furchtlosen, gefühlsarmen Sprechroboter verwandeln. Nein, das ist keine Lösung, Finja ist doch froh, wieder klar denken zu können, sich zu spüren.

Sie befinde sich nicht in Gefahr, hat Konstanze gesagt, und sie beschließt, ihr zu glauben.

In das Chaos in ihrem Kopf schiebt sich ein alberner Gedanke. Was, wenn der Täter zwei und zwei zusammenzählt und fünf rauskriegt. Wenn er also denkt, dass Beas Freundin ganz oben in der Trauerannonce steht und Charlotte Kanngießer heißt. Nun, Charlotte braucht sich ja nicht zu fürchten, sie hat einen Polizisten an ihrer Seite, der beurlaubt ist und sie rund um die Uhr beschützen kann.

Erst als die beiden weg sind, fällt ihr auf, dass Kommissar Gercke seinen Kaffee nicht angerührt hat. Wahrscheinlich befürchtet er, dass sie ihn vergiften will. Finja kippt den Inhalt seines Bechers ins Spülbecken und nimmt sich vor, ihm nie wieder etwas anzubieten. Noch besser wäre natürlich, wenn er nicht mehr wiederkäme, aber darauf hat sie wohl keinen Einfluss.

Nur um sich abzulenken, fährt sie ihr Notebook hoch und schaut bei Facebook nach Julian Ortgies, ihrem attraktiven Abiballbegleiter. Vielleicht ist er gerade solo, so wie sie selbst, und auf der Suche nach einer Frau, die es ernst meint. Sie könnten sich treffen und da anfangen, wo sie damals aufgehört haben. Als Neunzehnjährige fand sie, dass er gut küsst, das wird er ja wohl nicht verlernt haben.

Lange muss Finja nicht suchen. Julian sieht noch fast genauso aus wie damals, nur dass er sein dichtes schwarzes Haar jetzt kürzer trägt und, wenn nicht alles täuscht, ein paar Kilo zugelegt hat. Er ist glücklich verheiratet mit einer Bianka, deren unbeschwertes Lächeln ihr einen Stich versetzt. Voller Neid schaut sie das Album mit den Familienfotos an. Mama, Papa und drei Kinder. Und weil sie so viel ungetrübtes Glück gerade schlecht aushalten kann, klickt sie die Seite rasch wieder weg.

Auf einmal ist Finja überzeugt, den Rest ihres Lebens allein verbringen zu müssen. Im August feiert sie ihren siebenunddreißigsten Geburtstag, ihre biologische Uhr tickt schon ziemlich laut. Eigentlich wollten sie und Nikolai nach dem Sommerurlaub nicht mehr verhüten, aber das ist ja nun Geschichte. Wenn fünf Jahre Zusammenleben nicht ausreichen, um einen Menschen so gut zu kennen, dass man mit ihm eine Familie gründen kann, scheint es völlig irrational, zu glauben, dass sie noch Mutter werden könnte. In fünf Jahren ist sie über vierzig und ein neuer Mann ist nicht in Sicht. Wahrscheinlich wird sie als Single enden, alleinstehend mit Hund. Wenn sie Babys möchte, muss sie China decken lassen.

Die Worte ihres Vater kommen ihr in den Sinn: Die große Liebe gibt es nur im Schlager. Was sagen die auf Facebook geposteten Fotos über Julians Beziehung aus? Vielleicht betrügt er seine Frau regelmäßig oder sie schlägt heimlich die Kinder.

Später ruft Annika an, Chinas Tierärztin. Sie ist verheiratet mit Hannes, einem alten Schulfreund von Nikolai. Bis vor Kurzem hätte Finja sie noch als gute Freundin bezeichnet. In letzter Zeit scheint das allerdings nicht mehr zu stimmen, sie haben sich schon ewig nicht mehr verabredet.

»Hey, sag mal, diese Traueranzeige gestern …« Annika atmet hörbar ein und wieder aus. Finja sieht sie förmlich vor sich, eine kleine rundliche Frau mit wunderschönen Haaren, die eine Brille mit leuchtend rotem Gestell trägt, selbst gestrickte Jacken und flache Schuhe der holländischen Firma Loints.

»Hannes meint, dass ich mir den Anruf sparen kann. Aber ich möchte es einfach aussprechen. Ich finde es sehr traurig, dass du es nicht mal in dieser Situation schaffst, über deinen Schatten zu springen. Egal, was zwischen dir und Nikolai vorgefallen ist, Bea war deine beste Freundin, und dein Name hätte in die Anzeige gehört, ganz nach oben. Ich hab immer gedacht, du würdest dich mit der Zeit wieder einkriegen. Aber anscheinend gefällst du dir in der Rolle der verlassenen Frau. Ich finde das sehr bedauerlich, Finja, weil ich dich ganz anders eingeschätzt habe. Aber damit hast du ein weiteres Mal klargemacht, dass du nichts mehr mit uns anderen zu tun haben willst.«

Obwohl ihr Herz bis zum Hals klopft, gelingt es Finja, ruhig zu antworten. »Mich hat keiner gefragt, ob ich in der Anzeige stehen will. Aber weißt du was, ich hätte abgelehnt. Die Namen von Gewaltopfern gehören nicht in die Zeitung. Beas Eltern sind zu Recht empört.«

»Charlotte hat gesagt, dass du dich geweigert hast, mit ihr gemeinsam in einer Anzeige zu stehen. Du wolltest selbst eine Anzeige schalten.« Das klingt nicht mehr so überzeugt, fast schon wie eine Frage.

»Such dir einfach aus, wem du glauben willst.« Damit beendet Finja das Gespräch.

Wie absurd, jetzt streiten sie sich darüber, wer in der Anzeige stehen darf und wer nicht und wem welcher Platz gebührt. Als Kinder haben sie sich beim Spielen um das schönste Barbie-Pferd gezankt. Am Ende hat immer Charlotte damit gespielt.

KONSTANZE

Leichenfund am Grambker Sportparksee. Zwei Brüder, einer sieben und einer neun, haben beim Versteckspiel eine tote Frau entdeckt. Sie lag unter einem Reisighaufen, und wären ihre Sportschuhe nicht so leuchtend bunt, orange, neongelb und türkis, hätten die Jungs sie wahrscheinlich gar nicht bemerkt. Aber neugierig, wie Kinder in dem Alter nun einmal sind, haben sie die Äste beiseitegezogen, bis ihnen das Gesicht einer Toten entgegenschaute. Den Anblick werden sie wohl nie mehr vergessen.

Als Konstanze am Tatort eintrifft, sind die Kinder längst zu Hause, ein Traumaspezialist wird versuchen, den seelischen Schaden so gering wie möglich zu halten, und für ein Gespräch mit der Polizei stehen sie selbstverständlich nicht zur Verfügung. Aber was könnten sie schon erzählen.

Blonde lange Haare, kunterbunte Laufkleidung, ein Blick auf das Foto der vermissten Jessica Plocher reicht aus, um den Leichnam zu identifizieren. Erdrosselt und missbraucht. Sie ist bereits mehrere Tage tot, drei oder vier, da will der Rechtsmediziner sich noch nicht festlegen. Ihre türkisfarbene Laufhose hat der Täter mit einem Messer bearbeitet, und es scheint, als wäre er noch rabiater vorgegangen als bei den bisherigen Opfern. Er hat eine Bierflasche als Werkzeug für seine sexuellen Fantasien benutzt und vorher den Flaschenhals im oberen Drittel abgeschlagen.

Konstanze möchte sich gar nicht ausmalen, wie die Schleimhäute der Toten aussehen. Sie kann nur hoffen, dass das Opfer zum Zeitpunkt der sexuellen Misshandlungen bereits tot war, so wie die beiden anderen Frauen.

Anders als bei den anderen Toten haben sich, angelockt durch den Geruch des Blutes, schon Wildtiere an dem Leichnam zu schaffen gemacht.

Jessica Plocher lag in einem unwegsamen Gehölz, das in der Nähe vom Parkplatz beginnt und sich mehrere Kilometer Richtung Norden ausdehnt. Aber dort wurde sie nicht ermordet. Wenn man vom Parkplatz aus Richtung Wasser läuft, muss man eine kleine Brücke überqueren. Hier haben die Kriminaltechniker Scherben aus braunem Glas entdeckt, die wahrscheinlich zu der Bierflasche gehören, die der Täter benutzt hat. Vermutlich hat er den Flaschenhals am Brückengeländer abgeschlagen. Ein paar Meter weiter ist Blut in den Boden gesickert. Es ist anzunehmen, dass Jessica Plocher an dieser Stelle getötet und missbraucht wurde, hinter einem Gebüsch, aber in Sichtweite zum Parkplatz. Anders als bisher hat der Täter sein Opfer dieses Mal nicht einfach liegen lassen, sondern eine längere Strecke, immerhin rund zwölfhundert Meter, über unwegsamen Waldboden geschleift, um die Tote unter abgebrochenen Zweigen zu verstecken. Und dann muss er das Rad in seinen Wagen geworfen und zum Krimpelsee im Stadtsüden gebracht haben, um die Ermittlungsbehörden auf eine falsche Spur zu locken. Eine Strecke, für die er eine Dreiviertelstunde mit dem Wagen gebraucht hat.

Mit zusammengezogenen Brauen beobachtet Konstanze den Abtransport der Leiche. Sie fühlt sich beinahe erleichtert, weil die Leichenbestatter den Körper der armen Frau endlich in Sicherheit bringen.

Mit dem Auto ist die Freizeitanlage an dieser Seite nur über eine einzige Straße zu erreichen, und die ist jetzt komplett gesperrt. Ganz bestimmt möchte Konstanze nicht mit den Kollegen tauschen, die sich mit aufgebrachten Passanten auseinandersetzen müssen, die jetzt baden wollen, surfen oder einfach nur gaffen.

Während die Kriminaltechniker unzählige Bodenproben entnehmen, sucht die Hundertschaft der Bereitschaftspolizei, die nach dem Leichenfund aus Huckelriede abgezogen wurde, im Umfeld den gesamten Waldboden nach verräterischen Spuren ab. Benutzte Papiertaschentücher, halb verrottete Kaugummiverpackungen und ein Zopfgummi landen in Beweismitteltüten, auch eine weitere Bierflasche, die dem Tatwerkzeug gleicht, was vermuten lässt, das der Irre die Flasche zufällig hier gefunden hat.

Konstanze wagt nicht zu hoffen, dass die Funde ihnen wirklich weiterhelfen, aber so funktioniert Polizeiarbeit, man kehrt das Unterste nach oben, um eine Spur zu finden, das Teilchen im Zehntausenderpuzzle, das genauso aussieht wie die anderen und trotzdem die Lösung bringt.

Heute ist Samstag, Wochenende, und sie will lieber nicht daran denken, dass sie versprochen hat, für Marius Mittagessen zu kochen, Spaghetti mit Thunfischsoße hat er sich gewünscht, zur Belohnung, weil er die Fuhre Mutterboden in Empfang nehmen muss.

Seufzend zieht sie das Handy aus der Tasche und versucht zum x-ten Mal an diesem Vormittag, Adam zu erreichen. Verdammt, dann muss er eben ausnahmsweise mal eine Probe absagen. Wenn sie Marius wieder enttäuschen, wird er künftig gar nichts mehr für sie tun. Adam nimmt nicht ab. Sie könnte platzen vor Wut. Aber sie kann hier nicht weg.

Die Tote muss noch offiziell als Jessica Plocher identifiziert werden, allerdings steckt in ihrer Jackentasche ein Portemonnaie mit einem Zwanzig-Euro-Schein und ihrem Personalausweis. Kein Handy. Sie wird vom Präsidium aus versuchen, das Telefon orten zu lassen, wahrscheinlich erfolglos, wie bei dem zweiten Opfer, dessen Handy nach wie vor verschwunden ist. Die einzig positive Nachricht lautet, dass Frau Plochers Eltern in der Nähe von Paderborn leben, die schlimmste aller möglichen Nachrichten müssen also andere überbringen.

»Glaubst du, das war derselbe Täter?«, will ein Kollege von der Kriminaltechnik wissen. »Obwohl er den Leichnam versteckt und das Fahrrad nach Huckelriede gebracht hat?« Sein Mundschutz baumelt vor seinem Hals, so als müsste er zwischendurch einmal tief durchatmen.

»Ich nehme es an. Es gibt Abweichungen, da hast du recht. Aber er hat ihren Unterkörper mithilfe eines Messer freigelegt, sie anschließend mit Gegenständen missbraucht und ihre Haare in ihren Mund gestopft.«

Der junge Kollege zieht seinen Mundschutz wieder nach oben. »Stand alles in der Zeitung. Könnte schlimmstenfalls ein Trittbrettfahrer sein.«

Womit Konstanzes Gedanken wieder bei Nikolai landen, diesem Trottel. Wie kann ein erfahrener Mordermittler nur so unprofessionell handeln und interne Details ausplaudern?

»Seit heute Morgen wissen wir, dass an ihrem Fahrrad dieselben DNA-Spuren nachgewiesen werden konnten wie bei den beiden vorherigen Leichen.« Mit dem Kopf nickt sie kurz in Richtung des Leichenfundortes. »Kein Trittbrettfahrer. Ich fahr erst mal zurück ins Präsidium.«

Auf dem Weg zu ihrem Wagen versucht sie erneut, Adam zu erreichen. Vergeblich. Wahrscheinlich hat er sein Handy auf lautlos gestellt und es vibriert jetzt in der Tasche seiner Jacke, die irgendwo über einer Stuhllehne hängt. Darüber müssen sie heute Abend unbedingt reden. Es kann nicht sein, dass er in so einem Notfall nicht erreichbar ist.

Im Präsidium trifft sie auf Florian. Der junge Kollege will alles richtig machen, beweisen, dass er das in ihn gesetzte Vertrauen verdient, doch er wirkt hoffnungslos überfordert und drückt sich vor jeder konkreten Entscheidung. Kaum, dass Konstanze die Tür öffnet, überfällt er sie mit einer ganzen Liste von Fragen: *Wie war dies noch mal, wo muss ich das beantragen, wer ist hier zuständig?* Er kommt ihr vor wie ein aufgescheuchtes Huhn, das nicht weiß, wohin es laufen soll, und ihr bleibt nichts anderes übrig, als geduldig eine Frage nach der anderen zu beantworten. Fehler, die gleich zu Beginn der Ermittlung passieren, kann man später nicht mehr ausbügeln. Sie darf sich nicht mal anmerken lassen, wie sauer sie ist, schließlich kann Florian nichts dafür, dass Jochen ihn mit einer Aufgabe betraut hat, der er noch gar nicht gewachsen sein kann. Jochen! Genau, sie sollte unverzüglich ihren Chef anrufen und verlangen, dass er seinen Hintern herbewegt und Florian unterstützt.

Und Nikolai, dieser Vollidiot, macht sich mit seiner Charlotte ein schönes Wochenende. Am liebsten würde sie hinfahren und ihn mit bloßen Händen erwürgen. Aber nicht mal dafür reicht ihre Zeit, außerdem weiß sie gar nicht, wo er jetzt wohnt.

Seufzend sucht sie die Vermisstenmeldung von Jessica Plocher raus. Sie muss bei der Staatsanwaltschaft anrufen und die Ortung von Frau Plochers Telefon beantragen. Dann braucht sie einen Kollegen, der zwecks DNA-Vergleich die Zahnbürste der jungen Frau aus ihrer Wohnung holt. Und nebenbei muss sie Florian auf die Finger schauen, und das möglichst unauffällig, damit er nicht beleidigt ist.

»Hast du schon die Anruflisten von Bea Kerber vorliegen?«, fragt sie beiläufig.

»Ähem, ja, ist alles beantragt. Du weißt ja, wie die sind, das dauert …«

»Aber nicht so lange. Du musst anrufen und Druck machen, Florian. Die Leute von den Telefongesellschaften bewegen sich nicht von allein, denen muss man in den Hintern treten.«

»Schon klar«, brummelt er, macht aber keine Anstalten, nach dem Hörer zu greifen. »Mach ich später. Ich hab gerade eine geniale Idee, Konstanze.«

Sie ist sofort misstrauisch, warum auch immer. »Nämlich?«

»Ich lasse die Tat nachstellen. Die Kollegen von der Spurensicherung sind ja überzeugt, dass Frau Michaelis die Tat nicht begangen haben kann. Meiner Ansicht nach sollten wir das genauer prüfen.«

»Findest du nicht, dass es Wichtigeres zu tun gibt?«

»Nein«, schnaubt er beleidigt. »Das finde ich nicht. Mir kommt es nämlich so vor, als würde Finja Michaelis hier eine Art Immunität genießen, nur weil sie mal die Freundin eines Kollegen war und ihr sie vom gemeinsamen Grillen auf dem letzten Sommerfest kennt. Keiner kommt auf die Idee, ihre abstruse Geschichte auch nur ansatzweise infrage zu stellen. Ein geheimnisvoller Mann klingelt an der Tür und sticht die Frau ab.« Jetzt hat er sich richtig in Rage geredet. »Und wenn es schon um Wichtiges und Unwichtiges geht: Finja Michaelis ruft hier an und will sich über einen Zeitungsartikel beschweren, und schon müssen wir zu zweit bei ihr antanzen, um sie zu trösten. Und das, obwohl du eigentlich gar nicht zuständig bist!«

Jetzt reicht es aber. Was bildet dieser Schnösel sich ein? »Gut, dass du mich daran erinnerst. Das Tötungsdelikt Bea Kerber ist dein Fall, richtig. Ich hab genug mit dem Serientäter zu tun. Wenn du noch Fragen hast, ruf zu Hause bei Jochen an.«

FINJA

Vorhin hat Finja im Augenwinkel eine Bewegung in ihrem Garten bemerkt. Vor Schreck ist sie beinahe in Ohnmacht gefallen. Sie hielt schon das Handy in der Hand, um Konstanze anzurufen, als ihr Blick auf China fiel, die seelenruhig ihre Pfoten geleckt hat. Die unerschütterliche Ruhe der Hündin hat Finja klargemacht, dass sie völlig hysterisch reagiert.

Ein bewusster Blick aus dem Fenster reichte aus, um den Eindringling zu identifizieren. Fritz, der rote Kater ihrer Nachbarin, machte mal wieder Jagd auf Singvögel. Wie üblich flitzte er dabei die Baumstämme rauf und wieder runter. Fritz ist ein Wunder an Beweglichkeit und Eleganz. Finja hat sich ein Glas Wasser eingeschenkt und seine Jagd beobachtet, die zum Glück ergebnislos abgebrochen wurde, als sein Frauchen hinter der Hecke mit der Trockenfutterschachtel geklappert und seinen Namen gerufen hat.

Vor ihr liegt ein langer, einsamer Tag. Sie könnte in die Stadt gehen und bei jedem Mann, der sie anschaut, überlegen, ob er Beas Mörder ist. Sie könnte Beas Eltern besuchen und fragen, wie sie zurechtkommen. Sie könnte auch im Garten arbeiten, dort war mehr als genug zu tun, aber dazu verspürt Finja überhaupt keine Lust. Vielleicht sollte sie in die Stadt fahren und ausgiebig shoppen, aber dann müsste sie den Hund zu Hause lassen, aber China bekommt in letzter Zeit viel zu wenig Auslauf. Also beschließt sie, einen ausgedehnten Spaziergang mit ihr zu machen, nicht vor der Haustür, sondern in Knoops Park, und es wird das erste Mal ohne Nikolai sein.

»Was meinst du, Süße, machen wir uns einen schönen Tag?«

Begeistert wedelt die Labradorhündin mit dem Schwanz und damit ist die Entscheidung getroffen. Finja zieht sich der Witterung entsprechend an, ein leichtes Kleid aus Baumwolle, keine Strümpfe, flache Sandalen, und für den Fall, dass ihr doch kalt wird, knotet sie eine Strickjacke um ihre Schultern. Während der Fahrt hört sie traurige Musik, die letzte CD von Leonard Cohen mit dem Wahnsinnssong *You want it darker*, der ihr jedes Mal Schauer über den Rücken jagt. Nur einen Monat, nachdem die CD erschien, ist Cohen gestorben, und immer, wenn sie das Stück hört, drängt sich ihr der Gedanke auf, dass er auf diese Weise angekündigt hat, nicht länger leben zu wollen. Als sie den Song zum ersten Mal gehört hat, musste Finja weinen, vielleicht weil ihr Vater ein großer Fan des kanadischen Sängers war und sie mit seinen großen Hits wie *Suzanne* aufgewachsen ist. Diesmal schafft sie es, die Tränen zurückzuhalten.

Das, was Finja in der Vergangenheit häufig an dem Park gestört hat, empfindet sie heute als positiv. Eine Armada von Spaziergängern ist unterwegs. Man ist hier nie allein, vor allem nicht am Wochenende. Sie braucht also nicht zu befürchten, dass Beas Mörder plötzlich aus dem Gebüsch springt und sie mit einem Messerstich niederstreckt.

Mit jedem Meter, den sie zurücklegt, fühlt sie sich ein wenig leichter, so als würde sie Ballast abwerfen, Angst, Enttäuschung, Traurigkeit. Warum sollte ihr Leben nicht wieder in ruhigere Fahrwasser gelangen, Beas Mörder wird gefasst, und sie findet eine neue Liebe und verschwendet keinen Gedanken mehr an Nikolai und Charlotte. Gerade als sie sich fragt, wo sie einen neuen Mann kennenlernen soll, taucht ganz unerwartet ein bekanntes Gesicht vor ihr auf.

Sebastian Krüger. Beinahe hätte sie ihn gar nicht erkannt. Bislang hat sie ihn im Anzug gesehen, heute trägt er Jeans, Sneaker und ein lässiges Shirt mit kurzen Ärmeln, das seine muskulösen Oberarme sehen lässt. Der blaugraue Farbton passt perfekt zu seinen Augen. Genau wie Finja hat er ein wärmeres Kleidungsstück um die Schultern gelegt, einen dunkelblauen Pullover aus leichter Wolle.

»Oh, Frau Michaelis, was für eine Überraschung.«

Das Gleiche hätte sie auch sagen können, hat sie doch gehofft, niemandem zu begegnen, der ihren Namen kennt, schon gar nicht einem ihrer Patienten.

»Hallo«, sagt sie und versucht, nicht allzu unfreundlich zu klingen.

Offenbar erfolgreich, denn Herr Krüger macht keine Anstalten weiterzugehen. »Da geht man einmal in hundert Jahren hier spazieren und trifft ausgerechnet seine Therapeutin. Darf ich Sie ein Stück begleiten? Ich verspreche auch, nichts von mir zu geben, das in Ihre Praxisräume gehört.«

»Was soll ich sagen, der Park gehört mir nicht allein.«

Er lacht unbekümmert. »Ein bisschen enthusiastischer hätten Sie das schon formulieren können, aber ich werde mich nicht entmutigen lassen.«

Eine Weile gehen sie schweigend nebeneinander her, Finja hält den Hund an der Leine, er hat die Hände in den Taschen seiner Jeans vergraben. Die Sonne strahlt und das frische Laub der Bäume scheint zu leuchten. Es könnte ein rundum wunderbarer Tag sein, wenn es ihr gelänge auszublenden, was das Leben ihr in den letzten Wochen zugemutet hat. Vielleicht sollte sie eine Pause einlegen und sich in dem kleinen Café ein Stück Kuchen gönnen. Es wäre das erste Mal, dass sie dort ohne Nikolai hingeht, aber daran wird sie sich gewöhnen müssen.

Nur weil sie allein lebt, kann sie sich doch nicht für den Rest ihres Lebens in ihrem Haus vergraben.

»Ganz schön warm«, sagt Herr Krüger in diesem Moment. »Was halten Sie davon, irgendwo einzukehren und etwas zu trinken? Es gibt hier ein ganz zauberhaftes Café. Wenn wir Glück haben, ergattern wir noch einen Tisch auf der Terrasse.«

Als hätte er ihre Gedanken gelesen. Aber vielleicht kann einer, der solche Augen hat, ja wirklich in die Köpfe anderer Menschen blicken.

Finja zögert ein wenig mit der Antwort, weil ihr bewusst ist, dass eine Zustimmung höchst unprofessionell wäre. »In Ordnung«, sagt sie dann zu ihrer eigenen Überraschung und starrt dabei auf ihre Füße. Sie sollte die Nägel wieder lackieren, wie sonst auch im Sommer. Warum nicht mal in Hellblau, das ist gerade in. Etwas anderes sollte sie dagegen nicht tun. Sie gibt sich einen Ruck und schaut Sebastian Krüger direkt an.

»Nein, lieber doch nicht. Ehrlich gesagt, verstößt das gegen mein Berufsethos.«

»Und wenn ich Sie sehr nett finde, viel netter, als man seine Therapeutin finden sollte? Wenn ich einfach Lust darauf habe, Sie privat kennenzulernen? Sie dürfen all meine Geheimnisse erforschen, und ich weiß rein gar nichts über Sie, Frau Michaelis.«

»Das soll auch so bleiben.«

Er lacht leise und irgendwie sehr selbstsicher. Mit ihrem Klienten, der unter Schlaflosigkeit und Angstzuständen leidet, hat dieser Mann nicht viel gemein. Er strahlt etwas aus, das Finja männliche Überlegenheit nennen würde, das intuitive Wissen, wie man eine Frau für sich gewinnt, und sie muss sich eingestehen, dass ihr das gefällt. Etwas sehr Ähnliches hat sie empfunden, als sie Nikolai zum ersten Mal begegnet ist. Wahrscheinlich ist sie immer noch ein verlorenes kleines Mädchen, das seinen

Vater vermisst und deshalb einen Beschützer sucht, eine breite Schulter zum Anlehnen.

Da ihr Argument ihn nicht beeindruckt, gibt sie nach. Wenig später erreichen sie das Café und tatsächlich wird gerade ein Tisch auf der Terrasse frei.

»Wie bestellt«, sagt Sebastian Krüger, der hinter ihr geht, und sie hört an seinem Tonfall, dass er lächelt. Seine Hand berührt ganz sanft ihr Schulterblatt, um sie auf den freien Tisch hinzuweisen. Finja darf sich einen Platz aussuchen und entscheidet sich für den Stuhl in der Sonne, er nimmt gegenüber Platz, im Schatten, und China legt sich stumm unter den Tisch

»Kaffee? Ein Stück Kuchen?«

»Heiße Schokolade bitte und Käsekuchen, aber ohne Sahne.«

»Darf ich aus Ihrer Wahl schließen, dass Sie sich hier auskennen?«

»Wir sind öfter hier, China und ich«, sagt sie schnell. Warum sollte sie jetzt erzählen, dass sie gerade verlassen wurde.

Nachdem die Bestellung erledigt ist – Sebastian Krüger bevorzugt Kirschkuchen mit Sahne und dazu Kaffee –, schaut er sie an, so intensiv und lange, bis sie verlegen wird und den Blick abwendet.

»Sind Ihre Wochenenden immer so einsam, nur Sie und Ihr Hund?«

Lieber Himmel, was soll sie jetzt sagen? »Manchmal«, scheint eine gute, unverfängliche Antwort zu sein.

Die Bedienung bringt die Bestellung und überlässt Finja und den Mann mit den magischen Bernsteinaugen wieder ihrem Gespräch, das sich anfühlt, als würde sie auf Zehenspitzen über vermintes Gebiet balancieren. Das, was sie hier macht, ist völlig unmöglich. Dieser Mann ist ihr Patient und sie sollte hier wirklich nicht sitzen und sich durch seine Blicke in Verlegenheit bringen lassen.

»Ich möchte meine Frage wiederholen. Was wäre, wenn ich Sie privat kennenlernen möchte?«

»Dann müssten Sie sich einen anderen Therapeuten suchen.«

Ein strahlendes Lächeln erhellt sein Gesicht. »Okay, das ist es mir wert. Gehen wir morgen Abend essen?«

Mit feuerroten Wangen deutet sie ein Nicken an, wagt es aber nicht, ihn dabei anzusehen.

»Dann darf ich dich morgen zu Hause abholen? Halb acht?« Sein *du* überrascht Finja. Es klingt ganz selbstverständlich, so als hätte er nicht mal über diesen Schritt nachdenken müssen. Und es fühlt sich nicht falsch an, überhaupt nicht, im Gegenteil.

Mit einem letzten Rest von Vernunft sagt sie: »Ja, du weißt ja, wo ich wohne.«

»Über der Praxis.«

Sie nickt und schämt sich ein bisschen für ihre Unehrlichkeit. Andererseits sind die Zeiten gerade sehr gefährlich für blonde Frauen, und sie weiß nur wenig über den Mann, der vor ihr sitzt. Ihre Suche im Netz nach dem Namen Krüger war nicht sehr ergiebig, es gibt keinen großen Industriebetrieb, wie sie es sich ausgemalt hatte, eigentlich hat sie gar nichts gefunden, nur eine Festnetznummer unter S. Krüger, die nicht mit der Nummer in ihren Akten übereinstimmt. Sie kennt seine Mobilnummer und seine Adresse, an die sie ihre Rechnungen schickt. Nein, erinnert sie sich, das stimmt nicht. Gleich die erste Rechnung ist mit dem Hinweis *Empfänger unbekannt* zurückgekommen. Das war ihm mehr als unangenehm. *So was passiert nicht zum ersten Mal, ich hab mich schon bei der Post beschwert.* Seither nimmt er die Rechnungen persönlich in Empfang und überweist das Geld nach spätestens drei Tagen. Sie wünschte, all ihre Patienten wären so gute Zahler.

Auf dem Rückweg zum Auto gesteht Finja sich ein, dass der Nachmittag ihr gefallen hat. Für China ist er weniger schön verlaufen, sie sind gerade mal bis zum Café gelaufen und von dort zurück zum Parkplatz. Die meiste Zeit musste die Hündin brav unter dem Tisch liegen, obwohl sie Sebastian nicht sonderlich leiden kann. Sebastian, in Gedanken nennt sie ihn bereits bei seinem Vornamen.

KONSTANZE

Als Konstanze endlich nach Hause kommt, fällt ihr Blick zuallererst auf den schwarzen Berg aus Erde, direkt neben der Einfahrt. Ein Teil ist auf den Bürgersteig und die Straße gerutscht.

Ihr Haus liegt in einem reinen Wohngebiet, hier gibt es kaum Durchgangsverkehr, doch als Polizistin weiß sie natürlich, dass so ein Hindernis mindestens mit Absperrband und eigentlich auch mit Warnleuchten gesichert werden muss. Warum hat Adam das nicht längst erledigt? Er oder Marius. Nein, berichtigt sie sich, nicht Marius, der hat den blöden Mutterboden ja nicht bestellt.

Ihr Sohn liegt auf der Couch im Wohnzimmer, eine Tüte Kartoffelchips auf dem Bauch, aus der er sich bedient, ohne den Blick von der Mattscheibe zu lösen. Er schaut ein Video, allein die düstere Musik macht klar, dass es gruselig darin zugeht. Wie die meisten seiner Freunde liebt er Horrorfilme. Adam kriegt jedes Mal die Krise, wenn er mitbekommt, dass Marius einen dieser billig gemachten Schockthriller schaut, in denen das Blut nur so spritzt. Damit steht schon mal fest, dass ihr Ehemann nicht zu Hause ist.

»Hey«, sagt sie fröhlich, obwohl ihr eher zum Heulen zumute ist, weil sie schon ahnt, wer gleich die Schippe aus der Garage holen wird.

Betont langsam dreht Marius den Kopf in ihre Richtung, er ist sogar so zuvorkommend, den Ton leiser zu stellen. »Hey. Papa ist nicht hier, falls du den suchst. Ich hab ihn den ganzen Tag noch nicht gesehen.«

Ans Handy geht er auch nicht, denkt sie. Wahrscheinlich vergnügt er sich mit dieser Judith. Anders kann es doch nicht sein. Keine Theaterprobe dauert einen ganzen Tag.

»Hast du dir was zu essen gemacht?«

»Nee, das wolltest du ja übernehmen.« Und dann, o Wunder, erhebt Marius sich vom Sofa, legt die Chipstüte auf den Tisch und nimmt sie in den Arm. »Du siehst richtig kacke aus, Mama, war's so schlimm?«

Ohne dass sie es will, bricht Konstanze in Tränen aus, was Marius total schockiert. Mit einem Ruck reißt er seinen Arm von ihrer Schulter, als hätte er sich verbrannt.

»O Mann, soll ich dir was kochen, Mama? Ich kann aber nur Pfannkuchen, das weißt du ja.«

»Pfannkuchen wären himmlisch. Mit Zucker und Zimt.«

»Und für mich mit Nutella.« Er zögert. »Und was ist mit Papa?«

»Weiß ich nicht, der hat sicher in der Stadt gegessen, mit seinen Theaterleuten.«

»Joa. Denk ich auch.« Unsicher schaut er sie an. »Ich geh dann in die Küche und fang an, okay?«

»Und ich stell mich rasch unter die Dusche.«

Auf ihrem Kopfkissen findet sie den Brief und daneben Adams Handy, das auf lautlos gestellt ist. Ihr Ehemann hat sich vier Wochen Urlaub genommen, ohne das mit ihr zu besprechen. Er will für eine Weile allein sein, nachdenken, ob er dieses Leben noch führen will. Einer seiner Pullover liegt auf dem Boden vor seinem Bett, zusammengeknüllt, als wollte er ihn nie wieder tragen.

TIM

Tim sitzt wieder im *Millennium,* vor sich ein Bier, und lässt die Tür nicht aus den Augen. Raphael und Luna tauchen nicht auf. Er hat schon den Typ hinter dem Tresen gefragt, die Bedienung natürlich auch. Beide wissen nicht, wann sie die beiden zuletzt gesehen haben, gestern und vorgestern jedenfalls nicht. Sie kennen weder Raphaels Namen noch seine Adresse und beides scheint sie auch nicht zu interessieren. Heute bringt die kleine Dicke die Getränke, ihre Fingernägel sind schwarz lackiert. Die stämmigen Beine stecken in Netzstrumpfhosen, darüber trägt sie einen viel zu kurzen Rock aus Schottenkaro, der beim Gehen wippt.

»Der war ein bisschen spooky drauf, oder? Und die Kleine auch, wie die den angeguckt hat, als würde sie am liebsten in ihn reinkriechen. Hat voll genervt. Und dann sein Tick mit dem schwarzen Tee. Wer geht denn in die Kneipe, um Tee zu saufen?«

»Kommen die schon lange her?«, fragt Tim vorsichtig.

»Die kommen gar nicht mehr her, Alter, oder siehst du sie irgendwo? Ein paar Wochen lang haben sie jeden Abend auf dem Platz da gesessen und uns genervt, weil wir extra Wasser heißmachen mussten für seinen Scheißtee. Jetzt sind sie weg, so what? Biste verknallt in einen von beiden, oder was?«

Verlegene Röte schießt in Tims Wangen. »Nee«, zischt er böse. »Der hat noch was von mir, dass ich gern zurück hätte.«

»Pech. Such sie woanders.«

Mit einem Bier in der Hand setzt Tim sich auf Raphaels Platz, aber von hier aus sieht die Welt auch nicht anders aus. Er hat sich schon gefragt, ob Raphael gar nicht wirklich so heißt. Raphael ist der Name eines Erzengels. Er wird auch als Todesengel gesehen, der die Verstorbenen ins Jenseits begleitet. Das hat er inzwischen rausgefunden. Und Luna heißt die Mondgöttin. Aber das passt ja mal überhaupt nicht zu ihr, von einer Göttin hat sie rein gar nichts an sich, eher von einer hässlichen Lumpenprinzessin, die ihre Klamotten aus dem Altkleidersack zieht.

Für einen Moment stellt Tim sich vor, dass Raphael plötzlich vor ihm stände. *Na, Timm Thaler, jetzt kannst du endlich Texte schreiben, die berühren, die echte Empfindungen auslösen, unter die Haut gehen, stimmt's? Vergiss nicht, wem du das zu verdanken hast.*

Was würde er tun? Er weiß es nicht, aber bei der Vorstellung bricht ihm der Schweiß aus. Hastig trinkt er sein Bier aus und bezahlt.

Er beschließt, nie mehr einen Fuß in diese Kneipe zu setzen. Gerade ist ihm nämlich klar geworden, dass er einen Höllenschiss hat vor Raphael. Er will diesen geheimnisvollen Mann nie mehr wiedersehen. Nicht mal denken möchte er an Raphael und ihre seltsamen Gespräche. Alles, was geschehen ist, muss verborgen bleiben in einer tiefen Falte des Universums, für immer.

Hey, das hört sich gut an, das muss er gleich zu Hause aufschreiben.

KONSTANZE

Hinter Konstanze liegt eine schlaflose Nacht. Sie hat Marius nicht die Wahrheit über Adams Brief erzählt, es ging einfach nicht. Vorerst muss ein kleines, einigermaßen verdauliches Stück der großen Ungeheuerlichkeit für ihn reichen. Falls Adam es sich anders überlegt, sollte noch nicht alles Geschirr zerschlagen sein.

»Papa macht ganz überraschend einen Segeltörn mit einem Kollegen, hat sich so angeboten. Ich glaub, er braucht mal ein bisschen Urlaub.«

»Ja, kann sein. Ist ja ziemlich komisch in letzter Zeit. Aber so kurz vor der Premiere … ich dachte, ohne ihn bricht in der Theatergruppe alles zusammen.«

Verdammt, der Junge könnte Polizist werden. Die Idee mit dem Segeltörn war Mist, aber jetzt ist es zu spät, eine andere Story zu erfinden.

»Ja, so tut er immer, scheint aber nicht zu stimmen. Niemand ist unersetzlich.«

Zum Glück wechselt Marius bereits das Thema. »Und was machen wir mit dem Erdhaufen?«

Zehn Minuten später stehen sie mit zwei Schippen und einer Schubkarre vor dem Haus und quälen sich damit, wenigstens den Teil des Mutterbodens hinter das Haus zu fahren, der den Bürgersteig und die Fahrbahn blockiert. Es ist anstrengend, gleichzeitig auch eine Erleichterung, die Wut auf ihren Mann in körperliche Arbeit umzusetzen. Und es ist wunderschön zu beobachten, wie stark und erwachsen ihr Sohn geworden ist, ein richtiger junger Mann, den man ernst nehmen muss. Kein Wort des Jammerns, er scheint zu spüren, dass Konstanze ihn jetzt wirklich braucht.

Mittags lädt sie ihn in die Pizzeria ein. Es ist eine ganze Weile her, dass sie dort waren. Neuerdings findet Marius es peinlich, mit seinen Eltern in der Öffentlichkeit aufzutreten. Heute scheint das anders zu sein, er hat nicht eine Sekunde gezögert, die Einladung anzunehmen. Wahrscheinlich sollte sie aber gar nicht erst versuchen, etwas Großartiges in seinen Meinungswechsel hineinzuinterpretieren. Der junge Mann hat schlicht und ergreifend Hunger. Beim Essen fällt ihr auf, dass Marius jedes Wort über seinen Vater vermeidet. Er ist sauer oder enttäuscht von Adam, vielleicht auch beides, und sie kann ihren Sohn sehr gut verstehen.

»Nach dem Essen muss ich wieder ins Präsidium. Du hast ja von den toten Frauen gehört.«

»Erzähl jetzt bloß keine Einzelheiten. Das ist mir zu krass.«

Nicht halb so krass wie seine Filme, dafür aber die Realität.

»Wir haben eine weitere Tote und ich leite die Ermittlungen. Heute früh war die Obduktion, da konnte ich jemand anders hinschicken, aber jetzt muss ich schauen, was dabei rausgekommen ist und ob es Neuigkeiten gibt. Außerdem braucht Florian jemand, der ihm ein bisschen auf die Finger guckt.«

»Und das bist du.« Es klingt nicht böse, wie sonst in so einer Situation, sondern stolz.

»Ja. Leider. Es geht nicht anders.«

»Und Nikolai, was ist mit dem?«

Nach kurzer Überlegung beschließt sie, wenigstens in diesem Fall die Wahrheit zu sagen. »Nikolai hat eine neue Freundin, und es sieht so aus, als hätte er ihr Dinge über unsere Arbeit verraten, die er nicht erzählen durfte. Die Schwester seiner neuen Flamme ist bei der Zeitung und so sind unsere Dienstgeheimnisse in der Presse gelandet. Daraufhin wurde Nikolai vorläufig beurlaubt.«

»Krass«, findet Marius und sie kann ihm nur beipflichten.

Nach dem Essen bringt sie ihren Sohn nach Hause und fährt direkt weiter zur Dienststelle.

Das Ergebnis der Obduktion liegt inzwischen vor. Der Rechtsmediziner ist überzeugt, dass der Täter denselben dünnen Draht benutzt hat, um die Frau zu erdrosseln, wie bei den vorherigen Opfern. Auch das Messer und die Art, wie er die Schnitte gesetzt hat, um die Kleidung zu zerfetzen, sind vollkommen identisch. Kein Sperma, wie bei den anderen, außerdem schlimme innere Verletzungen durch die kaputte Bierflasche. Den Todeszeitpunkt legt er auf Dienstag um die Mittagszeit fest. Also ist der Täter von seinem Schema abgewichen und hat die Frau mitten am Tag getötet. An einem Ort, wo er nicht damit rechnen konnte, unbeobachtet zu bleiben. Der Mann muss wirklich Nerven haben.

Der Rechtsmediziner hat Fraßspuren am Unterkörper und im Gesicht von Jessica Plocher entdeckt, vermutlich verursacht durch einen Fuchs. Die Tote lag unter einem Reisighaufen, der ihren Körper beinahe komplett verbarg. Man muss also davon ausgehen, dass die Leiche bereits die Fraßspuren aufwies, als der Täter sie dort versteckte. Demnach war er zweimal am Tatort, einmal, um die Frau zu töten, und ein weiteres Mal, um den Leichnam zu verbergen. Und dazwischen lag so viel Zeit, dass sich bereits ein Fuchs an der Toten zu schaffen machen konnte. Irgendwann in diesem Zeitfenster hat er das Fahrrad nach Huckelriede gebracht und dort ins Gebüsch geworfen, so offensichtlich, dass man es in jedem Fall finden würde. Ein bewusster, leider auch erfolgreicher Versuch, die Polizei auf die falsche Fährte zu locken.

Was hat das zu bedeuten? Konstanze muss sich eingestehen, dass sie jetzt sehr gern mit Nikolai über den Fall reden würde.

Florian ist nicht im Präsidium, und sie widersteht der Versuchung, bei Jochen anzurufen und zu fragen, ob der Kleine sich bei ihm gemeldet hat.

FINJA

In dem Augenblick, als Finja aus dem Wagen steigt und ihr Blick auf Beas Elternhaus fällt, kommen ihr die Tränen. Auf einmal ist der Tod ihrer besten Freundin wieder so gegenwärtig, dass sie von ihren Emotionen überrollt wird.

Sie sieht sich und Bea barfuß und in bunten Shorts durch den Garten der Kerbers flitzen, auf der Schaukel in den Himmel fliegen, Johannisbeeren von den Sträuchern zupfen, heimlich natürlich, oder in der Küche um ein Eis betteln, und sie braucht einen Moment, um sich so weit zu fangen, dass sie auf den Klingelknopf drücken kann.

Beim Anblick von Beas Mutter bricht ihr das Herz. Sie haben sich schon länger nicht gesehen, zuletzt im März auf Beas Geburtstag, und sie hat Frau Kerber sehr viel größer in Erinnerung. Und kräftiger. Genau wie bei ihrer Tochter haben sich ein paar Extrapfunde auf ihren Hüften niedergelassen, anders kennt Finja sie gar nicht, aber heute sieht sie dünn aus, regelrecht abgemagert. Vermutlich hat sie in den letzten vier Tagen so gut wie nichts gegessen, wahrscheinlich nicht mal genug getrunken.

Wortlos zieht Frau Kerber sie an ihren Körper, der sich hart und knochig anfühlt. »Ich bin so froh, dass du da bist«, schluchzt sie irgendwann. »Endlich ein Mensch zum Reden.«

Finja weiß sofort, warum sie das sagt. Ihr Ehemann ist einer, der nie die Fassung verliert, wahrscheinlich nicht mal jetzt. Und Tim, na ja, Tim ist irgendwie seltsam. Sie hätte längst herkommen sollen.

Sie bewegen sich Richtung Küche, Arm in Arm und in genau dem gleichen Schaukelschritt, in dem Finja und Bea am Vorabend der Katastrophe in Richtung Stadt gelaufen sind. Die Erinnerung lässt Finja erneut aufschluchzen.

»Guck dich bloß nicht um«, krächzt Frau Kerber. »Hier sieht es aus, als ob …«

»Als ob Sie trauern«, sagt Finja schnell. Und dann bietet sie an, Kaffee zu kochen, doch Frau Kerber möchte lieber Tee. Hagebuttentee. Und sie will sich die Küchenarbeit nicht aus der Hand nehmen lassen.

Also sitzt Finja mit aufgestützten Ellenbogen am Tisch und schaut zu, wie Almuth Kerber mit ungewohnt langsamen, eckigen Bewegungen den Wasserkocher auffüllt, auf den Startknopf drückt und dann eine Dose mit Teebeuteln aus dem Schrank holt und auf den Tisch stellt, damit Finja sich eine Sorte aussuchen kann. Zwischen diversen Kräutertees kann sie auf die Schnelle nichts entdecken, das ihr zusagt, deshalb entscheidet sie sich ebenfalls für Hagebutte.

Frau Kerber stellt die Dose nicht zurück in den Schrank, sondern lässt sie einfach auf dem Tisch stehen, neben dem angefangenen Paket Schwarzbrot und der Käsepackung, die in den Kühlschrank gehört. »Wie soll ich das nur ertragen, Finja?«, fragt sie dumpf.

Als gäbe es darauf eine Antwort. Sie hat nicht nur ihre Tochter verloren, das Kind, das sie ausgetragen und geboren hat, sondern eine ganze Zukunft. Nie wird sie Bea in einem weißen Kleid sehen, es wird keine Hochzeit geben, keine Enkelkinder, nur ein Grab. *Kinder sollten nicht vor ihren Eltern sterben, das ist gegen die Natur*, hat mal eine von Finjas Patientinnen gesagt.

Schon damals ist ihr nichts eingefallen, womit sie diesen Satz entkräften oder wenigstens abmildern könnte, und jetzt geht es ihr nicht anders. Bea hätte nicht sterben dürfen. Ihre Mutter wird sich nie von diesem Schlag erholen.

»Wie geht es Ihrem Mann?«

Frau Kerbers Augenbrauen ziehen sich zusammen, bis sie eine düstere Linie bilden. »Eberhard? Der sitzt schon wieder in seinem Zimmer und liest in seinen Büchern. Du kennst ihn ja. Bea ist tot, damit müssen wir uns abfinden. Das Leben geht weiter.«

»Und Tim?«, fragt sie vorsichtig.

»Tim ist viel unterwegs. Er sagt, dass er es hier nicht aushält. Als könnte man weglaufen vor Beas Tod. Der Pastor hat gesagt, dass wir jetzt alle zusammen trauern müssen, den Schmerz gemeinsam ertragen. Aber wie du siehst, sitze ich hier allein.«

Ein Klicken verrät, dass der Wasserkocher sich automatisch ausgestellt hat. Sie steht auf und gießt den Tee auf. »Kuchen kann ich dir leider nicht anbieten.«

»Ist gar nicht nötig, ich krieg ja selbst kaum was runter.«

»Ich fand es immer so schön, dass ihr nach all der Zeit noch so gut befreundet seid. Wirklich, beinah wie Schwestern, hab ich immer gedacht.«

Sie stellt zwei Porzellanbecher auf den Tisch, die Teebeutel hängen noch drin, und Finja steigt der unverkennbare Geruch nach Hagebuttentee in die Nase, der für sie gleichbedeutend ist mit Krankheit. Der Becher mit den gelben Teerosen ist für Finja. Auf Frau Kerbers Becher sind Stiefmütterchen gemalt, ihre absoluten Lieblingsblumen. Es handelt sich um ein Geburtstagsgeschenk von Bea. Nie wieder wird sie so etwas Persönliches bekommen. Weder ihrem Mann noch Tim traut Finja zu, dass sie sich großartig Gedanken machen, worüber der Beschenkte sich wirklich freut. Sie weiß sogar, dass Herr Kerber grundsätzlich Bücher auf den Gabentisch legt, die er selbst gern lesen möchte, oder langweilig gemusterte Seidenschals.

Als hätte sie Finjas Gedanken gelesen, lässt Frau Kerber sich auf den Stuhl fallen und streichelt beinahe zärtlich über die aufgemalten Stiefmütterchen. »Warum?« Erneut bricht sie in verzweifeltes Schluchzen aus.

Finja streckt ihre Hände über den Tisch und umfasst die zitternden Finger. »Ich weiß es nicht«, sagt sie leise. »Ich weiß es wirklich nicht. Solche Dinge geschehen grundlos, und es hat wenig Sinn, nach Erklärungen zu suchen, die uns Beas Tod besser ertragen lassen. Ein Irrer hat beschlossen, dass sie sterben soll.«

Ihre Worte lassen Frau Kerber heftig nicken. »Ein Irrer«, murmelt sie und wiederholt das Wort mehrfach, als wäre das ein Trost. »Wie kommst du denn zurecht?«, will sie dann wissen. Die Antwort wartet sie nicht ab. »Wir sind ja sehr enttäuscht von deinem Nikolai, wirklich. Erst das mit der anderen Frau, wie kann er nur, und jetzt diese Anzeige. Eberhard hat sich bei der Polizei beschwert, aber so etwas lässt sich nun einmal nicht ungeschehen machen. Ich hoffe nur, dass du dich nie wieder mit ihm versöhnst, du hast wirklich einen Besseren verdient.« Sie fischt den Teebeutel aus ihrem Becher und lässt ihn auf eine Untertasse plumpsen und Finja macht das Gleiche. »Selten habe ich mich so in einem Menschen getäuscht. Du Arme. Aber irgendwann kommt der Richtige, glaub mir. Und für unsere Bea wäre auch noch der Richtige gekommen.«

Finja könnte jetzt von Sebastian erzählen, aber es erscheint ihr irgendwie herzlos, deshalb hält sie lieber den Mund. Außerdem gibt es ja noch gar nichts zu berichten, nur ein hauchdünnes *Vielleicht*, mehr nicht. Der Tee ist noch zu heiß zum Trinken, sie pustet in den Becher und versucht, sich ihren Widerwillen nicht anmerken zu lassen. Hagebuttentee ist das zweitschlimmste Getränk, das Finja sich vorstellen kann, gleich nach Buttermilch. Aber einen Becher wird sie schon schaffen.

»Um Tim mache ich mir Sorgen«, murmelt Beas Mutter. »Der findet einfach keinen Ausdruck für seine Trauer. Er sagt, dass er durch Beas Tod bessere Texte schreiben kann. Das klingt doch furchtbar, oder? So als wäre es ein unerwarteter Glücksfall für ihn. Mit Eberhard kann ich nicht so offen darüber reden, der versteht mich nicht. Aber du bist ja Therapeutin. Glaubst du, dass das normal ist? Bitte sei ehrlich, Finja.«

»Jeder von uns muss seinen eigenen Weg finden, um seinen Gefühlen Ausdruck zu verleihen. Texte schreiben ist vielleicht nicht das Schlechteste. Andere notieren alles, an das sie sich im Zusammenhang mit den Verstorbenen erinnern, in einem Buch. Das kann Trost spenden. Wenn Sie meinen, könnte ich mal mit Tim reden. Er war ja am Donnerstag bei mir. Das wissen Sie sicher.«

»Jaja, das hat er erzählt. Und wie fandest du ihn?«

Als Erstes kommen ihr Tims seltsame Fragen in den Sinn, etwa ob sie gespürt hat, wie Beas Seele aus dem Körper entwichen ist. Aber das möchte Frau Kerber sicher nicht hören. »Mir ist nichts aufgefallen«, behauptet sie deshalb. »Ich wollte noch fragen, ob das mit dem Hundefriedhof geklappt hat.«

»Du meinst … nein. Mein Mann hat Lida zur Tierkörperbeseitigung gebracht. Keiner von uns kann sich vorstellen, ein Hundegrab zu pflegen, darum haben wir von Beas Wunsch Abstand genommen.«

»Aber ich … ich hätte das übernommen. Auch die Kosten!« Finja muss sich auf die Zunge beißen, um die Mutter ihrer Freundin nicht anzuschreien.

»Es geht doch nicht ums Geld, Finja. Ein Hund ist immer noch ein Hund, und du musst verstehen, dass wir jetzt andere Sorgen haben.«

Zum Abschied umarmen sie sich noch einmal, doch Finja weiß, dass sie nicht so bald wiederkommen wird. Nach Beas Tod gibt es nicht mehr viel, das sie mit dieser Familie verbindet.

KONSTANZE

»Ich hab etwas sehr Interessantes erfahren.« Es ist nicht zu übersehen, dass Florian glaubt, etwas Spektakuläres herausgefunden zu haben, man darf also gespannt sein.

»Ich habe den letzten Abend von Bea Kerber rekonstruiert, soweit das möglich ist. Um vier Uhr hat sie ihr Büro verlassen, jedenfalls wurde der PC um diese Zeit runtergefahren und es gab auch keine Telefonate mehr aus dem Büro. Um halb fünf hat sie bei Finja Michaelis angerufen. Wenn Frau Michalis sich sofort auf den Weg gemacht hat, mit dem Rad, könnte sie frühestens um fünf, wahrscheinlich aber später, dort angekommen sein. Es ist ja nicht anzunehmen, dass sie sofort losgefahren ist.«

»Und?«

»Moment, es geht ja noch weiter. Frau Kerber hat einen Nudelsalat zubereitet, der war schon fertig, als ihre Freundin eintraf. Wie lange dauert so was?«

Fragend schaut er Konstanze an und sie ärgert sich darüber. Nur weil sie die einzige Frau im Raum ist, sieht sie sich noch lange nicht als Ansprechpartnerin für hauswirtschaftliche Themen. Bei ihr zu Hause kocht meist Adam. Hat meist Adam gekocht, verbessert sie sich in Gedanken und ärgert sich noch mehr.

»Keine Ahnung, ruf deine Mutter an«, sagt sie schnippisch.

»Ich dachte, du weißt so etwas.«

»Wie kommst du darauf?«

An dieser Stelle merkt er wohl, um was es ihr geht. »Nur so, keine Ahnung. Jedenfalls war der Salat fertig, er sollte noch ziehen und die beiden haben in der Zwischenzeit einen Spaziergang gemacht. Eine Frau, die schräg gegenüber wohnt, hat sie gesehen. Da war es halb sieben, das weiß sie genau, weil sie um diese Zeit von der Arbeit nach Hause gekommen ist. Bea Kerber und Finja Michaelis sind Richtung Lesum gegangen. Um Viertel nach sieben waren sie in ihrer Stammkneipe. Die Bedienung kann sich erinnern, die beiden sind wohl häufiger dort. Und ... jetzt wird es spannend ... ein Gast erinnert sich ebenfalls sehr gut. Laut seiner Aussage haben die beiden auf ihn wie ein Liebespaar gewirkt, so was merkt man doch, hat er gemeint. Sie hätten sich umarmt und sogar geküsst, bevor sie gegangen sind, eng umschlungen. Ich hab dann die Bedienung noch mal danach gefragt, ob sie das Gleiche von den beiden denkt, also dass sie ein Paar sind. Und die hat gesagt, keine Ahnung, kann sein, sie habe sie sehr häufig zu zweit gesehen.«

»So ein Blödsinn«, lacht Konstanze ungläubig. »Finja hat mehrere Jahre mit Nikolai zusammengelebt. Sie ist nicht lesbisch, auf keinen Fall.«

»Viele Menschen leben in einer unglücklichen Beziehung, bevor sie sich eingestehen, in Wahrheit das eigene Geschlecht zu lieben.«

»Nikolai und Finja waren nicht unglücklich.«

»Dann frage ich mich, warum sie nicht mehr zusammen sind. Jedenfalls habe ich mich erkundigt, Bea Kerber hatte noch nie eine ernsthafte Beziehung zu einem Mann. Sie sah ganz nett aus, war selbstständig, hat gut verdient, konnte sich ein eigenes

Haus leisten und soll herzlich und kommunikativ gewesen sein. Weshalb hätte sie keinen Mann finden sollen?«

»Vielleicht weil sie keinen wollte?«

»Eben, sag ich doch. Sie wollte eine Partnerin. Es kann doch sein, dass sie schon jahrelang in ihre beste Freundin verliebt war. Und Finja Michaelis ist aus lauter Einsamkeit auf die Avancen eingegangen, hat dann aber festgestellt, dass sie doch Männer bevorzugt. Es kommt zum Streit, Finja will weglaufen, sie hat die Haustür schon geöffnet, Bea klammert sich an ihr fest …«

»Und Finja holt das Fahrtenmesser raus, das sie ständig bei sich trägt, und sticht zu«, vollendet Konstanze seine Geschichte. »Wo ist das Messer hergekommen und wo ist es geblieben? Wie hat sie sich so schnell eine plausible Geschichte ausgedacht und in die Tat umgesetzt? Laut Rechtsmediziner war Bea Kerber keine fünfzehn Minuten tot, als wir dort eingetroffen sind. Und Finja war mit den Nerven total am Ende. Nee, das überzeugt mich nicht.«

* * *

Es kostet Konstanze einiges an Überwindung, sie ist immer noch sehr wütend auf Nikolai, das besagt allerdings nichts über seine Fähigkeiten als Ermittler, von denen sie sehr viel hält. Sie ruft ihn an und verabredet sich mit ihm in einem Bistro in der Innenstadt.

Nikolai hat natürlich schon gehört, dass es eine weitere Leiche gibt, die Radiosender posaunen die Nachricht im Stundentakt in die Welt hinaus. Der Drosselmörder hat wieder zugeschlagen, diesmal am Sportparksee, wieder eine blonde Läuferin.

Konstanzes Anruf überrascht ihn, das kann sie deutlich hören, doch er verspricht, sich sofort auf den Weg zu machen.

An einem Sonntagnachmittag ist es nicht so leicht, in der City einen Parkplatz zu finden, Konstanze muss eine ganze Weile suchen, und als sie endlich im Bistro ankommt, wartet Nikolai schon. Vor ihm steht ein Latte macchiato. Unberührt. Er wirkt total übernächtigt, und sein dunkelblaues Longsleeve sieht aus, als hätte er darin geschlafen.

Oh, kein frisch gebügeltes Hemd, ist Charlottes Bügeleisen kaputt?, könnte sie jetzt sagen, doch sie schluckt die gehässige Bemerkung runter. Sie hat Nikolai um ein Treffen gebeten, weshalb sollte sie ihn als Erstes blöd anmachen.

»Ich brauch deine Meinung«, sagt sie stattdessen.

»Sicher, immer. Ich nehme an, es geht um den neuen Leichenfund?«

»Dir ist klar, dass alles, was ich jetzt sage, unter uns bleiben muss.«

Sein Lachen klingt rau und ein bisschen verzweifelt. Der Zwangsurlaub macht ihm zu schaffen, aber das hat sie nicht anders erwartet. Nikolai ist ehrgeizig. So ein Fleck auf seiner bislang so strahlend weißen Weste passt nicht zu seinem Selbstbild.

»Soll das eine Anspielung auf Charlotte sein?« Er verzieht das Gesicht. »Ich bin ausgezogen. Mir blieb ja keine andere Wahl, wenn ich meinen Job behalten will.«

»Jessica Plocher.« Mehr braucht sie gar nicht zu sagen, er kapiert es sofort.

»Wie lange tot? Wie sieht die Leiche aus?«

Wahrheitsgemäß beantwortet sie seine Fragen. »Penetration wie gehabt, zur Abwechslung mal mit einer kaputten Bierflasche, Haare in den Mund gestopft. Laut Obduktion ist sie schon am Dienstag gestorben, um die Mittagszeit. Hier.«

Sie holt ihr Smartphone raus und zeigt ihm die Fotos, die sie am Tatort geschossen hat. »Der Rechtsmediziner ist sicher, dass er sie erst viele Stunden nach der Tat mit Gestrüpp bedeckt hat. Es gibt Fraßspuren an den Beinen und im Gesicht, doch der Reisighaufen war von außen unberührt. Er muss also noch mal zurückgekommen sein, um sie zu verstecken. Und in der Zwischenzeit hat er vermutlich das Rad nach Huckelriede gebracht. Warum hat er seine Vorgehensweise geändert?«

Nikolai lässt sich einen Moment Zeit mit der Antwort, er ist keiner, der aufs Geradewohl losredet. Brainstorming ist überhaupt nicht sein Ding. Wenn er etwas ausspricht, hat es Hand und Fuß. Er hasst es, Fehler zu machen, und zum ersten Mal begreift sie wirklich, was dieser Zwangsurlaub für ihn bedeutet. Er hat einen Fehler begangen, der schlimmstenfalls in seiner Personalakte stehen wird, für immer.

»Warum hat er das Fahrrad weggebracht? So, dass wir es auf jeden Fall finden müssen.« Nachdenklich tippt er mit dem Löffel auf den Tisch. Dann, als würde das Geräusch ihn nerven, lässt er den Löffel fallen, lehnt sich zurück und schließt die Augen. »Wenn er seine Taktik ändert, dann gibt es dafür einen Grund. Es gibt ja auch noch eine weitere Änderung. Der Mord ist mitten am Tag passiert.« Die braunen Augen öffnen sich wieder. »Ihre Mitbewohnerin hat gesagt, dass Frau Plocher gewöhnlich in der Nähe ihrer Wohnung gelaufen ist, bei dieser Schule. Anscheinend hat sie die Laufstrecke geändert. Ich gehe davon aus, dass am Sportparksee noch mehr Läuferinnen unterwegs sind, gerade weil da immer viel los ist. Das gaukelt den Frauen eine gewisse Sicherheit vor. Vielleicht ist Frau Plocher ein Zufallsopfer.«

»Auf jeden Fall muss der Typ Nerven haben wie Drahtseile. Da hätte doch jede Minute jemand auftauchen können.«

»Du sagst, er hat sie in unmittelbarer Nähe vom Parkplatz überfallen. Vielleicht stand dort kein weiteres Auto und er hat die ganze Zeit aufgepasst, ob sich ein Auto nähert. So was kann man ja hören. Er bringt die Frauen sofort um, sie können also nicht mehr um Hilfe rufen. Das, was er hinterher mit ihnen macht, kann in aller Stille passieren.« Angewidert verzieht er sein Gesicht. »Die Fraßspuren an dem Leichnam bedeuten meiner Ansicht nach, dass die Leiche ein paar Stunden in der Dämmerung unbedeckt lag, vielleicht sogar noch länger. Ich glaube mich zu erinnern, dass Füchse nachtaktiv sind. Und andere Tiere als Füchse kommen wohl nicht infrage. Oder gibt es in Bremen neuerdings Wölfe?«

»Nicht dass ich wüsste.«

»Dort sowieso nicht«, winkt er ab. »Wölfe leben in ausgedehnten Waldgebieten und davon kann am Sportparksee nicht die Rede sein.« Mit dem Zeigefinger tippt er gegen den Löffel. »Was hältst du von der Idee, dass zuerst alles abgelaufen ist wie immer, er lässt die Frau so liegen, dass sie gefunden werden kann. Und dann begegnet er auf dem Rückweg zu seinem Wagen einem Zeugen. Natürlich will er nicht, dass der Zeuge sich nach dem Fund der Leiche an ihn erinnert. Also kommt er zu einer Zeit zurück, wo garantiert niemand mehr an dem See unterwegs ist, spätabends oder nachts. Er versteckt die Leiche, nimmt das Fahrrad mit und legt es demonstrativ an einer anderen bekannten Laufstrecke ab. Genau wie er sich das vorstellt, starten wir dort eine große Suchaktion. Wir finden nichts, aber jeder weiß, dass man so ein Gebiet mitsamt dem See nicht bis auf den letzten Quadratzentimeter absuchen kann. Es gibt keine hundertprozentige Sicherheit, dass eine Leiche, die dort versteckt wurde, wirklich gefunden wird.«

»Stimmt«, murmelt Konstanze.

»Der Täter hofft, dass Wochen, vielleicht sogar Monate vergehen, bis man Jessica Plocher entdeckt. Im Nachhinein lässt sich der Todeszeitpunkt nicht mehr so genau eingrenzen und der mutmaßliche Zeuge wird sich aller Wahrscheinlichkeit nach nicht mehr an ihn erinnern. Schließlich sind dort ständig Leute unterwegs.«

Ja, das wäre ein Ansatz. »Vielleicht kriege ich es hin, dass die Zeitung morgen einen Zeugenaufruf druckt, sonst übermorgen.«

»Ich hab mich schon mal gefragt, ob das eine Frau gewesen sein kann. Das würde zu dem fehlenden Sperma passen.«

Auch diese Idee ist gar nicht so dumm. »Wenn die Läuferinnen einer Frau begegnen, würden sie sich nicht bedroht fühlen«, sinniert Konstanze. »Aber eine Frau, die andere Frauen mit Gegenständen penetriert und damit herabsetzt? Außerdem haben wir bei den ersten beiden Toten und am Fahrrad von Frau Plocher dieselbe männliche DNA nachgewiesen.«

»Vielleicht ein Paar. Heutzutage lassen Leute sich ja die irrsten Sachen einfallen. Denk nur an dieses Eheleute in Höxter, die junge Frauen angelockt und als Sexsklavin benutzt und zu Tode gequält haben. Es gibt 'ne Menge Frauen, die ihren Männern geradezu hörig sind.«

Dann will er ganz unvermittelt wissen, wie Florian sich macht.

»Ist das eine ernst gemeinte Frage? Florian ist ein absolutes Greenhorn, der weiß gerade mal, wie man allein zum Klo geht.« Das ist natürlich ungerecht und völlig übertrieben, trotzdem hat sie keine Lust, ihre Aussage abzuschwächen.

»Und wie kommt er voran?«

»Bislang haben wir noch nicht viel. Wir finden einfach kein Motiv. Bea Kerbers geschäftliche Aktivitäten geben nichts her, das einen Mord rechtfertigen könnte. Die beiden Angestellten haben ihre Chefin sehr geschätzt und in der Familie ging es harmonisch zu. Kein Nachbarschaftsstreit. Sie war nicht auf Datingportalen unterwegs. Andererseits wird niemand bei einer wildfremden Frau an der Tür klingeln und sie grundlos abstechen. Das ergibt überhaupt keinen Sinn. Es muss ein Motiv geben. Wir haben es nur noch nicht gefunden. Leider will der

Kleine unbedingt beweisen, dass Finja den Mord begangen hat. Er will sogar die Tat nachstellen lassen.«

»Finja?«, prustet Nikolai ungläubig. »Wenn er glaubt, dass Finja einen Mord begehen könnte, fehlt ihm jegliche Menschenkenntnis. Und damit hätte er sich für den falschen Job entschieden.« Kopfschüttelnd schaut er in seinen Kaffee, der inzwischen sicher kalt geworden ist.

Konstanze kann sich schon denken, was er als Nächstes fragen will, doch sie wird ihm nicht entgegenkommen.

Er braucht ein paar Minuten, dann spricht er es aus. »Wie geht es Finja? Kommt sie einigermaßen klar?«

»Scheint so. Ich hab gestern noch mit ihr geredet. Der Zeitungsbericht, in dem eine Zeugin erwähnt wird, hat sie natürlich erschreckt.« Ihr Kaffee ist mittlerweile auch so gut wie kalt und sie nimmt ein paar große Schlucke. »Sag mal, warum macht man so was?«

»Zu Hause über die Arbeit reden? Macht das nicht jeder? Irgendwo muss man den Müll doch loswerden, den wir uns den ganzen Tag angucken müssen. Oder erzählst du Adam nichts?«

»Doch, natürlich. Ich kann mich allerdings darauf verlassen, dass er den Mund hält. Aber das meinte ich gar nicht. Ich frage mich, wie man dazu kommt, seinen Partner zu betrügen. Ihr wart doch nicht unglücklich, du und Finja, jedenfalls habt ihr nach außen nicht den Anschein gemacht.«

Ja, das würde sie wirklich gern erfahren. Nikolai und Finja haben immer so gewirkt, als wären sie füreinander geschaffen, und irgendwie macht es Angst, dass eine anscheinend harmonische Beziehung so leicht zerbrechen kann.

Eigentlich erwartet Konstanze gar keine Antwort. Ihr Kollege hat ja bereits sehr deutlich gemacht, dass er nicht mit ihr über seine private Situation reden will.

Doch Nikolai seufzt schwer und beißt sich auf die Unterlippe. »Was weiß ich, alles kommt dir so vorhersehbar vor, deine Freundin will ein Baby, und du fragst dich, ob es das schon gewesen ist. Und dann triffst du diese Frau und es knistert endlich mal wieder. Sie legt es drauf an, das merkst du die ganze Zeit, du fühlst dich geschmeichelt, hey, so eine tolle Frau, du bist doch nur der Russe mit der hässlichen Nase, aber es gibt keinen Zweifel, sie ist heiß auf dich. Also nimmst du nicht die erste, auch nicht die zweite Gelegenheit wahr, aber beim dritten Mal musst du es einfach probieren. Und schon kannst du dir nicht vorstellen, es nicht zu wiederholen. Deine Partnerin hat ja nichts gemerkt, zu Hause läuft alles wie vorher, und du glaubst, dass du beides haben kannst. Charlotte ist wirklich was Besonderes, eine Frau, nach der sich jeder Mann die Finger leckt.« Das Letzte klingt jetzt ziemlich trotzig. Er will sich sein neues Spielzeug nicht schlechtreden lassen.

»Und Finja ist nichts Besonderes?«

Ihre Frage ist Nikolai nicht angenehm. Er senkt den Blick und rührt seinen kalten Kaffee um. »Schon, natürlich, aber nicht so … nicht so spektakulär. Das überrollt einen einfach, verstehst du?«

»Nein, ehrlich gesagt nicht. Du machst es dir ja ganz schön einfach. Du bist kein armes Opfer, Nikolai. Für mich wohnt das arme Opfer in Schönebeck. Allein.«

»Das brauchst du mir nicht zu sagen. Du hast gefragt und ich hab geantwortet. Es gibt keine bessere Erklärung. Vielleicht macht es dich ja glücklich, dass ich es zutiefst bereue. Dass ich alles geben würde, um es ungeschehen zu machen.«

»Klar, so richtig hat es sich nicht gelohnt mit der Wahnsinnsfrau. Jede Menge zerschlagenes Porzellan und eine Zwangsbeurlaubung. Aber weißt du was, mein Mitleid hält sich in Grenzen.«

»Hab ich nicht anders erwartet. Wenn du einen guten Ratschlag hören willst: Sollte da morgen ein Kerl auftauchen, bei dem es so richtig kribbelt im Bauch, lass ihn stehen und konzentrier dich auf deinen Adam. Fahrt in Urlaub, geht schick essen, macht noch ein Kind, irgendwas. Aber schmeiß nicht alles weg so wie ich.«

»Den Ratschlag hättest du vielleicht Adam geben sollen. Aber jetzt ist es dafür zu spät. Er hat sich anscheinend eine Auszeit genommen.« Sie legt das Geld für ihren Kaffee auf den Tisch und geht.

FINJA

Finjas Outfit ist schlicht, aber eindrucksvoll. Sie trägt ein mittelblaues Kleid mit Dreiviertelärmeln, bis zur Hüfte ziemlich eng geschnitten, danach fällt es glockig und endet eine Handbreit über dem Knie, dazu hohe Schuhe und ein Bolerojäckchen aus schwarzer Wolle. Ihre Haare, die gewöhnlich glatt auf die Schultern fallen, sind am Hinterkopf mit einem Plastikkamm zusammengefasst. Nach langem Überlegen legt sie Lippenstift auf, braunrot und nicht glänzend. Sie will nicht angemalt aussehen, aber auch nicht so wie jeden Tag. Sebastian soll schon auffallen, dass sie sich hübsch gemacht hat für ihn.

Seit zehn Minuten steht sie schon am Fenster ihres Besprechungszimmers und wartet. Erste Zweifel bohren sich in ihre Vorfreude. Vielleicht wollte er nur wissen, wie weit sie gehen würde, und jetzt ist ihm die Geschichte schon wieder langweilig geworden, weil sie, ohne groß zu zögern, ihre beruflichen Regeln über Bord geworfen hat. Eine Frau, die leicht zu haben ist … Als der silberne Alfa Romeo auf den Parkplatz rollt, kichert sie vor Erleichterung, schnappt ihre Handtasche und eilt zur Eingangstür, damit er nicht klingeln muss.

Die Art, wie er sie anlächelt und dann die Hand auf ihren Rücken legt, um sie in Richtung des Autos zu dirigieren, nicht so entschieden, wie Nikolai es machen würde, sondern ganz behutsam, als hätte er Angst, ihr wehzutun, gefällt ihr.

Sie fahren auf die Autobahn und dort Richtung Oldenburg und nehmen die Abfahrt Hude. Das Lokal ist klein und eine Spur zu elegant, um sich wirklich zu entspannen. Die wenigen Tische sind in strahlendem Weiß eingedeckt, gelbe Lilien in schmalen Glasgefäßen, die Stoffservietten zu Bischofsmützen gefaltet. Die Preise auf der Karte sind für Finjas Verhältnisse astronomisch hoch. Will Sebastian sie beeindrucken oder ist diese Preisklasse für ihn Normalität?

Er sucht einen Wein für sie aus, einen leichten Rosé, und empfiehlt das Rückenfilet vom Lamm mit Minzpesto. Aber sie mag nicht das kleine Frauchen ohne eigene Meinung sein und entscheidet sich für ein vegetarisches Gericht, Süßkartoffelplätzchen mit Spinatsalat. Bislang hat Finja nicht mal gewusst, dass man Spinat auch roh als Salat essen kann, und sie ist sehr gespannt auf den Geschmack.

Das Gespräch kommt nur schleppend in Gang, es fehlt wohl die Spontaneität ihres Treffens in Knoops Park. Dieses Mal hat sie sich ganz bewusst für ein Date mit einem ihrer Patienten entschieden, und es lässt sich nicht leugnen, dass sie ein wenig gehemmt ist. Schon zweimal musste sie sich unauffällig davon überzeugen, dass sie keinen der anderen Gäste kennt. Sebastian scheint es ganz ähnlich zu gehen, er wirkt recht nachdenklich und so will kein Gespräch in Gang kommen. Beide sind froh, als das Essen serviert wird. Dekorativ angerichtete kleine Portionen auf großen quadratischen Tellern aus weißem Porzellan, an der oberen Kante dekoriert mit einer Schlangenlinie aus Crema di balsamico, die mit drei Punkten abschließt. Erwartungsvoll faltet Finja die Serviette auseinander und legt sie über ihren Schoß. Nach dem ersten Bissen lobt sie den Geschmack des Essens, und Sebastian schwärmt von seinem Lammfilet, das auf den Punkt genau gegart ist.

»Eigentlich weiß ich gar nichts über dich«, sagt er schließlich, nachdem sie wirklich alles, was sich über das Essen sagen lässt, ausgesprochen haben. »Nur dass du offensichtlich allein lebst mit deinem Hund und in der Weserstraße wohnst. Schöne Gegend.«

Nein, dort wohnt sie nicht, aber das soll ihr Geheimnis bleiben, der letzte Rest von Vernunft, den sie sich bewahrt hat. Deshalb lächelt sie nur, piekst die letzten Blätter des Babyspinats auf ihre Gabel.

»Warum hat eine Frau wie du keinen Partner? Du siehst ausgesprochen hübsch aus, dein Lachen ist eine Offenbarung, du bist nett, höflich, wohlerzogen, sehr gut ausgebildet. Deine Augen sind von einem ungewöhnlich klaren Blau, das mich fasziniert.« Fragend schaut er Finja an und sie muss lachen.

»Und jetzt suchst du nach meinem Pferdefuß.«

»So ähnlich. Meine Schwächen kennst du ja, ich lebe in Trennung, ich kann nachts nicht gut schlafen und manchmal halte ich es nicht in großen Menschenmengen aus. Und du?«

Was soll sie preisgeben? »Ich war fünf Jahre sehr glücklich verbandelt, bis mein Lebensgefährte sich in eine andere verguckt hat, eine meiner Freundinnen. Das ist zwei Monate her. Und gerade ist meine beste Freundin gestorben. Ich befinde mich also nicht gerade in einer Hochphase.«

»Deine beste Freundin ist tot? War sie in deinem Alter? Darf ich fragen …«

Wenn sie jetzt von Bea erzählt, kommen ihr garantiert die Tränen und damit wäre der Abend verdorben. »Ein andermal, es ist noch nicht lange genug her. Ich versuche gerade, aus dem schwarzen Loch zu krabbeln.«

Mit einem angedeuteten Nicken greift er nach ihrer Hand und lässt seinen Daumen über ihre Haut kreisen, so sanft, dass sie unwillkürlich den Atem anhält. »Ich hab gleich gedacht, dass du irgendwie traurig wirkst, ein bisschen verloren. Das erinnert mich wohl an …« Er lacht leise. »Entschuldigung. Keine Gespräche, die in deine Praxisräume gehören, ich weiß.«

Als müsste er beweisen, wie ernst es ihm ist, fragt er, ob sie noch ein Dessert möchte.

»Nein, aber vielen Dank.«

Beiläufig hebt er die rechte Hand, um den Kellner an den Tisch zu rufen. Er zahlt und gibt ein sehr üppiges Trinkgeld. Gern würde Finja sich einreden, dass der Abend ihm gefallen hat und er deshalb so großzügig ist. Aber vielleicht muss ein Mann wie Sebastian nicht über Geld nachdenken.

Vor der Tür stellen sie fest, dass Regen eingesetzt hat, kühler, heftiger Regen, der in dicken Tropfen auf den Parkplatz prasselt und von dort in alle Richtungen spritzt. Binnen kürzester Zeit sind Finjas Füße unangenehm nass.

»Schade«, murmelt Sebastian. »Ich wäre gern noch ein Stück mit dir gelaufen. Kennst du die Klosterruine?«

Jeder, der schon mal in Hude war, kennt die eindrucksvollen Überreste des ehemaligen Zisterzienserklosters, so auch Finja. Bei Dunkelheit findet sie den Ort allerdings wenig anziehend. Die romantische Kulisse für ihren ersten Kuss stellt sie sich etwas anders vor.

Sie fahren direkt nach Bremen zurück, die Fahrt verläuft mehr oder weniger schweigend und Sebastian setzt sie vor der Praxis ab. Für einen kurzen Moment kommt ihr der Gedanke, dass er nach einem Kaffee fragen könnte und damit ihre Lüge auffliegen würde, doch zum Glück verabschiedet er sich. »Schlaf schön. Ich hoffe, wir können das sehr bald wiederholen. Ach so, unsere Stunden sind damit passé, richtig? Wir sehen uns also nicht am Dienstag.«

»Ohne Distanz geht es nun einmal nicht. Oder könntest du dir vorstellen, jetzt noch offen über deine Probleme zu reden?«

Ihre Worte machen ihn nachdenklich. »Eher nicht«, sagt er schließlich. »Ich ruf dich an. Gibt's auch eine Privatnummer?«

»Eine muss reichen«, erwidert sie betont fröhlich. »Sonst komme ich noch durcheinander.«

Sehr viel später liegt Finja im Bett und China hat es sich am Fußende bequem gemacht. Seit sie allein lebt, darf die Hündin bei ihr schlafen und genießt das über alle Maßen. Wie sie wohl reagiert, wenn ein neuer Mann den Platz in Finjas Bett beansprucht und sie wieder in ihr Körbchen umziehen muss. Zum Beispiel Sebastian. Finja muss sich eingestehen, dass der Verlauf des Abends sie ein wenig enttäuscht. Nicht mal zu einem Kuss ist es gekommen. Damit hat sie fest gerechnet. Dabei könnte sie gar nicht sagen, ob sie wirklich verliebt ist. Vielleicht hat Sebastian ihre Unsicherheit gespürt und war deshalb so zurückhaltend.

Ist er der Richtige? Sie weiß es nicht, sie weiß nur, dass sie sich einsam fühlt, verlassen, übrig geblieben, und dass sie sich nach einem Menschen sehnt, der es mit ihr und China aushält.

NIKOLAI

Nikolai hockt auf seinem Bett und vertreibt sich die Zeit damit, auf dem Tablet bunte Bälle abzuschießen. Bei jedem Treffer dudelt eine kleine Fanfare. Langweilig, aber immer noch besser als das Fernsehprogramm.

Ab und an lässt er seinen Blick durch das Zimmer wandern. Was für eine armselige Bude. Der einzige Vorteil ist, dass niemand ihn hier stört. Die anderen Mieter der Wohnung sind allesamt Monteure aus Süddeutschland. Sie gehen früh zur Arbeit, kommen spät zurück und fahren alle zwei Wochen nach Hause.

Wenn die Männer da sind, so wie jetzt, wird es hier laut. Sie schreien über den Flur, bereiten gemeinsame Mahlzeiten in der Küche zu und trinken billiges Bier. Die Flaschen stehen überall rum. Gestern haben sie an seine Tür geklopft und ihn dazu geladen. War sicher nett gemeint, doch er hat abgelehnt, ist dabei aber so freundlich geblieben, dass sie es nicht übel nehmen können.

Wieder ein Level geschafft. Seufzend lässt er seinen Blick durch das Zimmer wandern. Alles hier ist grundverkehrt, als wäre er von einem falschen Film in den nächsten gestolpert. Er fühlt sich wie ein Fremdkörper, völlig fehl am Platz. Er möchte sich in den Arm kneifen und aufwachen, wieder zu Hause sein, alles ungeschehen machen, was in den letzten Monaten passiert ist und ihn förmlich überrollt hat. Ein kindlicher Wunsch, der sich nicht erfüllen wird. Finja wird ihm nie verzeihen, sie ist nicht einmal bereit, darüber nachzudenken.

Menschen machen Fehler, das erlebt er in seinem Beruf jeden Tag. Und jetzt hat er gelernt, dass anständige Männer keine Fehler machen, jedenfalls nicht solche. Wenn man sein Glück nicht zu schätzen weiß, kann man binnen weniger Wochen alles verlieren. Dann hockt man in so einer Bude, mutterseelenallein, und wünscht sich voller Verzweiflung das alte Leben zurück.

Es hilft nichts, er braucht eine eigene Wohnung, unbedingt. In einer Studentenstadt wie Bremen gestaltet sich das allerdings nicht so leicht, bezahlbare Zweizimmerwohnungen sind hier Mangelware. Vorerst muss das Einzelzimmer in einer Wohnung für Monteure reichen. Gemeinschaftsküche, ein gemeinsames Bad und eine Art Hauswirtschaftsraum mit einer Waschmaschine und einem wackeligen Wäscheständer, auf dem die Blaumänner aufgereiht hängen, die auch nach dem Waschen noch intensiv nach Öl riechen.

Das Haus liegt in der Nähe des Industriehafens, es gibt zwei Wohnungen, die im ersten Stock, in der Nikolai ein Zimmer bewohnt, und eine im Erdgeschoss, in der sich ein Trupp Ungarn eingemietet hat. Die Vermieterin ist total begeistert, künftig einen Polizisten unter den Mietern zu wissen. Sie glaubt wohl, dass er für sechzehn Euro pro Nacht auch noch den Sicherheitsdienst übernimmt.

Das Zimmer ist spärlich möbliert, das Bett aus hellem Holz nur neunzig Zentimeter breit, Jugendbett nennt man das ja wohl, und die Matratze viel zu weich und in der Mitte bereits durchgelegen. Das altmodisch weiße Bettzeug, das laut Mietvertrag alle vierzehn Tage gewechselt wird, ist kratzig und hart, vermutlich kommt es aus einer Großwäscherei, in der viel zu viel Stärke verwendet wird. Den Kleiderschrank musste er erst mal reparieren, bevor er ihn einräumen konnte, und der Fernsehapparat funktioniert nicht richtig. Ständig wechselt er von selbst die Sender. Wenigstens gibt es hier WLAN, er kann also über sein Notebook gucken. Gleich als Erstes hat er sich eine Kaffeemaschine besorgt, so ein Teil, in das man nur eine dieser Kapseln einlegen muss. Tolles Design, aber der Kaffee schmeckt zum Kotzen.

Gestern hat Charlotte mehrfach versucht, ihn zu erreichen. Er hat nicht reagiert, es gibt nichts mehr zu bereden. Wenn sie nicht kapiert, was sie ihm angetan hat, kann er ihr auch nicht helfen. Komisch, es tut nicht mal mehr weh, ein kurzer heftiger Schmerz, als hätte er sich ein Pflaster von der Haut gerissen, gar nicht zu vergleichen damit, wie die Trennung von Finja gebrannt hat und immer noch brennt.

Charlotte. Die wunderschön schillernde Seifenblase ist mit einem lauten Plopp zerplatzt, er hat sich wie ein Idiot an der Nase herumführen lassen und jetzt ist Zahltag. Willkommen in der Wirklichkeit, Nikita. Wenn du Pech hast, bist du deinen Job im Dezernat für Gewaltkriminalität los, dann kannst du dich an Fällen abarbeiten, über die keine Alexandra Kanngießer schreibt, weil keine Sau sich dafür interessiert. Kleinkriminalität, genau das Richtige für einen Russen.

Wenn er nur irgendwas tun könnte, beweisen, dass er immer noch dazugehört, dass er in der Lage ist, etwas beizutragen, damit sie dieses Schwein endlich kriegen. Aber wo soll er anfangen? Es gibt keine Zeugen, die man befragen kann. Und über die dritte Tote weiß er nur das, was Konstanze vorhin erzählt hat.

Konstanze. Er könnte Konstanze anrufen und sie bitten, bei Jochen ein gutes Wort für ihn einzulegen, zu sagen, dass sie ihn unbedingt braucht. Aber Konstanze ist nicht gut auf ihn zu sprechen. Ihr Mann hat sich eine Auszeit genommen, normalerweise heißt das: Es ist vorbei. Und jetzt verabscheut sie alle Männer, die das Gleiche getan haben, so wie er.

Heute ist Sonntag und sein Zwangsurlaub endet erst am Freitag, noch vier Tage, falls Jochen nicht beschließt, ihn noch länger schmoren zu lassen. Natürlich kann Nikolai verstehen, dass sein Chef sauer ist, andererseits landen ständig irgendwelche vertraulichen Infos in der Presse, damit müssen sie leben, und letztendlich ist es doch egal, wer geplaudert hat.

Am Nachmittag war er bei seiner Mutter und hat sie gebeten, vorläufig seine schmutzige Wäsche zu waschen. Natürlich musste er erzählen, dass es aus ist mit Finja. Seine Mutter hat es mit einer gewissen Erleichterung zur Kenntnis genommen. Von Anfang an hat Finja nicht in ihre Vorstellung einer guten Schwiegertochter gepasst. Worüber soll sie reden mit einer Frau, die zwei Häuser besitzt und sich eine Putzfrau leistet, die zwei Gärten ihr Eigen nennt und trotzdem kein Gemüse anbaut, die mit Mitte dreißig keine Kinder hat, dafür aber einen Hund, den sie regelrecht vergöttert. Finjas Lebensart ist seiner Mutter fremd und sie fühlt sich ihr unterlegen. Die beiden anderen Schwiegertöchter legen Wert auf ihren Rat, sie bringen ihr die Kinder zum Aufpassen, und Olga, seine Schwägerin, muss sich manchmal Geld leihen, weil Jewgeni alles versoffen hat. Gemeinsam schimpfen sie über ihre Ehemänner, sie lachen und weinen und bewegen sich in derselben Welt.

Seine beiden Brüder arbeiten auf dem Bau, im Winter sitzen sie zu Hause, spielen Karten und trinken schon tagsüber Wodka. Sie sind mit Frauen verheiratet, deren Familien ebenfalls aus Russland stammen und die es gewohnt sind, so ein Verhalten hinzunehmen und zu schweigen.

Dass Finja ihn rausgeschmissen hat, hat er ausgelassen bei seinem Bericht, das würde hier niemand verstehen. Weder sein Vater noch seine Brüder würden sich von ihrer Frau vor die Tür setzen lassen. Jewgeni, der seit ihrer Ankunft in Deutschland Eugen heißt, betrügt seine Olga seit Jahren. Wenn man sie darauf anspricht, bricht sie in Tränen aus, mehr passiert nicht. Olga arbeitet als Friseurin und wenn sie zu Hause ist, putzt sie wie eine Besessene, als müsste sie Eugens Weibergeschichten fortschrubben. Niemand darf das Haus mit Schuhen betreten, und über der Polstergarnitur liegen graue Decken, damit nichts schmutzig werden kann. In dem Haus riecht es nach Salmiak und Tränen, sagt Finja immer und damit hat sie absolut recht.

Wenn er sich jetzt an sein eigenes Zuhause erinnert – ja, er betrachtet Finjas Haus immer noch als sein Zuhause –, überkommt ihn eine ungeheure Sehnsucht. Am liebsten würde er in den Wagen springen, nach Schönebeck rasen und so lange an der Tür klingeln, bis sie ihn reinlässt und endlich mal zuhört. Und dann möchte er sagen, dass er sie immer noch liebt und dass sie zusammengehören, dass er ohne sie nur ein halber Mensch ist. Er wird nicht mehr *bald* oder *später* sagen, wenn sie wieder von einem Baby anfängt, und er wird sich nie wieder einreden, dass es mit einer anderen besser ist oder spannender. Er wird ihr sagen, dass Liebe anscheinend bedeutet, dass man einander unendlich wehtun kann, und dass Charlotte gar nicht die Macht besitzt, ihn ernstlich zu verletzen. Das ist nur Finja gelungen.

Nebenan spielen die Monteure Karten. Sie haben kapiert, dass er keinen Wert auf Kontakt legt, und tun so, als ob sie allein in der Wohnung wären, so wie vor seinem Einzug. Sie nennen ihn den Russen, das hat er schon mitgekriegt. *Pennt der Russe schon? Keine Ahnung, ich hör nichts. Komischer Vogel.*

Beim besten Willen kann er sich nicht vorstellen, die Küche mit ihnen zu teilen, er will nicht dazugehören. Heute Abend hat er bei seinen Eltern gegessen, nichts Besonderes, nur Eintopf aus Weißkohl, Kartoffeln und Wurst. Als Kind hat er die ewigen Suppen gehasst, die seine Mutter auf den Tisch brachte, und von McDonald's geträumt. Inzwischen kann er essen, was er will, auch Fast Food, doch das große M lockt ihn nicht mehr. Jetzt gäbe er alles für eine Portion von Finjas Gemüselasagne, auch wenn die Nudeln nicht ganz durch sind oder der Käse zu dunkel, weil sie die Zeit vergessen hat.

Weil es sich so gehört, hat seine Mutter ihm angeboten, auf der Couch im Wohnzimmer zu übernachten. *Wir rutschen zusammen, Nikita, bis du etwas Richtiges gefunden hast.* Für Nikolai eine völlig unmögliche Vorstellung, in einer Zweizimmerwohnung mit seinen Eltern zu leben, ganz ohne die Möglichkeit, sich auch mal zurückzuziehen.

Jetzt überlegt er allerdings, ob diese Entscheidung ein Fehler war. In der Wohnung im Erdgeschoss wohnt ein Trupp Ungarn, Betonbauer, die auf irgendeiner Großbaustelle arbeiten. Schon gestern ging es bei denen hoch her. Ein Streit oder eine Feier, die ein wenig aus dem Ruder gelaufen ist. Kurzfristig hat er überlegt, nach dem Rechten zu sehen, am besten mit Dienstmarke und Waffe, sich aber dagegen entschieden. Nach so einer Aktion wäre er hier erledigt. Heute Abend hört es sich an, als würde jemand unten die Wohnung zerlegen.

Es klopft an seiner Zimmertür. Einer der Monteure steht dort, der Jüngste der Männer. »Hey, stimmt es, dass du bei der Polizei bist?«

Nikolai nickt zögernd.

»Hörst du das da unten? Kannst du nicht mal gucken?«

Nee, bestimmt nicht. »Wenn ihr euch gestört fühlt, ruft die 110 an.« Nikolai weiß genau, was passiert, wenn er bei den Ungarn für Ruhe sorgt. Morgen früh hat sein Auto vier platte Reifen oder der Lack ist zerkratzt. Darauf kann er verzichten.

»Die Alte hat gemeint, wenn was ist, sollen wir uns an dich wenden.« Gemeint ist die Vermieterin.

Er lacht ungläubig. »Sorry, ich bin hier Mieter, so wie ihr, und kein Hausmeister. Ruft die 110 an und geht um Himmels willen nicht selbst runter.«

Der Kleine ist enttäuscht, hat wohl geglaubt, neuerdings mit Superman auf einer Etage zu wohnen. *Pech, mein Junge*, denkt Nikolai.

Eine Stunde später steht fest, dass die Monteure nicht die Polizei angerufen haben, und gegen eins ist es unten endlich still.

Schlafen kann er trotzdem nicht. Er muss hier raus, eine vernünftige Unterkunft finden. Und er muss wieder arbeiten. Noch nie war ihm so klar, wie wichtig sein Job für ihn ist, überlebenswichtig.

KONSTANZE

Konstanze hat das Gefühl, im Nebel zu stochern. Ihr fehlt ein roter Faden, eine klare Linie, die so etwas wie eine Ordnung in das Chaos bringt. Der Fall erscheint ihr wie ein großes Labyrinth, in dem sie hilflos herumirrt. Vielversprechende Spuren tauchen auf, nur um ins Leere zu führen oder besser: in eine Sackgasse, die sie zum Umkehren zwingt.

Seit fünf Minuten steht fest, dass Jessica Plochers Mörder DNA-Spuren an ihrem Leichnam hinterlassen hat, die mit den Spuren an den ersten beiden Toten und dem Rad übereinstimmen. Nichts anderes hat sie erwartet und dennoch kann sie nicht viel damit anfangen.

Bei dem Serientäter, den die Presse Drosselmörder nennt, handelt es sich um einen bislang unbescholtenen Bürger, der in keiner ihrer Datenbanken auftaucht. In Bremen leben mehr als eine halbe Million Menschen, die Hälfte davon männlich. Dazu kommt das niedersächsische Umland. Ein Massengentest würde ein Vermögen kosten und die Auswertung ewig dauern, zumal es nicht abwegig erscheint, dass der Täter in Delmenhorst oder sogar Oldenburg wohnt und nur zum Morden in die Stadt kommt. Die einzig konkrete Spur wird ihnen also vorläufig nicht viel helfen.

An ihrer Seite strampelt sich Florian mit dem Tötungsdelikt Bea Kerber ab, ohne von der Stelle zu kommen. Und die schlechten Nachrichten wollen nicht enden. Jochen ist krank zum Dienst erschienen, eine fiebrige Grippe hat ihn erwischt, sein Kopf glüht rosarot, seine Augen tränen unentwegt und von seiner kräftigen Stimme ist nur noch ein heiseres Krächzen übrig geblieben. Immer wieder erschüttern heftige Hustenattacken seinen Körper und jedes Mal zieht er brav seinen karierten Schal vor den Mund, um die Erreger nicht in der Gegend zu verstreuen. Obwohl es so warm ist, dass alle kurzärmelige Shirts tragen oder wenigstens die Ärmel hochschoppen, trägt er einen Wollpullover und scheint darin zu frieren.

»Tut mir leid, Leute, ihr seht ja selbst, was mit mir los ist. Mit platzt der Schädel, ich kann nicht klar denken und gehöre ins Bett. Ich fahre gleich wieder nach Hause. Wenn was ist, müsst ihr mich anrufen.«

Er lässt sich einen kurzen Rapport über die beiden Fälle geben, scheint aber nicht in der Lage zu sein, etwas Konstruktives beizutragen. »Okay, ich check meine Mails, dann bin ich wieder weg.«

Und ich sitze allein mit allem hier, denkt Konstanze. Entschlossen klopft sie bei Jochen an. In seinem Büro redet sie gar nicht lange um den heißen Brei herum.

»So geht das nicht, Jochen. Allein mit Florian packe ich das nicht. Ruf Nikolai an und sag, dass sein Urlaub zu Ende ist.«

Einer wie Jochen revidiert seine Entscheidungen nur ungern, das ist ihr klar. Und dass es ihm nicht behagt, sich Dinge vorschreiben zu lassen, noch dazu von einer Frau, die unter ihm arbeitet, weiß sie auch. »Nikolai hat sich von dieser Senatorstochter getrennt. Es besteht also keine Gefahr mehr, dass …«

»Dass Infos auf wundersame Weise an die Presse gelangen? Es ist aber passiert.«

»Ja. Und es wird an anderer Stelle wieder passieren, das weißt du selbst. Irgendeiner verquatscht sich, das ist nicht neu. Wenn du ehrlich bist, kannst du nicht mal beweisen, dass Nikolai die undichte Stelle war.«

»Jetzt hör aber auf!«, poltert Jochen, bevor ein erneuter Hustenanfall ihm die Stimme raubt.

Konstanze hat weder Lust noch die Kraft, sich zu streiten. »Ich kriech auf dem Zahnfleisch, und ich weiß nicht, wie lange ich noch durchhalte. Bei mir zu Hause gibt es Probleme, über die ich jetzt nicht reden will. Ich brauch jemand, der eigenständig arbeitet, und keinen Anfänger, dem ich ständig auf die Finger gucken muss. Ich bitte dich, Nikolai anzurufen.«

»Ich denk drüber nach.«

Mehr kann sie nicht erwarten.

FINJA

Montagmorgen. Finjas Nacht war angefüllt mit merkwürdigen Träumen. Tim ist darin aufgetaucht, mit einem blutigen Messer in der Hand, er wollte sie töten. Sebastian hat sich ihm in den Weg gestellt und Finja gerettet, ein echter Held. Und Nikolai saß auf einem Stuhl, wie ein Schiedsrichter beim Tennis, und hat alles mit lautem Lachen kommentiert.

Wie üblich lässt sie China raus in den Garten, bevor sie sich um das Frühstück kümmert. Sie stellt die Kaffeemaschine an, deckt den Tisch, holt die Zeitung aus dem Kasten, wirft im Gehen einen Blick auf die Titelseite – und erstarrt.

Wieder eine tote Frau; der Mann, den alle den Drosselmörder nennen, hat erneut zugeschlagen. Der Mord ist bereits am letzten Dienstag passiert, am Tag vor Beas Tod. Die Leiche wurde am Sportparksee gefunden, in der Nähe vom Parkplatz, versteckt unter Reisig und Ästen.

Und plötzlich wird ihr alles klar.

Es ist halb neun am Morgen, in zweieinhalb Stunden wartet ihr erster Klient, eine Frau in Finjas Alter, völlig entstellt durch Brandwunden, die sie sich bei einem schrecklichen Verkehrsunfall zugezogen hat. Sie arbeiten daran, dass die Frau sich trotz der Narben, die nicht zu verstecken sind, wieder unter

Menschen traut. Es ist Finja bewusst, dass sie zurzeit ihr einziges Fenster zur Welt ist, sie kann den Termin nicht absagen. Also kürzt sie das Frühstück ab, erlaubt sich nur einen Becher Kaffee zum Wachwerden und ein Brot im Stehen, dann fährt sie direkt zum Präsidium und fragt nach Konstanze. China nimmt sie natürlich mit.

Konstanze sieht völlig erledigt aus, beinahe könnte man denken, dass eine durchgeheulte Nacht hinter ihr liegt, aber so nah lässt sie ihre Fälle hoffentlich nicht an sich herankommen. Finja beschließt, bei Gelegenheit ein Gespräch mit ihr zu suchen, aber nicht heute, wo die Zeit ohnehin viel zu knapp ist.

Zuerst muss sie sich belehren lassen, dass Kommissar Gercke für den Fall zuständig ist, weil Bea sich um den Serientäter kümmert, aber wenn Finja recht hat, sind die Fälle nicht voneinander zu trennen. Deshalb bittet sie Konstanze, im Raum zu bleiben.

»Ich weiß, warum Bea sterben musste.« Und dann erzählt sie von Lidas Tod und dem Mann, der die Hündin zum Parkplatz geschleppt hat. »Das war am Sportparksee, am Dienstag in Beas Mittagspause. Sie hat gesagt, dass der Mann zunächst abwehrend reagiert hat, aber dann ließ er sich überreden. Er stand auf dem Parkplatz, und in der Zeitung haben sie geschrieben, dass die Leiche dort gefunden wurde.« In den Augen der anwesenden Polizisten meint sie zu erkennen, dass sie mit ihrer Vermutung ins Schwarze getroffen hat.

»Ich weiß nicht. Woher sollte er ihren Namen kennen?« Der Einwand kommt von Florian Gercke, der auf seinem Schreibtisch sitzt und die langen, dünnen Beine baumeln lässt. Wahrscheinlich glaubt er, dass Finja sich diese Geschichte heute Morgen ausgedacht hat, um von ihrer eigenen Schuld abzulenken. In seinem Blick liegt jedenfalls tiefstes Misstrauen, für ihn scheint sie immer noch die Hauptverdächtige zu sein. Obwohl es ihr schwerfällt, den jungen Mann als Ermittler ernst zu nehmen, fühlt sie sich verletzt.

»Ihr Name steht groß und breit auf ihrer Autotür, inklusive Adresse und Telefonnummer. Beides findet man allerdings auch im Telefonbuch, wenn man sich den Namen gemerkt hat.« Finja kann und will nicht verhindern, dass das ziemlich pampig klingt. Aber wenn Kommissar Gercke sich die Mühe gemacht hätte nachzudenken, hätte er seine überflüssige Frage selbst beantworten können. »Bea hat ziemlich begeistert von dem Mann gesprochen.« Sie legt die Hände auf ihre Wangen und spürt, wie heiß sie sich anfühlen, wahrscheinlich leuchten sie knallrot, wie immer, wenn sie verlegen ist. »Ich weiß auch nicht, warum mir das erst heute wieder eingefallen ist. An den Mann hab ich überhaupt nicht mehr gedacht, auch nicht an diesem Abend. Eigentlich hat sie ja auch mit ihrem Bruder gerechnet, Tim. Sie hat geglaubt, dass Tim an der Tür klingelt.«

»Davon wissen wir auch nichts, oder?« Fragend schaut Florian Gercke sich um. Als keiner antwortet, brummt er: »Schon komisch, wenn nach einer Woche plötzlich neue Tatsachen auftauchen.«

»So was kommt vor«, sagt Konstanze und verdreht die Augen. »Was hat Bea Kerber über den Mann gesagt, wie sah er aus?«

»Sie hat ihn nicht näher beschrieben. Nicht mal die Haarfarbe oder das Alter. Nur dass er stark genug war, den Hund auf die Schulter zu nehmen. Ich glaube, er hat ihr vom Aussehen her gefallen. Ein kleiner Dicker mit Glatze kann es demnach nicht gewesen sein.« Finjas Kichern ist wahrscheinlich nicht angebracht, aber sie kann nicht anders.

»Wir müssen sofort den Hundekadaver nach DNA-Spuren oder Fasern absuchen!«, ruft Konstanze aufgeregt. »Notfalls buddeln wir ihn wieder aus. Wenn er den Hund angefasst und getragen hat, muss er Spuren im Fell hinterlassen haben. Wo liegt der Tierfriedhof?«

Finja fällt der Part zu, ihren Optimismus zu dämpfen. »Beas Vater hat Lida zur Tierbeseitigung gebracht. Ich glaube, die lassen die toten Tiere dort nicht lange liegen.«

»Scheiße«, murmelt Konstanze und Finja kann ihr nur beipflichten. Das ist wirklich dumm gelaufen und das durch ihre Schuld. Sie ist die Einzige, die von dem Mann im Wald wusste, und hätte viel eher den Zusammenhang herstellen müssen. »Tut mir leid«, murmelt sie. »Ich versteh überhaupt nicht, warum ich nicht gleich daran gedacht habe.«

»Der Schock. Vergiss nicht, dass du einen Zusammenbruch hattest«, wiegelt Konstanze ab. »Denk bitte noch mal ganz genau nach. Vielleicht fällt dir ja doch noch irgendwas über den Mann ein.«

»Mach ich«, verspricht Finja. »Wenn mir noch was einfällt, ruf ich sofort an.« Als sie sich verabschieden will, hält Konstanze sie am Ärmel fest.

»Wenn du schon mal da bist, könntest du mir einen Gefallen tun. Hast du neulich das Interview mit dieser Psychologin gelesen? Stand am selben Tag in der Zeitung wie diese Traueranzeige für deine Freundin, du weißt schon.«

Finja schüttelt den Kopf. Nachdem Tim sie an dem Morgen auf die Anzeige aufmerksam gemacht hatte, ist die restliche Zeitung ungelesen im Altpapierstapel gelandet.

»Würdest du mir den Gefallen tun und das Interview lesen und mir deine Einschätzung dazu geben? Jetzt?« Sie kramt ein bisschen an ihrem Arbeitsplatz, bis sie eine Fotokopie gefunden hat und Finja zuschiebt. »Ich frage mich, ob sie den Täter richtig beschrieben hat.«

Ein kurzer Blick auf die Uhr über der Tür sagt, dass es eigentlich zu spät ist, trotzdem willigt Finja ein, vielleicht weil sie sich so schuldig fühlt. Wie um alles in der Welt konnte sie die Geschichte von dem Hundemann bloß vergessen?

Rasch überfliegt sie den Artikel. Alexandra Kanngießer, wer sonst, hat mit einer Diplompsychologin aus Trier ein Interview geführt, per Telefon oder Mail, sie wird wohl kaum für einen Artikel bis nach Süddeutschland gereist sein.

Alle schauen Finja erwartungsvoll an. Für einen Moment weiß sie nicht, was sie sagen soll. »Das ist eine Möglichkeit von mehreren«, murmelt sie schließlich. »Er könnte auch mit einer Frau verheiratet sein, die er aus tiefster Seele hasst. Die ihn im Bett nicht machen lässt, was er sich wünscht. Vielleicht ist sie auch einfach nur sehr dominant und er fühlt sich pausenlos unterlegen. Mit den Toten macht er das, was er gern seiner Frau antun würde. Ehrlich gesagt finde ich diese Aussage recht gewagt, diese Dr. Hermann kennt doch gar nicht alle Fakten.« Ein weiteres Mal liest sie das Interview quer. »Auf jeden Fall dürfte der Täter sich persönlich angegriffen fühlen. Das hier entspricht mit Sicherheit nicht dem, was er über sich in der Zeitung lesen möchte. Impotent. Kriegt keine Erektion. Ich weiß wirklich nicht, ob dieser Artikel klug ist.«

»Das sehe ich genauso«, stimmt Konstanze ihr zu. »Allein der provokative Ton, in dem das Interview verfasst wurde: Du armes, kleines, krankes Würstchen, kriegst keinen hoch.« Sie spitzt die Lippen und nickt zufrieden, weil Finja ihre Meinung bestätigt hat.

»Ich an seiner Stelle würde als nächstes Opfer Alexandra Kanngießer auswählen«, sagt Finja, ohne näher darüber nachzudenken. »Auch wenn sie keine langen blonden Haare hat.«

Erstaunt schaut Florian Gercke auf. Wenn Charlottes Schwester tatsächlich sterben sollte, ist Finja geliefert.

TIM

Es klingelt. Weil keiner reagiert, geht Tim an die Haustür. Zwei Polizisten stehen dort, in der Hand ihre Dienstmarke. Die Frau stellt sich als Oberkommissarin Konstanze Schaffer vor. Sie überragt Tim um mehr als einen Kopf, und die Art, wie sie ihn unverwandt anschaut, ist ihm unheimlich. Den Mann, der nur Kommissar ist und sehr jung aussieht, hat Tim schon mal im *Millennium* gesehen, die roten Haare sind nicht zu verwechseln. Haben die Bullen etwa Raphael aufgegriffen? Hat er Tims Namen genannt?

Zu Tims Überraschung redet der Typ und nicht die Frau. »Wir würden gern mit Ihren Eltern reden. Sind sie da?«

»Ja.« Er räuspert sich, macht einen entschlossenen Schritt zur Seite und lässt sie eintreten. Die Oberkommissarin trägt enge Jeans, die ihren trainierten Körper betonen, vor allem den Hintern, dazu hohe Sneaker von Converse, und er ärgert sich darüber, weil sie schon so alt ist, bestimmt vierzig. Warum wollen die alten Weiber bloß mit aller Macht jung wirken? Der junge Bulle sieht ganz normal aus, eben wie einer, der auch mal in der Kneipe abhängt.

Heute Morgen ist Tim ziemlich mies drauf, sein Geld ist aufgebraucht, und es gibt keine Bea mehr, die ihm einen

Zwanziger zusteckt, einfach so. Seine Mutter will immer wissen, wozu er das Geld braucht, als wäre er noch ein kleiner Junge. Wenn er die Wahrheit sagen würde – Bier und ein bisschen Gras –, würde sie bestimmt in Ohnmacht fallen.

Im Moment kann er nichts verdienen, einer seiner Kumpel will einen Ölwechsel, aber seine Eltern finden, dass er jetzt nicht unter dreckigen Autos liegen soll. Außerdem bringt das sowieso nicht viel ein, fünf Euro für die Arbeit, mehr kann er seinem Kumpel nicht abknöpfen. Goldene Hochzeiten liegen zurzeit nicht an, und wenn, könnte er dort nicht spielen, nicht solange Bea nicht beerdigt ist. Kann auch sein, dass er aufhört mit dem Scheiß. Ist doch total unwürdig, sich zu verkleiden und Mucke für alte Deppen zu machen. Damit muss endlich Schluss sein. Don Fox muss sterben.

Wann Beas Beerdigung stattfinden darf, weiß niemand. Und solange das nicht passiert, steht die Zeit hier im Haus still. Vielleicht sind die beiden hier, um ihnen mitzuteilen, dass die Staatsanwaltschaft die Leiche endlich freigegeben hat. Dann hätte das elende Warten ein Ende.

Seine Mutter will Kaffee kochen, doch die Polizisten lehnen ab. Wahrscheinlich kriegen die Bullen von morgens bis abends Kaffee angeboten und können ihn nicht mehr sehen. Tim soll seinen Vater aus dem Nebenzimmer holen und sich anschließend mit an den Tisch setzen.

Bevor er zum Sprechen ansetzt, putzt der Jungbulle sich ausgiebig die Nase. »Wir haben Anlass zu der Annahme, dass Ihre Tochter von demselben Mann ermordet wurde, der diese jungen Frauen beim Joggen getötet hat.«

Wie bitte? In Tims Ohren beginnt es zu rauschen. Seine Hände umklammern die Lehne seines Stuhls.

»Wie kommen Sie denn darauf?« Die Stimme seines Vaters klingt schon fast wieder normal, Lehrer bleibt Lehrer, denkt Tim verächtlich. Ständig muss sein Vater anderen Menschen

Fragen stellen, ihr Wissen prüfen und beurteilen. Sein ganzes Leben lang hat Tim brav antworten müssen, warum ist ihm das noch nie aufgefallen. *Ich will endlich schweigen*, das wäre ein geiler Anfang für einen Text. Für den Hauch einer Sekunde wünscht er sich, Raphael davon zu erzählen. Aber dann fällt ihm wieder ein, dass er Raphael vergessen will, für immer.

Jetzt redet zur Abwechslung mal die Frau. »Wir wissen seit heute, dass das Letzte der Opfer dort ums Leben kam, wo Ihre Tochter mit ihrer Hündin spazieren ging. Lida ist auf einem Waldweg zusammengebrochen, das ist Ihnen ja bekannt, und jemand hat Ihrer Tochter geholfen, den Hund zum Wagen zu bringen. Wir können uns gut vorstellen, dass es sich dabei um den Täter handelt. Ihre Tochter muss ihn irgendwie überrumpelt haben mit ihrer Forderung, und später hat er begriffen, dass sie ihn identifizieren könnte, sobald die Leiche gefunden wird und sie den Zusammenhang herstellt.«

»Deshalb musste sie sterben?«, kreischt seine Mutter, und es klingt so vorwurfsvoll, als hätte die Polizistin Bea selbst getötet.

Die Kommissarin hebt beide Hände und lehnt sich zurück. Das Wort überlässt sie wieder ihrem jungen Kollegen. »Natürlich ist das bislang nur eine Annahme. Auf der anderen Seite haben wir das Leben Ihrer Tochter durchleuchtet und kein nachvollziehbares Motiv für die Tat gefunden. Frau Michaelis ist übrigens zunächst davon ausgegangen, dass Sie vor der Tür stehen.« Jetzt schaut er Tim ganz direkt an. »Und wir wissen, dass Sie um die Mittagszeit mit ihrer Schwester telefoniert haben.«

»Ich … aber ich …«, stammelt er und denkt, dass er sich zusammenreißen muss. »Nein. Ich war nicht bei meiner Schwester. Leider. Vielleicht hätte ich den Mord ja verhindern können.«

Sein Vater wirft ihm einen Blick zu, der besagt, dass er allein die Vorstellung lächerlich findet. *Unser Tim besiegt einen Mörder, haha.*

»Wo waren Sie an dem Abend?«

»Hier. Allein. Ich bin Musiker und schreibe Texte. Meine Eltern waren im Theater und ich habe die Ruhe im Haus genutzt, um mich auf das Schreiben zu konzentrieren.« Mit Stolz stellt er fest, dass seine Stimme sehr selbstsicher und überzeugend klingt, auch wenn sein Vater abfällig das Gesicht verzieht, als das Wort »Musiker« fällt.

»Nicht, dass ich Sie für den Täter halte«, sagt die Kommissarin jetzt. »Aber es wäre schon von Vorteil, wenn Sie uns ein Alibi liefern könnten, irgendjemand, der Sie an dem Abend gesehen oder mit Ihnen telefoniert hat.«

Aber das kann er, verdammt noch mal, nicht. Trotzig schüttelt Tim den Kopf. »Ich war zu Hause. Allein. Ich konnte ja nicht ahnen, dass jemand meine Schwester umbringt und ich ein Alibi brauchen werde.«

Seine Worte rufen im Gesicht der beiden Polizisten keine Reaktion hervor. Sie schauen ihn einfach nur an, so lange, bis er den Blick abwenden muss. Was sie jetzt wohl von ihm denken?

»Und Sie waren im Theater?«, fragt dieser Kommissar jetzt seine Eltern. Den Namen hat er sich nicht gemerkt, nur den Vornamen. Florian.

»So ist es. Zuerst haben wir die Schwester meiner Frau besucht. Gemeinsam waren wir dann ab zwanzig Uhr im Goethe-Theater. Das machen wir manchmal. Wir sind erst gegen Mitternacht zurückgekommen, mit dem Bus. Im Dunkeln fahre ich nicht mehr gern mit dem Wagen. Die Fahrkarten dürften noch in meiner Brieftasche stecken, genau wie die Eintrittskarten vom Theater. Ich kann alles belegen.«

»Das wird vorerst nicht nötig sein«, sagt die Polizistin freundlich. Dann geht es wieder um Bea. »Ihre Schwester beziehungsweise Tochter hat sich ihrer Freundin gegenüber sehr positiv über den fremden Mann im Wald geäußert. Leider hat sie ihn nicht näher beschrieben.«

»Woher soll er denn Beas Adresse gekannt haben?«, will der Oberlehrer wissen. Das alles überzeugt ihn nicht. Zu viele Annahmen, zu wenige Fakten. O ja, Tim weiß nur zu genau, wie sein Vater tickt. Der braucht für alles schlüssige Beweise, Kassenbelege, Gesprächsprotokolle, Zeugen.

»Name, Adresse und Telefonnummer stehen doch auf der Autotür.« Das klingt jetzt ein wenig herablassend. Diese Frau lässt sich nicht von einem alten Oberlehrer in ihre Schranken weisen. »Dazu kommt der zeitliche Faktor. Der Tod der Frau fällt genau mit dem Tod des Hundes zusammen, beides ist am Dienstag um die Mittagszeit passiert.«

Tim kann sehen, wie es hinter der Stirn seines Vaters zu arbeiten beginnt, wie er versucht, ein griffiges Gegenargument zu finden, die Frau zu entwaffnen, damit er am Ende recht behält, wie immer. Doch dieses Mal sind seine Anstrengungen vergeblich, gegen die Logik der Kommissarin kommt er nicht an. »Ja, wenn das so ist …«

»Hat Ihre Tochter irgendwas über den Mann gesagt, Aussehen, Kleidung, Alter, schon die kleinste Bemerkung könnte uns weiterhelfen.« Sie seufzt und zieht den Reißverschluss ihrer Jacke ein paar Zentimeter nach unten.

»Nein«, sagt seine Mutter und es klingt bekümmert. »Sie hat kein Wort davon erzählt.«

Der junge Kommissar wird hellhörig. »Ist das ungewöhnlich oder war Ihr Verhältnis nicht so eng.«

Empört schnappt seine Mutter nach Luft. »Wir hatten ein sehr inniges Vertrauensverhältnis, meine Tochter und ich. Und wenn Sie mich so fragen, ist es schon verwunderlich, dass sie mir nichts über diesen Mann erzählt hat. Andererseits … na ja, sie war ja völlig fix und fertig und hat nur geweint. Bestimmt hätte sie mir später davon berichtet. Ja, da bin ich ganz sicher.«

Aus unerfindlichen Gründen wirft der junge Kommissar seiner Kollegin einen triumphierenden Blick zu. Die deutet ein Kopfschütteln an. »Nach dem Hund habe ich mich bereits bei der Tierverwertung erkundigt. Wir gehen davon aus, dass sich Spuren von Kleidung und DNA in seinem Fell befunden haben, aber er ist schon …«, sie ringt nach den richtigen Worten, »weg.«

»Wir hätten Beas letztem Willen Folge leisten müssen, es war ihr Wunsch, dass Lida ein Grab bekommt! Jetzt sind wir schuld, wenn der Täter ungestraft davonkommt.« Ganz unerwartet bricht Tims Mutter in wildes Schluchzen aus.

Sofort sieht sein Vater sich genötigt, ihre Selbstvorwürfe, die auch ihn einschließen, zu entkräften. »Almuth, ich bitte dich. Wir waren uns doch vollkommen einig, dass keiner von uns ein Hundegrab besuchen würde. Welchen Sinn hätte das Ganze dann gehabt? Außerdem fing der Hund schon an zu stinken. Ich musste die Decke aus dem Kofferraum ebenfalls wegwerfen, weil der tote Hund sich … nun ja … entleert hat.«

»Wo ist die Decke?«, fragt die Polizistin und es klingt hoffnungsvoll. Klar, wenn Täterspuren an dem Hundefell geklebt haben, könnten sie auch auf die Decke übergegangen sein.

»Die hab ich gleich dagelassen. Die verbrennen so was, hat der Mann gesagt, mir war's nur recht. Ich bin extra mit Beas altem Polo gefahren, damit ich den Hund nicht umlagern musste.«

»Wir werden den Wagen trotzdem noch einmal spurentechnisch untersuchen.« Jetzt klingt die Polizistin resigniert, sie ahnt schon, dass die Mühe sich nicht lohnen wird. »Eine letzte Frage noch, die sich im Fall eines unnatürlichen Todes immer stellt. Wer profitiert vom Tod Ihrer Tochter? Gibt es ein Testament?«

»Von einem Testament wissen wir nichts, oder? Almuth, hat Bea mit dir darüber gesprochen?«

»Nein.« Seine Mutter, erschöpft von ihrem Ausbruch, schüttelt langsam den Kopf. »Bea war siebenunddreißig Jahre alt, wer denkt da schon an den Tod?«

»Gut, das wäre es für heute.«

»Und wann dürfen wir unsere Bea endlich beerdigen?«, lautet die letzte Frage, die natürlich Tims Mutter stellt.

Aber dafür ist die Kriminalpolizei nicht zuständig.

»Hoffentlich kriegen Sie das Schwein bald«, sagt Tim zum Abschied, und er findet, dass das verdammt erwachsen klingt.

KONSTANZE

Als Konstanze nach Hause kommt, merkt sie gleich, dass etwas passiert ist. Marius sitzt mit angezogenen Beinen auf dem Schaukelstuhl – den sie sich als junges Mädchen zugelegt hat und der nur noch aus sentimentalen Gründen seinen Platz im Haus gefunden hat – in der Diele unter der offenen Treppe, die in den ersten Stock führt. Hier ist es kalt und zugig und wenig einladend. Als Marius klein war, hat er sich an diesen Ort zurückgezogen, wenn er bockig war oder sehr traurig.

Inzwischen ist er so groß, dass er aufpassen muss, mit dem Hinterkopf nicht gegen eine der Stufen zu stoßen, aber er schaukelt ja auch gar nicht, er sitzt einfach nur da, die Lippen fest aufeinandergepresst und den Blick ins Leere gerichtet.

»Tut mir leid, dass es schon wieder so spät geworden ist. Was ist los?«

»Papa hat angerufen, mit unterdrückter Nummer. Er war ganz komisch und hat gesagt, dass es ihm leid tut. Ich glaube, er hat geweint.« Er springt auf und stößt sich dabei an der Treppe. »Scheiße!«

Ihre ausgestreckten Arme ignoriert er und stolziert an ihr vorbei in die Küche, wo er einen der Stühle so heftig unter dem Tisch hervorzieht, dass das Sitzkissen runterfällt. Er lässt es einfach liegen und setzt sich rittlings auf den Stuhl.

»Du hast mich angelogen. Er ist überhaupt nicht zum Segeln gefahren, stimmt's?«

Es hat keinen Sinn, weiterhin an der geschönten Version der Wahrheit festzuhalten. Warum auch sollte sie Adam vor seinem Sohn besser dastehen lassen, als er es ist?

»Warte.« Sie hängt die Jacke an die Garderobe, zieht die Schuhe aus, läuft auf Strümpfen hoch ins Schlafzimmer und holt Adams Brief herunter. »Hier. Das hat er geschrieben.«

Sein Blick irrt über das Papier, immer wieder, dann hebt er den Kopf und schaut sie verzweifelt an. »Aber was heißt das denn, ich versteh überhaupt nicht, was er meint.«

»Ich denke, es bedeutet, dass dein Vater darüber nachdenkt, uns, oder besser mich, zu verlassen. Wegen einer anderen Frau, nehme ich an.«

»So wie bei Dita und Claas?« Jetzt sieht er wieder aus wie ihr kleiner Junge, der getröstet werden will, weil das Leben nicht so läuft, wie er sich das vorgestellt hat.

Dita und Claas heißen die Eltern von Marius' bestem Freund, sie haben sich vor einem halben Jahr getrennt, weil Dita auf einem Klassentreffen ihre Jugendliebe wiedergetroffen und auf der Stelle beschlossen hat, die alten Gefühle aufleben zu lassen. Inzwischen wohnt sie in Düsseldorf und sieht ihren Sohn nur noch einmal im Monat.

»Ja«, sagt sie leise. »Genau so. Heutzutage ist das wohl gang und gäbe. Wenn eine Beziehung nicht mehr rund läuft, bricht einer von beiden aus.«

Marius versteht die Welt nicht mehr. »Aber … aber … bei euch war doch alles gut«, stammelt er.

»Das hab ich auch gedacht. Anscheinend sieht dein Vater das anders. Er war in letzter Zeit ja kaum noch zu Hause. Ich hätte mir wohl etwas dabei denken sollen, schließlich bin ich Ermittlerin von Beruf.«

»Er war doch bei den Proben, die haben bald Premiere.« Es tut weh, wie verzweifelt Marius versucht, die Tatsachen so zu drehen, dass alles bleiben kann, wie es war.

»Jeden Abend Theaterproben – und dann so lange? Im Nachhinein glaube ich nicht, dass das stimmt, Marius.«

»Weißt du denn, wer …« Verlegen senkt er den Blick.

»Wie die Frau heißt? Ich habe eine Vermutung, sie wird ebenfalls Theater spielen.«

»Judith«, sagt er sofort. »Es ist Judith, stimmt's? Ich hab die beiden mal im Café gesehen, sah aber ganz harmlos aus. Warum rufst du ihn nicht an und fragst?«

»Er hat sein Handy dagelassen.«

»Oh. Scheiße. Das klingt endgültig.« Er verschränkt die Arme auf der Stuhllehne und legt den Kopf darauf.

Bitte nicht weinen, fleht Konstanze ihn wortlos an. Behutsam legt sie eine Hand auf seine Schulter und er lässt sich die Berührung gefallen. Ein paar Minuten verharren sie so, dann hebt Marius den Kopf.

»Wollen wir uns das einfach so gefallen lassen, Mama? Findest du nicht, dass du hinfahren und ihn fragen solltest, wie er sich das weiter vorstellt?«

In so einer Situation braucht ein Kind, selbst wenn es schon vierzehn Jahre alt ist, wenigstens ein verlässliches Elternteil. Das wird von jetzt an ihr Part sein. Eine Mutter, die rumheult und sagt, *ich trau mich nicht*, hilft Marius nicht weiter und es entspricht auch nicht ihrem Frauenbild. Also beteuert sie, genau das vorzuhaben.

»Jetzt essen wir erst mal. Spiegeleier, ist das okay?« Konstanze will lieber nicht daran denken, wie häufig sie in letzter Zeit Spiegeleier auf den Tisch gebracht hat.

»Meinetwegen. Aber morgen gibt es mal wieder was Richtiges. Schnitzel und Pommes.«

»Und Salat«, fügt sie hinzu, weil ein Essen ohne frisches Gemüse in ihren Augen nichts Richtiges ist.

»Zur Not auch mit Salat, den kannst du ja essen.«

FINJA

Den ganzen Tag hat Finja auf einen Anruf von Sebastian gewartet. Bei einem Mann, der bereit ist, einen neuen Therapeuten zu suchen, weil er mit seiner aktuellen Therapeutin privaten Kontakt möchte, dürfte man so viel Interesse eigentlich voraussetzen. Doch Sebastian meldet sich nicht. Er hat bestimmt viel zu tun, tröstet sie sich. Aber weshalb sollte er zwischendurch nicht die Zeit für einen Anruf oder wenigstens eine Sprachnachricht finden? Kann es sein, dass er sich seiner ehemaligen Therapeutin unterlegen fühlt? Hat sie etwas Falsches gesagt, ihn verunsichert mit ihrem Verhalten? Hätte sie im Regen mit ihm zur Klosterruine laufen sollen?

Es ist ihr schwergefallen, sich auf ihre Klienten zu konzentrieren. Besonders schlimm war es bei Frau Schneider. Sie ist Ende fünfzig und lässt sich immer noch von ihrer dominanten Mutter drangsalieren. Während der Stunden zeigt Finja ihr ganz behutsam die Muster ihrer Kindheit auf, die sich über lange Jahre verfestigt haben und sie dazu bringen, immer wieder stumm zu gehorchen, auch wenn sich alles in ihr dagegen sträubt. Sie gehen einen tränenreichen Weg und China muss viel Trost spenden. Nach den Stunden ist Finja immer ziemlich erschöpft. Heute war es mal wieder sehr schlimm. Sie konnte kaum das Ende der Stunde erwarten, weil sie Angst hatte, selbst in Tränen auszubrechen.

Jetzt sitzt sie in ihrer Küche und starrt auf das Telefon, das vor ihr auf dem Tisch liegt. Um sich abzulenken, sucht sie die alte Zeitung raus und liest noch mal das Interview mit dieser Psychologin aus Trier. Es ist ein Riesenunterschied, ob man ein Statement über einen gefassten Straftäter abgibt oder sich öffentlich äußert, obwohl der Täter sich noch auf freiem Fuß befindet und aller Wahrscheinlichkeit nach das Interview lesen wird. Für Finja steht außer Frage, dass die Thesen von Frau Dr. Hermann den Mann negativ beeinflussen und wahrscheinlich zum Weitermorden bewegen werden. Hat die Frau wirklich nicht darüber nachgedacht, was ihre provokativen Worte bei dem Täter auslösen können?

In ihrem Zimmer stellt sie den PC an und gibt den Namen Dr. Sarah Hermann bei Google ein; mal sehen, was sich über diese angebliche Expertin finden lässt. Erstaunlicherweise nichts. Wenn Frau Dr. Hermann eine Praxis betreibt, dann scheint sie ein großes Geheimnis daraus zu machen.

Nachdem Finja eine Weile aus dem Fenster geschaut und dabei Fritz auf Vogeljagd beobachtet hat, fällt ihr Hilke ein, die ebenfalls die Ausbildung zur Psychotherapeutin in Bochum gemacht hat und gleich nach dem Abschluss nach Trier gezogen ist, um in die Praxis ihres Vaters einzusteigen. Ohne lange zu überlegen, sucht sie die Mailadresse raus und schickt eine Nachricht an Hilke mit der Frage, was sie ihr über Frau Dr. Hermann sagen kann.

Zwei Stunden später, inzwischen ist es halb zehn Uhr abends, hat Hilke immer noch nicht geantwortet. Okay, nicht jeder Mensch verfügt über so viel überflüssige Freizeit wie Finja neuerdings, Hilke scheint heute Abend etwas Besseres vorzuhaben, als ihre Mails abzurufen.

Da bleibt wohl nur der Fernsehapparat. Irgendwo läuft ein Krimi, ein dänischer Film mit Mads Mikkelsen, den Finja ganz gern mag. Bis der Film beginnt, muss sie nur noch eine Viertelstunde überbrücken. Sie beschließt, China anzuleinen und ein paar Meter an der Straße langzulaufen. Schräg gegenüber von ihrem Grundstück gibt es einen schmalen Fußweg, der durch die Aueniederung zum Schönebecker Schloss führt. Unterwegs trifft sie eine junge Frau, die mit ihrem Beagle unterwegs ist. Sie laufen ein Stück gemeinsam und reden über den Drosselmörder und wie unheimlich es ist, als Frau allein unterwegs zu sein.

Als sie zurückkommt, hat Sebastian eine Nachricht geschrieben. *Hey, war schön gestern mit dir. Die nächsten Tage bin ich im Stress, danach müssen wir uns unbedingt wieder sehen. Denk an dich.* Statt Smiley eine rote Rose.

Sie antwortet mit *freu mich schon* und einem lachenden Smiley.

Warum können sie nicht miteinander telefonieren? Stattdessen benehmen sie sich wie zwei alberne Teenager. Trotzdem ist sie glücklich über die Nachricht. Sie gießt ein Glas roten Sekt ein, legt sich auf die Couch, steckt die nackten Füße unter eine Wolldecke und stellt den Fernsehapparat an. China kugelt sich auf dem Boden zusammen.

KONSTANZE

Die Stimmen dringen durch die geschlossene Tür ins Treppenhaus. Ein Mann und eine Frau, sie scheinen sich zu streiten, jetzt bricht die Frau in hysterisches Gelächter aus, so laut und eindringlich, dass Konstanze eine Gänsehaut über den Rücken läuft.

Es ist dunkel und Konstanze muss die Taschenlampenfunktion ihres Handys nutzen, damit sie auf den Steinstufen nicht ins Stolpern gerät. Je höher sie steigt, umso lauter werden die Stimmen, vor allem die der Frau, die gerade etwas kreischt, das Konstanze durch die geschlossene Tür nicht verstehen kann.

Jetzt ist sie ganz oben angelangt. Hier gibt es einen kleinen Treppenabsatz und eine Stahltür mit einer dunklen Klinke. Ein schmaler Lichtstreifen fällt unter der Tür durch und erhellt den Betonboden davor.

Obwohl sie sich bemüht, leise zu sein, gibt die Tür beim Öffnen ein gequältes Stöhnen von sich. Die Schauspieler auf der provisorischen Bühne halten mitten im Satz inne. Judith trägt schwarze Leggins, einen schwarzen Pullover und darüber einen endlos langen Schal aus gelber Wolle, den sie mehrfach um den Hals geschlungen hat. Trotzdem reicht eines der beiden Enden noch beinahe bis zum Boden. Sie stampft abwechselnd mit den Füßen auf, die in giftgrünen Ballerinas stecken, so als wäre ihr kalt. »Was ist los?«

Der Schauspieler neben ihr heißt Werner, ein älterer Mann mit langen schlohweißen Haaren in Jeans und einem karierten Hemd mit aufgekrempelten Ärmeln, der das Textbuch fest umklammert hält. Laut Adam bereitet es ihm Schwierigkeiten, lange Texte auswendig zu lernen.

Mit einem Blick erfasst Konstanze, dass ihr Mann sich nicht im Raum befindet. »Entschuldigt die Störung, ich suche Adam.«

»Hier?«, fragt Judith spöttisch. »Warum?«

Jemand nickt voller Eifer, und Konstanze spürt, dass ihr Besuch die Leute verärgert; sie versteht allerdings nicht, warum das so ist. Am liebsten würde sie sich jetzt umdrehen und den Proberaum wieder verlassen, doch zum Weglaufen ist es zu spät. Außerdem braucht sie endlich Antworten. »Weil ich davon ausgegangen bin, dass er hier ist und mit euch probt.«

Jetzt lacht Judith genauso hysterisch, wie ihre Rolle es offenbar von ihr verlangt. Die anderen bleiben stumm. Ein Mann, den Konstanze noch nie gesehen hat, löst sich aus der Dunkelheit. Sie schätzt ihn auf Mitte fünfzig, er trägt einen breitkrempigen Hut, ganz der große Künstler, ein grob gewebtes Jackett mit Lederflicken an den Ellenbogen und darunter ein schlichtes Shirt. Ohne zu zögern, gibt er Konstanze die Hand, und er schafft es, diese Geste wie eine große Gnade wirken zu lassen. »Adam hat vor acht Wochen seine Arbeit hier hingeworfen, mitten in einer Probe. Ich bin Clemens und führe jetzt Regie.«

»Er hatte keine Lust mehr, mit solchen Dilettanten wie uns zu arbeiten«, schreit Judith von der Bühne herunter. »Hat er das zu Hause nicht erzählt?«

Mit einer herrischen Handbewegung fordert Clemens sie auf, ihm das Wort zu überlassen. »Adam ist nicht mehr dabei.

Ich ersetze ihn. Ich bin Gymnasiallehrer und leite seit Jahren ein Theaterprojekt an meiner Schule, bin also gewissermaßen vom Fach. An der Schule muss ich mich ständig auf neue Schüler einstellen, das erschwert natürlich eine kontinuierliche Arbeit. Deshalb hat mich die Arbeit mit einem festen Ensemble gereizt. Übrigens haben wir uns entschieden, Adams Stück zu streichen und stattdessen Brecht zu spielen, *Mutter Courage.*«

Hinterher weiß Konstanze nicht mehr, wie es ihr gelungen ist, die Theaterprobe zu verlassen, ohne zusammenzubrechen.

Wer ist der Mann, mit dem sie seit fünfzehn Jahren verheiratet ist, wo hat er in den letzten Wochen seine Abende verbracht und mit wem? Weshalb hat er sie ständig angelogen? Wieso hat sie das nicht mal gemerkt? Und was um alles in der Welt soll sie Marius sagen?

Zum Glück hat sie Marius vorher nicht erzählt, wohin sie fährt. Sie wollte ihm keine falschen Hoffnungen machen. Und jetzt wird sie auch nichts erzählen, was denn auch. Adam scheint spurlos verschwunden zu sein.

Zu Hause bleibt sie ein paar Minuten im Wagen sitzen. Die Hände um das Lenkrad geklammert, starrt sie auf das weiß getünchte Garagentor, auf dem mit großen grünen Lettern ihre Hausnummer steht, 24.

FINJA

Hilkes Anruf erreicht Finja auf dem Weg in die Praxis. »Hey, wie geht's dir?«

Im ersten Moment ist Finja ein wenig überrascht über den netten Plauderton, so gut haben sie sich früher gar nicht verstanden, aber dann geht sie darauf ein. Wahrscheinlich ist sie inzwischen so ausgehungert nach menschlicher Zuwendung, dass sie sich über jedes freundliche Wort freut. Selbstredend verschweigt sie ihr persönliches Waterloo und berichtet stattdessen nur von dem Serientäter, der die Stadt in Atem hält. »Und da frage ich mich, welche Kollegin auf die Idee kommt, eine derartige Einschätzung an die Presse weiterzugeben.«

»Genau das frage ich mich auch. Es gibt bei uns keine Sarah Hermann. Ich hab gestern noch ein paar andere aus dem Studium angemailt. Wir sind ja mehr oder weniger über ganz Deutschland verteilt. Den Namen Sarah Hermann kennt keiner. Da stimmt was nicht, du solltest dich an die Kassenärztliche Vereinigung wenden. Gut möglich, dass die Frau gar nicht existiert.«

Finja bedankt sich brav und verspricht, sich bald mal wieder zu melden. »Wir müssen unbedingt mal wieder quatschen.« Als wüssten sie nicht beide, dass es dazu nicht kommen wird.

Gern würde Finja jetzt behaupten, gleich geahnt zu haben, dass Dr. Sarah Hermann ein Fake ist, aber das wäre glatt gelogen. So viel Dreistigkeit hätte sie keinem zugetraut, nicht mal Alexandra Kanngießer oder ihrer Schwester Charlotte.

Am liebsten würde sie jetzt Nikolai anrufen, ihn darüber aufklären, mit was für einer Familie er sich da eingelassen hat, weibliche Piranhas, skrupellos und nur auf ihren persönlichen Vorteil bedacht. Aber er würde ihr sowieso kein Wort glauben. *Engelchen* nennt er Charlotte, das hat Annika mal erzählt, und sie könnte bei der Vorstellung kotzen, sogar jetzt, während der Fahrt.

Nein, Finja wird nicht bei der Kassenärztlichen Vereinigung anrufen und sich nach Sarah Hermann erkundigen. Es kann ihr doch herzlich egal sein, was die Zeitung druckt. Das ist nun wirklich nicht ihre Baustelle.

Während sie vor der roten Ampel wartet, überquert ein Pulk Fußgänger und Radfahrer die Straße. Einer von ihnen ist Konstanzes Mann. Adam scheint es ziemlich eilig zu haben. Jetzt hebt er den Kopf und sein Blick trifft Finja. Sofort wendet er sich ab und zieht die Kapuze seiner Jacke über den Kopf. Um schneller auf die andere Straßenseite zu gelangen, rempelt er sogar eine Frau an. Die Art, wie er sich bewegt, hastig und ein bisschen nach vorn gebeugt, lässt sie an Beas Mörder denken.

NIKOLAI

Gestern hat Jochen angerufen. »Schlechte Nachrichten, Nikolai.« Bevor Nikolai sich die schrecklichsten Szenarien ausmalen konnte, Suspendierung vom Dienst oder Versetzung in ein anderes Kommissariat, löste Jochen die Situation mit einem meckernden Lachen auf, das in bellenden Husten überging.

»Viel Arbeit, wenig Leute, ich bin krank. Dein Urlaub ist gestrichen, ich erwarte dich morgen früh um acht Uhr. Du machst weiter mit dem Serientäter, Konstanze übernimmt alles, was mit dem Mord an Bea Kerber zu tun hat. Der Kleine muss springen. Möglicherweise handelt es sich in beiden Fällen um denselben Täter, aber das erfährst du dann morgen.«

Mehr als ein »Danke« hat Nikolai nicht rausgebracht. Hinterher war er so euphorisch, dass er stundenlang nicht einschlafen konnte. Andere Leute mögen ihrer Rente entgegenfiebern, Nikolai ist überglücklich, wieder arbeiten zu dürfen.

Als er ins Präsidium kommt, ist nur Florian anwesend. Er sieht blass aus und so erschöpft, wie man mit Mitte zwanzig nicht aussehen sollte. Bei Nikolais Anblick weicht der letzte Rest von Farbe aus seinem Gesicht. »Nikolai?«

»Ja. Jochen hat mich gebeten, meinen Urlaub abzubrechen.« Dabei nimmt er die Finger hoch und setzt das Wort *Urlaub* in Gänsefüßchen. »Sobald Konstanze da ist, könnt ihr mich auf den neuesten Stand bringen.«

Seine Anwesenheit gefällt dem Kleinen nicht, das ist nicht zu übersehen, und er fragt sich, woran das liegt.

Als Nächstes erscheint Konstanze. Ihren Bewegungen fehlt der gewohnte Elan, ihre Schritte wirken schleppend und sie knabbert lustlos an einer Käsestange.

»Keine Zeit zum Frühstücken?«, fragt Nikolai.

»Verschlafen.« Sie grinst. »Ich sehe, dass du wieder an Bord bist, sehr gut.«

»Jochen meint, ich soll mich schwerpunktmäßig um die Frauenmorde kümmern, du dich um alles, was mit Beas Tod zusammenhängt.« Dass Florian ihnen zuarbeiten soll, spricht er nicht extra aus, weil es die logische Schlussfolgerung ist. Wenn der Kleine ein bisschen was auf dem Kasten hat, kapiert er das selbst. »Und dann hat er angedeutet, dass die Fälle eventuell zusammengehören.«

»Sieht ganz so aus«, bestätigt Konstanze, während sie ihre Jacke auszieht und über ihre Stuhllehne hängt. »Als Jessica Plocher getötet wurde, ist etwa gleichzeitig der Hund von Bea Kerber zusammengebrochen. Beides ist am Sportparksee passiert, in unmittelbarer Nähe vom Parkplatz. Bea Kerber hat einen wildfremden Mann genötigt, das bewusstlose Tier zu ihrem Wagen zu schleppen.«

»Woher wisst ihr das?«, fragt Nikolai erstaunt.

»Von Finja. Bea hat ihr davon erzählt.«

Kurz stellt Nikolai sich das Szenarium vor. »Möglicherweise hat Bea ausgerechnet den sogenannten Drosselmörder gesehen und angesprochen. Und er konnte ihre Adresse mühelos rausfinden, weil ihr Name dick und fett auf der Autotür steht. Warum hat Finja das nicht eher erzählt?«

»Sie hat sich erst daran erinnert, als sie in der Zeitung von Jessica Plochers Tod gelesen hat. Der Ort und der Todestag, da hat es bei ihr geklingelt.«

Nikolai kann nicht verhindern, dass seine Hände feucht werden. Finja weiß also, wie der Täter aussieht. Das ist gefährlich, sehr gefährlich. »Beschreibung?«

»Gibt's nicht. Angeblich hat Frau Kerber nicht erzählt, wie der freundliche Helfer aussah«, wirft Florian ein. »Klingt alles sehr abstrus für mich. Vor allem, weil ihre Eltern gar nichts von dem Mann wissen. Dabei behauptet ihre Mutter, dass sie ein enges Vertrauensverhältnis hatten. Und plötzlich ist Frau Michaelis auch noch eingefallen, dass ihre Freundin am Abend ihres Todes auf ihren Bruder Tim gewartet hat.«

Mit zusammengekniffenen Augen mustert Nikolai den jungen Kollegen. Er wundert sich über die Feindseligkeit in seiner Stimme. »Und was ist daran merkwürdig?«

Nervös zupft Florian an seinen Haaren. »Na ja, sie wurde ausgiebig befragt, direkt nach der Tat und am nächsten Tag noch mal. So etwas vergisst man doch nicht.«

»Meinst du«, sagt Nikolai dumpf. »Dann wirst du uns jetzt sicherlich auch verraten, weshalb Finja sich so etwas ausdenken sollte.«

»Vielleicht will sie den Verdacht von ihrer eigenen Person ablenken? Zuerst hat Frau Michaelis behauptet, dass ein geheimnisvoller Mann an der Tür ihrer Freundin geklingelt und sie getötet hat. Dafür gibt es keinen Beweis. Und jetzt ist ihr plötzlich eingefallen, dass der komische Hund ausgerechnet an der Stelle zusammengebrochen ist, an der wir Jessica Plochers Leiche entdeckt haben. Und wieder kommt ein geheimnisvoller Mann ins Spiel, von dem niemand je gehört hat, außer Frau Michaelis natürlich. Das kann man glauben, muss man aber nicht.«

»Verstehe«, sagt Nikolai und bedenkt Florian mit einem spöttischen Grinsen. »In Wahrheit ist unser Serientäter eine Frau, nämlich Finja. Das passt allerdings nicht zu den DNA-Spuren.«

»Das hab ich nicht behauptet. Vielmehr glaube ich, dass die toten Läuferinnen und der Mord an Bea Kerber überhaupt nichts miteinander zu tun haben. Es gibt zwei Täter und einer davon heißt möglicherweise Finja Michaelis.«

Unter anderen Umständen hätte Nikolai den jungen Kollegen sogar gelobt. Man sollte immer damit rechnen, dass die Dinge anders liegen, als es sich auf den ersten Blick darstellt. In diesem Fall allerdings würde er Florian Gercke am liebsten einen rechten Haken verpassen.

»Sehr interessante Theorie. Wie sieht es mit Finjas Motiv aus?«

»Keine Ahnung. Dafür müsste ich mit ihr reden. Aber dazu kommt es ja nicht, weil Frau Michaelis darauf besteht, mit Konstanze zu kommunizieren, obwohl sie gar nicht zuständig ist. Ich kann mir schon denken, warum.«

»Nämlich?«

»Für euch steht ihre Unschuld von vornherein fest, bei mir sieht das anders aus. Ich halte sie für die Hauptverdächtige. Und wenn ich mal allein mit ihr reden könnte, sähe die Sache vielleicht schon ganz anders aus.«

An dieser Stelle bricht Nikolai in schallendes Gelächter aus. »Klar, sie wird auf der Stelle gestehen.« Er dreht sich um zu Konstanze. »Ich frage mich was ganz anderes. Warum hat der Täter Bea nicht gleich am Dienstagabend ermordet? Die Gefahr, dass sie ihn beschreibt, wurde doch von Tag zu Tag größer.«

»Eben!«, ruft Florian triumphierend. »Ich sag doch, die Geschichte stimmt hinten und vorn nicht.«

Nikolai verspürt keine Lust, auf seinen Kommentar zu reagieren. »Sag mal, Konstanze, hast du dich schon um meine Idee mit den Huren gekümmert? Ein Freier, der es nur bringt, wenn die Frau sich totstellt?«

»Dafür war noch keine Zeit. Aber keine Sorge, ich hab das nicht vergessen.«

»Gut. Das erscheint mir immer noch eine vielversprechende Möglichkeit zu sein. Unser Täter hat seine sexuellen Fantasien garantiert nicht über Nacht entwickelt. Ich denke, dass er jahrelang nur davon geträumt hat. Er wird seine Fantasien vorher im Kopf durchgespielt haben. Möglicherweise hat er auch versucht, sie mit einer realen Frau in die Tat umzusetzen. Wahrscheinlich aber nicht mit seiner eigenen, falls er überhaupt in einer Beziehung lebt.«

Wenigstens Konstanze scheint er damit zu überzeugen. Sie nickt. »Hast du das Interview mit dieser Psychologin gelesen? Finja meint, das sei eine unnötige Provokation des Täters.«

»Das sehe ich genauso. Keine Ahnung, was Alexandra da geritten hat. Aber da sehe ich nicht nur sie in der Verantwortung. Es gibt ja auch noch einen Chefredakteur, der diesen Artikel hätte verhindern müssen.« Er seufzt. »Aber daran sollten wir uns nicht abarbeiten. Ich lese jetzt den Obduktionsbericht und schau mir die Tatortbilder an. Den Hintergrund der Toten habt ihr schon gecheckt, nehme ich an? Gibt es irgendeine Verbindung zu den beiden anderen Frauen?«

»Bis jetzt nicht. Allerdings finde ich …«

»Ja?« Nikolai ahnt bereits, was jetzt kommt, doch er möchte es aus Florians Mund hören und der junge Kollege tappt arglos in die Falle.

»Ich frag mich, ob das wirklich von Belang ist. Der Täter sucht seine Opfer zufällig aus, er kennt sie nicht, warum sollen wir unsere Zeit damit verschwenden, ihre Hintergründe zu checken?«

»Solange wir nichts beweisen können, und so sieht es vorerst ja aus, dürfen wir nichts ausschließen. Auch nicht, dass Jessica Plocher das Verbindungsglied zwischen den toten Frauen ist und die Morde doch einen persönlichen Hintergrund haben.«

Unwillig verzieht Florian das Gesicht. »Klar, theoretisch.«

»Richtig. Die Wahrscheinlichkeit ist gering, da hast du recht, aber wir müssen jede Möglichkeit verfolgen. Das ist unser Job.« Konstanze sagt das so ruhig und bestimmt, dass keiner sich angegriffen fühlen kann, nicht mal Florian. »Ein Mann, den alle drei kannten, ein gemeinsamer Sportverein, was weiß ich.« Sie lächelt Florian aufmunternd an. »Frau Plocher stammt aus Paderborn, dort müssen wir sicher nicht anfangen. Es kommt nur die Zeit infrage, in der sie hier in Bremen gelebt hat. Am besten redest du noch mal mit ihrer Mitbewohnerin. Ich fahr dann mal zu Finja in die Praxis.«

Beiläufig schaut Nikolai auf seine Uhr. »Das hat jetzt keinen Sinn. Ihre Therapiesitzungen dauern fünfzig Minuten und enden jeweils zehn Minuten vor der vollen Stunde. Außerhalb dieser Pausen geht sie weder ans Telefon noch an die Tür.«

Am liebsten würde er selbst mit Finja reden, vielleicht hat Bea irgendeine Bemerkung gemacht, aus der sich was stricken lässt, aber Finja wird das Gespräch verweigern. »Ich möchte, dass Florian sich zuerst um die Huren kümmert.«

FINJA

Vorhin hat Sebastian angerufen und gefragt, ob seine Therapiestunde noch frei ist. »Falls ja, würde ich gern mit dir spazieren gehen. Mir ist nämlich gerade aufgefallen, dass meine Sekretärin den Termin noch nicht anderweitig belegt hat. Darf ich dich abholen?«

»Mit Hund?« Finja bringt es nicht über sich, spazieren zu gehen und China in der Praxis zu lassen. »Wir können gern meinen Wagen nehmen.«

Zuerst hat er gezögert, sich dann aber überwunden. »Daran werde ich mich wohl gewöhnen müssen. Okay, mit Hund.«

Und jetzt stehen sie vor Finjas Auto und er bittet um die Wagenschlüssel. »Sorry, aber ich bin ein lausiger Beifahrer. Wenn es dir nichts ausmacht, würde ich gern selbst fahren.«

Mühsam verdrängt sie den Gedanken daran, dass auch Nikolai am liebsten selbst gefahren ist, und legt den Schlüssel in die große, warme Männerhand, in der es keine Schwielen oder andere Anzeichen für körperliche Arbeit gibt, Kaufmannshände, sehr gepflegt.

Sebastian erweist sich als guter, sicherer Fahrer, aber das hat sie auch nicht anders erwartet. Als sie erkennt, wohin die Fahrt geht, bleibt ihr für einen Moment das Herz stehen. Er fährt direkt nach Grambke zum Sportparksee, dorthin, wo Bea ihrem Mörder begegnet ist.

»Ich kenne das Gebiet ziemlich gut. Meine Frau und ich sind hier oft Kanu gefahren. Warst du schon mal an dem See?« Neugierig schaut er sie an.

Mein Gott, hat er wirklich nichts davon gehört, dass hier gerade erst eine junge Frau getötet und im Unterholz versteckt wurde? Und soll sie ihn jetzt darauf hinweisen und damit möglicherweise diese kostbare Stunde verderben? Nein. Er ist bereit, sich mit Chinas Anwesenheit zu arrangieren, und sie wird im Gegenzug verschweigen, was sie für immer mit diesem Ort verbinden wird.

»Als Hundebesitzerin kenne ich alle Spazierstrecken in der Gegend«, sagt sie schließlich, weil er sie immer noch anschaut.

»Allerdings wurde hier kürzlich eine tote Frau gefunden«, fährt er fort. »Ich hoffe, wir treffen keine Katastrophentouristen. Eigentlich ist das nämlich ein sehr schöner und friedlicher Ort. Oder macht dir das Angst? Möchtest du lieber woanders hin? Mist, ich hätte dich vorher fragen sollen.«

»Ist schon in Ordnung«, sagt sie, obwohl das nicht der Wahrheit entspricht. Kaum dass der Wagen steht, springt sie heraus und öffnet den Kofferraum, um China rauszulassen, die sofort erschnuppern muss, welche Hunde hier ihre Duftmarken hinterlassen haben. Ein Pfiff reicht aus, und sie setzt sich brav neben Finja, damit sie die Leine am Halsband anklicken kann.

»Warum lässt du sie nicht frei laufen? Sie hört doch perfekt«, wundert sich Sebastian.

»Hier ist Leinenpflicht. Ganzjährig.« Mit dem Kopf deutet Finja auf das entsprechende Schild.

»Okay, das ist nicht gerade mein Fachgebiet.« Er lacht unbekümmert. »Soll ich die Leine halten? Als Junge hab ich mir immer einen Hund gewünscht, einen besten Freund, ganz kitschig. Gleichzeitig habe ich mich vor Hunden gefürchtet.

Verrückt, ich weiß, aber für meine Eltern kam ein Haustier ohnehin nicht infrage.«

Eltern, die die Überreste ihrer Tochter im Meer versenken, weil sie in ihren Augen kein Anrecht auf ein Grab hat, haben ganz sicher auch kein Herz für Tiere. Sebastian muss ein einsames Kind gewesen sein. Entschlossen drückt Finja ihm den Plastikgriff der Flexileine in die Hand. »Es ist ganz einfach. Wenn du den Knopf nach oben schiebst, ist die Leine gesperrt. Hier wird die Sperre wieder gelöst …«

»Ach du je, da braucht man ja einen Führerschein. Mach du das lieber selbst. Vielleicht nächstes Mal.«

Sie könnte jetzt sagen, dass er die Sperrfunktion gar nicht brauchen wird, weil China perfekt an der Leine läuft. Doch insgeheim ist sie ganz froh über seine Entscheidung. Ihr Auto darf er fahren, das macht Finja nichts aus. Aber den Hund führt sie lieber selbst, auch wenn das albern erscheinen mag.

Nach ein paar Schritten legt Sebastian den rechten Arm um ihre Schulter und sie schlingt folgerichtig ihren linken Arm um seine Körpermitte. Bei Nikolai hat sie in so einem Fall die Hand in die Gesäßtasche seiner Jeans geschoben oder manchmal in den Hosenbund, aber so weit sind sie noch nicht. Sie stehen ganz am Anfang und vielleicht werden sie nie so vertraut miteinander sein.

Außerdem macht die Situation Finja mehr zu schaffen, als ihr lieb ist. Was, wenn der kranke Typ sich hier rumtreibt? Heißt es nicht, dass es Täter an den Tatort zurückzieht? Würde Sebastian sie beschützen? Ohne Waffe, nur mit seiner Körperkraft? Mit seinen weichen Kaufmannshänden?

»Schön hier, oder? Man kann sich gar nicht vorstellen, dass hier so schreckliche Dinge passiert sind. Ich jedenfalls nicht.« Der Mann an ihrer Seite schreitet zügig voran. Einmal bleibt er stehen, um einen Stängel mit weißen Blüten abzupflücken. Die Pflanze heißt Knoblauchsrauke. Anders als der Name vermuten lässt, riecht sie allerdings überhaupt nicht nach Knoblauch, es sei denn, man zerreibt die Blätter zwischen den Fingern. »Nichts Besonderes, aber sie kommt von Herzen«, sagt er und überreicht Finja die zarten Blüten mit einer angedeuteten Verbeugung.

»Das ist süß, danke«, haucht sie.

Und dann, endlich, legt er zwei Finger unter ihr Kinn, hebt ihren Kopf ein wenig an und küsst sie. Erst so sanft, wie es zu den kleinen, zarten Blüten passt, vorsichtig und fragend, und dann mit zunehmender Leidenschaft und schließlich so heftig, dass sie kaum noch Luft bekommt. Er stöhnt ihren Namen, und ihr wird klar, dass er genau wie sie selbst seit Tagen auf diesen Moment gewartet hat.

»Komisches Gefühl, wenn man seine Therapeutin küsst«, flüstert er irgendwann, die Lippen immer noch ganz nah an ihren, sodass sie seinen Atem spüren kann, der ganz leicht nach Menthol riecht, so als hätte er sich vor dem Ausflug die Zähne geputzt. »Aber ich könnte mich daran gewöhnen.« Er vergräbt sein Gesicht in ihren Haaren und murmelt, dass sie ihn auch ohne Therapiestunden heilen kann. »Ich werde heute Nacht wunderbar schlafen und von dir träumen.«

Obwohl sie sofort daran denken muss, stellt Finja die Frage nach seinen Angstattacken nicht, das würde alles, was gerade passiert ist, kleiner machen. Finja muss lernen, auszublenden, dass Sebastian mal ihr Patient war, sonst hat das hier keine Zukunft. Hand in Hand gehen sie weiter und immer wieder führt er ihre Finger an seinen Mund und küsst sie zärtlich.

Finja will nicht daran denken, aber dies ist der Weg, auf dem Lida zusammengebrochen und Bea ihrem Mörder begegnet ist. Und irgendwo hier hat man die Leiche einer jungen Frau gefunden. Die Polizei hat nichts zurückgelassen, sicher aus gutem Grund. Trotzdem klopft Finjas Herz bis zum Hals, und sie beschließt, nie mehr herzukommen. Etwas von dem Leid ist zurückgeblieben, jedenfalls bildet sie sich das ein.

Sebastian scheint nichts zu spüren. Er redet davon, dass er über das Wochenende mit ihr wegfahren will, an die Küste oder nach Hamburg. Je nachdem, was ihr besser gefällt. »Wir könnten am Freitagnachmittag starten. Du hast doch sicher eine Freundin, die den Hund so lange nimmt.«

Nein, hat sie nicht. Sie hat überhaupt keine Freunde mehr, weil alle zu Nikolai und Charlotte halten. »Ich sagte ja schon, dass meine beste Freundin gerade gestorben ist. Zurzeit habe ich niemand, dem ich China anvertrauen möchte.«

»Dann nehmen wir sie halt mit.« Er lächelt und haucht einen watteweichen Kuss auf ihre Wange. »Du musst nicht denken, dass ich Hunde nicht mag. Es ist nur so, dass ich noch nie ernsthaft mit einem Hund zu tun hatte. Von einer gewissen Größe an flößen sie mir gehörigen Respekt ein. Aber warum soll ich dieses Unbehagen nicht mithilfe einer erfahrenen Therapeutin überwinden können? Hamburg dürfte damit gestrichen sein, oder was denkst du?«

Sie nickt zögernd und zwingt sich dann zu lächeln. Als Spaßbremse wird ihre Hündin ganz sicher nicht bei ihm punkten. »Ehrlich gesagt bin ich sowieso kein Großstadtfan. Die Küste wäre mir lieber.«

»Dein Wunsch ist mir Befehl. Ich buche uns was Nettes. Mit Hund.«

»Ich freu mich«, sagt sie überschwänglich, spürt aber, dass das nicht wirklich stimmt. Haben sie eine ernsthafte Chance, wenn er nicht mit ihrem Hund zurechtkommt?

Auch Sebastians Laune hat sich eingetrübt. »Ich denke, wir sollten umkehren, sonst wird es zu spät. Ich hab noch einen wichtigen Termin.«

Sowohl der Rückweg als auch die Fahrt zu Finjas Praxis verlaufen schweigend, und sie kann nicht verhindern, dass sie sich mit jedem Meter schlechter fühlt. »Tut mir leid«, entschuldigt sie sich auf dem Parkplatz. »Aber im Moment weiß ich wirklich nicht, wo ich China lassen könnte.«

»Ich wusste ja, worauf ich mich einlasse.« Die Worte werden von einem sanften Lächeln begleitet. »China, das bedeutet im Englischen Porzellan. Ist sie so zerbrechlich?«

Finja kann nur nicken. »Und sehr kostbar für mich.«

»Dann bleibt mir ja gar nichts anderes übrig, als sie zu mögen.«

In der Küche, die zu den Praxisräumen gehört, will sie den Stängel Knoblauchsrauke, den sie die ganze Zeit in der Hand gehalten haben, in ein Glas stellen, doch es ist schon zu spät, er ist verwelkt.

NIKOLAI

Nachdenklich betrachtet Nikolai die Tatortfotos. Keine Frage, der Mann, den sie suchen, hat seine Brutalität gesteigert. Das, was er sich vorstellt, hat er bei den ersten beiden Morden noch nicht erreicht, es war noch nicht genug, was er den Opfern angetan hat, und Nikolai möchte gar nicht wissen, was für ein Film in dem kranken Hirn abläuft, ob die inneren Verletzungen von Jessica Plocher sein Optimum darstellen oder er sich noch Hässlicheres vorstellt.

Einige Serientäter filmen ihre Taten, um sich später immer wieder daran zu ergötzen, das erscheint bei den Tatorten nicht wahrscheinlich, jedenfalls kann Nikolai sich nicht vorstellen, dass der Mann eine Kamera mit Stativ aufgebaut hat. Trophäen, die ihn an die Tat erinnern, scheint er auch nicht mitzunehmen. Keine abgeschnittenen Haare, die Kleidung ist zerfetzt, aber komplett. Bei Marina Meyer, dem zweiten Opfer, und Jessica Plocher, dem dritten, fehlen allerdings die Handys. Sie sind verschwunden und lassen sich auch nicht mehr anpeilen. Das erste Opfer war ohne Handy unterwegs, damals schien die Welt noch in Ordnung und keine Frau in dieser Stadt musste ernsthaft mit so einer Gewalttat rechnen.

Vielleicht hat der Täter den Inhalt der Handys auf seinen PC übertragen und schaut sich zu Hause die Selfies der Toten an, die ohne Frage auf den Geräten gespeichert sind. Heutzutage schießen doch alle jungen Leute Selfies und keine der Toten war älter als fünfundzwanzig. Er steht auf blonde junge Frauen mit Haaren, die lang genug sein müssen, um sie in ihren Mund stopfen zu können. Ob sie schlank und sportlich sein müssen, steht für Nikolai nicht fest. Es kann genauso gut sein, dass Läuferinnen sich einfach nur als Opfer anbieten, weil sie allein unterwegs sind an Orten, an denen es häufig keine Zeugen gibt. Frauen, die mit Hunden spazieren gehen, kommen ebenfalls als mögliche Opfer in Betracht. Es ist ein Irrglaube, dass jeder Hund seinen Besitzer verteidigen würde. Zwangsläufig muss er an China denken, die ein wunderbarer Therapiebegleiter ist, aber ganz bestimmt kein Wachhund, der im Zweifelsfall die Zähne einsetzt.

Er greift zum Handy und ruft Konstanze an. »Wenn du bei Finja bist, sag ihr bitte, dass sie auf keinen Fall an einsamen Orten mit China spazieren gehen soll.«

Die Tür fliegt mit einem Knall auf. Florian stürzt in den Raum, seine Wangen glühen vor Aufregung.

»Ich hab gerade mit der Tierärztin gesprochen, zu der Bea Kerber mit ihrer Hündin gefahren ist. Die weiß nichts von einem geheimnisvollen Mann, und man sollte ja wohl annehmen, dass Frau Kerber so etwas Gravierendes erzählt hätte. Ich sag ja, Finja Michaelis' Geschichte stinkt wie toter Fisch.« Selbstzufrieden lässt er sich auf seinen Schreibtischstuhl fallen, einen Arm auf die Lehne gelegt, den anderen auf den Oberschenkel gestützt und beide Beine nach vorn gestreckt. Hier sitzt der King.

»Interessant.« Nikolai sorgt dafür, dass seine Stimme total gelangweilt klingt. »Ich muss los.«

Zwanzig Minuten später weiß er, dass Bea in der Tierarztpraxis praktisch kein Wort geredet hat, weil sie völlig in Tränen aufgelöst war.

»Manche Patienten gehen eine nahezu symbiotische Beziehung mit ihren Haustieren ein«, erklärt Annika. »Bea gehörte dazu, aber das weißt du ja selbst. Ich hab sofort gesehen, dass Lida tot ist. Wir haben den Hund nicht mal mehr aus dem Wagen geholt. Bea hat aufgeschrien, sich hinter das Lenkrad gesetzt, alles, was wir an Unterstützung angeboten haben, abgelehnt und ist gefahren. Ich hatte Angst, dass sie nicht heil zu Hause ankommt, und später noch mal bei ihr angerufen.«

So arbeitet der junge Kollege also. Er stellt Suggestivfragen, um seine Theorien zu bestätigen. *Hat Frau Kerber von einem fremden Mann im Wald erzählt?* Nein? Dann hat es diesen Mann auch nicht gegeben.

Was steckt dahinter, was könnte Florian gegen Finja haben? Nichts, die beiden kennen sich doch gar nicht. Kann es daran liegen, dass er nicht mit Nikolai klarkommt und seine Ablehnung unbewusst auf Nikolais Ex-Freundin überträgt, gerade weil er selbst Finjas Täterschaft von Anfang an ausgeschlossen hat?

FINJA

Konstanze hat vorhin angerufen und sie haben sich in den Praxisräumen verabredet. Ganz offensichtlich hat sie gehofft, dass Finja noch etwas zu dem geheimnisvollen Mann aus dem Wald eingefallen ist. Doch Finja muss sie enttäuschen. Mit dem, was Bea über den Mann erzählt hat, lässt sich nichts anfangen. Sie spricht über ihre Freundschaft zu Bea und dass sie den Abend nach Lidas Tod gemeinsam verbracht haben.

»Ich muss zugeben, dass wir an dem Abend viel getrunken haben, zu viel. Bea ist auf der Couch eingenickt und ich bin noch irgendwie in meinem Bett gelandet. Am nächsten Morgen ging es uns hundsmiserabel. Bea hat ihre Vormittagstermine abgesagt, ich hab sogar den ganzen Tag freigemacht.«

»Verstehe. Wir haben uns schon gefragt, warum er sie nicht am selben Tag getötet hat. Wenn sie allerdings gar nicht zu Hause war …«

An dieser Stelle kann Finja nicht verhindern, dass ihr die Tränen kommen. Zweieinhalb Flaschen roter Sekt haben Beas Leben um einen Tag verlängert, um einen kostbaren Tag, und sie verspürt Dankbarkeit dafür, dass ihnen diese Abende noch vergönnt waren, einer zum Trauern und Heulen und einer, um noch mal in die Kneipe zu gehen und ein letztes Mal Beas griechischen Nudelsalat zu genießen.

»Sie fehlt mir so unglaublich«, schluchzt sie auf. »Es ist unfassbar, dass ich nie mehr mit ihr reden kann.«

Konstanze hält ihr stumm ein Taschentuch entgegen, mit dem sie zuerst ihre Tränen abwischt und danach die Nase putzt.

»Glaubst du, dass sie ihn attraktiv fand?«

»Ja«, sagt Finja entschieden. »Es ist natürlich nur so ein Gefühl, das euch nicht weiterhelfen wird. In dieser Beziehung war Beas Geschmack ziemlich breit gefächert. Am meisten hat sie, glaube ich, beeindruckt, wie er das mit dem Hund gemanagt hat, tatkräftig und schnell. Obwohl er zuerst nicht wollte.«

»Ach, sie musste ihn erst überreden?«

»Ja, so hab ich sie verstanden.«

»Sag mal, kann man hier rauchen?«

Konstanze ist eine Arbeitskollegin von Nikolai, verheiratet und Mutter eines halbwüchsigen Sohnes. Verständlicherweise ist ihre Freizeit vor allem der Familie vorbehalten. Eigentlich kennen sie sich nur von den runden Geburtstagen der Kollegen oder den gemeinsamen Grillfesten des Ersten Kommissariats im Sommer. Doch Finja möchte beschwören, dass sie Konstanze noch nie mit einer Zigarette gesehen hat.

»In den Praxisräumen bitte nicht«, sagt sie. »Aber wir können in den Garten gehen.«

Draußen reißt Konstanze die Schachtel auf, Camel mit Filter, sie ist noch nicht angebrochen. Mit ungeduldigen Fingern zupft sie eine Zigarette heraus, steckt sie in den Mund und zündet sie an. Sie raucht schnell und gierig, so als hinge ihr Leben davon ab. Als sie Finjas irritierten Blick bemerkt, lacht sie freudlos auf. »Ich hab fünfzehn Jahre nicht geraucht, aber jetzt muss es einfach sein. Im Moment ist alles zu viel.«

Irgendetwas hat Konstanze, die Finja nur als ruhige, pragmatische Frau kennt, aus dem Gleichgewicht gebracht und Finja kann sich kaum vorstellen, dass es nur die Arbeit ist, die vielen toten Frauen. Schließlich gehören Leichen zu Konstanzes Job. Andererseits stehen sie sich nicht nahe genug, dass Finja einfach nach ihren privaten Problemen fragen könnte.

Ihr Blick folgt China, die ziellos über den Rasen stromert, die Nase immer am Boden. Konstanze nimmt einen tiefen Zug und drückt die halb gerauchte Zigarette an der Ledersohle ihrer Halbstiefel aus. Fragend schaut sie Finja an, die auf eine Halbschale aus Steingut zeigt, die neben der Terrassentür steht und mit Sand gefüllt ist. Mehrere Kippen stecken darin. »Einige meiner Patienten rauchen.«

»Okay.« Die Kippe landet bei den anderen, Konstanze wirkt ein wenig entspannter. »Du hast den Mann gesehen, der Bea getötet hat, wenn auch nur flüchtig. Kam dir irgendwas an ihm bekannt vor? Konkret gesagt, kann es Tim Kerber gewesen sein?«

Ohne dass Finja es will, geht sie einen Schritt zurück. Die Frage hat sie überrumpelt. »Tim? Darüber habe ich mir noch keine Gedanken gemacht. Bea ist davon ausgegangen, dass ihr Bruder vor der Tür steht, stimmt. Aber das muss nichts heißen. Sie waren nicht fest verabredet, Bea hat ihn nur am Telefon über Lidas Tod informiert. Dass er wirklich so mitfühlend ist, sie deshalb zu besuchen, möchte ich, ehrlich gesagt, sogar bezweifeln.«

»Du magst ihn nicht?«

»Nein. Meiner Ansicht nach hat er Bea ausgenutzt. Seine Eltern natürlich auch, der junge Mann ist dreiundzwanzig, verdient so gut wie kein Geld, und wenn, verbraucht er es für sich selbst. Er wohnt zu Hause und Mama und Papa füttern ihn immer noch durch. Und wenn das Geld knapp ist, klingelt er bei Bea. Aber damit ist es ja vorbei. Für Tim muss Beas Tod eine

Katastrophe sein. Deshalb kann ich mir nicht vorstellen, dass er sie getötet hat. Nein, wirklich nicht.«

Kurz überlegt Finja, ob sie von Tims Schwierigkeiten erzählen soll, von seinem Aufenthalt in der Psychiatrie, aber sie entscheidet sich bewusst dagegen. Zehn Jahre ist das jetzt her, Menschen ändern sich, dazu sind solche Klinikaufenthalte schließlich da. Es ist richtig, dass sie Tim nicht sonderlich schätzt, doch sie hält ihn auf keinen Fall für den Mörder. Und sollte er durch ihren Hinweis auf seine Vergangenheit in den Fokus der Polizei rücken, würde die Familie ihr das nie verzeihen.

»Okay, du bist die Therapeutin.«

Im ersten Moment ist Finja erleichtert, aber dann überwiegt das eher unangenehme Gefühl, mit einer Lüge davongekommen zu sein. Dabei hat sie doch die Wahrheit gesagt.

»Apropos Therapeutin!«, ruft sie dann, froh, das Thema wechseln zu können. »Ich hab mal in Trier bei einer Studienkollegin angerufen, weil ich das Interview dieser Sarah Hermann so unprofessionell finde. Und weißt du was – es gibt dort keine Psychologin oder Psychotherapeutin, die Dr. Sarah Hermann heißt. Hilke, meine Studienkollegin, hat daraufhin eine Rundmail an alle geschickt, die mit uns studiert haben und inzwischen praktizieren. Keiner hat je diesen Namen gehört.«

»Echt? Du glaubst, die Expertin existiert gar nicht?« Konstanze ist so überrascht, dass sie ihre Zigaretten rausholt. Sie besinnt sich allerdings eines Besseren und steckt die Schachtel wieder in ihre Tasche.

»Du könntest dich an die Kassenärztliche Vereinigung wenden. Die können dir eine verbindliche Auskunft geben.«

»Gute Idee. Ich fahr dann wieder. Ach so, Nikolai lässt dir ausrichten, dass du keine Spaziergänge mit China in einsamen Gegenden machen sollst. Er hat mich extra deswegen angerufen, er macht sich wirklich Sorgen. Mit Charlotte ist es übrigens vorbei. Und sein Urlaub ist aufgehoben. Er ist wieder im Dienst.«

Gleichmütig, so als würde sie das gar nicht interessieren, zuckt Finja mit den Schultern. Natürlich interessiert es sie sehr wohl, dass ihr Ex-Freund sich Gedanken um ihre Sicherheit macht. Aber vermutlich sollte sie sich nicht so viel darauf einbilden, der Mann ist Polizist und er hat ihr gegenüber ein schlechtes Gewissen.

Sie begleitet Konstanze zu ihrem Auto. »Ach, ich hab heute früh Adam gesehen.«

Ihr ist gar nicht klar, warum sie das überhaupt erzählt, vielleicht will sie nur von sich und Nikolai ablenken. Nie im Leben hätte Finja mit so einer heftigen Reaktion gerechnet. Konstanze bleibt ruckartig stehen und dreht sich um. Ihre weit aufgerissenen Augen lassen vermuten, dass Finja gerade etwas ganz Furchtbares gesagt hat. »Wo?«, keucht sie. »War er allein? Wie sah er aus?«

Auf der anderen Straßenseite steht der nächste Patient. Finja legt die Stunden immer so, dass die Klienten sich nicht begegnen können, weil viele von ihnen großen Wert auf Diskretion legen. Die Angst, als verrückt abgestempelt zu werden, ist gerade bei im Beruf erfolgreichen Männern enorm. Sie zahlen die Stunden aus eigener Tasche, damit kein offizieller Beleg über ihre vermeintliche Schwäche existiert, und nehmen die Rechnung persönlich in Empfang. Der Mann, der sich jetzt abwendet, damit Konstanze sein Gesicht nicht erkennen kann, ist ein großes Tier bei der Bremer Sparkasse. Ein Mann in seiner Position darf keine psychischen Probleme haben, davon ist er überzeugt.

»Adam war in der Stadt unterwegs, allein«, sagt Finja in ihrem freundlichen Therapeutenton. »Es tut mir sehr leid, Konstanze, aber ich muss jetzt arbeiten. Wenn du etwas Privates loswerden möchtest, gern, komm einfach abends bei mir vorbei. Seit zwei Monaten habe ich Zeit ohne Ende, aber das weißt du ja.«

»Danke. Das ist nicht nötig. Alles in Ordnung.« Konstanze steigt in den Wagen, knallt die Tür heftig zu, vielleicht um Distanz aufzubauen, startet den Motor und fädelt sich in den Verkehr ein.

Finjas Patient überquert die Straße. Sie sieht schon von Weitem, dass es ihm nicht gut geht. »Kommen Sie herein.«

KONSTANZE

Manchmal ist es gut, auf seine innere Stimme zu hören. Konstanze folgt einem unerklärlichen Drang und steuert die nächste Filiale ihrer Hausbank an. Im Vorraum schiebt sie ihre Bankkarte in den Automaten und lässt alle Kontoauszüge ausdrucken, die von ihrem Girokonto und von dem Sparbuch, obwohl das gar nicht nötig wäre, sie hat ihre Kontostände ziemlich genau im Kopf. Am Freitag, dem Tag, bevor er sich aus dem Staub gemacht hat, war Adam bei der Bank und hat das Sparbuch geleert, 11 589 Euro. Für einen Moment bleibt ihr die Luft weg. So eine Summe kann man nicht einfach abheben, das muss man vorher bei der Filiale anmelden.

Wie betäubt steigt sie in ihren Wagen und lässt den Motor an, stellt ihn aber nach wenigen Minuten wieder ab. In dieser Verfassung sollte sie lieber nicht aktiv am Straßenverkehr teilnehmen. In ihrem Kopf herrscht Ausnahmezustand, ungeweinte Tränen brennen in ihren Augen, und sie ist so wütend, dass sie alles kurz und klein schlagen möchte.

Um sich zu beruhigen, raucht sie eine Zigarette und dann noch eine, bis ihre Hände nicht mehr zittern und sie wieder klar denken kann.

Sie wird jetzt ihre Privatprobleme ausblenden, zurück zum Präsidium fahren und ihre Arbeit erledigen, ganz professionell. Sie wird versuchen, früh Feierabend zu machen, damit sie noch einkaufen und für Marius kochen kann. Egal, was mit Adam los ist, sie kann ihren vierzehnjährigen Sohn nicht sich selbst überlassen.

Beim Abbiegen auf die Straße hätte sie beinahe einen Radfahrer übersehen, verdammt. Sie deutet eine demütige Verneigung an, tut mir leid, war mein Fehler, aber der Mann, der höchstens dreißig sein kann und eines dieser hässlichen Basecaps trägt, mit dem Schirm nach hinten auch noch, streckt ihr den Mittelfinger entgegen. Dann eben nicht.

Im Büro ist die Stimmung mies, das merkt sie gleich. Nikolai und Florian sitzen jeder an seinem Schreibtisch. Sie hämmern in die Tasten, als gäbe es heute eine Akkordzulage dafür, und vermeiden es, sich anzuschauen oder gar miteinander zu reden.

»Ist was passiert?«

Erst bleibt es still, dann springt Florian auf. »Hier werden neuerdings die Ergebnisse von Zeugenbefragungen kontrolliert, wenn sie den Kollegen nicht in den Kram passen. Ich geh mal runter, eine rauchen.« Mit großen, staksigen Schritten verlässt er das Büro und knallt die Tür hinter sich zu.

»Was ist hier denn los?«

Nikolai grinst herablassend, Florians Ausbruch scheint ihn zu amüsieren. »Sagen wir es mal so, der Kollege möchte unbedingt beweisen, dass Finja ihre Freundin getötet hat. Er war bei der Tierärztin, zu der Bea mit ihrer Hündin gefahren ist, übrigens eine gemeinsame Freundin von uns. Annika wusste nichts von einem geheimnisvollen Mann im Wald. Für Florian der Beweis, dass Finja sich die Geschichte ausgedacht hat.«

Irgendwie schafft sie es, sich auf seine Worte zu konzentrieren. »Frau Kerber muss ja nicht zwangsläufig von dem Mann erzählt haben, oder?«

Mit Schwung zieht Nikolai einen imaginären Hut von seinem Kopf. »So ist es, werte Kollegin. Ich bin selbst zu Annika gefahren, um das zu kontrollieren. Bea war an besagtem Tag in Tränen aufgelöst und hat praktisch kein Wort gesprochen. In dieses Verhalten hineinzuinterpretieren, dass es diesen Mann nicht gegeben hat, würde ich als Zurechtbiegen der Fakten bezeichnen. Das habe ich dem Kleinen mitgeteilt, vielleicht nicht gerade freundlich, das gebe ich zu. Jetzt ist er sauer.«

»Er heißt Florian«, sagt sie automatisch, obwohl ihr das, was zwischen den beiden Männern abläuft, gerade herzlich egal ist.

»Dann eben der kleine Florian.«

»Das ist doch Kinderkram.« Mehr fällt Konstanze nicht dazu ein. »Sein Selbstwertgefühl ist angeknackst, weil er wieder in die zweite Reihe treten muss. Das wärst du auch an seiner Stelle.«

»Und wenn. Ich halte mich jedenfalls an die Regeln.«

»Komm, Nikolai, wir kennen Finja und keiner von uns glaubt an ihre Schuld. Er betrachtet sie von außen, das ist doch kein Fehler.«

»Solange er bei der Wahrheit bleibt. Dieser ganze Tierarztbesuch ist vergeudete Zeit. Um die Sache mit den Huren hat er sich nicht gekümmert. Obwohl mir das weitaus erfolgversprechender erscheint.« Nikolai rollt mit dem Schreibtischstuhl einen halben Meter zurück und verschränkt die Arme vor der Brust. »Warum macht er das nicht? Jetzt muss ich ihn zum zweiten Mal dazu auffordern. Und ich kann dir jetzt schon sagen, wie er reagiert – angepisst. Ich stehe nun mal im Dienstrang über ihm und leite die Ermittlungen, soll ich auf die Knie fallen oder alles gleich selbst machen?«

»Bis gestern war er der Ermittlungsleiter, lass ihn diese Kröte doch erst mal verdauen.«

»Dazu haben wir keine Zeit, sorry. Er hat bestimmt 'ne Freundin, die heute Abend sein Ego streicheln kann. Meine Aufgabe ist das nicht. Ich muss einen Serientäter finden, und das möglichst, bevor er eine weitere Frau tötet.«

Da ist nichts zu machen, die beiden sind sich spinnefeind, und Konstanze wird es nicht so bald gelingen, die schlechte Stimmung zu drehen.

»Du, es passt gerade nicht so gut, das ist mir klar, aber ich muss heute mal pünktlich nach Hause, irgendwer sollte sich wenigstens ab und an um Marius kümmern.«

»Adam ist wirklich weg?« Bevor sie etwas sagen kann, redet er schon weiter. »Schon klar, darüber redet man nicht gern, ich hab es ja nicht anders gehalten. Okay, meinetwegen kannst du gleich abhauen, ich hab nicht vor, pünktlich Feierabend zu machen. Mich zieht nichts in mein neues Luxusdomizil. Wie war es bei Finja?«

»Eine Frage, die mich die ganze Zeit beschäftigt hat, ist geklärt. Der Mann konnte Bea Kerber nicht gleich am Dienstagabend töten, weil sie nicht zu Hause war. Sie hat den Abend und die Nacht bei Finja verbracht. Ansonsten gibt mir die Beschreibung zu denken, die Finja von diesem Bruder gegeben hat, diesem Tim. Scheint ja ein merkwürdiges Kerlchen zu sein.«

»Hat sie auch von seinem Aufenthalt in der Psychiatrie erzählt?«

»Was? Nein, kein Wort hat sie davon gesagt. Tim Kerber war in der Psychiatrie? Warum?«

»Weiß ich nicht so genau. Ist wohl schon eine Weile her. Ich kenne Tim nur flüchtig und finde ihn …« Für einen Moment muss er nach den richtigen Worten suchen, dann sagt er: »… unangenehm, höchst unangenehm.«

»Würdest du ihm einen Mord zutrauen?«, fragt sie atemlos.

»An seiner Schwester? Der Täter ist ja ziemlich entschlossen vorgegangen, das passt meiner Ansicht nach gar nicht zu Tim. Aber so gut kenne ich ihn nicht. Mit den Frauenmorden hat er jedenfalls nichts zu tun. Wenn er der geheimnisvolle Mann wäre, hätte Bea ihn erkannt.«

»Stimmt. Ich fahr jetzt und denke zu Hause noch mal in aller Ruhe über Tim Kerber nach.« In der Tür bleibt Konstanze stehen. »Warum hat Finja mir nichts von dem Aufenthalt in der Psychiatrie erzählt? Das ist doch wichtig!«

»Berufskrankheit. Psychotherapeuten reagieren allergisch, wenn jemand ihre Kundschaft einer Straftat verdächtigt. Angeblich sind wir da alle voreingenommen.« Er grinst. »Könnte allerdings auch sein, dass die Therapeuten voreingenommen sind, aber pssst.« Er hält den Zeigefinger vor den Mund. »Sag mal, wie ist sie drauf? Glaubst du, ich könnte mir ihr reden? Über Tim?«

»Keine Ahnung, für mich kam sie ganz normal rüber, wie immer. Versuch es einfach. Ich mache mich auf den Heimweg, wenn's recht ist.«

Im Treppenhaus trifft Konstanze auf Florian. »Stopp. Die Sache mit dem Tierarzt, stimmt das so?«

»Warum hätte sie nichts von dem Mann erzählen sollen?« Allein sein trotziger Unterton lässt schon erkennen, dass er sich durchaus bewusst ist, Mist gebaut zu haben.

»Weil sie unter Schock stand, völlig am Ende war. Ihr geliebter Hund ist plötzlich tot, da hat der Mann sie überhaupt nicht mehr interessiert. Du willst nicht an diesen Mann glauben, weil er nicht in deine vorgefertigte Meinung passt. Aber der Hund war ein Golden Retriever, stark übergewichtig, wie man hört. Wie hätte eine Frau wie Bea Kerber, die ja nicht gerade wie eine Bodybuilderin gebaut war, so ein schweres Tier allein vom Boden aufheben und zum Auto tragen sollen?«

»Keine Ahnung.« Betreten schaut er auf seine roten Basketballstiefel.

»Eben. Beim nächsten Mal solltest du deine Einfälle etwas kritischer betrachten, bevor du losstürmst und solche unnötigen Aktionen startest. Das gilt übrigens auch für das Nachstellen der Tat. Wenn ein erfahrener Spurensicherer wie Herbie sagt, dass Finja ihre Freundin nicht erstochen haben kann, darfst du das ruhig glauben.« Behutsam legt sie eine Hand auf Florians Unterarm. »Es macht dein Leben hier nicht leichter, wenn du die Aussagen deiner Kollegen infrage stellst und hintenrum beweisen willst, dass sie unrecht haben.«

»Aber Nikolai darf einfach meine Befragungen überprüfen!«

»Ja. Nikolai ist lange genug dabei. Seine Meinung hat Gewicht, so einen Stand musst du dir erst erarbeiten, Florian. Aber nicht auf diese Weise. Glaub mir, das funktioniert nicht. Ich an deiner Stelle würde jetzt hochgehen und ankündigen, dass ich mich auf den Weg Richtung Helenenstraße mache, um mit den Damen dort zu reden. Und die alberne Nachstellung der Tat würde ich auch ganz schnell vergessen.«

»Die Befragung der Nutten ist doch vertane Zeit«, schimpft Florian. »Wenn die tatsächlich so einen Freier zu ihren Kunden zählen, werden die nicht darüber reden.«

»Ein bisschen Mühe musst du dir schon geben. Wenn du mit der Einstellung an eine Befragung gehst, dass sowieso keiner was erzählt, wird sich das bewahrheiten. Selbst erfüllende Prophezeiung nennt man das. Ich nehme an, davon hast du schon gehört. Es geht um mindestens drei tote Frauen, und glaub mir, das ist den Huren nicht egal. Die wollen auch nicht von einem Irren überfallen werden.«

FINJA

Damit, dass Nikolai sie besuchen könnte, hat sie nicht gerechnet. Er steht einfach in der Tür, China bringt sich um vor Freude, und sie weiß nicht, was sie machen soll.

»Ich möchte nur über Tim reden, ist das okay?«

Achselzuckend gibt sie den Weg in ihr Haus frei, das vor zwei Monaten noch ihr gemeinsames Zuhause war. Wahrscheinlich überlegt er, was sie nach seinem Auszug verändert hat. Nichts.

Sie gehen in die Küche, setzen sich an den Tisch, jeder auf den Stuhl, auf dem er immer gesessen hat, Nikolai mit Blick zur Küchenzeile, Finja mit Blick in den Garten. Sie erkennt das Shirt, das er trägt, dunkelgrau und mit einer Knopfleiste, sie hat es selbst gekauft, und dann fällt ihr auf, dass er den Bart wieder abgenommen hat.

China liegt unter dem Tisch, genau zwischen ihnen, den Kopf auf Finjas Füßen, das Hinterteil bei Nikolai, wie eine lebendige Brücke – über die sie unter gar keinen Umständen gehen wird.

»Darf ich mir einen Kaffee kochen?«

Sie nickt und schaut zu, wie Nikolai mit schlafwandlerischer Sicherheit den Vollautomaten bedient. Bevor er den Becher unter den Ausguss stellt und auf den Startknopf drückt, vergewissert er sich wie üblich, dass genug Wasser und Bohnen vorhanden sind und der Behälter für das Kaffeemehl nicht geleert werden muss. Mit Sicherheit entgeht ihm nicht das Symbol auf dem Display, das darauf hinweist, dass die Maschine gereinigt werden sollte. Finja ignoriert es seit Wochen. Das war immer Nikolais Part, sie weiß nicht mal, wie das funktioniert, und verspürt auch keine Lust, sich damit zu befassen.

»Willst du auch einen Kaffee?«

»Nein.« Sie könnte jetzt sagen, dass sie schon zu Wein übergegangen ist, aber warum, das hier soll kein privates Gespräch werden. »Du wolltest über Tim reden.«

Inzwischen ist der Kaffee durchgelaufen. Mit dem Becher in der Hand durchquert er die Küche. Sie mag die Art, wie er sich bewegt, so zielstrebig und voller Energie, deshalb wendet sie ihren Blick ab.

»Ja. Du hast den Mann gesehen, der Bea getötet hat, wenn auch nur kurz. Könnte es Tim gewesen sein, oder anders ausgedrückt, kannst du beschwören, dass er es *nicht* gewesen ist?«

Mit geschlossenen Augen versucht sie, sich an diesen kurzen Augenblick zu erinnern, den flüchtigen Eindruck, den der Mann hinterlassen hat. Eine Gestalt in einer dunklen Jacke mit Kapuze.

»Nein«, sagt sie schließlich. »Kann ich nicht. Im Grunde könnte es jeder gewesen sein, sogar du.« Das ist natürlich Blödsinn, und sie weiß gar nicht, warum sie so einen Blödsinn daherredet. Nikolai würde sie überall erkennen, auch von hinten in einer Kapuzenjacke.

»Okay, Tim könnte also der Mann gewesen sein, auch wenn du ihn als Täter ausschließt, weil du dir überhaupt nicht vorstellen kannst, weshalb er Bea erstechen sollte.«

Genauso ist es. Sie nickt zustimmend.

»Du hast mal erzählt, dass Tim als Jugendlicher eine Weile in der Psychiatrie war. Kennst du die Einweisungsdiagnose?«

»Nicht wirklich. Ich war damals im Studium. Vor allem ging es wohl um Realitätsverluste. Tim hat irgendwelche Geschichten erfunden, in denen er als großer Held glänzen konnte, und dabei haben sich die Grenzen zwischen Dichtung und Wahrheit in seinem Kopf vermischt. Solche Patienten verlieren sich in einer Art Parallelwelt, ihre Wahrnehmung ist gestört, sie merken gar nicht mehr, dass sie ihre Fantasien für bare Münze nehmen. Irgendwas war auch mit der Katze der Nachbarin, die hat er aus Wut, weil sie ihn gekratzt hat, vergiftet oder erdrosselt, ich weiß es nicht mehr, vielleicht habe ich es auch nie gewusst. Es gab eine Anzeige, ein psychologisches Gutachten und die dringende Empfehlung einer stationären Therapie. Aber das ist zehn Jahre her, mindestens, und er hat sich weiterentwickelt. Du weißt, dass ich Tim nicht sonderlich schätze, ich sehe bei ihm eine für sein Alter sehr unreife Persönlichkeitsstruktur, aber einen kaltblütigen Mord, dazu noch an seiner Schwester, kann ich mir nur schwer vorstellen.« Sehr bewusst sagt sie nicht, dass Tim kein Mörder ist. Beas Bruder zählt nicht zu ihren Patienten und sie kennt ihn bei Weitem nicht gut genug für eine verlässliche Einschätzung seine Psyche.

Bei ihren Worten ist Nikolai hellhörig geworden. »Das mit der Katze interessiert mich. Heißt es nicht, dass alle Serientäter als Kinder Tiere gequält haben?«

»Ja. So fängt es gewöhnlich an. Aber nicht alle Tierquäler werden zu Serientätern, zum Glück. Willst du etwa behaupten, dass du Tim für den Drosselmörder hältst?«

»Nein, das denke ich erst mal nicht. Obwohl … dieser Mann im Wald, der Lida zum Auto getragen hat, wir gehen alle automatisch davon aus, dass er der Serientäter ist und Bea aus Verdeckungsgründen getötet hat. Stimmt das überhaupt?« Er nippt an seinem Kaffee und lächelt. »Mmmh, der beste Kaffee der Welt.« Das hat er ständig gesagt, nachdem sie sich im letzten Jahr den Kaffeevollautomaten für achthundert Euro geleistet hatten. Nikolai trinkt so gut wie nie Alkohol, er ist ein Kaffeejunkie, und zum ersten Mal denkt sie, dass eigentlich ihm die Kaffeemaschine zustehen würde.

»Vielleicht ist das alles nur ein riesengroßer Zufall. Irgendein netter, harmloser Zeitgenosse hat Beas Hund zum Parkplatz geschleppt und ahnt nicht, dass wir ihn für den Drosselmörder halten.«

»Und Tim oder jemand anders hat Bea aus völlig anderen Motiven getötet«, spinnt sie seinen Gedankengang weiter.

»Das halte ich für nicht ganz unwahrscheinlich. Wir sollten den kleinen Tim mal gründlich unter die Lupe nehmen. Hat Bea ein Testament gemacht und wenn ja, wer ist der Begünstigte?«

»Da muss ich passen, über so etwas haben wir nie geredet.«

»Hat sie eine Bemerkung darüber gemacht, dass der Mann am Sportparksee Blut an den Ärmeln hatte oder seine Kleidung beschmutzt war?«

»Nein.«

»Siehst du.« Er lächelt versonnen und rasch senkt Finja den Blick. »Ich kann mir kaum vorstellen, dass einer solche Dinge auf dem Waldboden mit einer Toten anstellt, ohne dass er sich dabei dreckig macht.«

»Stimmt. Aber das ist kein Beweis für deine Theorie. Vielleicht war er schmutzig und es ist ihr nicht aufgefallen, weil sie nur an den Hund gedacht hat.«

»Ist es überhaupt vorstellbar, dass derselbe Täter so unterschiedlich mordet?«

Darüber hat sie auch schon nachgedacht und sie ist auch zu einem Ergebnis gekommen. »Warum nicht. Bea passte nicht in sein Beuteschema, zu seiner Vorstellung von dem perfekten Opfer. Sie war weder schlank noch blond noch langhaarig und hatte damit aus seiner Sicht keinen Anspruch auf sein besonderes Ritual. Sie musste einfach nur beseitigt werden.«

»Klingt nachvollziehbar.«

Finja beschließt, ihr Weinglas aus dem Wohnzimmer zu holen, und Nikolai folgt ihr. Bevor sie nach dem Glas greifen kann, umfasst er ihr Handgelenk und zieht sie an sich. Seine Arme legen sich um ihren Körper und sie beißt sich auf die Unterlippe, um nichts zu sagen, das sie hinterher bereuen würde.

»Finja«, murmelt er neben ihrem Ohr, »ich möchte wieder nach Hause kommen. Seit zwei Monaten versuche ich mit dir zu reden, dir zu sagen, wie leid es mir tut, wie schlecht ich mich fühle, wie schuldig. Du fehlst mir so. Das mit Charlotte, das war … ich weiß nicht, ich kann das nicht erklären, aber es ist vorbei.«

Sie lässt zu, dass seine Lippen ihre Schläfe berühren und sich dann auf ihren Mund pressen, sie seufzt sehnsüchtig, als seine Zunge ihre Lippen öffnet, sie erwidert sogar seinen Kuss. Ja, sie möchte alles vergessen, und sie wünschte, sie würde den Zauber kennen, der die letzten zwei Monate ungeschehen macht. Aber vielleicht muss sie nur das hier zulassen, damit alles wieder gut wird.

Er zieht sie noch enger an seinen Körper, und bald schon küssen sie sich wie zwei Ertrinkende, die sich nur so gegenseitig vor dem Untergang retten können, und sinken dabei auf die Couch. Nach einiger Zeit fangen sie an, sich auszuziehen, später weiß Finja nicht mal, wer den Anfang gemacht hat. Sie weiß nur, dass sie ihn berühren möchte, überall anfassen, dass sie verrückt ist nach seinem Körper, an dem buchstäblich kein Gramm Fett zu viel ist, nach seiner glatten Haut, sie liebt sogar die Narbe am unteren Rippenbogen, die Erinnerung an eine Stichverletzung aus der Zeit, als sie sich noch nicht kannten. Nikolais Lippen liebkosen ihre Schultern und dann ihre Brüste, er murmelt, wie sehr er sie vermisst, und verfällt dabei in seine russische Muttersprache. Das passiert nur ganz selten, nur wenn er den Verstand total abschaltet, der ihn ständig mahnt, seine

Herkunft zu verschleiern. Er gleitet von der Couch und kniet sich davor, sein Mund wandert an Finjas Körper hinunter und zieht eine Spur aus Feuer, bis er dort ist, wo sie ihn sehnsüchtig erwartet. Sie biegt sich ihm entgegen, stößt ein wohliges »Bitte« aus und hört sein leises Lachen, wie so oft, wenn er sie dazu gebracht hat, ihn um Erlösung anzuflehen.

Und dann ist auf einmal alles vorbei. In ihren Gedanken taucht das Bild von seinem Kopf zwischen Charlottes Beinen auf und sie stößt ihn unsanft weg. »Hast du das auch mit ihr gemacht? Genauso?«

Als er den Kopf hebt und sie ansieht, hätte Finja nicht gewusst, wie sie seinen Blick beschreiben sollte, verletzt, enttäuscht, erschrocken, todtraurig.

»Was soll ich denn darauf antworten?«, fragt er leise. Er legt sich wieder zu ihr auf die Couch und will sie umarmen, aber sie kann seine Berührung nicht mehr ertragen.

»Ich will es wissen. Hast du?«

»Das kannst du dir doch denken.«

Stumm klettert sie über seinen Körper, und sie versucht, ihn dabei nicht mehr als nötig zu berühren. Ihr einziger Gedanke ist, dass sie sich anziehen muss, möglichst viele Schichten aus Textil zwischen sich und Nikolai bringen. Er macht einen halbherzigen Versuch, sie festzuhalten. Als sie sich losreißt, hebt er sofort beide Hände. Vielleicht rechnet er damit, dass sie wieder auf ihn einschlägt, so wie in der Nacht nach Beas Tod. Vielleicht sollte sie das sogar tun, sich irgendwie abreagieren, ihn so verletzen, wie er sie verletzt hat, doch sie fühlt sich viel zu erschöpft.

»Wenn du genau die gleichen Dinge mit Charlotte erlebt hast, ihr deine russischen Liebesschwüre ins Ohr gehaucht hast, was gehört dann noch uns, nur dir und mir?«

»Das, was wir füreinander empfinden. Das was vorher war«, sagt er leise. »Fünf wunderbare Jahre.«

»Offensichtlich nicht wunderbar genug. Sonst wäre das ja wohl kaum passiert«, faucht sie, während sie ihre Unterwäsche anzieht und dann in die Jeans schlüpft.

Er setzt die Füße auf den Boden, stützt die Ellenbogen auf die Oberschenkel und legt den Kopf in die Hände. »Es war ein Fehler, ein beschissener Fehler, und es tut mir wahnsinnig leid. Glaubst du, ich weiß nicht, wie ich dir wehgetan habe? Aber Menschen machen nun einmal Fehler …«

So leicht ist das also. Menschen machen Fehler. Wütend funkelt sie ihn an, während sie den Reißverschluss der Jeans hochzieht. »Du machst es dir ja verdammt einfach. Es war ein Fehler, komm, lass uns einfach wieder glücklich sein. Aber das funktioniert nicht. Soll ich mich jedes Mal, wenn du Überstunden machst, fragen, ob du in Wahrheit wieder mit irgendeiner aufgedonnerten Tussi wie Charlotte vögelst? Ob du wirklich auf einer Fortbildung bist oder in Wahrheit ein heißes Wochenende mit deiner neuen Flamme verbringst? Glaubst du wirklich, so stelle ich mir mein Leben vor?«

Nikolai holt tief Luft, dann steht er auf und stellt sich vor Finja, er legt seine Hände auf ihre Hüften und zieht sie ganz behutsam an seinen nackten Körper. »So wird es nicht sein. Ich werde dich nie mehr so verletzen. Du bist der wichtigste Mensch in meinem Leben, Finja, das weiß ich jetzt. Ich liebe dich und keine andere und ich will wieder mit dir zusammen sein.«

Stumm schüttelt sie den Kopf.

»Muss ich eine Therapie machen, damit du mir glaubst?«

Das meint er sowieso nicht ernst, Nikolai ist kein Mann, der sich wegen Beziehungsproblemen in therapeutische Behandlung begeben würde.

»In Ordnung. Sag mir, an wen ich mich wenden soll, ich ruf an und besorg mir einen Termin. Vielleicht kann ein Therapeut mir ja erklären, warum ich das gemacht habe. Ich weiß es nämlich nicht. Nicht mehr. Aber gib uns bitte nicht auf.«

»Ich kann nicht, tut mir leid.«

»Wie kannst du als Therapeutin arbeiten, wenn du nicht mal selbst daran glaubst, dass Menschen sich ändern können, dass sie in der Lage sind, aus ihren Fehlern zu lernen?«

Am Klang seiner Stimme erkennt Finja, wie sehr ihr stures Verhalten ihn trifft. Und sie spürt, dass es ihr gefällt, ihn zu verletzen.

»Einem Spinner wie Tim traust du zu, ein besserer Mensch zu werden, mir aber nicht?«

Darauf weiß sie keine Antwort.

»Lass es uns langsam angehen. Wir könnten am Wochenende mit China in den Wald gehen.«

»Ich bin nicht da.«

»Du fährst weg? Eine Fortbildung?«

Anders als Nikolai wird sie nicht lügen. Warum auch, sie sind nicht mehr zusammen und Finja ist frei. »Jemand hat mich eingeladen, das Wochenende mit ihm zu verbringen. Ein Mann.«

»Und wer, wenn ich fragen darf? Eike?«

Eike Vanmeer ist der einzige Singlemann in ihrem Freundeskreis, ein Anwalt für Familienrecht. Warum auch immer, Nikolai ist davon überzeugt, dass Eike ein Auge auf Finja geworfen hat. Sie glaubt das nicht, und wenn, wäre es ihr egal, Eike ist überhaupt nicht ihr Typ. Er hat etwas Zwanghaftes an sich, das sie auf Dauer nervös machen würde. Bea dagegen war ein bisschen verliebt in Eike.

»Nein, natürlich nicht. Du kennst ihn nicht.«

»Du lernst innerhalb von zwei Monaten einen Mann kennen, mit dem du gleich verreisen willst? Jetzt sag bitte nicht, dass du neuerdings auf Datingportalen unterwegs bist. Du weißt ja wohl, wie gefährlich das ist.«

»Er ist ein Klient.« Sofort ist ihr klar, dass sie diese Information besser für sich behalten hätte. Für Nikolai sind alle therapiebedürftigen Männer potenzielle Straftäter.

»Bist du wahnsinnig? Ein Mann mit einer Psychomacke? Mit so einem lässt du dich ein? Was versprichst du dir davon, Finja?«

Eine Frage, die sie nicht beantworten möchte. »Es geht vorerst nur um ein harmloses Wochenende. Ich habe nicht vor, mit ihm zusammenzuleben oder ihn zu heiraten. Und er ist kein Straftäter, sondern jemand, der nicht über den Suizid seiner Schwester wegkommt.«

»Ein Weichei«, sagt er verächtlich. »Macht dich so was neuerdings an? Ein ungefährlicher Softie, der glücklich ist, wenn seine Therapeutin mit ihm in die Kiste steigt. Darfst du das überhaupt?«

»Nein. Deshalb haben wir die Therapie auch abgebrochen. Außerdem ist er ganz und gar nicht so, wie du ihn dir vorstellst. Und ich muss mich auch nicht vor dir rechtfertigen.«

»Dann wünsche ich dir viel Spaß. Hoffentlich bringt er's überhaupt. In der Beziehung bist du ja ganz schön verwöhnt.«

»Wer sagt das? Charlotte?«

»Zum Beispiel.« Zuerst grinst er selbstgefällig, dann merkt er wohl selbst, wie unmöglich er sich verhält. »Entschuldige bitte, das war unnötig. Ich ertrage einfach die Vorstellung nicht, dass du mit einem anderen Sex hast.«

»Ich glaube, du solltest jetzt gehen.« Demonstrativ setzt sie sich auf ihren Lieblingssessel und schaut zu, wie er sich anzieht.

Zum Abschied nimmt er sie noch mal in den Arm, und sie lässt es zu, warum auch immer. Über den Grund möchte sie auch gar nicht nachdenken.

»Hast du schon mit ihm geschlafen?«

»Das geht dich nichts an. Nein.«

Als er fort ist, fühlt sie sich leer und ausgebrannt.

KONSTANZE

Wenn sie doch nur schlafen könnte, aber die Gedanken wollen einfach keine Ruhe geben. Es ist gleich eins, Konstanze liegt seit zwei Stunden im Bett. Sie liest ein Buch, ohne den Inhalt zu begreifen. In ihrem Kopf ist einfach kein Platz für eine weitere Geschichte, schon gar nicht für eine, die jemand sich ausgedacht hat. Gerade als sie die Lampe ausknipsen will, klingelt ihr Handy. Die Nummer ist unterdrückt. Sie zögert einen Moment, aber dann nimmt sie das Gespräch doch an.

»Schaffer.«

»Hier ist Adam.«

»Adam?«, keucht sie. »Wo um Himmels willen bist du? Was ist los? Ich war gestern …«

»Hör zu«, fällt er ihr ins Wort. »Ich werde nicht mehr nach Hause kommen. Glaub mir, es ist besser so für alle. Du wirst noch mal froh sein über meine Entscheidung.«

Klick. Das war's. Fünfzehn Jahre Ehe. Keine Frage, wie es ihr geht, was mit Marius ist, ob sie klarkommen. Kein Wort über das leer geräumte Sparbuch, über seine Lügen.

Was hat das zu bedeuten, wo ist Adam? Mit welchem Telefon hat er angerufen, zuerst bei Marius und jetzt auf ihrem Handy? Wenn Finja recht hat, und daran zweifelt Konstanze eigentlich nicht, hält er sich immer noch in der Stadt auf. Wo wohnt er, wo schläft er? Ist er allein?

NIKOLAI

Finja hat einen Neuen, einen ehemaligen Patienten. Gestern Abend musste Nikolai sich beherrschen, um nicht ins Erdgeschoss zu stürmen und bei den Ungarn aufzuräumen, bei denen es mal wieder hoch herging.

Stattdessen hat er den Monteuren auf seiner Etage drei Bier abgekauft und sich damit in sein Zimmer verzogen. Er hat Pornos angeschaut und sich dabei einen runtergeholt und sich hinterher mies gefühlt und sich gefragt, ob das seine Zukunft sein soll. Vor dem Einschlafen kam ihm die tröstliche Idee, dass Finja ihn schlicht angelogen hat. Bestimmt will sie nur, dass er weiß, wie es ihr ging, nachdem sie die Sache mit Charlotte rausgefunden hat. Beschissen. Eigentlich gibt es gar keine Worte für dieses Gefühl der Ohnmacht, für den Film, der pausenlos in seinem Kopf abläuft und sich einfach nicht stoppen lässt.

Er ist froh, wieder arbeiten zu dürfen. Ein Zeuge wird hochgebracht, und Nikolai führt den Mann, der so aussieht wie jemand, der sich oft und gern an der frischen Luft aufhält, in den Besprechungsraum. Und weil der Mann so wirkt, als wäre es hier drinnen viel zu warm für ihn, öffnet Nikolai sogar das Fenster, obwohl der Verkehrslärm ihn beim Nachdenken stört.

»Sie möchten eine Aussage machen.«

Der Mann nickt. »Richtig. In der Zeitung stand ja, dass sich jeder melden soll, der am Dienstag letzter Woche um die Mittagszeit am Sportparksee unterwegs war.« Er kratzt sich am Kinn, dann lässt er schnell die Hände sinken, als wäre das verboten. »Ich war dort, zufällig. Bis vor zwei Wochen hatte ich gar keine Zeit, mitten in der Woche spazieren zu gehen, jetzt allerdings …« Er zuckt müde mit den Schultern. »Ich bin Zimmermann und mein Unternehmer musste Konkurs anmelden. Was macht man mit der freien Zeit?«

»Spazieren gehen und nachdenken«, schlägt Nikolai vor.

Der Zeuge fühlt sich verstanden und nickt erfreut. »Genau. Überlegen, wo man sich bewerben könnte, ob eine Umschulung noch Sinn macht in meinem Alter, lauter so Zeugs. Und plötzlich stürmt da eine Frau auf den Parkplatz und will, dass ich ihren Hund zum Auto schleppe. Der ist auf dem Weg zusammengebrochen. Erst wollte ich gar nicht, aber dann hat sie mich überredet. Der Hund war ganz schön schwer, das hätte sie allein niemals geschafft. Sie fuhr einen blauen Polo mit Werbedruck auf den Türen. Was da stand, weiß ich nicht mehr.« Traurig schüttelt er den Kopf. »Ich glaub nicht, dass der Hund überlebt hat. Jedenfalls standen drei Autos auf dem Parkplatz. Mein Madza, ihr Polo und ein grüner Geländewagen, schon ziemlich alt. Ein Jeep, würde ich sagen.«

»Hat jemand in dem Jeep gesessen?«

»Ja, ich glaube schon. So genau hab ich aber nicht hingesehen. Als die Frau abgedüst ist, bin ich auch gefahren. Die war so fertig, die Arme, das ist mir aufs Gemüt geschlagen. Passte einfach perfekt zu meiner miesen Stimmung.«

Er kann weder das Kennzeichen noch den Wagentyp benennen, ist aber relativ sicher, dass es sich um ein älteres Baujahr handelt.

»Ist Ihnen vielleicht ein Fahrrad aufgefallen, silbern, ein Damenrad?«

»Darauf hab ich nicht geachtet. Tut mir leid.«

Nikolai bedankt sich, bringt den Mann runter zum Ausgang, dann stürmt er die Treppen hoch und über den Flur in sein Büro.

Florian sitzt an seinem Schreibtisch. Er wirkt heute ausnahmsweise mal zufrieden, vielleicht hat er eine nette Freundin, mit der er einen schönen Abend verbringen konnte, der nicht so frustrierend geendet hat wie Nikolais Besuch bei Finja. Dabei fällt ihm auf, dass er gar nichts über den jungen Kollegen weiß, nur dass sie alles andere als gute Freunde sind.

Inzwischen ist Konstanze eingetroffen. Sie hat eine Tüte mit frischen Bagels dabei, die noch warm sind und einen köstlichen Duft verbreiten. Jeder darf einmal in die Tüte greifen.

»Ich habe Neuigkeiten«, verkündet Nikolai und dann berichtet er von der Zeugenaussage. »Somit können wir wohl davon ausgehen, dass die Serienmorde nichts mit dem Tötungsdelikt Bea Kerber zu tun haben. Das passt auch zu der Tatsache, dass wir bislang keine DNA des sogenannten Drosselmörders in Beas Haus gefunden haben.«

»Wir sollten Tim Kerber noch mal gründlich auf den Zahn fühlen«, sagt Konstanze sofort. »Am Tatort konnten wir seine DNA nachweisen, was sich natürlich erklären lässt, schließlich war er häufig dort zu Gast, doch er kann kein Alibi vorweisen. Angeblich war er allein zu Hause und hat Texte geschrieben. Einer muss klären, ob er seine Schwester beerben wird. Die Aussicht auf Geld ist immer ein starkes Motiv. Vielleicht wollte er nicht länger von ihren Geldspritzen abhängig sein, ist ja irgendwie auch demütigend. Dann doch lieber alles auf einmal einsacken.«

Wie immer, wenn sich eine vielversprechende Spur auftut, breitet sich Optimismus aus, jeder im Team spürt einen Motivationsschub.

»Ich hab auch was rausgefunden«, meldet sich Florian zu Wort. »Mein Besuch im Rotlichtviertel war ein voller Erfolg. Eine der Damen erinnert sich, von einem komischen Freier gehört zu haben, der immer wollte, dass die Frauen sich tot stellen beim Sex. Sie kommt in einer halben Stunde hierher.«

Konstanze steckt den letzten Rest ihres Bagels in den Mund und kaut hektisch darauf herum. »Moment ... so, ich kann wieder reden. Einer muss beim Straßenverkehrsamt fragen, wie viele alte Jeeps in der Stadt laufen. So viele können es ja nicht sein. Ihr erinnert euch doch, dass in der Nähe vom ersten Tatort auch ein Jeep gesichtet wurde.«

»Was haltet ihr von der Idee, dass unser Täter schon mal aufgefallen ist? Wir sollten uns mal in der Psychiatrie umhören«, schlägt Florian jetzt vor.

»Bringt nichts«, winkt Nikolai ab. »Ich habe schon die Datenbanken durchforstet und keine Sexualdelikte gefunden, die zu seiner Vorgehensweise passen. In dieser Weise ist er zum ersten Mal straffällig geworden. Und falls er tatsächlich einen Psychotherapeuten konsultiert und ihm von seinen sexuellen Vorstellungen erzählt hat, werden wir wohl kaum davon erfahren. Als hinreichenden Grund für eine stationäre Aufnahme sehe ich das auch nicht.«

»Stimmt«, muss Florian zugeben.

KONSTANZE

Die Kanzlei von Rechtsanwalt Eike Vanmeer liegt in Walle, nichtssagende Räumlichkeiten in einem nüchternen Neubau aus dunkelrotem Klinker, der außerdem die Praxen von zwei Fachärzten und einer Logopädin beherbergt. Nach Konstanzes Anruf heute Morgen hat er sich sofort bereit erklärt, einen Termin für sie einzuschieben.

Vanmeer ist jünger, als sie erwartet hat, ein großer, sehr dünner Mann mit einer Stirnglatze und einem Kranz aus hellblonden Haaren, die sich an den Spitzen locken. Die Art, wie er den Kopf hält, lässt Konstanze an eine Schildkröte denken.

Zwei Dinge fallen ihr sofort auf. Er begrüßt sie mit fast schon übertriebener Freundlichkeit, vermeidet es aber, ihr die Hand zu geben. Und er kann ihr nicht in die Augen schauen, während er mit ihr redet. Ständig visiert er ihren Hals an. Über die Jahre hat sie einige Menschen getroffen, denen es nicht möglich ist, ihrem Gegenüber in die Augen zu sehen, manche helfen sich, indem sie einen Punkt über der Schulter ihres Gesprächspartner fixieren, andere blicken ständig nach unten, Herr Vanmeer richtet seinen Blick auf ihren Hals.

»Ich möchte vorausschicken, dass ich Bea Kerber persönlich kannte, wir waren sozusagen befreundet.« Es folgt ein trauriges Lächeln.

»Was stelle ich mir unter *sozusagen befreundet* vor?«, fragt Konstanze mit ehrlichem Interesse.

Der Anwalt errötet. »Wir haben uns nie zu zweit getroffen, gehören aber demselben Freundeskreis an. Vor Kurzem gab es innerhalb der Gruppe allerdings ein kleines Erdbeben. Seither ist sie gespalten. Klingt lächerlich, ich weiß, aber so etwas passiert auch erwachsenen Menschen.«

»Jetzt weiß ich, warum Ihr Name mir so bekannt vorkommt. Sie standen auch in der Traueranzeige.«

»Richtig. Leider, muss ich wohl sagen. Die Organisatorin der ganzen Aktion hat behauptet, die Anzeige käme erst in die Zeitung, wenn Beas Name öffentlich gemacht werden darf. Aber so war es dann nicht. Herr Kerber, also Beas Vater, hat jedem von uns einen bitterbösen Brief geschrieben und ich kann ihn gut verstehen. Das war absolut nicht in Ordnung.«

»Da möchte ich nicht widersprechen.«

»Ich habe angerufen und mich in aller Form entschuldigt, als Einziger, fürchte ich. Beas wirklich beste Freundin war klug genug, sich nicht anzuschließen. Das nehmen ihr jetzt einige Leute übel.«

»Sie sprechen von Finja Michaelis, nehme ich an. Sind Sie ihr auch böse?«

»Nein. Im Gegenteil. Ich bedauere, dass ich Finja nicht angerufen und mich mit ihr abgesprochen habe.« Seine Augen gleiten einmal blitzschnell über Konstanzes Gesicht und landen wieder auf ihrem Hals. »Aber deswegen sind Sie nicht hier. Ich habe Beas Testament rausgesucht. Es steht nicht viel drin, ihr Bruder Tim soll alles erben. Selbstredend können die Eltern das Testament anfechten. Nach der gesetzlichen Erbfolge steht ihnen das gesamte Erbe zu gleichen Teilen zu. Erst im

Fall des Todes eines Elternteils würde Tim Kerber als direkter Nachkomme dessen Teil erben.«

»Ist es üblich, dass so junge Menschen schon ein Testament machen? Ich bin vierzig und habe noch nie darüber nachgedacht.«

»Bea war Steuerberaterin und ein sehr pragmatisch veranlagter Mensch. Es gibt ein Testament, eine Patientenverfügung und eine Betreuungsverfügung, außerdem eine Erklärung, dass keine Organe entnommen werden dürfen.«

»Frau Kerber hat an alles gedacht, erstaunlich. Weiß ihr Bruder, dass er als Alleinerbe im Testament steht?«

Inzwischen hat Konstanze zwei weitere seltsame Angewohnheiten von Eike Vanmeer ausgemacht. Er reibt ständig die Hände aneinander, so als würde er sie waschen. Und er ruckelt mit dem Kopf. In Gedanken macht sie aus der Schildkröte eine Taube, die bewegen ihre Köpfe genauso abrupt. Der Mann mag nett sein und sehr kompetent, doch seine körperlichen Tics würden sie auf Dauer nervös machen.

»Ich habe ihr davon abgeraten. Der junge Mann legt ein merkwürdiges Verhältnis zu Geld an den Tag, andere würden wohl sagen, er hat keine Lust zum Arbeiten. Obwohl Bea überaus fleißig und strebsam war und so ein Verhalten eigentlich ablehnen müsste, hat sie ihn regelmäßig unterstützt. Nicht sehr hilfreich, wenn jemand lernen soll, für sich selbst zu sorgen. Aber darüber ließ sie nicht mit sich reden.«

»Sie wissen also nicht, ob er über den Inhalt des Testaments informiert ist?«

»Richtig.« Er zupft an seiner grauen Krawatte, die eine Nuance dunkler ist als sein grauer Anzug, während sein Kopf nach vorn schießt. »Jetzt würde ich auch gern eine Frage stellen, wenn ich darf. In der Zeitung stand, dass bei Beas Tod eine Freundin im Haus war. Handelt es sich dabei um Finja Michaelis?«

»Sie werden sicher verstehen, dass ich darüber keine Auskunft geben kann. Die Frau, die zur Tatzeit im Haus war, hat den Täter nur flüchtig gesehen und kann ihn nicht identifizieren. Dennoch könnte es gefährlich für sie werden, wenn ihr Name bekannt würde.«

»Oh, da müssen Sie bei mir keine Angst haben, ich würde nie etwas tun, das Finja schadet.« Verlegene Röte ergießt sich über seine Wangen.

»Das ist schön zu hören. Ich möchte Sie um eine Kopie des Testaments für die Akten bitten, dann bin ich auch schon wieder weg.«

Auch zum Abschied bringt der Anwalt es nicht über sich, Konstanze die Hand zu reichen.

Eike Vanmeer scheint Finja Michalis sehr zu mögen. Gegen einen Nikolai König wirkt er natürlich reichlich blass und verschroben, aber mit Nikolai will Finja nichts mehr zu tun haben und Konstanze kann das verstehen. Nichts kann eine Beziehung so zuverlässig töten wie Lügen.

NIKOLAI

Dana Dieckhoff, in Polen geboren als Danuta Skrzypczak, sieht man nicht an, womit sie ihr Geld verdient. Zu ausgewaschenen Jeans, die nicht sonderlich eng sitzen, trägt sie ein hochgeschlossenes Oberteil und darüber eine weit geschnittene hellblaue Jacke, die mit großen Holzknöpfen geschlossen wird. Ihre blondierten Haare sind streng zurückgekämmt und zu einem kleinen Knoten am Hinterkopf zusammengefasst. Sie hat eine kantige Hornbrille aufgesetzt und auf Make-up verzichtet. Auf der Straße hätte Nikolai sie vermutlich für eine Büroangestellte gehalten, nicht mehr ganz jung und auch nicht ganz schlank, doch sie verdient ihr Geld als Prostituierte, und das seit beinahe zwanzig Jahren.

»Sehr schön, dass Sie gleich heute gekommen sind. Bitte nehmen Sie Platz.« Nikolai bietet einen Kaffee an, aber Dana – nennen Sie mich einfach Dana, das tun alle – schüttelt den Kopf. Sie würde lieber rauchen, das ist hier allerdings nicht gestattet.

»Es gibt also einen Freier, der es mag, wenn die Frauen sich beim Sex totstellen.«

»Kaum zu glauben, was unsereiner alles erlebt, was?« Ihr Lachen klingt heiser. »Ich könnte ein Buch darüber schreiben, glauben Sie mir. Der Mann, über den wir reden, hat nur Blondinen genommen. Sie durften sich keinen Millimeter bewegen und keinen Laut von sich geben.«

»Sie reden in der Vergangenheit.« Nikolai zieht die Augenbrauen hoch. »Das klingt so, als wäre das schon länger her.«

»Genau, Herr Kommissar. Sieben oder acht Jahre, vielleicht sogar noch länger.«

Das, was sich gerade noch so vielversprechend anhörte, soll offenbar die nächste Enttäuschung werden. »Können Sie den Mann beschreiben?«

»Nein, leider nicht. Ich war damals noch dunkelhaarig und kam für ihn nicht infrage. Er war um die dreißig und gepflegt, ein Deutscher, mehr kann ich nicht sagen.«

»Hat er den Frauen wehgetan, sie gewürgt oder etwas in der Art?«

»Nein, davon hab ich nichts gehört. Er hat sie einfach nur stumpf gefickt und sie durften sich nicht dabei rühren. Es ist allerdings vorgekommen, dass er nicht konnte. Sogar mehrmals. Wenn Sie mich fragen, ist er deshalb weggeblieben. Die meisten Kerle kommen nicht damit klar, wenn sie im Bett versagen. Einige behaupten dann, dass es an der Hure liegt, und wollen nicht zahlen. Aber dafür haben wir unseren Ferat. Der sorgt dafür, dass der Rubel rollt.«

»Welche Ihrer Kolleginnen könnte mir mehr über diesen Mann erzählen, ihn vielleicht sogar beschreiben?«

»Keine.« Sie lacht erneut. »Bei uns kommen und gehen die meisten Mädchen im Jahrestakt. Eine, die so lange im selben Laden arbeitet wie ich, bildet die Ausnahme. Die Kunden lieben Abwechslung, man könnte auch sagen, sie brauchen immer wieder Frischfleisch. Wer damals bei uns im Klub gearbeitet hat, weiß ich nicht mehr. Eine Swetlana aus Weißrussland fällt mir ein, die war blond, kann sein, dass er die mehrfach gebucht hat. Aber wie die wirklich heißt und wo die abgeblieben ist …« Sie zuckt mit den Schultern. »Keine Ahnung. Unser Geschäftsführer ist auch erst zwei Jahre dabei, der kann Ihnen garantiert nicht weiterhelfen.«

Am liebsten würde Nikolai aus Frust in die Tischkante beißen. Ein nicht unerheblicher Teil der Prostituierten arbeitet illegal und unter falschem Namen. Swetlana könnte sich inzwischen Maria nennen oder Franzi, was immer die Männer hören wollen. Und Weißrussland ist groß.

»Was ist mit dem Personal am Tresen, wechseln die Leute auch so häufig?«

»Nein. Aber die kommen nicht zwangsläufig mit den Freiern in Berührung. Dieser Typ ist immer gleich nach oben gegangen, der wollte nicht gesehen werden. Verheiratet, nehm ich an. Versuchen Sie es mal bei Ferat, unserem Türsteher, der ist schon ewig da. Vielleicht kann er sich erinnern.«

Im Anschluss an die Befragung geht er rüber zu den Kollegen und berichtet.

»Ein Mann, der auf totgestellte Frauen steht und Schwierigkeiten hat mit seinem kleinen Freund. Vorstellbar, dass er die Bordellbesuche aufgegeben hat, weil er seine Fantasien dort nicht mehr umsetzen konnte. Ein paar Jahre hat er nur noch davon geträumt …«

»Oder er hat eine Frau gefunden, die über das Talent verfügt, sich perfekt totzustellen«, schlägt Florian vor.

»Ja, auch möglich. Irgendwann wurde ihr das zu blöd, und er musste nach neuen Wegen suchen, um seinen Trieb zu befriedigen. Eine Weile hat er sich alles nur vorgestellt, dann hat er einen richtigen Plan entwickelt, monate-, wenn nicht sogar jahrelang daran gefeilt, bis alles perfekt genug erschien, um es in die Tat umzusetzen.«

Konstanze nickt zustimmend und fährt mit beiden Händen durch ihre kurzen Haare. »Er hat sich so etwas wie eine Garotte gebaut und damit angefangen, Frauen zu belauern. Und eines Tages hat er zugeschlagen. Er musste einfach ausprobieren, ob sein Plan funktioniert.«

»Vielleicht hat er das Ding vorher an einem Tier ausprobiert, Hund oder Katze«, schlägt Florian vor und Nikolai nickt zustimmend.

»Das wäre vorstellbar. Auf jeden Fall sieht es so aus, als hätte er die Möglichkeit, sich seine Zeit relativ frei einzuteilen. Der erste Mord ist an einem Mittwoch gegen neunzehn Uhr passiert, der zweite an einem Montag um zwanzig Uhr, der dritte an einem Dienstag um die Mittagszeit. Und bei den ersten beiden Frauen könnte eine längere Beobachtungsphase vorausgegangen sein.«

»Kein Wochenende«, murmelt Florian. »Vielleicht weil am Wochenende zu viel los ist auf den Joggingstrecken.«

»Möglich. Ich kümmere mich jetzt um den Türsteher. Die Adresse hab ich schon. Hoffentlich ist er auch zu Hause.«

KONSTANZE

»Herr Kerber, ich möchte Sie bitten, mich zu einer Vernehmung ins Präsidium zu begleiten. Es geht um den Tod Ihrer Schwester.«

»Ich? Aber … ich hab doch schon alles gesagt«, stottert der junge Mann. Seine Hände umklammern die Lehne des Küchenstuhls, hinter dem er steht, so fest, dass die Knöchel weiß hervortreten.

Konstanze erkennt Tim Kerber kaum wieder. Er ist ganz in Schwarz gekleidet, was sich noch damit erklären ließe, dass er um seine Schwester trauert. Dazu passen allerdings nicht die Haare, die, punkmäßig aufgestellt, in alle Richtungen abstehen, und schon gar nicht die schwarz lackierten Fingernägel. Die Augen sehen auch anders aus als vorher, weil er sie mit Kajalstrichen betont hat.

»Ich kann Sie auch von zwei Streifenpolizisten vorführen lassen, wenn Ihnen das lieber ist«, erklärt sie kühl. »Allerdings gehe ich davon aus, dass Ihnen und Ihren Eltern daran liegt, den Tod Ihrer Schwester so rasch wie möglich aufzuklären.«

»Natürlich«, beeilt er sich zu versichern. Er nimmt die Hände von der Stuhllehne und stellt sich kerzengerade hin.

Seine Mutter, die leicht nach vorn gebeugt steht, so als hätte sie seit Neuestem etwas mit der Wirbelsäule, schlägt beide Hände vor den Mund, bringt aber kein Wort heraus.

Sein Vater atmet stöhnend ein und wieder aus, dann wirft er Konstanze einen misstrauischen Blick zu. »Warum befragen Sie meinen Sohn nicht hier?«

»Weil es sich um eine offizielle Beschuldigtenvernehmung handelt, die wir aufzeichnen möchten.« Mehr will sie jetzt nicht sagen.

Einen kurzen Moment sieht es aus, als würde Herr Kerber mit sich kämpfen, dann kündigt er an, mitfahren zu wollen, und seine Frau nickt zustimmend.

»Tut mir leid. Ihr Sohn ist dreiundzwanzig und damit volljährig. Das muss er schon allein durchstehen.«

»Ja, aber Tim ist noch so unfertig. Ich hab kein gutes Gefühl, wenn Sie ihn ohne Beistand vernehmen.« Herr Kerber ist nicht bereit aufzugeben. Er merkt nicht mal, dass seine seltsame Einschätzung seinen Sohn eher verdächtig macht.

»Leider habe ich da keinen Handlungsspielraum.«

»Dann werden wir einen Anwalt besorgen. Tim, hörst du, solange kein Anwalt da ist, sagst du kein Wort.«

»Glaubst du, ich bin blöd, Papa? Die können mir überhaupt nichts beweisen. Macht euch keine Gedanken, ich bin bald wieder da.«

Die können mir nichts beweisen, und nicht etwa: *Ich habe nichts zu verbergen.* Interessant. Während der Fahrt starrt Tim Kerber demonstrativ aus dem Fenster, gerade so, als würden sie eine Spazierfahrt unternehmen. Er pfeift sogar, irgendein Lied, das Konstanze vage bekannt vorkommt. Es könnte von den Toten Hosen sein.

Kaum dass sie im Vernehmungszimmer angekommen sind, fläzt Tim Kerber sich auf den Stuhl und verlangt eine Cola.

»Wenn überhaupt, gibt es hier Kaffee oder Wasser«, sagt Konstanze, und es fällt ihr schwer, halbwegs freundlich zu klingen. »Sind Sie bereit zu einer Vernehmung oder möchten Sie auf den Anwalt warten.«

»Ich warte und bestehe auf Cola. Oder sind wir hier im Russenknast?«

Schau an, der Kleine will frech werden. Grinsend drückt Konstanze auf den Knopf. »Wir warten also auf die Ankunft Ihres Anwalts. Sie bleiben so lange in diesem Raum. Ein Kollege wird sich zu Ihnen setzen.«

Tim Kerbers entgeisterter Gesichtsausdruck entschädigt Konstanze für die Überstunden, die sie wahrscheinlich machen muss, weil der Anwalt garantiert nicht so schnell auftauchen wird.

Wieder an ihrem Schreibtisch, fällt ihr ein, dass sie bei der Kassenärztlichen Vereinigung anrufen wollte. Das könnte sie jetzt eigentlich erledigen. Eine halbe Stunde später bestätigt sich Finjas Verdacht, weder in Trier noch sonstwo in Deutschland – das hat die nette Dame am Telefon gleich mit überprüft – praktiziert eine Psychologin und Psychotherapeutin, die Dr. Sarah Hermann heißt. Unglaublich, aber das gesamte Experteninterview stammt aus der Feder von Alexandra Kanngießer. Die Frau kennt wirklich keine Skrupel.

NIKOLAI

Nikolai setzt sich rittlings auf seinen Stuhl und stellt den Becher mit Kaffee auf dem Schreibtisch ab. »Ich hab mit dem Türsteher gesprochen. Komischer Typ, stammt aus dem Kosovo und spricht nach fünfzehn Jahren in Deutschland immer noch kaum unsere Sprache.«

»Vielleicht lässt er lieber seine Fäuste sprechen«, schlägt Florian vor, und sie lachen, wenn auch ein wenig gezwungen.

»Er sieht jedenfalls so aus«, bestätigt Nikolai. »Und das ist wichtig, wenn man diesen Job macht.«

Ismail Feratis, kurz Ferat, reichte ihm nicht mal bis an die Schulter, doch er ist so kompakt und muskulös gebaut, dass Nikolai in einem Zweikampf nicht den Hauch einer Chance hätte. Eine Kampfmaschine, wahrscheinlich aufgepumpt mit Anabolika und anderen verbotenen Substanzen. Der Kosovoalbaner sprach nur in Zweiwortsätzen, die sich allesamt wie Befehle anhörten.

»Hat er was gewusst?«, möchte Florian wissen, der eine Schachtel Zigaretten auf den Schreibtisch gelegt hat, an der er ständig herumspielt. Seit Konstanze beschlossen hat, wieder zu rauchen, ist Florians Zigarettenkonsum sprunghaft gestiegen, obwohl er vorher schon reichlich geraucht hat.

»Er konnte sich tatsächlich an den Mann erinnern, obwohl das Ganze etwa acht Jahre her sein muss. Der Typ war Mitte dreißig und normal gebaut, also weder besonders klein noch übergewichtig, an die Haarfarbe kann er sich nicht mehr entsinnen. Der Typ hat seinen Wagen nicht vor dem Klub geparkt, sondern kam immer zu Fuß. Wollte nicht erkannt werden, meint der Türsteher, wahrscheinlich verheiratet. Ist immer direkt hoch in die Zimmer. Die Frauen hat er vorher telefonisch gebucht. Der damalige Klubmanager, der vermutlich die Anrufe entgegengenommen hat, lebt nicht mehr. Hat sich totgesoffen. An die Namen der Huren, die der Mann besucht hat, kann Ferat sich nicht mehr erinnern. Er hat aber bestätigt, dass der Freier den Frauen nicht wehgetan hat.«

»Vielleicht ist er gar nicht unser Mann«, seufzt Florian, während er mit den Fingern gegen die Zigarettenschachtel schnipst, die jedes Mal ein paar Zentimeter über den Tisch hüpft.

»Würde aber ziemlich gut passen. Und allzu häufig scheint die Vorliebe, tote Frauen zu vögeln, ja nicht zu sein. Aber egal, ob er es ist oder nicht, es bringt uns nicht viel weiter. Wenn er so darauf bedacht war, nicht erkannt zu werden, wird er weder seinen echten Namen noch seine Adresse genannt haben. Ist ja wohl auch nicht üblich in solchen Etablissements. Wahrscheinlich ist er inzwischen um die vierzig und er hat was zu verlieren, sonst wäre er nicht so bemüht gewesen, seine Identität zu verschleiern.«

»Ein Familienvater.«

»Oder wenigstens gebunden. Er hat einen Fetisch, er will Sex mit toten Frauen, aber das klappt nicht jedes Mal. Vielleicht weil die Huren sich nicht erfolgreich genug totgestellt haben. Bei einer lebendigen Frau kann er wahrscheinlich überhaupt nicht.« Nachdenklich massiert er seinen Nacken. »Es soll ja Ehen geben, in denen kein Sex mehr stattfindet. Aber in dem Alter? Er war Mitte dreißig. Ich weiß nicht. Wäre er aber mit einer

Frau verheiratet gewesen, mit der er seine sexuellen Präferenzen im Ehebett ausleben kann, wäre er nicht ins Bordell gegangen.«

»Und was, wenn er vor acht Jahren eine Frau kennengelernt hat, mit der es wenigstens vorübergehend funktionierte?«, schlägt Florian vor. Seine rechte Hand schließt sich um die Zigarettenschachtel, gleich wird er aufstehen und zum Rauchen in den Hof gehen.

»Und jetzt hat sie ihn verlassen, weil ihr das zu blöd geworden ist. Oder … sie ist tot. Vielleicht war sie sein erstes Opfer!« Der Gedanke elektrisiert Nikolai. »Florian, du suchst alle Todesfälle von Frauen zwischen zwanzig und vierzig, die unerwartet zu Hause gestorben sind oder vermisst werden.«

»Okay.«

»Wo ist eigentlich Konstanze?«

»Die sitzt mit Tim Kerber im Vernehmungsraum. Er steht tatsächlich als Alleinerbe im Testament seiner Schwester.«

KONSTANZE

»Ich kriege hier drinnen keine Luft«, jammert Tim Kerber und versucht, Atemnot vorzutäuschen. Der eilig angeforderte Arzt kann allerdings nichts feststellen, die Nase ist frei, die Lunge gut belüftet, alles in Ordnung. Daraufhin benötigt der junge Mann weder Sauerstoff noch Medikamente, dafür aber ein Glas Wasser. Und er will auch nicht mehr auf den Anwalt warten.

»Dann können wir also anfangen?«, fragt Konstanze freundlich.

Er nickt hoheitsvoll.

Konstanze stellt das Aufnahmegerät an und macht die üblichen Angaben, Datum, Uhrzeit, Name des zu Verhörenden, Tim Kerber, und Name des Beamten, Oberkommissarin Konstanze Schaffer. Sie erklärt den Grund der Vernehmung, Tim Kerber steht unter dem Verdacht, seine Schwester aus Habgier getötet zu haben.

»Herr Kerber, wovon bestreiten Sie Ihren Lebensunterhalt?«

Die Frage gefällt ihm. »Ich bin Musiker«, sagt er voller Stolz. Er stützt die Ellenbogen auf den Tisch, faltet die Hände und spreizt den kleinen Finger der linken Hand ab.

»Don Fox, richtig? Sie sind so eine Art Alleinunterhalter. Kann man davon leben?«

Jetzt hat sie seine wunderschöne Inszenierung verdorben. Verlegene Röte schießt in seine Wangen und er verschluckt sich beinahe, weil er so viel auf einmal sagen will. »Das war einmal. Damit habe ich nur Zeit überbrückt. Don Fox gibt es nicht mehr.« Er räuspert sich und hebt den Kopf. »Ich arbeite jetzt an einer CD, die ich unter meinem eigenen Namen herausbringen werde. Sie soll *B.E.A.* heißen, Blut. Ende. Anfang. *B.E.A.* Verstehen Sie? Wie meine Schwester. Bea.«

So schwer ist der Zusammenhang nicht herzustellen, Kleiner, denkt Konstanze. Aber sie verkneift sich einen bissigen Kommentar.

Tim Kerber ist noch längst nicht am Ende seiner Erzählung angelangt. »Die Tragödie um ihren Tod wird mein künstlerisches Schaffen für immer beeinflussen. Ohne Bea fühle ich mich wie ein halber Mensch, und ich habe beschlossen, meine fehlende Hälfte künftig mit meiner Musik auszufüllen. Ich weiß nicht, ob Sie das nachvollziehen können.« Er wirft ihr einen gönnerhaften Blick zu. »Als Polizist denkt man ja wohl eher in logischen Bahnen. Kunst hat allerdings nichts mit Logik zu tun. Kunst ist eine ganz eigene Dimension.« Er löst die gefalteten Hände und legt sie flach auf den Tisch. »Nur wahrer Schmerz befähigt zu tiefen Emotionen. Ich hoffe, Sie können mir folgen.«

Meine Güte, was für ein Spinner. So dämlich würde ja nicht mal ihr vierzehnjähriger Sohn daherreden. Und so arrogant. Ich hoffe, Sie können mir folgen. *Und ob, du kleines Arschloch, besser, als du glaubst.*

»Ich entnehme Ihrer Schilderung, dass Sie sich bereits über einen Plattenvertrag freuen können.«

Genau wie erhofft, hat sie auf Anhieb seine Schwachstelle gefunden. »Na ja, das nicht. Auf dem Markt ist es sehr eng. Aber ich bin überzeugt, dass es klappen wird.«

Konstanze lehnt sich vor, stützt die Ellenbogen auf und bettet das Kinn in die rechte Hand. »Wie funktioniert das denn?

Erzählen Sie mal, ich habe keine Ahnung von der Materie.« Hoffentlich merkt er nicht, dass sie ihn zum Kotzen findet und ganz bestimmt nicht ernst nimmt.

»Früher hat man Aufnahmen an die Musikproduzenten geschickt, heutzutage läuft viel über YouTube. Da stellt man Clips mit den eigenen Songs ein. Wenn man häufig genug aufgerufen wird, fällt das den Produzenten auf, die sind ja ständig auf der Suche nach neuen Künstlern.«

»Wenn ich jetzt also Ihren Namen bei YouTube eingebe, kann ich mir Ihre Songs anhören. Richtig?«

»Genau. Ich bin allerdings noch nicht so weit, die CD befindet sich noch im Entstehungsprozess. Das, was Sie jetzt dort finden, habe ich vor Beas Tod produziert. Inzwischen bin ich gereifter, meine Musik wird in Zukunft viel anspruchsvoller sein.«

»Verstehe.« Genüsslich zieht sie das Wort in die Länge. Dann holt sie zum nächsten Tiefschlag aus. »Solange Ihre Songs bei YouTube nur angeschaut werden können, verdienen Sie aber kein Geld damit, richtig?«

Das hört er nicht so gern. »Vorläufig. Das ist ja nur der Anfang, meine Promotion, wenn Sie so wollen. Als Nächstes folgt eine CD, die selbstverständlich Geld kosten wird.«

Hier ist der richtige Platz für ein spöttisches Lächeln. »Wenn Sie einen Produzenten finden. Und wenn nicht?«

»Dann bleibt mir wohl nichts anderes übrig, als in Vorleistung zu gehen und die CD auf eigene Kosten zu produzieren.«

»Womit wir wieder bei der Frage angelangt sind, wovon Sie eigentlich leben. Drei- bis viermal im Monat treten Sie als Don Fox auf. Ich nehme an, mehr als einhundertfünfzig Euro bringt so ein Auftritt nicht ein.«

»So ungefähr«, murmelt er und vermeidet jeglichen Blickkontakt. »Ich repariere auch mal Autos. Nur für Bekannte, versteht sich, und nur kleinere Sachen. Bringt ein bisschen was ein.«

»Alles an der Steuer vorbei, oder?«

Keine Antwort.

»Dachte ich mir. Gut. Das fällt nicht in mein Ressort, keine Sorge.« Sie lehnt sich zurück und schlägt die Beine übereinander. »Wissen Sie, Herr Kerber, bei Mord geht es meist um zwei Dinge, enttäuschte Liebe im weitesten Sinn oder Geld. Immer wieder stellen wir uns die Frage, wer von dem Tod eines Mordopfers profitiert. Mir liegt das Testament Ihrer Schwester vor. Was glauben Sie, wer der Haupterbe ist?«

Nach einer Schrecksekunde knirscht er: »Woher soll ich das wissen«, und kratzt sich dabei hektisch am linken Oberarm.

»Würden Sie nicht auch denken, dass die Person, die dort steht, das größte Motiv hatte, Ihre Schwester zu töten?«

Sie lässt ihn nicht aus den Augen, und ihr entgeht nicht, wie er auf dem Stuhl hin und her rutscht, sich wieder kratzt, die Nase hochzieht und dann abgehackt hustet.

»Sie wissen ganz genau, dass Sie dort als Haupterbe stehen. Und es scheint mir, als hätten sie das Geld schon für eine eigene CD eingeplant.«

»Nein! So ist das nicht. Ja, ich habe die Vermutung, dass ich alles bekomme. Aber ich habe meine Schwester nicht getötet. Das müssen Sie mir einfach glauben.«

»Sie werden einsehen, dass Ihre mündliche Aussage nicht als Beweis für Ihre Unschuld reichen kann. Ihre Schwester hinterlässt kein Vermögen, aber es sind schon Menschen für weitaus weniger Geld ermordet worden.«

Jetzt bekommt er es mit der Angst zu tun. Er springt hoch und winselt: »Das können Sie mir nicht anhängen! Bea war meine Schwester! Ich habe sie geliebt! Sie war der wichtigste Mensch in meinem Leben!«

»Ich wäre Ihnen dankbar, wenn Sie sich wieder setzen würden.«

Sofort lässt er sich wieder auf den Stuhl fallen. Er wirft den Kopf in den Nacken und starrt hoch zur Decke. »Okay. Ich … ich habe etwas zu sagen.« Zum ersten Mal, seit er hier sitzt, blitzt so etwas wie Entschlossenheit in seinen Augen auf. »Ich weiß, wer es getan hat. Zwei Leute. Er heißt Raphael, den Nachnamen hat er mir nicht verraten, sie Luna. Ich kenne die beiden aus meiner Stammkneipe. Vor ein paar Wochen sind sie dort aufgetaucht, haben immer am selben Tisch gesessen. Er hat schwarzen Tee getrunken und Sachen in ein kleines Buch geschrieben. Stundenlang. Sie hat nie ein Wort gesprochen. Ich fand den Typen interessant, der hatte so was Selbstsicheres an sich.«

Ganz anders als du, denkt Konstanze. »Weiter.«

»Ich hab ihn einfach angequatscht, gefragt, was er da die ganze Zeit schreibt.«

»Und wie hat er reagiert?«

»Er hat erzählt, dass er Schriftsteller ist und den Kneipenlärm braucht, um kreativ zu sein. Wir haben uns ein paarmal unterhalten, wie man so lebt als Künstler und so 'n Zeug, richtig gut, der Mann hat nämlich echt Ahnung. Ich bin ja auch Künstler und für mich war das hochinteressant. Eines Tages wollte Raphael meine Texte sehen. Er fand, dass ihnen die Tiefe fehlt, das Echte, wenn Sie verstehen.«

Konstanze nickt ihm aufmunternd zu. »Und was ist mit der Frau?«

»Luna? Keine Ahnung, die war einfach dabei. Ich würde sagen, die stehen in so einer Art Abhängigkeitsbeziehung zueinander. Sie würde alles tun, was er von ihr verlangt, davon bin ich überzeugt. Angeblich ist sie Aktionskünstlerin. Keine Ahnung, ob das stimmt. Ehrlich gesagt, kann ich es mir aber nicht vorstellen.«

»Weiter.«

»Er fing an, mich Timm Thaler zu nennen, hat gemeint, ich müsste mal was richtig Böses tun, damit ich authentisch schreiben kann. Ich sollte jemand umbringen, der mir nahesteht.«

Bislang fand sie die Story höchst unterhaltsam, was nicht bedeutet, dass sie auch nur ein Wort davon geglaubt hat. Der letzte Satz allerdings lässt Konstanze um Fassung ringen. »Reden wir von Ihrer Schwester?«

»Sozusagen. Er hat gefragt, welcher Mensch mir am nächsten steht, und da hab ich von Bea gesprochen, sogar ihren Namen genannt und dass sie Steuerberaterin ist. Verdammt, wie konnte ich so naiv sein?«

»Ich rekapituliere: Sie sollten Ihre Schwester töten, um bessere Texte zu schreiben.«

»Ja. Das hat er von mir verlangt. Natürlich bin ich nicht darauf eingegangen, ist ja wohl klar. Aber jetzt ist Bea tot und Raphael und Luna sind verschwunden. Kein Mensch hat sie seither gesehen.«

So hat er sich das also überlegt. Konstanze kann sich das Grinsen nicht verkneifen. Tolle Story, vielleicht sollte Tim Kerber Geschichten schreiben und keine Liedertexte.

»Ich fasse zusammen. Ein Mann, der sich Raphael nennt und über den Sie praktisch gar nichts wissen, nur dass er angeblich Schriftsteller ist, wollte Sie zum Mord an Ihrer Schwester anstiften, damit ein besserer Songwriter aus Ihnen wird. Weil Sie sich geweigert haben, hat Raphael den Mord einfach selbst übernommen, er oder seine Freundin, die Ihrer Ansicht nach alles für ihn tun würde. Und jetzt ist Ihre Schwester tot, ermordet, und die beiden sind spurlos verschwunden.« Sie beugt sich vor, legt beide Hände flach auf den Tisch und schaut den jungen Mann spöttisch an. »Mal ehrlich, Herr Kerber, würden Sie das an meiner Stelle glauben?«

»Ihr habt doch so was wie einen Phantomzeichner, richtig? Ich kann die beiden beschreiben. Und wenn Sie ins *Millennium* gehen, so heißt die Kneipe nämlich, werden die Leute da alles bestätigen. Die wissen auch, dass ich mich nach Raphael erkundigt habe. Die fanden die beiden übrigens ziemlich spooky. Fragen Sie doch mal Ihren Kollegen, Kommissar Florian irgendwas, den Nachnamen hab ich vergessen. Den hab ich auch schon im *Millennium* gesehen. Der kennt die beiden vielleicht.«

Es klopft. Der Anwalt, ein kleiner, übergewichtiger Mann in einem sandfarbenen Anzug, der heftig schwitzt, stürmt herein. »Kein Wort, Herr Kerber!«, keucht er und tupft sich mit einem weißen Taschentuch den Schweiß von der Stirn. »Das hier ist nicht legal. Sie hätten auf mich warten sollen. Mein Mandant hat das Recht auf die Anwesenheit eines Anwalts.«

»Herr Kerber hat freiwillig eine Aussage gemacht, deren Wahrheitsgehalt wir jetzt überprüfen werden. Aber Sie können sich gern mit Ihrem Mandanten besprechen. Ich organisiere in der Zwischenzeit jemand, der Phantombilder erstellen kann.«

Eine Viertelstunde später beobachtet Konstanze mit leiser Schadenfreude, wie Tim Kerber den jungen Kollegen am PC zur Verzweiflung bringt. »Ein bisschen kürzer die Haare, nein, das war zu viel, die Augen etwas schmaler, nein, so doch nicht. Ihre Brille ist viel größer, so wie Janis Joplin, die werden Sie doch wohl kennen.«

Klar, amüsiert sich Konstanze. Die unbekannte Luna ist eine Mischung aus Pumuckel und Janis Joplin. Da kann man nur gespannt sein, was für einen Mann Tim Kerber sich ausgedacht hat.

»Er trug einen gestrickten Pullover, wieso spielt das keine Rolle? Ich finde das extrem wichtig.«

Als Tim Kerber ruft: »Super, das ist er, perfekt!« und Konstanze ihm über die Schulter schaut, glaubt sie zuerst an einen schlechten Scherz.

»So sieht Raphael aus?«

»Ja. Hundertprozentig. Das hier ist wie ein Foto.«

NIKOLAI

Nikolai überlegt, schnell zum Imbiss zu fahren. Eine Currywurst wäre nicht schlecht, mit Pommes und einer großen Cola. Nicht gerade gesund, aber genau das, worauf er jetzt Bock hat. Er hält die Jacke schon in der Hand, als Konstanze ins Büro stürmt und dabei, ohne es zu bemerken, einen Stapel Papiere von Florians Schreibtisch fegt. Sie sieht aus, als wäre sie gerade dem Leibhaftigen begegnet.

»Hat Tim gestanden?«, fragt er überrascht.

»Nein. Ist Florian in der Nähe?«

Er schüttelt den Kopf. »Ist was passiert?«

»Und ob.« Und dann erzählt sie ihm eine unglaubliche Geschichte von einem merkwürdigen Pärchen, das Bea umgebracht haben soll, nur damit ihr kleiner Bruder Tim weiß, wie echter Schmerz sich anfühlt und endlich tiefsinnige Texte schreiben kann. »Sie heißt Luna und er Raphael. Und so sieht er aus.« Mit einer heftigen Bewegung knallt sie das Phantombild auf seinen Schreibtisch.

»Adam?«, fragt er fassungslos und sie bricht in Tränen aus.

»Ja«, bringt sie nach einiger Zeit mühsam hervor. »Du erkennst ihn doch auch, oder?«

Lügen macht jetzt wenig Sinn, also nickt er und legt eine Hand auf ihre zuckende Schulter. »Der spinnt, das kann gar nicht sein.«

»Adam war seit Wochen an keinem einzigen Abend zu Hause. Angeblich Theaterproben, aber das stimmt nicht. Die Theaterleute haben ihn seit Wochen nicht mehr gesehen. Dass er weg ist, weißt du ja. Aber nicht, dass er gestern Abend angerufen hat. Er wird nicht mehr zurückkommen, hat er gesagt, und dass ich noch mal froh sein werde über seine Entscheidung. Er hat unser Sparbuch leergeräumt, fast zwölftausend Euro. Keine Ahnung, wo er sich aufhält, aber Finja hat ihn vorgestern in der Stadt gesehen.«

»Das alles muss doch nicht bedeuten ...«, wirft er ein, doch Konstanze lässt ihn nicht ausreden.

»Außerdem könnte ein Großteil von dem Mist, den Tim Kerber über seine Kunst erzählt hat, von Adam stammen. Er hat genau diese Art Müll von sich gegeben. Wir Normalsterblichen kapieren nicht, wie wahre Kunst aussieht, und so Zeugs.« Sie schluckt und legt eine Hand an die Kehle. »Und wenn Adam wirklich der Täter ist? Weil er aus irgendeinem Grund völlig den Verstand verloren hat? Zusammen mit einem rothaarigen Mädchen, das sich Luna nennt und nach Tim Kerbers Erzählung völlig abhängig von ihm ist? Endlich mal jemand, der zu ihm aufschaut, der ihn sieht, wie er gesehen werden möchte.« Sie presst die Hände gegen die Schläfen, als hätte sie Angst, dass ihr Schädel dort aufreißen könnte, und schüttelt den Kopf. »War es *das*? Hab ich ihm nicht genug Bewunderung entgegengebracht, ihm und seiner blöden Theatergruppe?«

»Jetzt mach dich bitte nicht mit unsinnigen Selbstvorwürfen verrückt. Außerdem kennt er Bea doch gar nicht. Selbst ein Mensch, der nach Bewunderung lechzt, würde dafür nicht mal eben schnell eine Wildfremde ermorden.« Etwas Besseres fällt Nikolai auf die Schnelle nicht ein, und er merkt selbst, dass das keineswegs ausreicht als Beweis für Adams Unschuld. »Willst du Jochen anrufen? Er ist zwar krank, aber in so einem Fall …«

»Nein, noch nicht. Ich möchte dich um einen Gefallen bitten. Kannst du heute Abend in diese Kneipe gehen, *Millennium,* und ihn suchen? Ich packe das einfach nicht. Es wäre ja auch nicht in Ordnung. Du weißt schon, ich bin befangen, immerhin handelt es sich um den Mann, den ich vor fünfzehn Jahren geheiratet habe. Nimm ruhig Florian mit. Tim Kerber behauptet, dass er ihn aus dem *Millennium* kennt. Zeig Florian vorher das Phantombild, sag aber nicht, dass das Adam ist, mein Mann. Und wenn du Adam siehst, mach ihm klar, dass er sich stellen muss. Morgen geh ich zu Jochen, länger kann ich das nicht rausschieben.«

Ganz wohl fühlt Nikolai sich nicht mit diesem Auftrag. »Soll ich ehrlich sein? Das gefällt mir nicht. Am liebsten wäre mir, wenn wir ihn ganz normal suchen würden. Vorerst ist er ja nur ein Zeuge. Vielleicht kann er ein Alibi vorweisen, das ihn als Beas Mörder ausschließt.«

Aus dem Weinen wird ein hysterisches Lachen, und es dauert in paar Minuten, bis Konstanze wieder reden kann. »Klar, wenn das mit dieser Luna stimmt, wird sie ihm schon ein Alibi geben, ist doch klar. Aber kann man das glauben?«

»Okay, ich geh da heute Abend hin. Es ist der einzige Ort, an dem wir konkret nach ihm suchen können. Wenn er dort nicht auftaucht, können wir das Bild nicht zurückhalten. Du fährst jetzt nach Hause und kümmerst dich um Marius. Ich schau, ob ich Adam finde. Wir telefonieren.«

* * *

Das *Millennium* ist genau die Art von Kneipe, die man besucht, wenn man jung ist, cool sein will und den Drang verspürt, gegen alle Regeln zu verstoßen. Es ist dunkel, schmuddelig und riecht nach Marihuana und zu vielen Menschen auf zu engem Raum.

Nikolai hat Florian dabei, der privat genauso aussieht wie im Dienst, viel zu jung, um als Kriminalpolizist durchzugehen. Er behauptet, seit Wochen nicht in der Kneipe gewesen zu sein, und will weder Adam noch Luna erkennen. Noch bevor sie sich einen Weg zur Theke bahnen können, taucht von irgendwoher ein Mädchen in Leopardenleggins und einem riesigen Pullover auf. Mit ihrer Frisur würde Nikolai sich nicht auf die Straße trauen, auf der rechten Seite fallen blau gefärbte lange Strähnen bis fast auf die Schulter, links stehen nur noch Stoppeln, in die sie ein Schlangenmuster rasiert hat.

Die Kleine fällt Florian um den Hals und küsst ihn ungeniert und ziemlich heftig. »Hey, Flo, ewig nicht gesehen!«

Dass der brave Florian von so einem schrillen Mädchen abgeknutscht wird, wundert Nikolai dann doch, und wieder muss er sich eingestehen, dass er praktisch nichts über den Menschen Florian Gercke weiß. Jetzt fragt die Kleine auch noch, ob Florian was braucht, und Nikolai kann sich schon denken, um was es geht, sein Kollege jedenfalls versinkt vor Verlegenheit beinahe im Boden.

»Micky war in Holland und hat was mitgebracht. Geiles Zeug, kannst dich ja melden.«

»Ähem, das hier ist ein Kollege, du weißt schon.«

Wenn das Mädchen lacht, wird ein Piercing über den Schneidezähnen sichtbar. Für einen Moment fragt Nikolai sich, was daran schön aussehen soll, aber gut, dafür ist er wohl schon zu alt.

»Aber du bist ja privat hier, oder?« Sie kichert unsicher und zupft an ihren blauen Haarsträhnen.

Florian schüttelt den Kopf. »Ehrlich gesagt, nee.«

»Joa, ich muss dann auch mal weiter …« Jetzt wird ihr die Sache doch zu heiß.

»Moment.« Nikolai holt die zusammengefalteten Phantombilder aus seiner Jackentasche. »Hast du die beiden schon mal hier gesehen? Nennen sich Raphael und Luna.«

Er merkt deutlich, dass sie am liebsten gar nicht hinsehen würde, hier verpfeift man einander nicht. Als Florian allerdings eindringlich sagt: »Das ist echt wichtig«, riskiert sie doch einen Blick.

»Ich glaub schon, die saßen immer da hinten vor dem Zigarettenautomaten. Er hat die ganze Zeit was geschrieben. Ein Spinner, wenn ihr mich fragt. Sie kam mir vor wie sein Schoßhündchen.«

Der junge Mann hinter der Theke kann sich ebenfalls an das ungleiche Paar erinnern. »Sie hat sich den ganzen Abend an einer Apfelschorle aufgehalten. Mehr gibt es über sie nicht zu sagen. Er hat immer nur schwarzen Tee getrunken. Komischer Vogel. Tim weiß vielleicht was über ihn, die haben viel gequatscht.«

»Tim Kerber?«, vergewissert sich Nikolai.

»Keine Ahnung, Nachnamen sind hier nicht so gefragt. So'n dünnes Hemd, spielt sich immer als Musiker auf. Hab allerdings gehört, dass er nicht viel drauf hat.«

Besser könnte man Tim Kerber kaum beschreiben.

»Dann können wir ja wieder gehen.« Florian wirkt erleichtert. Vielleicht hat er Angst, dass ihm noch mehr Bräute um den Hals fallen und ihm ungeniert Dope anbieten. Draußen steckt er sich eine Zigarette an.

»Kiffst du?«, fragt Nikolai geradeheraus.

Nach kurzem Zögern sagt Florian: »Früher. Macht doch jeder. Jetzt nur noch im Urlaub.«

An dieser Stelle könnte Nikolai sagen, dass er noch nie Drogen probiert hat, auch nicht als Jugendlicher. Aber er spürt, dass diese Info sein Image als harter Kerl beschädigen würde, jedenfalls in Florians Augen, deshalb lässt er den Satz so stehen.

Macht doch jeder. Jetzt muss er dem Kleinen erst mal beibringen, wie der Mann auf dem Phantombild in Wirklichkeit heißt.

»Pass mal auf, wir wissen jetzt, dass dieser Raphael tatsächlich existiert.« Scheiße, wie kriegt er jetzt die Kurve? Am besten mit der Wahrheit. »Das ist ziemlich blöd. Wir, also Konstanze und ich, haben gehofft, dass die Sache sich als heiße Luft rausstellt.«

Natürlich kapiert Florian nicht, was er eigentlich sagen will. »Wieso? Wollt ihr unbedingt, dass Tim Kerber der Täter ist?«

»Der Typ auf dem Phantombild heißt Adam Schaffer und ist Konstanzes Ehemann. Er ist seit Tagen spurlos verschwunden.«

»Ach du Scheiße.«

»Das kannst du laut sagen.«

»Sag mal, deine Ex ist in den Fall verwickelt, jetzt auch Konstanzes Ehemann. Kennt ihr euch alle privat? Ist das eine Art Geheimzirkel?«

Wenigstens das kann Nikolai ehrlich verneinen. »Blödsinn. Abgesehen von wenigen halboffiziellen Anlässen haben wir privat überhaupt keinen Kontakt. Und Bea und Adam haben sich, soweit ich weiß, überhaupt nicht gekannt. Das ist ein verdammt komischer Zufall. Außerdem ist Finja nicht in den Fall verwickelt, sie war nur zufällig bei Beas Tod anwesend. Und jetzt fang nicht wieder mit deinen komischen Theorien an, dass sie in Wahrheit die Täterin ist.«

»Ich hab ja nur darüber nachgedacht«, wehrt Florian den Angriff ab. »Aber schon gut, ich hab's ja kapiert, deine Ex hat ihre Freundin nicht umgebracht. Und jetzt?«

»Jetzt lassen wir Adam Schaffer ganz offiziell suchen, ihn und diese Luna. Wir geben die Phantombilder an die Kollegen von der Streife raus und setzen sie auf unsere Homepage. Ich rufe gleich noch bei Konstanze an, damit sie ihren Sohn darauf vorbereiten kann.«

FINJA

Gewöhnlich wird China jeden Morgen als Erstes raus in den Garten gelassen. Während sie dort ungestört ihre Geschäfte erledigt, bereitet Finja das Frühstück vor. Heute ist es anders und dafür wird sie für den Rest ihres Lebens dankbar sein.

Als Finja die Terrassentür öffnen will, stockt ihr für einen Moment der Atem. Der Himmel strahlt postkartenblau, die Sonne lässt das Grün des Rasens aufleuchten, irgendwo singt eine Amsel, und an den Sonnenblumen, die wie jedes Jahr an der Rückwand der Garage wachsen, haben sich zwei Blüten geöffnet. Damit hat der Sommer endgültig Einzug gehalten, und Finja kann nicht anders, als zusammen mit dem Hund in den Garten zu gehen, um die großen gelben Blüten mit der braunen Mitte zu begrüßen, die sie immer ein wenig an Gesichter erinnern.

Deshalb, nur deshalb, entdeckt sie praktisch gleichzeitig mit China, dass etwas vor der Terrasse liegt, das dort nicht hingehört. Es sieht aus wie ein Brocken Fleisch.

Jeder, der sich mit Hunden auskennt, weiß, dass Labradore als verfressen gelten, und das sehr zu Recht. China will sich sofort auf das stürzen, was Finja für ein Stück Fleisch hält, aber sie schreit: »Pfui!« und schickt ein donnerndes: »Bei Fuß!« hinterher.

Die Hündin erstarrt mitten in der Bewegung, und man kann deutlich sehen, wie sie mit sich kämpft. Am liebsten würde sie noch blitzschnell das ominöse Etwas in ihrem Maul verschwinden lassen, doch sie gehorcht, wenn auch widerwillig.

Nicht jeder Hund hätte in dieser Situation so brav reagiert, deshalb lobt Finja sie überschwänglich, bevor sie sich bückt und das Corpus Delicti aufhebt, das sich bei näherem Betrachten als eine fertig geformte Frikadelle erweist.

Frikadellen wachsen nicht auf Bäumen, sie regnen auch nicht vom Himmel. Wo kommt das Ding her und was hat es zu bedeuten? Alle Überlegungen, die Finja anstellt, kommen zu demselben schrecklichen Schluss: Irgendjemand will ihren Hund vergiften.

Auf den ersten Blick sieht die Frikadelle völlig normal aus und sie riecht auch nicht ungewöhnlich. Wenn Finja es zuließe, würde China sie bedenkenlos verschlingen.

Sie muss das Hackfleisch untersuchen lassen, aber wo? Ein normaler Tierarzt kann so etwas nicht, da ist sich Finja sicher, außerdem ist sie ja seit Neuestem auch mit Annika zerstritten. Wahrscheinlich sollte sie einfach zur Polizei fahren.

Eine halbe Stunde später rollt ihr Auto auf den Parkplatz vor dem Präsidium. Sie hat beschlossen, Konstanze um Hilfe zu bitten. Die ominöse Frikadelle liegt in einem Plastikbeutel auf dem Beifahrersitz und wandert mitsamt dem Beutel in ihre Handtasche. An der Pförtnerloge nennt Finja ihren Namen und erklärt, dass sie zu Oberkommissarin Konstanze Schaffer möchte.

Das Prozedere ist immer das Gleiche: Kein Besucher darf unbegleitet die Räume der Kriminalpolizei betreten. Man hat zu warten, bis man von einem der Mitarbeiter abgeholt und in die Räume des entsprechenden Dezernats geführt wird.

Während sie wartet, schaut Finja ungeduldig auf ihre Armbanduhr. In fünfzig Minuten beginnt ihre erste Therapiesitzung und sie muss pünktlich sein.

Sie ist überrascht, als plötzlich Nikolai vor ihr steht. »Konstanze hat keine Zeit. Vielleicht kannst du mit mir vorliebnehmen?«

Unentschlossen zuckt sie mit den Schultern, dann folgt sie ihm, achtet aber darauf, genügend Abstand zu halten. Im Besprechungszimmer auf seiner Etage holt sie den Beutel aus ihrer Tasche.

»Das lag heute Morgen vor der Terrasse. Ich konnte gerade noch verhindern, dass China das Fleisch gefressen hat.«

»Wie kann eine Frikadelle, offenbar ganz frisch zubereitet, im Garten liegen?«

»Das frage ich mich auch. Und ich habe Angst, dass jemand den Hund vergiften wollte.«

Vorsichtig nimmt er ihr den Beutel aus der Hand. »Gib her, ich lass das untersuchen.« Dann schaut er sie ratlos an. »Aber wer, Finja? Wer sollte auf so eine Idee kommen?«

»Das weiß ich doch auch nicht. Aber so ein Teil fliegt wohl kaum vom Himmel.«

»Bist du sicher, dass nicht noch mehr von den Dingern im Garten liegen? Hast du ganz genau nachgesehen?«

»Daran hab ich nicht gedacht«, flüstert sie erschrocken. »Ich schaue heute Abend noch mal gründlich nach. Und ich rufe gleich Frau Schiller an, wegen Fritz, der würde so ein Ding doch auch sofort fressen.« Hoffentlich ist es noch nicht zu spät. Auch wenn sie sich oft darüber ärgert, dass der rote Kater Vögel jagt, hat er so ein unrühmliches Ende doch nicht verdient.

»Ja, mach das.«

»Jetzt muss ich auch los, um elf kommt mein erster Patient.«

Er tut so, als hätte er das nicht gehört. »Und was ist mit gestern? Kannst du beschwören, dass die Frikadelle nicht gestern Abend schon dort lag? War China allein im Garten?«

»Ja. Aber dann hätte sie sie doch gefressen, oder?«

»Vielleicht waren noch mehr davon versteckt. Wie verhält sie sich? Ist sie irgendwie auffällig?«

Darüber hat Finja während der Fahrt schon nachgedacht. »Nein«, sagt sie entschieden. »Sie hat sich so wie immer verhalten.«

»Du solltest trotzdem mit ihr zu Annika fahren. Wenigstens telefonieren. Zur Sicherheit. Wenn sie Gift gefressen hat, muss man ihr so schnell wie möglich den Magen auspumpen.«

»Wenn sie gestern Abend Gift gefressen hätte, wäre es dafür längst zu spät«, wendet Finja ein, verspricht aber, den Hund genau zu beobachten.

»Meldest du dich, wenn irgendwas mit ihr ist?« Bittend schaut Nikolai sie an, und Finja muss sich zwingen, nicht in seine Arme zu sinken und zu sagen, dass er wieder nach Hause kommen soll, weil sie es allein nicht mehr aushält. Aber sie tut nichts dergleichen. Stattdessen wirft sie einen letzten Blick auf die eingetütete Frikadelle und sagt: »Vielleicht ist es ja ganz harmlos. Aber zurzeit scheint mein Leben ja nur aus Katastrophen zu bestehen.«

Ohne dass sie aufschaut, weiß sie, wie Nikolai sie jetzt ansieht, wie jemand, der alles für sie tun würde, wenn sie ihn nur ließe. Wahrscheinlich wird er sie gleich in den Arm nehmen. Sie weiß sogar, was er sagen möchte, wie leid ihm das alles tut und dass sie nicht allein sein muss.

Bevor all das wirklich passieren kann, läuft sie davon. »Ich hab's wirklich eilig. Wäre nett, wenn du Bescheid sagst, falls das Labor etwas findet.«

»Würde ich gern tun. Aber du hast meine Nummer ja geblockt.«

»Ach so. Ja, das werde ich gleich ändern. Ich weiß allerdings nicht …«

»… wie das geht. Gib her.« Er streckt die Hand aus und sie legt ihr Telefon hinein.

»Wie hast du das mit dem Blocken hingekriegt?«, fragt er, ohne den Blick vom Display zu nehmen, während seine Finger über die Tasten tanzen und dort blitzschnell Befehle eingeben, die sie nicht mal kennt.

»Das war Bea«, haucht Finja.

»Natürlich, wer sonst. Wahrscheinlich musstest du ihr schwören, nie wieder ein Wort mit mir zu reden. Hier.« Er gibt das Handy zurück. »Pass gut auf China auf. Und auf dich. Fährst du wirklich übers Wochenende weg?«

»Ja. Und nach dieser Sache bin ich sehr froh darüber.«

Und vorher, war sie da nicht froh über die Einladung? Und stellt Nikolai sich gerade die gleiche Frage? Sie weiß es nicht und es spielt auch keine Rolle.

Das Fleisch ist vergiftet, davon ist Finja überzeugt. Und sie fragt sich, wer so etwas Schreckliches tun könnte. Wer hat etwas gegen ihren Hund? Niemand. Alle lieben China, ständig bringen Patienten Hundekekse und Kauknochen mit, manchmal auch Spielzeug aus Gummi. Es gibt nur einen, der nicht viel mit ihr anfangen kann: Sebastian. Aber der weiß nichts von ihrem Haus in Schönebeck. Für ihn wohnt sie in Vegesack in der Weserstraße über der Praxis. Außerdem ist der Gedanke völlig abwegig.

Auf der Fahrt fallen ihr Nikolais Worte über Bea ein, und sie gesteht sich ein, dass er nicht ganz unrecht hat. Bea war diejenige, die sie beschworen hat, einen endgültigen Schlussstrich zu ziehen und Nikolai für alle Zeiten aus ihrem Leben zu verbannen.

KONSTANZE

Heute früh hat Konstanze darüber nachgedacht, sich krank zu melden und zu Hause zu bleiben, doch rumzusitzen und zu grübeln würde sie jetzt in den Wahnsinn treiben. Es hat keinen Sinn, vor der Wahrheit davonzulaufen. Sie muss wissen, was mit Adam passiert ist. Vor ihr liegt das Phantombild ihres Ehemanns und daneben das einer jungen Frau, die angeblich seine Freundin ist. Sie sieht aus, als würde sie noch zur Schule gehen. Adam ist Mitte vierzig, und die Vorstellung, dass er mit einem halben Kind in die Kiste steigt, ist einfach nur ekelhaft. Hat er darum nicht mehr mit ihr geschlafen, ist sie ihm zu alt? Zu selbstbewusst, auch im Bett?

Am schlimmsten ist, dass sie die Geschichte von dem geheimnisvollen Raphael nicht eine Sekunde bezweifelt. Sie sieht Adam geradezu vor sich, in seinem Lieblingspullover, den er nicht mitgenommen hat auf seine Flucht, vor sich einen Becher Tee und ein aufgeschlagenes Notizbuch, in das er eifrig schreibt, wenn er nicht gerade versonnen in die Ferne blickt, ganz der große Künstler.

Dass er sich als Schriftsteller ausgegeben hat, glaubt sie sofort. Es war schon immer sein Traum, einen Roman zu schreiben. Zigmal hat er angefangen, dann aber aufgegeben, weil er seinen Text zu banal fand, die Grundidee zu läppisch, die Dialoge zu hölzern oder weil es ihm schlicht an der Zeit fehlte. *Man müsste mal für ein Jahr aussteigen, nichts anderes tun als schreiben.* Wie oft hat er das gesagt. Und sie hat sich darüber geärgert.

Ein verheirateter Mann, der gerade seinen fünfundvierzigsten Geburtstag gefeiert hat, vollzeitbeschäftigt als Krankenpfleger bei einem ambulanten Pflegedienst und Vater eines vierzehnjährigen Sohnes, mit dem er zur Zeit nicht sonderlich gut auskommt, kann doch nicht alles hinschmeißen, weil ihm gerade danach zumute ist. Die zwölftausend Euro vom Sparbuch werden schneller aufgebraucht sein, als er sich das jetzt vorstellt. Will er ernsthaft sein Leben als armer Schlucker fristen zusammen mit einer Frau, die seine Tochter sein könnte?

Wenn sie nur daran denkt, wie verschwurbelt und abgehoben Adam sich in seinen Texten ausdrückt. Wer will denn so etwas lesen?

»Wie geht es dir?«, fragt Nikolai leise. »Magst du einen Kaffee? Ich hol dir einen Becher.«

Sie schüttelt den Kopf. Dabei wäre ein Kaffee gar nicht schlecht, heiß, pechschwarz und stark. Sie fühlt sich total ausgelaugt, erst das Gespräch mit Jochen, der in Anbetracht der besonderen Umstände ins Büro gekommen ist, obwohl er offiziell noch krankgeschrieben ist, *wenn du irgendwas weißt, eine Ahnung hast, wo wir ihn finden können, musst du es sagen.* Aber sie weiß ja nichts. Jochen hat ihr vorgeschlagen, vorläufig zu Hause zu bleiben, und sie hat sofort abgelehnt. *Lass mich bitte arbeiten,* sie hat ihn regelrecht angefleht und er hat sich breitschlagen lassen.

Dann der Gang über den Flur. *Schon gehört, Konstanzes Mann wird im Zusammenhang mit einem Tötungsdelikt gesucht. Adam, soll ja ein komischer Vogel sein.*

Ja. Adam ist ein komischer Vogel, aber das war nicht immer so. Vor siebzehn Jahren fand sie ihn attraktiv, gerade weil er so unkonventionell und anders war. Endlich mal einer, der sich nicht mit dem Strom treiben ließ. Wann hat er angefangen, sich zu verändern, und warum hat sie das stillschweigend hingenommen? Was ist das überhaupt für eine Ehe, in der jeder sich nur um seine eigenen Angelegenheiten kümmert und froh ist, wenn der andere ihn dabei in Ruhe lässt? Das gemeinsame Schlafzimmer ist längst zu einer Lüge geworden, sie hatten mindestens zwei Jahre keinen Sex, weil keiner von ihnen mehr Lust auf den anderen verspürt hatte.

Ist es vorstellbar, dass Adam eine wildfremde Frau ermordet hat, um einen unsicheren jungen Mann zu beeindrucken, der offenbar fasziniert ist von der Rolle, die ihr Ehemann in seiner Gegenwart spielt? Raphael, der wahre Künstler. Eigensinnig und kompromisslos. Die Wahrheit ist, dass sie es nicht weiß, genauso wenig, wie sie sich vorstellen kann, wo er sich versteckt hält.

Sie hebt den Blick und stellt überrascht fest, dass Nikolai immer noch vor ihrem Schreibtisch steht und sie anschaut.

»Ich hab Marius nichts erzählt. Ich weiß einfach nicht, was ich sagen soll. Das ist so verrückt. Dein Vater hat vielleicht jemand ermordet, einfach nur so, ohne echtes Motiv. Und jetzt wird er überall gesucht. An seiner Seite befindet sich eine Frau, die nach der Beschreibung noch ein halbes Kind sein muss. Die beiden spielen gerade Bonnie und Clyde.«

Nikolai angelt mit dem Fuß einen Stuhl heran und setzt sich neben sie, er legt eine Hand auf ihren Oberschenkel, ganz leicht nur.

»Vorläufig betrachte ich ihn nur als Zeugen. Wenn du mich fragst, heißt unser Täter Tim Kerber. Adam hat doch überhaupt kein Motiv. Komm, mach dich nicht verrückt. Ich hab einen Durchsuchungsbeschluss für das Haus der Kerbers beantragt. Willst du nachher mit?«

Auch wenn es ihr gerade unvorstellbar erscheint, wieder aufzustehen und ein weiteres Mal den Kollegen vor die Augen zu treten, willigt sie ein. Alles scheint besser als nachzudenken.

NIKOLAI

Vor Nikolai liegt die Liste der Autobesitzer, die einen älteren Jeep ihr Eigen nennen. Allzu viele sind es nicht. Der Jüngste ist gerade einundzwanzig, der Älteste, ein Unternehmer, bereits über achtzig. Einem Sammler gehören fünf alte Modelle, die allerdings nur im Sommerhalbjahr angemeldet sind. Zum Zeitpunkt des ersten Mordes war das Halbjahreskennzeichen noch nicht gültig, und Nikolai kann sich nur schwer vorstellen, dass der Täter, der alles so sorgfältig plant, sich mit einem ungültigen Nummernschild in den Straßenverkehr wagen und damit möglicherweise die Aufmerksamkeit auf sich lenken würde. Ein Name allerdings lässt ihn nach Luft schnappen. Adam Schaffer. Konstanzes Mann fährt einen Cherokee, Baujahr 1998.

Die ersten Kollegen sind bereits unterwegs, um die Alibis der Jeepbesitzer zu überprüfen und um eine freiwillige Speichelprobe zu bitten.

»Warum hat du nicht erzählt, dass Adam einen Jeep fährt?«

Konstanze, die schon eine ganze Weile einen leeren Kaffeebecher in den Händen hält und vor sich hin starrt, zuckt erschrocken zusammen. »Was? Ach so … es handelt sich um einen Pick-up mit Tarnmuster. Davon hat der Zeuge nicht gesprochen.«

»Du hättest es trotzdem sagen müssen, vor allem, nachdem diese Geschichte über Raphael aufgetaucht ist.«

»Findest du? Ich sehe da keinen Zusammenhang, oder willst du jetzt auch noch behaupten, dass mein Ehemann der Drosselmörder ist.«

Ihre patzige Antwort sagt für Nikolai vor allem eines aus: Seine Kollegin hat Angst, Angst vor dem, was er rausfinden könnte. Und er kann sie gut verstehen. Adam arbeitet in der ambulanten Krankenpflege, das heißt, er ist den ganzen Tag im Stadtgebiet unterwegs. Warum nicht ein paar Pausen einlegen und blonde Joggerinnen belauern? Was weiß er überhaupt über Konstanzes Ehemann?

»Ist er mit dem Wagen unterwegs?«

»Ja.« Sie seufzt.

Die unangenehme Unterhaltung wird unterbrochen, weil jemand den Durchsuchungsbeschluss für das Haus der Familie Kerber auf den Tisch legt.

»Wir können los.«

Konstanze nickt und greift nach ihrer Jacke. Während der Fahrt sagt sie keinen Ton, sie schaut mit versteinerter Miene durch die Windschutzscheibe, und er ist überzeugt, dass sie nichts von der Umgebung wahrnimmt. Kein Wunder, er ist ja selbst völlig schockiert von den Ereignissen. Der Mann einer Kollegin wird im Zusammenhang mit dem Mord an Bea gesucht, und jetzt stellt sich auch noch heraus, dass er genau den Typ Wagen fährt, der sie zu dem sogenannten Drosselmörder führen könnte. Bislang bleibt Adam Schaffer verschwunden, und wenn er sich einigermaßen geschickt anstellt, kann das noch eine ganze Weile so bleiben. Dass er sein Handy zu Hause gelassen hat und damit die Möglichkeit, ihn darüber zu orten, ist alles andere als entlastend. Dennoch ist Nikolai noch nicht von seiner Schuld überzeugt, genauso gut könnte der Täter Tim Kerber heißen. Allein schon wegen Konstanze hofft er, dass sie irgendwo im Haus oder in seinem klapprigen Corsa auf Indizien stoßen, die diesen Verdacht untermauern und Adam damit entlasten.

Vorhin hat Nikolai noch mal mit dem Rechtsmediziner telefoniert. Beas Mörder kann den Tatort nicht ohne Blutspuren an der Kleidung verlassen haben. Natürlich besteht die Möglichkeit, dass Tim, falls er der Täter ist, seine Kleidung mittlerweile entsorgt hat, doch daran will er jetzt nicht denken. Erfahrungsgemäß trennen sich viele Täter nicht von kontaminierten Kleidungsstücken, weil sie nicht wissen, dass man Blut niemals endgültig entfernen kann, auch nicht mit Fleckentferner oder in der Waschmaschine.

Beas Eltern sind alles andere als erfreut bei seinem Anblick, und der Durchsuchungsbeschluss dient auch nicht dazu, die Stimmung zu heben.

»Tim ist mit dem Wagen unterwegs, keine Ahnung, wohin. Er sagt, er hält es hier nicht aus.« Frau Kerber gibt sich keine Mühe zu verbergen, dass sie Nikolai nicht leiden kann. Aus gutem Grund, wie er zugeben muss. Sein Name stand ganz oben in der vermaledeiten Traueranzeige. Außerdem hat er Finja betrogen, und er weiß, dass Frau Kerber sehr viel an Finja liegt.

Ihr Mann erklärt, an seinem Schreibtisch zu sitzen, falls jemand ihn braucht. Tims Zimmer liegen im ersten Stock, zwei sind es, eins zum Wohnen und eins zum Schlafen, dazu ein eigenes Bad. Kein Wunder, dass der Junge nicht auszieht.

»Besitzt Ihr Sohn eine dunkle Jacke mit Kapuze?«, will Konstanze wissen. Keiner, der sie jetzt erlebt, würde denken, dass ihr Privatleben gerade in Trümmern liegt. Sie wirkt kühl und souverän, wie immer.

»Das weiß ich nicht«, behauptet Frau Kerber. Sie ist keine sonderlich gute Schauspielerin und schafft es nicht, zu lügen und ihr gleichzeitig in die Augen zu sehen. Stattdessen konzentriert sie sich auf einen winzigen Fleck auf der Tapete, an dem sie mit angefeuchtetem Zeigefinger herumreibt.

»Frau Kerber«, seufzt Nikolai. »Jetzt erzählen Sie uns bitte nicht, dass Ihr Sohn seine Wäsche selbst wäscht. Das erledigen Sie. Und daher wissen Sie auch ganz genau, ob er so eine Jacke besitzt und ob sie in letzter Zeit gewaschen wurde. Also …« Auffordernd schaut er die Frau an.

Gerade als sie ihren Mund öffnen will, erscheint ihr Mann auf der Bildfläche. »Wir sind nicht verpflichtet, auf Ihre Fragen zu antworten und damit möglicherweise unseren Sohn zu belasten. Almuth, du sagst kein Wort, hörst du. Geh in die Küche.«

Es kostet Nikolai sehr viel Überwindung, seinen Frust nicht in die passenden Worte zu kleiden, doch es gelingt ihm einigermaßen. »Wie Sie meinen. Es sieht leider so aus, als könnte Ihr Sohn Tim in den Tod seiner Schwester verwickelt sein. Sollte sich unsere Vermutung bewahrheiten, können Sie ihn ohnehin nicht retten. Das ist Ihnen hoffentlich klar. Ihr Sohn schraubt doch an Autos rum. Wo bewahrt er sein Werkzeug auf?«

»In dem Raum hinter der Garage. Aber da befinden sich vor allem meine Sachen, und ich möchte nicht, dass Sie dort rumwühlen und alles durcheinanderbringen.«

»Kann ich mir denken«, knurrt Nikolai und wirft ihm einen vernichtenden Blick zu. Er hasst Leute, die meinen, kraft ihrer Wünsche oder ihres Namens bestehende Gesetze aushebeln zu können. »Aber der Durchsuchungsbeschluss erlaubt mir, nicht nur im Haus, sondern auch in sämtlichen Nebengebäuden und auf dem Grundstück zu suchen und auch in Tims Corsa. Und genau das werden wir jetzt tun.«

»Der Corsa ist nicht da, das habe ich doch gerade gesagt.« Jetzt klingt auch Frau Kerber wütend. Warum eigentlich, es geht doch um den Tod ihrer Tochter.

»Irgendwann wird Ihr Sohn ja wohl zurückkommen. Ich fange erst mal in der Garage an, meine Kollegen nehmen sich

Tims Zimmer vor. Sie bleiben bitte in der Küche sitzen. Ein Kollege wird sich zu Ihnen gesellen. Wir möchten nicht, dass irgendwelche Beweismittel verschwinden.« Er wendet sich zum Gehen, bleibt aber noch einmal stehen. »Ach so, Sie können gern Ihren Anwalt anrufen. Der wird Ihnen bestätigen, dass alles hier rechtens abläuft und Sie keine Widerspruchsmöglichkeit haben.«

In dem Raum hinter der Garage gibt es zwei Bereiche, und es bereitet Nikolai keine Schwierigkeit zu erkennen, wo Tim Kerber seine Sachen aufbewahrt. Die Gartengeräte und Werkzeuge seines Vaters hängen entweder in Reih und Glied und nach Größen sortiert vor einer weißen Lochwand, oder sie befinden sich in einem Schrank mit beschrifteten Fächern, und sie sehen allesamt so aus, als würden sie nie benutzt werden. Man könnte denken, dass Herr Kerber seine Schraubenzieher und Spaten regelmäßig auf Hochglanz poliert, eine Vorstellung, die zu ihm passen würde.

Sein Sohn ist da ganz anders. Sein Kram befindet sich in drei offenen Plastikkisten, völlig unsortiert und dreckig, ölige Lappen, eine halb ausgelaufene Dose Bremsflüssigkeit, ein einzelner Arbeitshandschuh. Nikolai hat keine Ahnung, was er sucht, vielleicht die Tatwaffe. Aber in der gesamten Werkstatt finden sich weder ein Messer noch eine dunkle Kapuzenjacke oder Schuhe, die Tim Kerber gehören könnten, und Nikolai beschließt, die Suche im Haus fortzusetzen.

Konstanze steht oben in Tims Schlafzimmer vor dem Fenster. Sie hält ein Blatt Papier in der Hand und hebt den Kopf, als Nikolai eintritt.

»Hör dir den Quatsch mal an: Dein Schmerz macht mich krank und wieder gesund, du bist meine Muse, mein Seelenfund.« Ihr Lachen klingt verzweifelt, und Nikolai zwingt sich ebenfalls zu lachen, wenigstens einmal.

»Das sind wohl seine berühmten Texte«, sagt er dann. »In der Garage ist nichts. Und hier?«

»Lächerliche Texte, Chaos im Kleiderschrank, aber keine Jacke mit Kapuze. Entweder er trägt sie gerade oder er hat sie verschwinden lassen. Dafür habe ich das entdeckt.« Sie öffnet den Kleiderschrank und holt einen schwarzen Anzug mit schmalen weißen Streifen hervor.

»Sollte er Mitglied der Mafia sein?«, grinst Nikolai. »Das ließe den Fall in einem völlig neuen Licht erscheinen.«

»Das gehört zu seinem Don-Fox-Outfit. Hier.« Konstanze zieht die Nachttischschublade auf und holt eine Postkarte hervor, Werbung für Don Fox. Es braucht einen Moment, bis Nikolai hinter der verspiegelten Sonnenbrille Tim Kerber erkennt. »Mein Gott«, murmelt er. »Das wäre mir ja peinlich.«

»Ihm wahrscheinlich auch. Ich habe Noten aller gängigen Schlagerhits gefunden. Der spielt alles, was das Seniorenherz erfreut, von Helene Fischer bis zu den Wildecker Herzbuben. Roland Kaiser und Rex Gildo natürlich auch. Alles.« Dann seufzt sie. »Die gesamte Kleidung muss eingetütet werden, vor allem die Schuhe. Vielleicht finden die Kriminaltechniker ja irgendwo Blutspuren.«

»Hast du im Hauswirtschaftsraum nachgesehen, dort, wo seine Mutter die schmutzige Wäsche sammelt? Es sieht ja nicht gerade so aus, als würde sie sich zurzeit für den Haushalt interessieren. Vielleicht hat sie seit Beas Tod noch gar nicht wieder die Waschmaschine angestellt.«

»Ja, das wäre super. Ich geh gleich nachschauen.« Anstatt aus dem Zimmer zu gehen, lässt sie sich einfach nur auf das Bett sinken und starrt auf ihre Hände. »Wenn wir nichts finden …«

… spricht das dafür, dass Adam der Täter ist, setzt Nikolai ihre Überlegung in Gedanken fort. Er beschließt, seine Kollegin ein paar Minuten in Ruhe zu lassen, und schaut sich in Tims Schlafzimmer um. Die Möbel stammen mit Sicherheit noch aus

seiner Jugend, vielleicht sogar aus seiner Kindheit. Ein schmales Bett, ein kleiner Nachttisch mit einer Klemmleuchte, ein zweitüriger Kleiderschrank, alles aus unbehandeltem Kiefernholz, mittelblau gestrichene Wände, auf dem Fußboden ein abgetretener Veloursteppich in Hellgrau. So haben Jugendliche vor zehn oder fünfzehn Jahren gewohnt, jedenfalls Jugendliche aus der sogenannten Mittelschicht wie Lehrerkinder. An die Wände hat Tim Poster seiner bisherigen Helden gepinnt: Max Giesinger, Mark Foster, Andreas Bourani. Nikolai fällt ein, dass Tim immer davon geträumt hat, sich in die Liste der erfolgreichen deutschen Singer-Songwriter einzureihen, bislang aber an seinem mangelnden Talent gescheitert ist.

Bei der Vernehmung im Präsidium sah er plötzlich ganz anders aus, wie der kleine Bruder von Alice Cooper. Etwas hat den kleinen Tim verändert, er will jetzt ein Großer sein, ein Böser, ein schwarzer Mann.

In Tims sogenanntem Wohnzimmer sehen die Möbel aus, als würden sie vom Sperrmüll stammen, aber das würden die alten Kerbers nicht dulden, da ist Nikolai ganz sicher. Vielleicht handelt es sich um alte Familienstücke. Eine grün-gold gemusterte Couchgarnitur aus den Sechzigerjahren, als Tisch dient eine Holzkiste mit einer Glasplatte darauf, an einer Wand hängen zwei elektrische Gitarren. Sofort muss er an sein eigenes Instrument denken, das Finjas Rachsucht zum Opfer gefallen ist. Bei der gelben Gitarre scheint es sich um einen Stratocaster-Nachbau zu handeln, die andere sieht aus wie ein billiges Kaufhausinstrument. Darunter steht das Keyboard, mit dem er als Don Fox auftritt. Auf dem Boden der Fensterwand sind bestimmt fünf Jahrgänge einer monatlich erscheinenden Zeitschrift speziell für Musiker gestapelt, außerdem jede Menge uralte *Bravo*-Hefte. In der Kiste unter der Glasplatte findet Nikolai eine Tabakdose, die ein paar Tütchen mit Marihuana und eine Schachtel mit zwölf weißen Pillen enthält. Sieh an, der

Kleine nimmt Drogen, wenigstens ab und zu. Eigentlich keine Überraschung.

Nachdenklich schaut Nikolai sich in dem Raum um. Wenn er ein Messer verstecken wollte, wo würde er das tun? Natürlich dort, wo es die meiste Mühe macht, den Gegenstand zu finden, und wo seine Mutter deshalb niemals nachsehen würde.

Sein Blick bleibt an den Zeitschriften hängen. Seufzend lässt er sich davor in die Knie sinken. Und dann nimmt er die Stapel auseinander, Heft für Heft.

Am Ende finden sie nichts, das Tim Kerber belastet. Nikolai schlägt Konstanze vor, nach Hause zu fahren. »Kümmere dich um Marius. Bring ihm schonend bei, dass wir nach seinem Vater fahnden müssen.«

KONSTANZE

Marius hat sich mal wieder in seine Horrorfilmwelt zurückgezogen. Früher saß er mit offenem Mund vor dem Fernsehapparat, wenn seine Lieblingsserien auf KiKa liefen, heute klebt sein Blick an der Mattscheibe, wenn jemand mit einer Kettensäge auf Leute losgeht und das Blut in alle Richtungen spritzt. Das hat nichts zu bedeuten, die Kids sind heutzutage so abgestumpft, dass sie die Bilder gar nicht an sich rankommen lassen, hat Konstanze irgendwo gelesen. Nicht jeder, der solche Filme mag, wird automatisch zum Massenmörder. Und doch wäre es ihr lieber, wenn Marius seine Zeit anders verbringen würde. Zum Beispiel draußen an der frischen Luft.

Jetzt bemerkt er, dass er nicht mehr allein ist. »Du bist schon zurück?« Er stellt die Flimmerkiste ab und springt auf. »Nichts zu tun? Alle Übeltäter hinter Schloss und Riegel gebracht?«

Stumm schüttelt sie den Kopf. »Ich hätte Lust auf was Süßes. Sind noch Kekse da?«

»Keine Ahnung. Soll ich nachschauen?« Ohne die Antwort abzuwarten, sprintet er Richtung Kellertreppe.

So viel Energie, denkt Konstanze voller Neid. Wenn sie selbst doch nur einen Bruchteil davon aufbringen könnte. Sie fühlt sich, als wäre sie uralt und sterbenskrank. Jede Bewegung kostet Überwindung. Und das Gespräch, das sie gleich führen muss, erscheint ihr wie ein Aufstieg auf den Mount Everest. Praktisch unmöglich.

»Hier, die sind noch von Weihnachten!«, verkündet Marius und hält triumphierend eine Tüte mit Mandelspekulatius in die Höhe.

Sie kann nichts sagen, nur denken, dass ihm gleich das fröhliche Lachen vergehen wird, wahrscheinlich für lange Zeit.

»Wir müssen noch vor dem Wochenende einkaufen, Mama. Denkst du daran?«

»Klar.« Eine Lüge, eine von vielen, aber eine von der unwichtigen Sorte. »Ich koch mir schnell einen Kaffee und dann setzen wir uns hin.«

Mit den Keksen in der Hand folgt er ihr in die Küche. Er hat sich irgendwann ein Brot geschmiert und alles auf dem Tisch stehen lassen. Die Butter ist dank der sommerlichen Wärme schon ganz weich. Schweigend stellt sie die Dose in den Kühlschrank. »Was willst du trinken?«

»Cola.«

Und dann ist es so weit. Der Kaffee dampft in ihrem Becher, die Spekulatius, die in einer Zeit gekauft wurden, als sie sich noch glücklich verheiratet wähnte, liegen auf einem Teller und Marius hat seine Cola bereits halb ausgetrunken.

»Pass auf. Ich muss dir etwas Schlimmes sagen. Dein Vater wird im Zusammenhang mit einem Gewaltverbrechen gesucht. Wir haben ihn zur Fahndung ausgeschrieben. Morgen, spätestens Samstag, wird sein Bild in der Zeitung erscheinen. Jetzt kann man es schon auf der Homepage der Polizei sehen.«

Der Keks, den er gerade in den Mund schieben wollte, landet auf dem Tisch. »Was … was hat er denn gemacht, Mama?«

»Das wissen wir noch nicht. Er wird als Zeuge gesucht.«

Zuerst nickt er zögernd, dann geht ein Ruck durch seinen schlaksigen Körper. »Aber nicht mit Foto, das dürft ihr doch gar nicht. Um was für ein Verbrechen geht es?« Mit allem hat sie gerechnet, mit Trotz, mit Tränen, damit, dass er türenknallend aus dem Haus rennt, aber nicht damit, dass Marius so ruhig bleibt.

»Um ein Tötungsdelikt. Es kann sein, dass dein Vater einen jungen Mann zum Mord an seiner Schwester angestiftet hat.«

»Und wer sagt das?«

»Dieser junge Mann. Anscheinend hat dein Vater sich seit Wochen abends in einer Kneipe aufgehalten. Er nannte sich Raphael und hat sich als Schriftsteller ausgegeben.«

»Das muss doch nicht stimmen.«

»Der junge Mann hat ein Phantombild erstellt, das keinen Zweifel zulässt. Damit waren wir in der Kneipe und dort kann man sich sehr gut an Papa erinnern.«

»Das ist nicht alles, das sehe ich dir an.«

Wie klug ihr Junge doch ist. »Der junge Mann behauptet, dass nicht er, sondern Papa den Mord begangen hat. Bei dem Mordopfer handelt es sich um seine Schwester.«

»War er dabei?«

»Nein. Aber angeblich hat er Papa den Namen seiner Schwester genannt, sie war Steuerberaterin und nicht schwer zu finden.«

»Papa bringt doch keine Leute um!«, heult Marius auf. »Das glaubst du doch nicht wirklich, oder?«

»Nein, natürlich nicht. Papa ist kein Mörder. Das wissen wir beide.« *Er ist nur verschwunden und hat unser Sparbuch leergeräumt.* Mit größter Anstrengung bringt sie eine Art Lächeln zustande, während sie, ohne hinzusehen, einen Spekulatius zerbröselt. »Es kann ja sein, dass er einfach nur abends in dieser Kneipe gesessen und mit dem jungen Mann geredet hat. Und der ganze Rest ist eine Lüge.«

»Genau. So etwas würde mein Vater nie machen. Das weißt du doch, oder?«

»Natürlich. Wir beide wissen das, du und ich.«

NIKOLAI

Eine tote Frau auf dem Parkplatz eines Restaurants, das direkt am Stadtwald liegt. Die Kollegen von der Streife sind überzeugt, dass es sich um ein weiteres Opfer des Drosselmörders handelt. Während der Fahrt schimpft Nikolai pausenlos vor sich hin. »Wer ist denn jetzt noch so dämlich, am Arsch der Welt joggen zu gehen? Lesen die Leute keine Zeitung?«

Florian, der neben ihm mit seinem Smartphone spielt, gibt zuerst keine Antwort. Dann sagt er: »Aber wie soll man leben, wenn man sich nur noch fürchtet?«

»Besser so leben als gar nicht«, blafft Nikolai ihn an. »Schließlich gibt es tausend andere Möglichkeiten, sich fit zu halten.«

»Ja, sicher …«

Das Restaurant heißt *Hölderlin*, und Nikolai meint sich vage zu erinnern, dass es vor Kurzem geschlossen wurde. Der Parkplatz ist abgesperrt, und sie müssen ihre Dienstmarke zeigen, um durchgelassen zu werden. Nikolais Blick fällt auf mehrere Streifenwagen, einen dunkelgrünen Kleinwagen von Toyota und ein weißes Golf-Cabriolet. Ein Blick auf das Kennzeichen lässt ihn laut aufstöhnen. HB AK 125. Der Wagen gehört Alexandra Kanngießer. Wie hat sie so schnell Wind von der Sache bekommen?

»Na super, die Presse ist auch schon da«, stößt er wütend aus. »Der weiße Golf gehört Alexandra Kanngießer.«

»Ach du Scheiße.«

Kaum dass der Wagen steht, springt Nikolai heraus und scannt die Umgebung nach einer hochgewachsenen Frau mit kastanienbraunem Haar ab. Vergeblich.

Einer der Kollegen in Uniform macht ihn darauf aufmerksam, dass die Tote hinter der efeubewachsenen Doppelgarage liegt.

»Okay. Es hat ja wohl keiner von euch mit der Presse geredet, oder?«

Ratlos nimmt der Kollege seine Mütze ab und kratzt sich am Hinterkopf. »Presse? Hab keinen gesehen.«

Wer weiß, unter welchem Vorwand Alexandra sich hier eingeschlichen hat. »Wir schauen mal …« Wie immer in solchen Momenten versucht Nikolai, alle Anwesenden auszublenden, um sich einzig auf das Wichtige zu konzentrieren, die Leiche.

»Ach du Scheiße, das ist Alexandra Kanngießer!« Er kann nicht verhindern, dass seine Stimme verrät, wie schockiert er ist.

Der Kollege nickt. »Richtig, wir haben das Nummernschild von dem Golf schon überprüft. Er ist auf eine Alexandra Kanngießer zugelassen. Hat die was mit unserer Innensenatorin zu tun?«

»Sie ist ihre Tochter.«

»Oh. Also wenn Sie mich fragen, war das der Drosselmörder. Auch wenn sie keine Laufklamotten trägt. Sieht aber so aus, als hätte man sie mit einem Draht erdrosselt. Und mit roher Gewalt missbraucht.«

Am liebsten würde Nikolai dem Mann den Mund verbieten. Seine Schlussfolgerungen möchte er nicht hören, bevor er sich nicht selbst ein Bild gemacht hat.

Alexandra Kanngießer ist nicht blond, und sie wollte auf keinen Fall joggen, nicht mal spazieren gehen. Für diese Schlussfolgerung reicht ein Blick auf ihr Schuhwerk, High Heels aus glänzendem Lackleder mit nadelspitzen Absätzen. Damit kann man sich nur auf festem Untergrund bewegen.

Sie trägt einen knielangen schwarzen Mantel, der weit aufgeklafft ist. Darunter wird ein figurbetontes grünes Kleid sichtbar, am Oberkörper noch völlig unversehrt, Brüste scheinen den Täter nicht anzumachen. Von der Taille abwärts hat der Täter das Gewebe mit einem Messer zerfetzt und dabei an vielen Stellen auch in die Haut geschnitten. Strumpfhose und Slip sind ebenfalls völlig kaputt.

Die Tote liegt auf dem Rücken, die Augen weit aufgerissen, den Mund geöffnet zu einem letzten Schrei. Ihre Beine sind leicht gespreizt, sie trägt nur noch einen Schuh, den anderen entdeckt Nikolai einen halben Meter entfernt. Auf Gesicht und Hals sind weißliche Flecken getrocknet, Sperma, da ist er sich so gut wie sicher. Kann sie wirklich ein Opfer des Drosselmörders sein, oder hat hier jemand versucht, genau das vorzutäuschen. Sperma hat der Täter bislang nicht hinterlassen, schon gar nicht so offensichtlich.

Obwohl er Grund genug hätte, sich über Alexandra Kanngießers unrühmliches Ende zu freuen, verspürt Nikolai eine unbändige Wut in sich aufsteigen. Was ist das für ein Mensch, der sich anmaßt, andere einfach auszulöschen, auf so brutale Art und Weise auch noch, als wären seine Opfer keine lebenden Menschen, sondern Sandsäcke, an denen er sich abreagieren kann? Fragt so eine Bestie sich wirklich nie, wie die Mütter der Opfer weiterleben sollen, die Väter, die Männer, die ihre Liebste hergeben müssen? Wer ist zu so etwas fähig? Geht er am nächsten Tag zur Arbeit, als wäre nichts gewesen, nimmt er seine Frau in den Arm, seine Kinder, spendet er Weihnachten Geld für Unicef?

Für einen kurzen Moment wird er aus seinen Gedanken gerissen, weil jemand lautstark seinen Mageninhalt auf den Boden katapultiert. Florian. Merkwürdig, das ist doch nicht seine erste Leiche.

»Alles wie gehabt«, seufzt der Rechtsmediziner. »Erdrosselt mit einem dünnen Draht, die Bekleidung vom Körper geschnitten, noch brachialer als bei den letzten Malen, würde ich sagen. Er hat sich richtig ausgetobt. Über das Ausmaß der vaginalen und analen Verletzungen kann ich noch nichts sagen. Diesmal allerdings hat er ihr nicht das Haar in den Mund gesteckt, sondern zusammengeknülltes Zeitungspapier. Und er hat auf die Leiche ejakuliert.«

Seine Worte lassen Nikolai aufhorchen. »Das mit der Zeitung ist wichtig. Ich muss unbedingt wissen, was auf der Seite steht. Ich denke an das provokante Interview mit der Psychologin aus Trier. Vielleicht will der Täter uns etwas mitteilen, nämlich dass dieser Mord seine Antwort ist auf den Artikel.«

Der Rechtsmediziner nickt zustimmend. »Er will der Welt beweisen, dass er keineswegs unter einer Erektionsstörung leidet.«

»Das ist ihm so wichtig, dass er demonstrativ sein Sperma hinterlässt. Aber gut, seine DNA haben wir längst. Wenn er nicht komplett naiv ist, muss ihm das klar sein. Was ist mit einem Handy?«

»Negativ. Ihre Handtasche fehlt auch.«

Dieses Mal wird er darauf bestehen, dass Jochen persönlich die Hiobsbotschaft überbringt, schließlich ist Dr. Katharina Kanngießer ihre oberste Dienstherrin. Er zieht sein Smartphone aus der Tasche und ruft Jochen an. Begeistert ist der Leiter seines Dezernats nicht, doch er sieht ein, dass diese unangenehme Aufgabe sein Part ist. »Wisst ihr schon irgendwas, das ich ihr sagen kann?«

»Für mich sieht es so aus, als wäre unser Drosselmörder am Werk gewesen. Aber vor der Obduktion sollten wir uns besser bedeckt halten. In jedem Fall hat der Täter ihr Zeitungspapier in den Mund gestopft, und wenn du mich fragst, ist das eine Botschaft.«

»Du denkst an dieses Interview mit der angeblichen Psychologin?«

»Genau. Finja hat ja gemeint, damit sei sie dem Täter heftig auf den Schlips getreten. Kann ich mir sehr gut vorstellen. Wer liest schon gern in der Zeitung, dass er keinen hochkriegt.«

»Klingt schlüssig, diese Theorie werde ich aber der Senatorin gegenüber nicht erwähnen. Hört sich sonst so an, als würde ich sagen, dass Alexandra Kanngießer selbst die Schuld an ihrem Ende trägt.« Er räuspert sich. »Obwohl ich genau das denke. Im Vergleich zu den anderen Frauen hat es irgendwie die Richtige getroffen. Blödsinn!«, schnauft er sofort. »Vergiss den letzten Satz. Das hat kein Mensch verdient.«

Nachdem er das Gespräch beendet hat, steckt Nikolai das Handy ein und stellt sich neben den Rechtsmediziner, der seine Sachen bereits zusammenpackt.

»Wie lange ist sie tot?«

»Keine vierundzwanzig Stunden, genauer möchte ich mich noch nicht festlegen.«

Die Tatumstände sind nicht die gleichen wie bei den drei vorigen Morden, und dennoch zweifelt niemand daran, dass der Täter derselbe war. Die Drosselfurche, die für einen dünnen Draht als Tatwerkzeug spricht, die zerfetzte Kleidung im Bereich des Unterkörpers, die oberflächlichen Schnittwunden, die dabei entstanden sind, fehlende Kampfspuren.

Das Interview stand vor einer knappen Woche in der Zeitung, und Nikolai zweifelt nicht daran, dass diese Provokation die Ursache für Alexandras Tod ist. Hat der Täter sie seither verfolgt? Was wollte sie überhaupt hier, das Lokal ist doch geschlossen, und sie ist nicht so angezogen wie jemand, der einen Waldspaziergang plant.

Mit vor der Brust verschränkten Armen stellt er sich ein wenig abseits und beobachtet das Treiben der Kriminaltechniker. Auf dem Parkplatz, der nach dem Schließen des Lokals von Spaziergängern genutzt wird, die von hier aus in den nahen Stadtwald gehen, gibt es viele Reifenspuren, die gesichert werden müssen, ansonsten das Übliche, Kippen, Bonbonpapier, ein kaputter Kugelschreiber.

Neben der Toten lassen sich mehrere Sohlenabdrücke nehmen, die alle von einem Sportschuh stammen.

»Ich wette, der hat wieder nagelneue Schuhe von Deichmann getragen«, sagt jemand. »Der denkt an alles.«

»Wir kriegen ihn trotzdem«, verspricht Nikolai und keiner widerspricht. »Florian!«

Der Kleine sieht immer noch ein bisschen grünlich aus um die Nase, aber er bemüht sich, das zu überspielen.

»Geht's wieder?«

»Klar.«

»Gut. Wir fahren zurück. Ich brauche sofort eine Liste von Alexandra Kanngießers Telefonverbindungen. Ich möchte wissen, was die Frau hier draußen wollte. Klemm dich dahinter und lass dich auf gar keinen Fall abwimmeln. Ich werde zuerst ihren Chef und dann ihre Schwester befragen. Vielleicht weiß jemand, was sie hier wollte.«

FINJA

Heute Nachmittag hat Nikolai angerufen.

»Habt ihr schon was rausgefunden? War die Frikadelle vergiftet?«, lautete ihre erste Frage.

»So schnell geht das nicht. Pass auf, solange wir nichts wissen, möchte ich weder, dass du China unbeaufsichtigt in den Garten lässt, noch, dass du im Dunkeln mit ihr spazieren gehst, schon gar nicht dort, wo keine Häuser stehen. Wenn jemand spätabends oder in der Nacht in deinem Garten war, und danach sieht es ja aus, könnte das gefährlich sein. Ich hole dich um halb zehn ab, dann laufen wir ein Stück mit dem Hund.« Und dann hat er aufgelegt, bevor sie widersprechen konnte.

Seither kann sie an nichts anderes denken. Sie musste sich zwingen, etwas zu essen, und hat sich danach mehrfach umgezogen, um sich am Ende für Jeans und eine weiße Bluse zu entscheiden, die so ähnlich aussieht wie die, in der Nikolai sie zum ersten Mal gesehen hat. Inzwischen zeigt die Uhr halb zehn. Ihr Herz schlägt ein paar Takte zu schnell, vor Nervosität marschiert sie im Flur auf und ab, und jedes Mal, wenn sie am Spiegel vorbeikommt, vergewissert sie sich, dass ihre Haare so fallen, wie sie sich das vorstellt. Als hätte sie ein Date. Dabei ist sie doch nur mit ihrem Ex-Freund verabredet, um den Hund auszuführen.

Als ihr Handy klingelt und Nikolais Nummer auf dem Display erscheint, bringt sie kaum ihren Namen heraus.

»Es tut mir wahnsinnig leid, aber ich schaffe es nicht.«

»Macht nichts«, sagt sie rau und merkt selbst, wie enttäuscht das klingt.

»Doch, natürlich macht es was. Aber ich kann mich hier wirklich nicht abseilen. Wir haben gerade eine weitere Leiche gefunden. Alexandra Kanngießer.«

»Was?« Beim besten Willen kann Finja sich Alexandra nicht tot vorstellen, schon gar nicht als Mordopfer, woran auch immer das liegen mag.

»Alexandra ist tot. Sieht so aus, als hätte der Serientäter sich für das Interview gerächt. Wenn ich die äußeren Umstände richtig deute, war sie mit ihrem Mörder verabredet. Ich muss heute noch mit dem Chefredakteur reden und danach mit Charlotte. Vielleicht weiß einer von ihnen etwas, das uns weiterbringt.«

»Ja, beeil dich.« Es ist Finja egal, dass ihre Worte trotzig klingen, sie ist enttäuscht und ziemlich wütend. Wenn ihr Neuanfang so aussehen soll, kann sie darauf verzichten.

Er seufzt hörbar. »Glaub mir, wenn ich wählen könnte, würde ich dich nicht versetzen. Aber hier brennt die Luft, das kannst du dir doch vorstellen. Wir suchen mit Hochdruck einen Mann, der drei Frauen kaltblütig ermordet hat. Ganz sicher wird er nicht aufhören, bevor wir ihn gefunden haben. Und jetzt hat es die Tochter unserer Innensenatorin getroffen.«

»Schon gut, ist ja nicht das erste Mal, dass so etwas passiert.«

»Ja, eine erfahrene Bullenbraut wie du kennt das ja.« Er lacht, aber er klingt alles andere als fröhlich. »Geh mit China bitte nur an der Straße entlang, versprich mir das.«

»Okay. Eigentlich passt mir das ganz gut. Ich muss heute Abend noch packen. Wie du weißt, werde ich das Wochenende mit einem sehr netten Mann verbringen. Für ihn bin *ich* das Wichtigste im Leben. Eine völlig neue Erfahrung, so im Mittelpunkt zu stehen und nicht ständig versetzt zu werden.«

»Ich weiß nicht, warum du so etwas sagst. Für mich bist du auch das Wichtigste im Leben. Die einzige Frau, mit der ich zusammen sein will.«

Im Hintergrund hört sie eine ungeduldige Stimme, es könnte Jochen sein, und Nikolai muss das Gespräch beenden. »Kann ich später noch mal anrufen? Oder vorbeikommen?«

»Bitte nicht. Ich will so bald wie möglich ins Bett gehen, damit ich morgen ausgeschlafen bin.«

»Du willst wirklich mit einem Ex-Patienten verreisen?«

Sie tut so, als würde sie die Enttäuschung in seiner Stimme nicht bemerken, und sagt betont fröhlich: »Das weißt du doch. Wir können ja nächste Woche noch mal telefonieren.«

Der Triumph, ihn verletzt zu haben, fühlt sich bei Weitem nicht mehr so großartig an wie beim letzten Mal, ehrlich gesagt sogar ziemlich mies. Nikolai ist Polizist, er brennt für seinen Job, und eigentlich findet sie das gut so, ihr geht es ja nicht anders. Er muss jetzt seine Arbeit erledigen, das ist ihr schon klar.

Für einen Moment möchte sie noch mal anrufen und sich entschuldigen, aber sie kann sich nicht überwinden. Vielleicht ist das ja auch ein Wink des Schicksals, sie gehören nicht mehr zusammen, und sie sollte nicht daran zweifeln, dass die Beziehung vorbei ist.

Nachdem Finja ein Stück mit China gegangen ist, an der Straße entlang, wie sie es Nikolai versprochen hat, verbringt sie den Rest des Abends damit, Sachen in ihre Reisetasche zu packen und wieder herauszunehmen. Steht Sebastian auf Unterwäsche aus Spitze, braucht sie ein Nachthemd; soll sie neben den Strandklamotten auch etwas Romantisches mitnehmen?

Zwischendurch streichelt sie China und verspricht ihr hoch und heilig, dass sie das nächste Wochenende nur mit ihr verbringen wird. Ihr ist bewusst, dass die Hündin Sebastian nicht sonderlich mag, eigentlich ein Ausschlusskriterium für eine Beziehung.

Andererseits geht es nur um ein gemeinsames Wochenende an der Küste, um sich besser kennenzulernen, und es wäre albern, jetzt schon an eine Beziehung zu denken.

Irgendwann geht sie zum Spiegel und schaut sich kritisch an. Finja ist keine herausragende Schönheit wie Charlotte, aber auch nicht abstoßend oder hässlich. Es gibt Männer, attraktive Männer, die sich auf Anhieb in sie verliebt haben, Nikolai zum Beispiel.

In zwei Monaten wird sie siebenunddreißig. Ist es nicht verständlich, dass sie sich einen Mann wünscht, der sie liebt, der nur mit ihr zusammen sein will, bis ans Ende ihrer Tage? Sie will doch einfach nur glücklich sein, ihrem Partner vertrauen können, so wie alle anderen Menschen auch.

Vertrauen. Während sie zum dritten Mal die rote Mohairjacke in die Tasche legt, fällt ihr ein, dass es immer noch Dinge gibt, die Sebastian nicht weiß. Er kennt weder ihre richtige Adresse noch ihre private Handynummer. Um nicht in Erklärungsnot zu geraten, sollte sie das private Handy zu Hause lassen. Vor allem aber sollte sie ihm die Wahrheit sagen.

Um halb eins wird sie von ihrem Handy geweckt. Nikolai. Sie nimmt das Gespräch nicht entgegen.

NIKOLAI

Ohne diesen neuen Mord hätte er heute Morgen vielleicht in seinem eigenen Bett aufwachen können und alles wäre wieder gut. Krampfhaft versucht Nikolai den Gedanken zu verdrängen, dass Finja heute mit einem anderen in Urlaub fahren und mit Sicherheit in einem Doppelzimmer übernachten wird; natürlich gelingt es ihm nicht. Morgen früh wird ein anderer neben ihr aufwachen.

Die Tür fliegt auf und Jochen schnauft herein. »Und? Was wissen wir?« Er reibt die Hände, als könne er es kaum erwarten, etwas zu tun.

»Ich war gerade bei der Obduktion. Die Überraschung zuerst, Alexandra Kanngießer wurde nicht missbraucht. Keinerlei Verletzungen bis auf die oberflächlichen Schnittwunden, die entstanden sind, als er die Bekleidung des Unterkörpers in Fetzen geschnitten hat. Sie wurde mit demselben Draht wie die anderen Opfer erdrosselt. Ob die DNA, die das Labor aus dem Sperma gewinnen konnte, mit der Täter-DNA übereinstimmt, wissen wir spätestens morgen früh. Aber ich denke, daran zweifelt keiner von uns. Die Zeitung in ihrem Mund war tatsächlich die Doppelseite, auf der das gefakte Interview mit der Psychologin stand. Todeszeitpunkt vorgestern gegen zwanzig

Uhr. Und er hat über Gesicht und Oberkörper ejakuliert. Was das bedeutet, ist ja wohl klar. Er ist nicht impotent, so wie es in der Zeitung stand, und er erträgt es nicht, dass die Welt so von ihm denkt.«

»In jedem Fall muss man das auch als Zeichen der Verachtung werten. Aber warum hat er sich nicht an ihr vergangen?«, wundert sich Jochen.

»Sie war nicht sein Typ. Sie hat ihn nicht angemacht. Oder sie war nicht gut genug für seinen Schwanz, genau wie die anderen Opfer. Bildlich gesprochen wollte er sich nicht an ihnen schmutzig machen.«

Jochen nickt. »Ich würde jetzt denken, dass ihn die Morde sexuell erregt haben. Wahrscheinlich hat er masturbiert, aber ein Kondom benutzt, damit wir sein kostbares Sperma nicht nachweisen können.«

»Kann gut sein. In jedem Fall wollte er Alexandra Kanngießer bestrafen. Und wir sollen wissen, dass er für ihren Tod verantwortlich ist. Deshalb dieselbe Tatwaffe wie bei den anderen und der Zeitungsartikel in ihrem Mund. Sie sollte an ihren eigenen Lügen ersticken, obwohl sie natürlich schon tot war. Jetzt fühlt er sich wahrscheinlich wieder gut. Seine Ehre ist wieder hergestellt.«

»Total krank, entbehrt aber nicht einer gewissen Logik.« Missbilligend verzieht Jochen das Gesicht. »Wissen wir schon, was sie da draußen wollte?«

Nur ungern erinnert Nikolai sich an den gestrigen Abend. Zusammen mit einer Beamtin, die darauf geschult ist, Angehörige von Mordopfern zu betreuen, hat er Charlotte die Nachricht überbracht, dass ihre Schwester nicht mehr lebt. Sie hat hysterisch gekreischt und angefangen, wieder an ihren Haaren zu reißen, am Ende mussten sie einen Arzt rufen. Mit sehr viel Geduld ist es ihm allerdings gelungen, ihr noch eine

Information zu entlocken: Alexandra war am Abend ihres Todes verabredet. Näheres hat sie nicht erzählt.

»Vorhin war ich bei ihrem Chef. Sie hat Andeutungen gemacht, dass sie einen Informanden aufgetan hat, der ihr was über Ermittlungspannen bei der Polizei erzählen wollte. Er war sauer, weil sie sich gestern Morgen per WhatsApp krankgemeldet hat. Telefonisch war sie nicht zu erreichen, kein Wunder, sie war ja schon tot. Die WhatsApp muss der Täter mit ihrem Handy abgesetzt haben.«

Florian, der bislang nur zugehört hat, springt auf. »Genau. Den ganzen Tag über hat die Redaktion versucht, sie zu erreichen. Interessanter ist ein Anruf, den sie am Tag vor ihrem Tod bekommen hat, Dauer etwa fünf Minuten, und der andere Teilnehmer hat das Handy von dem zweiten Mordopfer dafür genutzt.«

»Der Typ wusste genau, wie er sie kriegt!«, ruft Nikolai aufgeregt. »Er brauchte nur anzurufen und zu behaupten, dass er Infos hat, mit denen sie glänzen kann. Er schlägt einen abgelegenen Treffpunkt vor und sie tappt in die Falle.«

Florian nickt. »Der Typ ist wirklich nicht blöde.«

»Mit seinem Sperma hinterlässt er ganz bewusst seine biologische Visitenkarte, weil er weiß, dass er nirgends registriert ist. Wahrscheinlich schwelgt er in Allmachtsfantasien und glaubt, unangreifbar zu sein. Ein Genie, das die Polizei vorführt.« Wütend pfeffert Nikolai seinen Kuli auf den Schreibtisch. »Ich möchte gar nicht wissen, was er als Nächstes plant.«

KONSTANZE

Konstanze hat beschlossen, sich ein langes Wochenende zu nehmen, sie kann einfach nicht mehr und Jochen hat zähneknirschend zugestimmt. Diese drei Tage sollen nur ihr und Marius gehören. Aus den Nachrichten weiß sie, dass erneut eine erdrosselte Frau aufgefunden wurde. Doch ihr schlechtes Gewissen hält sich in Grenzen. Nikolai ist ein erfahrener Kollege, der auch ohne ihre Hilfe auskommt. Ihr Handy ist abgeschaltet, damit keiner aus dem Präsidium sie erreichen kann.

Sie hat ihrem Sohn angeboten, die Schule zu schwänzen, *ich schreib dir eine Entschuldigung,* und er hat nicht eine Sekunde gezögert, ihr Angebot anzunehmen. Zusammen haben sie den restlichen Mutterboden hinter das Haus gekarrt, jetzt sitzen sie frisch geduscht, aber völlig erschöpft auf der Couch, schauen sich irgendwelchen Blödsinn im Fernsehen an und bedienen sich abwechselnd aus einer Tüte mit Kartoffelchips.

»Glaubst du, dass Papa jetzt an uns denkt?«, fragt Marius nach einiger Zeit, und sie beeilt sich zu versichern, dass er das ganz bestimmt macht.

»Ich könnte mir vorstellen, dass er ziemlich verzweifelt ist«, sagt sie leise.

»Mir egal. Weißt du, was gestern Abend passiert ist? Helge hat mich angerufen und gesagt, ich soll mal auf die Internetseite der Polizei klicken. Der hat das Bild gesehen und auch das von dieser Luna. Warum hast du mir nichts von Papas Freundin erzählt? Ich wette, dass jeder an der Schule schon Bescheid weiß.«

»Warte ein paar Tage ab, dann hat sich die Aufregung wieder gelegt.«

Natürlich reicht das nicht, um die Wogen zu glätten. »Du machst es dir ja verdammt einfach!« Wütend springt er auf und stellt den Fernsehapparat aus.

»Nein«, sagt sie ruhig. »Dein Vater macht es sich verdammt einfach. Für mich ist das eine sehr schwierige Situation, genau wie für dich. Weglaufen ist immer leichter als dableiben und die Schwierigkeiten aushalten.« Sie will nach seiner Hand greifen, doch er reißt sich ungestüm los.

»Merkst du eigentlich, wie scheinheilig du daherredest? Ihr seid doch verheiratet! Warum hast du nicht gewusst, dass dein Mann sein heiß geliebtes Theaterprojekt aufgegeben hat und stattdessen jeden Abend in einer Kneipe abhängt mit einer Frau, die aussieht, als wäre sie nicht viel älter als ich? Was führt ihr denn für eine beschissene Ehe, in der keiner sich für den anderen interessiert? Kannst du mir das mal erklären, Mama? Das wäre mir sehr viel lieber als deine salbungsvollen Worthülsen, die keinem weiterhelfen!« Er steht bereits an der Tür, die Hand auf der Klinke. »Fragst du dich gar nicht, wie es in mir aussieht, wie ich mich fühle? Oder ist das nicht so wichtig wie dein beschissener Job? Lieber fremde Probleme lösen als die eigenen, stimmt's? Ich schnapp mir mein Rad und fahr ein bisschen rum.«

»Aber nicht so lange«, sagt sie ganz automatisch, so als wäre er immer noch ihr kleiner Junge und nicht ein junger Mann von vierzehn Jahren, dessen Kindheit gerade zu Ende geht.

Als die Haustür ins Schloss fällt, gestattet Konstanze sich endlich die Tränen, die sie seit Stunden zurückhält. Tief in ihrem Herzen zweifelt sie nicht daran, dass sie das mit Marius wieder hinkriegen wird. Im Grunde stehen sie sich doch sehr nahe. Und das, was er über den Zustand ihrer Ehe von sich gegeben hat, entspricht ja der Wahrheit. Eine traurige Geschichte ohne Happy End, wie so viele in dieser Zeit.

Vielleicht sollte sie schnell im Präsidium anrufen und nach den neuesten Entwicklungen fragen. Nein, das Smartphone bleibt aus. Sie wird die Küche aufräumen, Fleisch auftauen für ein Abendessen nach Marius' Geschmack und dann eins der vielen ungelesenen Bücher aufschlagen, um sich abzulenken.

FINJA

Halb fünf, Sebastian muss jeden Augenblick kommen. Finja ist aufgeregt. Einer plötzlichen Eingebung folgend, holt sie ihr Privathandy heraus, das sie im letzten Moment doch in die Tasche gepackt hat, und tippt eine WhatsApp. »Sebastian Krüger, Kirchgasse 17 in Bremen.« Bevor sie es sich anders überlegen kann, sendet sie die Nachricht an Konstanze und stellt das Smartphone wieder auf lautlos. Sie könnte es auch ganz ausschalten, aber dann ließe sich das Gerät nicht anpeilen. Ein lächerlicher Gedanke, den sie rasch beiseiteschiebt. Noch zehn Minuten, am besten wartet sie vor dem Haus.

Sebastian erscheint fünf Minuten zu früh. Sein Alfa Romeo sieht aus, als käme er direkt aus der Waschanlage, hier und da funkeln noch ein paar Wassertröpfchen in der Sonne. Mit Schwung springt er aus dem Wagen, sein Haar ist ein wenig zerzaust, was ihm ausnehmend gut steht, und die mokkabraune Jacke lässt seine Augen leuchten.

»Hey, guten Tag.« Er küsst sie auf beide Wangen. China begrüßt er nicht so enthusiastisch, er streicht ihr nur kurz über den Kopf. Ob er insgeheim gehofft hat, dass sie die Hündin doch noch anderweitig unterbringen konnte? Ein Gedanke, den sie sofort bereut, als er mit einer angedeuteten

Verbeugung die hintere Autotür öffnet und ihr Blick auf ein Hundesicherheitsgeschirr und eine Decke fällt, beige mit einem Muster aus schwarzen Hundetatzen, die die gesamte Rückbank bedeckt.

»Ich fahre am liebsten mit meinem eigenen Wagen, und da du ja nur im Doppelpack zu haben bist, hab ich beschlossen, den Alfa ein wenig aufzurüsten. Ich hoffe, das reicht.«

Damit hat sie wirklich nicht gerechnet, am liebsten würde sie ihm jetzt um den Hals fallen. Aber das hebt sie sich lieber für später auf. »Das ist wunderbar. Danke.«

»Dann nichts wie los.« Er bückt sich und krault China hinter den Ohren. »Wir werden uns schon aneinander gewöhnen«

Während Sebastian die Reisetasche im Kofferraum unterbringt, legt Finja ihrer Hündin das Sicherheitsgeschirr an und befestigt den kurzen Gurt mit einem Klick im Gurtschloss. China schaut ein wenig irritiert aus der Wäsche, aber sie werden ja nicht ewig unterwegs sein.

»Wohin geht die Reise?«

»Lass dich überraschen.«

Die Musikanlage ist auf Radio eingestellt, Bremen vier, der Gute-Laune-Sender, Max Herre schwebt auf Wolke sieben, es folgt ein trauriger Song von Pink, dann kommen die Nachrichten. Als der Sprecher von dem Fund einer neuen Frauenleiche spricht, verzieht Sebastian unwillig das Gesicht. »Immer diese schrecklichen Nachrichten, das hält doch keiner aus.« Er stellt die Anlage auf eine CD um, irgendwas Spanisches, das Finja noch nie gehört hat. Dann biegt er auf die Autobahn Richtung Bremen-Stadt und tritt das Gaspedal durch.

Wenn Finja ausnahmsweise mal schneller als hundertsechzig Stundenkilometer fährt, was so gut wie nie vorkommt, muss die Autobahn völlig frei sein. Aber davon kann an einem Freitagnachmittag nicht die Rede sein. Entsprechend krampft ihr Herz sich jedes Mal zusammen, wenn ihr Blick den Tacho streift. Zweihundert Stundenkilometer, manchmal auch zweihundertzwanzig, das ist eindeutig zu schnell, um sich entspannt zurückzulehnen und die Fahrt zu genießen. Ein Blick über ihre Schulter macht klar, dass auch China sich nicht wohlfühlt. Sie drückt ihren Körper ganz flach auf die Rückbank.

Bei dem Tempo ist Finja froh, dass Sebastian sich auf den Verkehr konzentriert und kaum etwas sagt. Sie schweigt ebenfalls, um ihn nicht abzulenken, und schließt die Augen.

Eine warme Hand legt sich auf ihre. »Fahre ich zu schnell? Entschuldige bitte, gewöhnlich hab ich es eilig, wenn ich mit dem Wagen unterwegs bin. Aber heute können wir uns ja Zeit lassen.«

Er bremst ab, bis der Tacho einhundertachtzig anzeigt, für Finja immer noch sehr schnell, aber erträglich. Nach einer Weile wechselt Sebastian auf die A28 Richtung Oldenburg, dann nimmt er die A29, die schlechter ausgebaut ist, was ihn aber nicht davon abhält, weiterhin so zügig zu fahren. In Schortens verlassen sie die Autobahn und Finja atmet heimlich auf. Auf der Landstraße hält er sich exakt an die Geschwindigkeitsbegrenzungen.

Je näher sie der Küste kommen, umso karger wird die Landschaft, und sie merkt, dass ihr diese Monotonie nicht gefällt. Im Leben möchte sie hier keinen Urlaub verbringen, allein das raue Klima und der ständige Wind würden sie stören. Sie überholen eine Kolonne von Radfahrern im Rentenalter und später eine Kutsche, die von zwei gescheckten Ponys gezogen wird.

Schließlich biegt Sebastian in eine kleine Straße Richtung Werdum, hier gibt es kaum noch Häuser und auch keine geschlossenen Ortschaften mehr, nur endloses Weideland. Endlich scheint Sebastian sich zu entspannen, die scharfen Linien um seinen Mund sind verschwunden und er umklammert das Lenkrad nicht mehr so fest. Auch China setzt sich auf.

Ganz unerwartet stoppt der Wagen vor einer mannshohen weiß verputzten Mauer. Der obere Abschluss besteht aus einbetonierten Glasscherben, die das Licht reflektieren. So etwas hat Finja ewig nicht mehr gesehen, sie glaubt sogar, dass es heutzutage verboten ist, sich auf diese Weise vor unerwünschten Eindringlingen zu schützen. Ein kurzer Blick verrät, dass es nur eine einzige Öffnung in der Mauer gibt, ein doppelflügeliges Tor aus Eisen mit oben angespitzten Stäben.

»Wir sind da. Moment.« Sebastian springt aus dem Wagen, schließt das Tor auf und öffnet die beiden Flügel. Er steigt ein, lässt den Alfa ein paar Meter auf das Grundstück rollen und steigt wieder aus, um das Tor hinter sich zu versperren. Den Schlüssel steckt er in seine Hosentasche.

Eingeschlossen. Finja spürt einen Anflug von Panik, als ihr klar wird, dass sie gerade mit einem mehr oder weniger fremden Mann hinter dieser uneinnehmbaren Mauer verschwindet. Das Anwesen erinnert an eine Festung, und niemand weiß, wo sie sich aufhält. *Unsinn,* ruft sie sich zur Ordnung, *du hast zwei Handys dabei. Und du kannst jederzeit sagen, dass du nach Hause willst. Oder jemand bitten, dich hier abzuholen.*

Im Schritttempo folgen sie dem Verlauf der breiten Auffahrt, die eine starke Rechtskurve macht und vor einer Doppelgarage endet. Ihr Ziel ist ein großes Haus, strahlend weiß verputzt wie die Mauer, die das gesamte Anwesen umschließt, mit einem tief gezogenen Reetdach und grün gestrichenen Fenstern, die bis zum Boden reichen. Eindrucksvoll.

»Wow. Und so etwas kann man für ein Wochenende mieten?«

Nachsichtig schüttelt Sebastian den Kopf. »Nein, das Haus gehört meiner Familie. Unser Wochenendhaus, wenn du so willst. Mein Vater hat es bauen lassen, als ich zehn war. Annabell und ich haben hier wunderbare Zeiten erlebt. Wenn du aus dem Schlafzimmerfenster schaust, siehst du Wasser. Nicht die

Nordsee, die ist zu weit entfernt, aber das Neuharlinger Sieltief, da sind wir früher Boot gefahren. Wir haben auch geangelt – allerdings nie etwas gefangen.«

Augenblicklich fallen ihr die Geschichten ein, die sie während der Therapiestunden gehört hat, der militärisch strenge Vater, die Mutter, die sich in ihren Glauben geflüchtet hat. Immerhin versteht sie jetzt etwas besser, warum Annabell ihre letzte Ruhe auf See gefunden hat. Ein Ferienhaus an der Nordsee, vielleicht hat Sebastians Schwester das Meer geliebt und ihre Eltern haben sich deshalb für eine Seebestattung entschieden.

China ist glücklich, dem Gefängnis auf der Rückbank zu entkommen und sich wieder bewegen zu dürfen. Sie macht ein paar ausgelassene Sprünge, dann sucht sie das Grundstück nach Duftmarkierungen anderer Hunde ab, wahrscheinlich vergeblich. Hunde soll es in der Familie Krüger ja nicht geben.

Vielleicht bildet sie es sich nur ein, aber für Finja sieht es so aus, als würde Sebastian einen Moment zögern, bevor er die Haustür aufschließt, deren dicke Scheiben aus Butzenglas jeden Einblick ins Innere verhindern. Welche Erinnerungen er wohl mit diesem Haus verbindet.

Als die Tür aufschwingt, schnappt sie nach Luft. Am liebsten würde sie auf der Stelle kehrtmachen. Nie zuvor hat Finja ein derart ungemütliches und für ihren Geschmack geradezu hässlich ausgestattetes Haus gesehen. Der Boden ist aus glänzendem Marmor und schneeweiß, ebenso die Treppe mit dem Messinggeländer, die in einer eleganten Biegung nach oben führt. Alles spiegelt und glänzt. Das Haus strahlt eine unglaubliche Kälte aus, und das Lachen der beiden Geschwister, das sie eben noch zu hören meinte, ist abrupt verstummt. Hier war niemand glücklich, das weiß sie sofort.

»Fühl dich wie zu Hause.«

Eine Aufforderung, der sie nicht nachkommen kann. Sie gehört nicht in so eine Umgebung, das spürt Finja ganz deutlich, schon bevor sie einen Fuß in das Haus gesetzt hat, das sie heimlich Eispalast tauft, weil man hier drinnen nur frieren kann. Im Augenwinkel nimmt sie wahr, dass China auf dem spiegelglatten Boden ausrutscht und sich anschließend nur noch sehr vorsichtig bewegt. Genauso fühlt Finja sich selbst, so als muss sie aufpassen, um nicht ins Schlingern zu geraten.

»Und?«

»Wahnsinn, das ist wunderschön«, lügt sie tapfer. »Sehr eindrucksvoll.« Wenn das ihr eigenes Haus wäre, würde sie auf der Stelle die schrecklichen Marmorböden rausreißen, und dann würde sie mindestens doppelt so viele Möbel reinstellen, Gardinen aufhängen und die Wände mit Bildern schmücken, um das Vakuum zu füllen, die Leere, die hier herrscht. Sie stellt sich vor, dass es in Sebastians Seele ganz ähnlich aussieht, kalt und leer, und sie nimmt sich vor, wenigstens dort für Licht und Wärme zu sorgen.

»Bist du oft hier?«

»Warum?«

»Nur so. Weil es eine Sünde wäre, so ein Haus leer stehen zu lassen.«

Damit hat sie genau den richtigen Ton getroffen, er lächelt voller Besitzerstolz.

»Ja, das Haus ist schon etwas Besonderes, und ich freue mich, dass du so etwas bemerkst. Wenn du magst, können wir häufiger herkommen. Im Garten gibt es einen Swimmingpool, mein Vater hat großen Wert auf körperliche Ertüchtigung gelegt.«

Er zeigt Finja die Küche, die völlig unpassend zum Rest des Hauses im Stil einer englischen Landhausküche eingerichtet ist, mit resedagrünen Schränken, einer Kochinsel und einem großen Tisch aus unbehandeltem Holz und sechs Stühlen, die im Grünton der Schränke gestrichen sind. Die Fliesen über der Spüle sind dunkelgrün, die gerafften Vorhänge vor dem Fenster zart geblümt. Bis auf die Hightech-Elektrogeräte, die nagelneu aussehen, wirkt der Raum ein bisschen betulich und altmodisch. Hier stört der glänzende Marmorboden besonders. Finja stellt sich vor, dass Sebastians Mutter ihn eingerichtet hat, während die anderen Zimmer dem Geschmack seines strengen Vaters entsprechen.

»Ich wollte uns eigentlich für heute Abend einen Tisch bestellen. In Neuharlingersiel gibt es ein sehr gutes Fischrestaurant, aber die Inhaber dulden keine Hunde im Gastraum, und wie ich dich kenne, willst du China nicht allein in einem fremden Haus lassen. Also bleiben wir zu Hause. Ich war gestern schon hier und habe alles vorbereitet. Voilà!« Mit einer kurzen Verbeugung öffnet Sebastian die Tür des riesigen Kühlschranks. Die Fächer sind bis zum Bersten gefüllt, so als hätten sie vor, wochenlang hierzubleiben. »Zu kochen brauchen wir nicht, ich habe im Feinkostladen kleine Leckereien gekauft, die man nur aufwärmen muss.« Schon hält er eine Flasche Champagner in der Hand, und Finja sieht, dass er noch drei weitere kalt gestellt hat. »Zur Feier des Tages und weil dir mein Haus gefällt.«

Die Gläser stehen schon bereit, er hat bei seinem gestrigen Besuch wirklich an alles gedacht. Mit einem satten Plopp rutscht der Korken aus der Flasche. Der goldgelbe Champagner perlt in den Gläsern, und Finja fühlt sich wie Aschenputtel, das im Schloss des Prinzen gelandet ist.

»Auf die wunderschöne Zeit, die wir miteinander verbringen werden.« Er drückt ihr eine der beiden Champagnerflöten in die Hand, seine Lippen berühren ganz kurz ihren Mund, dann stoßen sie vorsichtig an. »Du musst wissen, dass ich eine Menge zu feiern habe.«

»Ein geschäftlicher Erfolg?«, fragt sie.

»Könnte man so sagen. Jemand hat Lügen über mich verbreitet und ich habe für Gerechtigkeit gesorgt.« Er kneift die Augen zusammen und starrt in sein Glas. »Ich hasse unehrliche Menschen. Aber darüber möchte ich jetzt nicht reden. Lass uns rübergehen.« Durch einen gemauerten Bogen führt er sie in den Wohnraum, der riesig ist und spärlich möbliert. Genau gegenüber befindet sich ein Kamin, gebaut aus dicken Marmorplatten, so weiß wie der Fußboden und die Wände. In dem Bücherregal aus rötlichem Holz, das bis an die Decke reicht, versammeln sich in Leder oder Leinen gebundene Werke, die eine Aura von großer Ernsthaftigkeit und Strenge ausstrahlen. Nach einem Taschenbuch mit banaler Gegenwartsliteratur, wie Finja sie gern liest, sucht man bestimmt vergeblich.

Es gibt zwei Sitzgruppen, eine wuchtige Garnitur aus schwarzbraunen Ledersofas und eine weitere, die aus drei Cocktailsesseln besteht, bezogen mit einem zartblauen, seidigen Stoff. Auf dem kleinen Tisch in der Mitte liegen ein paar Gartenzeitschriften. Unauffällig schielt sie auf das Erscheinungsdatum, sie sind zwei Jahre alt. In einem Vitrinenschrank hat jemand Gläser aus farbigem Kristallglas gesammelt, die Finja unglaublich kitschig findet, egal was sie auch wert sein mögen.

Sebastian öffnet die Terrassentür, und China, froh, nach draußen zu können, schliddert über den Boden. In alten Schlössern müssen die Besucher Filzschlappen überziehen, um die kostbaren antiken Marmorböden nicht zu beschädigen. Hoffentlich hinterlassen Chinas Krallen keine Kratzer. Finja zweifelt nicht daran, dass Sebastian sich darüber ärgern würde.

Mit dem Glas in der Hand folgt sie der Hündin nach draußen. Die Terrasse ist überdacht und an zwei Seiten mit Glaswänden gegen den Wind geschützt. In die mit weißem Holz getäfelte Überdachung sind Lampen und zwei Heizstrahler eingelassen. Alles ist perfekt.

Rechts von der Terrasse liegt der blau geflieste Swimmingpool, gefüllt mit Wasser, das einen leichten Chlorgeruch verströmt.

Sebastian legt einen Arm um ihre Hüfte und schnuppert an ihrem Haar. »Ich bin sehr froh, dass du da bist. Du ahnst ja gar nicht, wie wichtig das für mich ist.«

Irgendwie gelingt es ihr sogar zu lächeln. Dabei hallen seine Worte immer noch in ihrem Kopf. *Ich hasse unehrliche Menschen.*

KONSTANZE

Es wird langsam dunkel und Marius ist immer noch nicht zurück. Sein Smartphone ist ausgestellt. Das hat er wohl bei Adam abgeschaut. *Ich bin nicht für dich erreichbar.*

Im Backofen brutzelt ein Schweinebraten, sie hat die Hitze bereits reduziert, damit er nicht verbrennt. Es klingelt an der Haustür. Durch die Scheibe erkennt sie, dass dort zwei uniformierte Polizisten stehen. Bitte nicht. Sie reißt die Tür auf und keucht: »Ist was mit Marius?«

»Ihr Sohn wurde vor einer Stunde in das Klinikum Mitte eingewiesen. Er ist nicht ansprechbar. Zum Glück steckte sein Ausweis in seinem Portemonnaie.

»Was ist passiert?«

»Schwere Alkoholvergiftung, heißt es. Ist so etwas schon mal vorgekommen?«

»Nein, ganz bestimmt nicht. Aber sein Vater hat uns gerade verlassen …«

»Verstehe. Er liegt in der Kinderklinik auf der Intensivstation. Zur Vorsicht«, fügt er schnell hinzu. »Ist ja nicht ganz ungefährlich.«

»Vielen Dank, ich fahre sofort los.«

Der Junge in dem Krankenhausbett sieht aus, wie Marius als Elfjähriger ausgesehen hat, lang und dünn, aber immer noch ein wenig kindlich. In dem Zimmer stinkt es wie in einer Spelunke, und Konstanze merkt deutlich, wie sie von den Schwestern taxiert wird. Kann man das als einmaligen Ausrutscher betrachten oder stammt Marius Schaffer aus einer asozialen Trinkerfamilie. Nein, denkt sie trotzig, wir sind ordentliche Leute.

Und dann, sie kann einfach nicht anders, setzt sie ihr berufliches Wissen über Gesprächsführung ein, um die Unterhaltung in die erwünschte Richtung zu lenken.

»O Gott«, stöhnt sie und lässt sich auf den Stuhl neben Marius' Bett plumpsen. »Wie verhält man sich denn in so einem Fall?« Bettelnd schaut sie die Schwester an. »Haben Sie auch Kinder?«

Die Frau trägt einen dicken Ehering aus Gold und ist genau im richtigen Alter, um Kinder in Marius' Alter zu haben. Bestimmt hat sie Kinder, sie arbeitet doch in einem sozialen Beruf.

»Ja. Zwei. Eine Tochter und einen Sohn. Ich kann nur hoffen, dass ich so etwas nie erleben muss.«

»Das hätte ich mir auch nicht träumen lassen. Wir sind beide berufstätig, mein Mann und ich. Liegt es daran? Sollte einer von beiden zu Hause bleiben?«

Schon hat sie die Schwester auf ihrer Seite. »Schön wäre es. Wer kann sich das denn heutzutage noch leisten? Was machen Sie, wenn ich fragen darf?«

»Ich bin bei der Kriminalpolizei und habe im Moment wahnsinnig viel zu tun, Überstunden ohne Ende.«

»Der Drosselmörder?«

Sie nickt. »Und vor wenigen Tagen hat mein Mann uns verlassen, ohne jede Vorankündigung. Ich glaube, sein Verschwinden ist der Grund dafür, dass Marius sich so betrunken hat. Ich fühle mich schrecklich. Warum ist es mir nicht gelungen, meinen Sohn aufzufangen.« Das ist jetzt ehrlich, so ehrlich, dass Konstanze in Tränen ausbricht.

Die Schwester tätschelt ihre Schulter. »So etwas kommt vor, immer wieder, die kommen ja heutzutage viel zu leicht an Alkohol und andere Drogen ran. Morgen früh wird es dem Jungen richtig mies gehen, glauben Sie mir. Und das ist auch gut so.«

»Strafe muss sein«, versucht Konstanze zu scherzen, während immer noch Tränen über ihr Gesicht laufen. In Wahrheit müsste jemand ganz anders bestraft werden. Adam, der überhaupt nicht mitkriegt, was er seinem Sohn mit seinem Verhalten antut.

Bis kurz vor Mitternacht bleibt sie an Marius' Bett sitzen. Die ganze Zeit zeigt er keine Reaktion, er liegt auf dem Rücken und schnarcht, manchmal stöhnt er leise oder gibt schmatzende Geräusche von sich. Man hat ihm eine Infusion gelegt, eine reine Vorsichtsmaßnahme, wie die Schwester betont, falls es zu einem Kreislaufversagen kommen sollte.

»Aber damit ist nicht mehr zu rechnen. Der Alkohol baut sich jetzt ab und morgen früh ist er wieder ansprechbar. Am besten fahren Sie nach Hause und schlafen sich aus. Ihr Junge ist bei uns gut aufgehoben.«

Sie bückt sich und öffnet den Nachtschrank neben Marius' Bett. »Hier ist eine Tüte mit seinen Klamotten.«

Die Plastiktüte ist durchsichtig, und Konstanze sieht gleich, dass alles mit Erbrochenem verschmiert ist, bestimmt auch mit Urin. Marius muss völlig weggetreten gewesen sein, eine hilflose Person. Ihr Junge.

Widerstrebend erhebt sie sich von dem unbequemen Plastikstuhl. Ein letztes Mal drückt sie seine Hand. »Bis morgen früh, mein Schatz. Ich komme gleich nach dem Frühstück. Versprochen.«

Zu Hause schaltet sie aus Gewohnheit ihr Handy ein, um vor dem Schlafengehen die letzten Nachrichten zu sichten. Finja hat eine WhatsApp geschrieben, schon vor Stunden.

Sebastian Krüger, Kirchgasse 17 in Bremen.

Was soll das bedeuten? Wer ist Sebastian Krüger? Egal, damit kann sie sich jetzt nicht befassen.

Wahrscheinlich ist die WhatsApp gar nicht für Konstanze bestimmt.

FINJA

Sebastian hat Finjas Sachen in Annabells ehemaliges Zimmer gebracht. Er ist also keiner, der mit der Tür ins Haus fällt, indem er sie gleich in sein Schlafzimmer führt. Das gefällt ihr. Weniger gefällt ihr die Tatsache, dass China unten schlafen muss.

Ein Hund in der Schlafetage ist für Sebastian undenkbar. Auch wenn Finja weiß, dass viele Menschen diese Ansicht teilen, ist sie nicht glücklich damit, und sie muss sich zwingen, daran zu denken, dass diese Lösung für China sicher die beste ist. Auf den glatten Stufen der Marmortreppe könnte sie sehr leicht ausrutschen und abstürzen. Das vergiftete Fleisch in ihrem Garten fällt ihr ein. Hier ist China wenigstens in Sicherheit.

Die Möbel in Annabells Zimmer sind aus dunklem Holz, beinahe schon schwarz, und sehr wuchtig, irgendwie männlich. Auf keinen Fall sehen sie so aus, als könnten sie einem jungen Mädchen gefallen. Vorhin hat Finja in die Schubladen der kleinen Frisierkommode geschaut, sie sind vollkommen leer, genau wie der Kleiderschrank und der Nachttisch. Die Möbel dunsten sogar noch den Geruch von frischem Holz aus, sie müssen also relativ neu sein. Annabell ist vor zwanzig Jahren gestorben. Vielleicht hat Sebastians Schwester in diesem Haus Suizid begangen und die Familie konnte eines Tages den Anblick ihrer

Möbel nicht mehr ertragen. Oder der Raum war jahrelang abgesperrt, und dann hat man im Familienkreis beschlossen, ihn von den Geistern der Vergangenheit zu befreien.

Inzwischen ist es acht Uhr und sie sollte sich auf den Weg nach unten machen. Ein letztes Mal kontrolliert sie ihr Äußeres im Spiegel, und zufrieden mit dem, was sie dort sieht, verlässt sie das Zimmer.

Auf der Treppe kann man nicht einfach gehen, man muss schreiten, sehr bewusst die Füße setzen, eine Hand auf dem vergoldeten Lauf, und sich dabei ganz gerade halten. Wer hier ins Stolpern gerät, bricht sich vermutlich das Genick.

Sebastian steht unten am Treppenfuß, einen halben Meter neben ihm sitzt China und wedelt mit dem Schwanz, beide nehmen keine Notiz voneinander und schauen ihr erwartungsvoll entgegen.

»Es ist angerichtet«, sagt Sebastian heiser und bietet ihr seinen Arm, damit sie ihren darauflegen kann. Heute Abend sieht er besonders attraktiv aus, schwarze Jeans und ein weißes Hemd, allerdings mit aufgekrempelten Ärmeln und ohne Krawatte. Er verkörpert den erfolgreichen Geschäftsmann, der es nach Feierabend leger mag und dem es gefällt, eine Frau zu verwöhnen.

Im Vorbeigehen bückt sie sich rasch und streicht über Chinas Kopf.

Das Esszimmer ist ganz in Schwarz eingerichtet, ein harter Kontrast zu dem weißen Marmorboden, aber fraglos sehr elegant, und Finja ist froh, dass sie im letzten Moment noch ein festliches Kleid eingepackt hat. Als hätte sie geahnt, dass sie in der korallenroten Wildseide perfekt angezogen ist, um dem Raum die nötige Farbe zu verleihen.

Der Tisch ist ganz in Weiß eingedeckt, Sebastian führt sie zu ihrem Platz und rückt galant ihren Stuhl zurecht. Leichtfüßig tänzelt er Richtung Küche und dann tischt er eine Köstlichkeit nach der anderen auf. Ein Senfschaumsüppchen, serviert in hohen Gläsern, Carpaccio vom Rind mit Basilikumpesto und Parmesanraspeln, Lachstatar und mit Krebsfleisch gefüllte winzige Teigtaschen, italienisches Brot, kleine Schälchen mit Dips und verschiedenen Salaten, einer davon mit Roter Bete, und Gemüsetörtchen, die Sebastian im Ofen aufgebacken hat. Zum Dessert gibt es Mousse au chocolat in Braun und Weiß und Pflaumen, mariniert in Armagnac. Zum Essen kredenzt er einen Médoc, der Finja entschieden zu schwer ist, sodass sie sich zwingen muss, das Glas auszutrinken, und danach um Wasser bittet. Zum Dessert schenkt er wieder Champagner ein.

»Ich kann den Blick gar nicht abwenden, du siehst atemberaubend aus«, murmelt Sebastian, der jetzt aufsteht und das Geschirr zusammenstellt, um es hinüber in die Küche zu tragen. Finja darf nicht helfen, sie ist sein Gast und muss verwöhnt werden. Während er das sagt, schaut er sie so intensiv an, dass sie verlegen den Blick abwenden muss.

Warum fühlt sie sich so unbehaglich? Vor ihr steht ein Mann zum Verlieben, gut aussehend und offensichtlich sehr wohlhabend, der sich in einer Art und Weise um ihr Wohlergehen bemüht, wie es noch kein Mann vor ihm getan hat. Wäre da bloß nicht die lästige Therapeutenstimme in ihrem Kopf, die alles, was passiert, bewerten will. Die emotionale Kälte, die das Haus ausstrahlt, warum fällt ihm das nicht auf? Wie können zwei Heranwachsende sich hier wohlgefühlt haben? Nein, das kann sie einfach nicht glauben.

Ist es möglich, dass er die Erinnerungen loswerden will, indem er mit einer Frau herkommt? Ist sie die Erste? Nein, er lebt ja in Trennung, ist nicht mal geschieden. War er mit seiner Frau hier? Bestimmt. Finja wird bewusst, dass sie noch nie ernsthaft über seine Frau gesprochen haben, über den Grund der Trennung, sie kennt nicht mal ihren Namen, weiß nur, dass sie ihn vor einem Jahr verlassen hat.

»Komm, lass uns noch einen Schluck trinken.«

Ihre Hand legt sich über das Glas. »Später, sonst kannst du mich gleich ins Bett tragen.«

»Warum nicht? Der Gedanke drängt sich doch geradezu auf, wenn ich dich in diesem Kleid dort sitzen sehe.«

Seine Worte sind ihr unangenehm, dabei hat sie selbst ihm diesen Ball zugespielt, er hat ihn nur zurückgeworfen. Meine Güte, Finja ist sechsunddreißig Jahre alt und nicht auf den Kopf gefallen. Es ist doch vollkommen klar, was passieren wird, wenn sie mit einem Mann, der die Therapie abgebrochen hat, um private Zeit mit ihr zu verbringen, einen Wochenendtrip macht. Sie wollte das auch, sonst wäre sie gar nicht mitgefahren. Aber jetzt möchte sie am liebsten davonlaufen. Schnell hält sie ihm ihr Glas hin.

»Ich hab's mir überlegt.« Vielleicht bringt der Champagner sie in die richtige Stimmung.

Sie stürzt den Champagner runter, als wäre es Wasser, viel zu schnell. Sebastian lächelt irritiert, dann ergreift er ihre Hand, zieht sie vom Stuhl und küsst flüchtig ihren Mund, während die andere Hand sich ganz leicht um ihren Nacken legt. Zu ihrer Enttäuschung fühlt Finja nichts, schon gar keine Lust auf mehr, und sie überlegt, wie sie ihm möglichst schonend beibringen kann, dass dieser Abend nicht in seinem Bett enden wird. Sie kann nicht mit Sebastian schlafen, nicht heute Abend, vielleicht sogar nie. Dieser attraktive, charmante Mann war ihr Patient. Egal, was sie sich zu Hause auch einreden wollte, diese Tatsache lässt sich einfach nicht ausblenden.

»Sei mir nicht böse, Finja, aber ich bin sehr müde und würde den Abend jetzt gern beenden. Wir haben ja noch das ganze Wochenende vor uns.«

Wie seltsam, aber von einem Moment auf den anderen fühlt Finja sich so erschöpft, als könnte sie im Stehen einschlafen. »Seeluft macht anscheinend müde«, flüstert sie und ist froh, dass er endlich ihren Nacken loslässt. »Ich geh noch schnell mit China in den Garten. Dann zeige ich ihr, wo sie schlafen soll.« Als sie sich in Bewegung setzt, kommt es ihr vor, als würde der Boden leicht schwanken. »Morgen trinke ich besser nicht so viel Champagner.«

»Wir werden sehen.«

Oben in Annabells Zimmer schaut sie als Erstes auf ihr privates Handy. Keine Nachricht von Konstanze, obwohl sie die WhatsApp gelesen hat, wie die beiden blauen Häkchen verraten. Inzwischen ist es Finja unangenehm, dass sie ihr überhaupt geschrieben hat, so als wollte sie damit sagen: Hey, das ist mein Neuer!

Nikolai hat sich auch nicht gemeldet, natürlich nicht, was sollte er ihr auch schreiben. *Viel Spaß mit meinem Nachfolger* vielleicht. Sie steckt das Telefon wieder in das Seitenfach ihrer Reisetasche, kriecht ins Bett und versinkt sofort in einen tiefen, traumlosen Schlaf.

NIKOLAI

Auf dem Flur begegnet Nikolai Charlotte, die von ihrer Mutter begleitet wird, Dr. Katharina Kanngießer. Aufgrund ihrer ständigen Präsenz in der Zeitung erkennt er sie sofort. Beide Frauen haben Sonnenbrillen aufgesetzt und sind sichtlich bemüht, nicht die Fassung zu verlieren. Und doch kann Charlotte nicht einmal an diesem Tag darauf verzichten, ihre körperlichen Reize in Szene zu setzen. Sie trägt eines dieser engen Kleider, die absolut nichts verbergen, und darüber eine strassbesetzte Lederjacke. Ihr Haar fällt lang und glatt herunter und glänzt genauso lackschwarz wie ihre Jacke. Er hört, dass sie ihrer Mutter zuraunt: »Das ist Nikolai.«

Die Innensenatorin stoppt ihre Schritte. Sie nimmt sogar ihre Sonnenbrille ab und mustert ihn aus kalten grauen Augen. Dann geht sie wortlos weiter. Die offensichtliche Verachtung, die sie damit zum Ausdruck bringt, kann Nikolai nicht verstehen. Charlotte folgt ihrer Mutter, ohne Nikolai eines Blickes zu würdigen.

In seinem Büro erkundigt er sich als Erstes, ob die Befragung der Jeepbesitzer etwas ergeben hat. Für den Abend, an dem Alexandra getötet wurde, konnten alle bislang Befragten ein Alibi vorweisen.

»Was ist mit unklaren Todesfällen von Frauen zwischen zwanzig und vierzig?«

Florian, der mit dieser Suche betraut ist, seufzt. »Bis jetzt nichts. Überwiegend Unfälle, einige Frauen sind an bekannten Krankheiten verstorben, drei Suizide. Da könnte man vielleicht noch mal genauer hinschauen.«

»Ja, mach das unbedingt. Du könntest auch vermisste Frauen in die Liste aufnehmen.«

»Okay, mach ich.«

Die Tür geht auf und Jochen schnauft herein. »Puh«, stöhnt er. »Diese Kanngießer hat Haare auf den Zähnen, das könnt ihr mir glauben.« Mit lautem Seufzen lässt er sich auf einen Stuhl fallen. »Ich habe ihr alles gesagt, was wir wissen, musste ich ja. Und vielleicht … vielleicht konnte man tatsächlich so etwas wie Kritik an ihrer toten Tochter heraushören. Der Zusammenhang zwischen dem erfundenen Experteninterview und ihrem Tod lässt sich ja nun mal nicht von der Hand weisen. Er hat ihr im wahrsten Sinn des Wortes das Maul gestopft und mit seinem Sperma dokumentiert, dass er keineswegs impotent ist. Stimmt doch«, brummt er trotzig. »Ich musste mir anhören, dass wir, wenn das alles so klar auf der Hand liegt, ihre Tochter hätten schützen müssen, sie wenigstens warnen. Mein Einwand, dass es nicht zu unseren Aufgaben zählt, den Wahrheitsgehalt von Zeitungsmeldungen zu überprüfen, hat sie natürlich überhört. »*Überhaupt stellt sich ja die Frage, weshalb Sie offenbar nicht die geringste Spur haben, nach all den Wochen*«, äfft er seine oberste Dienstherrin nach. »Beim nächsten Mal schicke ich die Dame gleich zum Polizeipräsidenten. Das muss ich mir echt nicht anhören. Hat jemand was von Konstanze gehört?«

Nikolai schüttelt den Kopf. »Ich nicht. Von ihrem Adam fehlt nach wie vor jede Spur, der Wagen ist auch nirgends aufgetaucht. Das gefällt mir nicht. Ich war ja die ganze Zeit geneigt zu glauben, dass Tim Kerber seine Schwester getötet hat, aber langsam frage ich mich, ob das stimmt. Sein Corsa ist sauber, Kleidung, die mit Blut kontaminiert war, haben wir nicht gefunden, auch keine Tatwaffe. Sein Handy war während der Tatzeit zu Hause eingeloggt.«

»Und er ist ihr Bruder«, wirft Jochen ein. »Das sollten wir nicht vergessen.«

KONSTANZE

Als Konstanze erwacht, ist es schon nach zehn. Für eine Millisekunde freut sie sich, dass Marius noch schläft, dann überschwemmt die Realität sie wie eine heftige Flutwelle, die ihr das Atmen unmöglich macht. Marius liegt mit einer akuten Alkoholvergiftung in der Klinik.

Sie stürzt zum Telefon und ruft auf der Station an. Er ist wieder wach und wurde bereits auf die Normalstation verlegt.

»Ich bin schon auf dem Weg«, behauptet sie, obwohl sie noch gar nicht angezogen ist und nichts gegessen hat.

Eine Dreiviertelstunde später sitzt sie frisch geduscht, aber mit leerem Magen an Marius' Bett. Sie hat ihm saubere Sachen mitgebracht, damit er das OP-Hemd ausziehen kann. Er muss sein Zimmer mit zwei anderen Jugendlichen teilen, die ihn misstrauisch beäugen und nichts sagen außer »Moin«, als Konstanze hereinkommt.

Danach zu urteilen, wie sie sich eingerichtet haben, mit Fotos über dem Bett und Notebooks auf dem Nachtschränkchen, liegen sie schon länger hier und haben eine Art Notfreundschaft geschlossen, keine gute Ausgangsposition für einen Dritten. Nur gut, dass Marius nicht lange bleiben muss.

»Wie geht es dir?«, fragt sie vorsichtig, weil sie auf den ersten Blick erkennt, wie er drauf ist. Schlecht gelaunt und trotzig.

»Rat mal.«

Sie könnte jetzt sagen, dass er keinen Grund hat, sie so herablassend zu behandeln. Im Gegenteil, er müsste dankbar sein, dass sie sogar auf ein Frühstück verzichtet hat, um ihn zu besuchen. Damit würde sie allerdings einen Streit einläuten, einen Streit, wie es Hunderte im letzten Jahr gegeben hat, die immer nach demselben Muster abgelaufen sind. Ein falsches Wort und Marius explodiert und ist für keine logischen Argumente mehr zugänglich.

Sie beschließt, dass ein Lächeln als Antwort genügen muss, und zieht einen Stuhl vor sein Bett, um sich zu setzen. Anfassen wird sie ihn lieber nicht, das wird er nicht mögen, nicht wenn andere in seinem Alter das sehen können. Dabei würde sie ihm jetzt gern versichern, dass sie nicht böse ist und ihn sogar ein wenig versteht.

»Wo ist mein Handy?«

»Weiß ich nicht. Kann sein, dass es in der Tüte mit deinen schmutzigen Sachen steckt. Ich habe noch nicht reingeschaut.«

»Ich brauch mein Handy. Kannst du nach Hause fahren und es holen?«

»Jetzt?«, fragt sie fassungslos. »Ich bin doch gerade erst gekommen. Einen halben Tag wirst du schon ohne dein Handy auskommen, Marius. Ich fahre über Mittag nach Hause, um etwas zu essen, und bringe dein Telefon am Nachmittag mit. Muss es aufgeladen werden?«

»Du lässt mein Handy gefälligst in Ruhe!«, fährt er auf, senkt aber sofort die Stimme, weil er merkt, dass die beiden anderen Jungen neugierig rüberstarren. »Bring es einfach mit, Mama. Mit dem Ladegerät. Ich kann das selbst aufladen, hab ja sonst nichts zu tun.«

»Heute Nachmittag.« Darüber wird sie nicht mit ihm verhandeln. »Und jetzt möchte ich wissen, was passiert ist. Der Arzt hat gestern Abend gemeint, du hättest ungefähr eine Flasche Korn getrunken, wahrscheinlich innerhalb sehr kurzer Zeit.« Als er nicht reagiert, greift sich doch nach seiner Hand. »Kapierst du eigentlich, wie gefährlich das war? Es gibt Leute in deinem Alter, die an einer Alkoholvergiftung gestorben sind. Das geht schneller, als man denkt.«

»Pah. Ich kenne keinen, der wegen Alk den Löffel abgegeben hat. Das sagen die Ärzte doch nur, damit man Schiss kriegt und beim nächsten Mal rechtzeitig aufhört. Ich lebe noch, wie du siehst, und ich hätte auch ohne diesen Scheiß überlebt.« Sein Blick streift verächtlich die Kanüle, die mit Pflaster in seiner Armbeuge fixiert ist. »Dann ginge es mir jetzt hundsmiserabel, kann sein, aber ich wäre ganz bestimmt nicht gestorben.«

Diese Diskussion wird sie jetzt nicht nicht weiterbringen. »Warum hast du so viel getrunken, dass man dich mit Blaulicht ins Krankenhaus bringen musste?«

»Nur so.« Trotzig schiebt er die Unterlippe nach vorn. »So etwas passiert, das solltest du in deinem Job eigentlich wissen. Und es hat keine tiefgründige Bedeutung. Vielleicht wollte ich einfach mal cool sein.«

»Ist es wegen Papa?«

»Lass Papa aus dem Spiel«, zischt er böse und dreht den Kopf zur Wand. »Ich versuche, noch 'ne Runde zu schlafen. Du brauchst hier nicht rumzusitzen. Fahr ruhig nach Hause. Und denk an mein Handy.«

Wahrscheinlich sollte sie dankbar sein, dass ihr Sohn mit dem Schrecken davongekommen ist, aber sie fühlt etwas ganz anderes. Wut. Was fällt Marius ein, sie zu behandeln, als wäre sie sein Bote. *Bring mir das Handy* und nicht etwa: *Entschuldige, Mama, das war nicht in Ordnung.*

Deshalb fährt sie nicht auf direktem Weg nach Hause, sondern gönnt sich ein Frühstück in der Stadt, mit Omelette, Lachs und zwei Sorten Schinken und einem Glas Sekt. Wenn niemand sich um ihr Wohlergehen kümmert, darf sie das ruhig einmal selbst übernehmen.

Anschließend steuert sie den nächstbesten Schuhladen an und kauft sich ein paar Halbschuhe aus weichem Leder in Dunkelrot, die sündhaft teuer, aber fantastisch bequem sind und super aussehen.

Zu Hause kocht sie sich aus kindlichem Trotz einen Kaffee, nur um sich zu beweisen, dass sie sich von ihrem vierzehnjährigen Sohn nichts vorschreiben lässt. Sie setzt sich auf die Couch im Wohnzimmer, legt die Füße auf den Tisch und schaut abwechselnd auf die neuen Schuhe oder raus in den Garten. Die Hecke müsste dringend geschnitten werden, ihr Nachbar hat sich bereits beschwert, weil er beim Rückwärtsfahren von seinem Grundstück nicht den Verkehr sehen kann.

Was, wenn Adam nie wiederkommt? Schafft sie es, Vollzeit zu arbeiten und nebenbei die Arbeit in Haus und Garten zu bewältigen, oder sollten sie dann nicht besser in eine Wohnung ziehen, sie und Marius, der ja sowieso keine Lust auf Gartenarbeit hat? Will sie überhaupt, dass Adam zurückkommt? Natürlich wird sich herausstellen, dass Adam nichts mit den toten Joggerinnen zu tun hat. Und diese Steuerberaterin hat er auch nicht umgebracht. Aber er hat das Sparbuch hinter ihrem Rücken abgeräumt, außerdem vögelt er ein junges Mädchen, wie soll sie das je verzeihen?

Widerwillig erhebt sie sich und geht runter in den Raum mit der Waschmaschine. Gestern Nacht hat sie den Beutel aus dem Krankenhaus einfach nur auf den Boden geworfen. Er ist so fest verknotet, dass sie nach mehrmaligen Versuchen, den Knoten zu öffnen, nach einer Schere greift. Schnapp. Sofort steigt ihr ein widerlich säuerlicher Geruch in die Nase. Mit spitzen Fingern fischt sie ein Kleidungsstück nach dem anderen heraus und stopft es direkt in die Waschmaschine. Die Jacke liegt ganz unten, die ganze Vorderseite ist schmierig von Marius' Erbrochenem. Wenn sie genau hinschaut, kann sie sogar noch ein paar Bröckchen von den Kartoffelchips entdecken, die sie vor seinem überstürzten Aufbruch geknabbert haben. Die Jeans sehen auch nicht besser aus und in der Gesäßtasche entdeckt sie das Handy. Normalerweise ist es passwortgeschützt, aber jetzt ist es an, der Akkustand ist allerdings sehr gering, nur noch fünf Prozent.

Nachdenklich wiegt sie es in der Hand. Warum hat Marius sich vorhin so seltsam benommen? *Du lässt mein Handy gefälligst in Ruhe!* Sie schiebt ihr schlechtes Gewissen beiseite und beschließt, ihrem Bauchgefühl zu folgen. Sie macht sich auf den Weg ins Obergeschoss und hängt das Handy in Marius' Zimmer an das Ladegerät. Dann ruft sie die letzten Gespräche auf.

Nachdem ihr Sohn gestern so überstürzt das Haus verlassen hat, gab es nur einen Anruf. Die Nummer ist ihr unbekannt, was ja nichts bedeuten muss, weshalb sollte sie die Telefonnummern von Marius' Freunden auswendig kennen. Fünf Minuten später ist sie aber sicher, dass der Inhaber dieser Nummer zum ersten Mal bei ihrem Sohn angerufen hat, weil sie vorher nicht in den Anruflisten auftaucht.

Zuerst will sie die Nummer in ihr eigenes Handy eingeben, doch dann überlegt sie es sich anders. Nein, sie wird Marius' Handy benutzen.

Nach dem dritten Klingeln wird abgenommen. »Hallo, Marius, hast du es dir überlegt?« Adam.

»Hier ist Konstanze«, zischt sie wütend. »Unser Sohn liegt mit einer schweren Alkoholvergiftung in der Klinik. Ich weiß nicht, was er sich überlegen soll, aber vielleicht wirst du es mir ja verraten.«

Er legt einfach auf. Natürlich. Was hat sie denn von diesem Mann erwartet? Dass er plötzlich Verantwortung übernimmt, sich wie ein ernst zu nehmender Vater benimmt? Wohl kaum.

»Wenn du nicht binnen fünf Minuten anrufst, lasse ich dein neues Handy anpeilen!«, schreit sie die Wände in Marius' Zimmer an. »Glaub bloß nicht, dass ich Rücksicht auf dich nehme!«

Zehn Minuten lang starrt sie abwechselnd auf Marius' und ihr eigenes Handy, doch beide bleiben stumm. Jedes Mal, wenn sie auf das Display ihres Telefons schaut, fällt ihr Blick automatisch auf Finjas merkwürdige Nachricht.

Und dann, nur um etwas zu tun, ruft sie Google Maps auf und gibt die Adresse in den PC ein. In ganz Bremen existiert keine Kirchgasse, nur ein Kirchweg und ein Kirchsteig.

FINJA

Finja hat unglaublich tief geschlafen. Fast so wie in den beiden Nächten nach Beas Tod, als sie Tabletten genommen hat. Vor dem Duschen will sie rasch China rauslassen. Ein kurzer Blick in den Spiegel verrät, dass ihr Nachthemd keine unerwünschten Einblicke zulässt, einen Morgenmantel hat sie nicht mitgenommen, weil sie sich den Verlauf des Wochenendes anders vorgestellt hat.

Als sie die Tür zum Flur öffnet, schlägt ihr kalte Luft entgegen. Sie hat noch nicht mal die halbe Treppe geschafft, als Sebastian ruft: »Guten Morgen! Den Hund habe ich schon rausgelassen, wenn es recht ist. Zieh dich an, wir frühstücken in zehn Minuten.«

Keine Frage danach, wie ihre Nacht war, kein nettes Wort. Vielleicht fühlt er die gleiche Enttäuschung wie sie selbst. Oder er ist ein Morgenmuffel. Oben führt ihr erster Weg unter die Dusche. Danach entscheidet sie sich für Jeans und ein langärmeliges Shirt und checkt nebenbei das Handy. Nichts.

Der Tisch ist überreich gedeckt, und Finja fragt sich, wer das alles essen soll. China schaut mit großen Augen durch die geschlossene Terrassentür, sie fühlt sich ausgeschlossen, kein Wunder. Normalerweise würde sie jetzt ihr Futter bekommen, doch Finja ist klar, dass Sebastian erwartet, dass sie sich sofort zu ihm setzt. Vorher allerdings öffnet sie Tür und lässt die Hündin ins Haus.

»Gleich«, flüstert sie und China wedelt mit dem Schwanz. Nicht so enthusiastisch wie sonst, sie fühlt sich nicht sehr wohl, genau wie ihre Besitzerin.

»Wie war die Nacht? Hast du gut geschlafen?«, fragt Sebastian liebenswürdig, wartet die Antwort aber nicht ab. »Nimm Platz, am besten auf demselben Stuhl wie gestern. Ich hole den Kaffee.«

Nach dem ersten Brötchen, das sie dick mit Schinken und Bauernkäse belegt hat, muss Finja passen. Zu Hause frühstückt sie nicht so üppig und vor allem nicht so schnell wie Sebastian, der alles andere als ein Genießer zu sein scheint, obwohl er nur Köstlichkeiten eingekauft hat. Er isst, ohne dabei unnötige Zeit zu verschwenden, abbeißen, kauen, schlucken, wieder abbeißen. Ein Schluck Kaffee, weiteressen. Er ist so damit beschäftigt, die Nahrungsmittel in seinem Inneren verschwinden zu lassen, dass er kein Wort dabei redet. Einmal streift er Finja mit einem Blick, der nicht so wirkt, als wäre er noch in sie verliebt.

Liegt es an ihr? Hätte sie gestern Abend über ihn herfallen sollen, um Sex betteln? Ratlos beobachtet sie, wie er den Rest seines Brötchens in den Mund schiebt, systematisch kaut und runterschluckt. Er spült mit Kaffee nach, die Tasse ist danach leer und wird nicht mehr aufgefüllt. *Wir sind fertig.*

Als sie aufspringen will, um den Tisch abzuräumen, weil das untätige Rumsitzen sie irgendwie nervös macht, wehrt er ab. »Lass, das ist meine Aufgabe, ich bin der Gastgeber.«

Das hört sich sehr statisch an, jeder hat seine Aufgaben und daran darf nicht gerüttelt werden. Gleich fällt ihr das ein, was er über seine Eltern erzählt hat. So werden sie ihn wohl erzogen haben.

»Ich könnte dir helfen, dann geht es schneller«, schlägt sie mit klopfendem Herzen vor.

»Nein.«

Genauso überlegt und rationell, wie er Nahrung zu sich nimmt, deckt er auch den Tisch ab. Das Geschirr wird gestapelt, die Marmeladengläser, die keiner angerührt hat, landen für den Transport im Brötchenkorb. Genau viermal geht er in die Küche, dann ist der Tisch leer. Finja zählt aus Langeweile mit und nimmt sich vor, morgen früh darauf zu achten, ob er die Sachen wieder in derselben Reihenfolge in die Küche bringt. Falls sie dann noch hier ist.

NIKOLAI

In der Frikadelle, die Finja ihm gebracht hat, befand sich jede Menge Rattengift. Nikolai hat bereits die Kollegen befragt, doch weder im Stadtgebiet noch im Umland ist etwas Vergleichbares vorgefallen. Es sieht so aus, als hätte dieser Giftanschlag ganz gezielt China gegolten und damit in gewisser Weise ihrer Besitzerin. Bevor Finja den Hund wieder in den Garten lassen darf, muss er noch mal ganz gründlich das gesamte Grundstück nach weiteren Giftködern absuchen.

Aber jetzt sollte er sich wieder um den Mord an Alexandra Kanngießer kümmern. Während er vor dem Whiteboard mit den Tatortfotos steht und die Tatsachen im Kopf hin und her bewegt, klingelt sein Handy.

Konstanze ist dran und sie klingt ziemlich aufgeregt. Wenige Minuten später hat sich ihr Zustand auf Nikolai übertragen. Finja hat eine WhatsApp geschrieben und der Inhalt ist sehr beunruhigend. Nicht nur, dass es in der Stadt keine Kirchgasse gibt, in ganz Bremen ist auch nur ein einziger Sebastian Krüger gemeldet, und der geht noch zur Schule.

»Warum schreibt sie mir das überhaupt?«, will Konstanze wissen und er erzählt von Finjas geplantem Wochenendtrip.

»Mit einem ihrer Patienten. Du kannst dir wohl vorstellen, wie ich darauf reagiert habe.«

Und jetzt könnte er sich dafür ohrfeigen. Finja hat gespürt, dass etwas mit dem Mann nicht stimmt, deshalb die WhatsApp an Konstanze und nicht an ihn. Das ist besonders bitter, weil er selbst das sofort kontrolliert hätte. Er bedankt sich, beendet das Gespräch und ruft sofort bei Finja an. Weil sie nicht abnimmt, spricht er auf den Anrufbeantworter.

»Finja, ruf mich sofort an, wenn du das hörst. Der Mann hat dir einen falschen Namen und eine falsche Adresse genannt. Da stimmt was nicht. Ruf mich an, hörst du, unbedingt. Bitte. Ich mach mir große Sorgen.«

Und was, wenn sie nicht telefonieren kann? Wenn sie gar nichts mehr kann? Nein, das wird nicht passieren, an so etwas darf er nicht mal denken. Seine Angst ist völlig übertrieben und nur seinem Beruf geschuldet, in dem man ständig mit der dunklen Seite der Gesellschaft konfrontiert wird.

Wahrscheinlich ist am Ende alles ganz harmlos, trotzdem wird er sie jetzt suchen. Aber wo soll er anfangen? An die Küste, hat sie gesagt, das kann sonst wo sein, falls es überhaupt stimmt. Vielleicht hat er in dieser Beziehung ja auch gelogen. Wie um alles in der Welt soll er Finja finden? Er weiß nicht, wie der Mann heißt, wie alt er ist, wie er aussieht, was für einen Wagen er fährt. Er weiß überhaupt nichts, nur dass Finja mit einem Wildfremden unterwegs ist, allein, und er sie nicht erreichen kann.

Er reißt Jochens Bürotür auf. »Könnte sein, dass Finja spurlos verschwunden ist.«

»Was?«

Ungeduldig spult er runter, was er bis jetzt weiß. »Ich schau mal, ob ich was über den Knaben rausfinde.« Und dann ist er weg, bevor Jochen widersprechen kann.

KONSTANZE

Konstanze steht vor Marius' Krankenbett. »Hier ist dein Handy. Du kannst gleich deinen Vater anrufen. Mit mir will er nicht reden.«

Damit hat er nicht gerechnet. Sein Gesicht wird kalkweiß. »Woher weißt du das?«

»Ich hab deine Anrufliste kontrolliert. Irgendeinen Grund musste es ja geben, dass du so wild darauf bist, das Ding wieder in die Finger zu kriegen.«

»Du hast mir hinterhergeschnüffelt?« Vor Empörung schlägt seine Stimme über, wie so oft, seit er sich im Stimmwechsel befindet. »Das darfst du überhaupt nicht!« Seine Finger schließen sich um das Smartphone. »Und das Ladegerät?«

»Hab ich nicht mitgebracht. Zwanzig Prozent Ladung, das muss reichen.«

»Ich hab gesagt, dass du das Ladegerät mitbringen sollst!«

»Hab ich aber nicht, wie du siehst. Mit Absicht. Was wollte Papa von dir?«

»Das geht dich nichts an.«

An seiner verbissenen Miene erkennt sie, dass er schweigen wird, trotzig wie ein Kindergartenkind. Und plötzlich hat sie keine Lust mehr, sich so behandeln zu lassen. Marius ist immer noch minderjährig, auch wenn er mit 2,3 Promille Blutalkohol in die Klinik eingeliefert wurde, und nichts gibt ihm das Recht, sich aufzuführen wie der große Zampano.

»Okay. Ich lasse sein Handy jetzt orten, dann kann Adam mir selbst erzählen, was los ist.« Ohne dass Marius es verhindern kann, entwindet sie ihm das Telefon wieder. »Das nehme ich mit, damit du ihn nicht warnen kannst. Ich begreife nicht ganz, warum ich jetzt die Böse bin. Dein Vater hat uns verlassen. Du und ich, wir mussten den ganzen blöden Mutterboden nach hinten karren, während er unser gemeinsames Sparbuch leergeräumt hat.«

»Dafür hast du ja das Haus.«

Die beiden haben also darüber gesprochen. Und ihr Sohn befindet es nicht für nötig, ihr davon zu erzählen. Sie überlegt, was sie jetzt sagen könnte, ohne ihren Sohn ernsthaft zu verletzen, obwohl sie so sauer ist, dass sie ihn am liebsten ohrfeigen würde. Doch ehe ihr etwas dazu einfällt, ergreift Marius das Wort.

»Papa sagt, dass Menschen einander nicht gehören. Und dass er es nicht mehr aushält mit dir. Immer nur dein blöder Job, das stimmt doch! Kein Wunder, dass es so gekommen ist. Jetzt willst du ihn sogar suchen lassen wie einen Verbrecher!« Schon wieder versagen seine Stimmbänder, was seinem Ausbruch ein wenig an Dramatik nimmt.

»Er ist in eine Mordsache verwickelt. Und wenn er nichts zu verbergen hätte, würde er einfach zum Präsidium fahren und die Sache klären. Stattdessen versteckt er sich.«

»Wegen dir!«, heult Marius auf. »Weil du ihn ans Messer liefern willst! Das ist so mies von dir!«

»Die Tasche mit deinen Sachen lasse ich hier stehen«, sagt sie dumpf. »Ich hoffe, dein Vater kümmert sich um alles Weitere, ich hab nämlich absolut keinen Bock mehr, mich von dir beschimpfen und belügen zu lassen. Du willst erwachsen sein, Marius? Dann wirst du das hier ja allein regeln.« Und dann stopft sie sein Handy in ihre Handtasche und geht. Im Augenwinkel nimmt sie noch wahr, dass Marius erschrocken den Mund aufreißt. Damit hat er wohl nicht gerechnet.

Von der Klinik aus fährt Konstanze direkt ins Präsidium. »Ich hab Adams neue Handynummer für euch, vielleicht gehört sie auch seiner neuen Freundin namens Luna.« Und dann kann sie nicht anders, als von Marius zu erzählen, von seiner Alkoholvergiftung und schließlich auch von seinen bösen Worten.

»In seinen Augen bin ich jetzt die Schuldige«, schließt sie müde.

Jochen, der Vater zweier erwachsener Söhne ist und ihre Verzweiflung wohl am besten von allen Anwesenden versteht, stellt ihr einen Becher Kaffee vor die Nase und sagt leise: »Komm, der kann jetzt nicht anders. Du bist da und dein Adam hat sich aus dem Staub gemacht. Marius meint das nicht so. Du bist nur die Einzige, an die er seine Enttäuschung adressieren kann.«

»Ich hab gesagt, dass ich vorläufig nicht wiederkomme und hoffe, dass Adam sich kümmert.« Sie lacht traurig, als ihr klar wird, was das bedeutet. »Wie recht du hast, man reagiert sich an dem ab, der gerade vor Ort ist. Ich mache meinen Sohn zur Schnecke, dabei bin ich eigentlich wütend auf Adam. Den könnte ich umbringen.«

»Das lass mal lieber bleiben. Übrigens gibt es nach wie vor keinen Beweis dafür, dass er Bea Kerber getötet hat, nur die Aussage eines jungen Mannes, der selbst unter Tatverdacht steht.«

»Nikolai glaubt ja, dass Adam sogar der Drosselmörder sein könnte.«

»Nein«, verbessert Jochen mit leisem Lachen. »Nikolai glaubt gar nichts. Er sucht den Täter und lässt dabei nichts unversucht. So arbeiten wir alle, du doch auch. Red dir jetzt bitte nicht ein, dass Nikolai es auf deinen Mann abgesehen hat.«

Sie werden unterbrochen, weil Florian einen Zettel auf den Tisch legt. »Ich hab die Nummer überprüft. Sie gehört einer Verena Specht, Jahrgang 1998, also minderjährig ist sie nicht mehr. Die Adresse hab ich auch.«

»Ich fahr mit«, sagt Konstanze sofort und zu ihrer großen Überraschung willigt Jochen ein.

»Aber nur, weil Nikolai unterwegs ist. Ihr bringt die beiden aufs Präsidium, notfalls in Handschellen. Und dann soll er uns mal erklären, warum er abgetaucht ist.«

NIKOLAI

Ungeduldig blendet Nikolai auf, weil der Wagen vor ihm schon fünfzig Meter vor der Ampel abbremst, obwohl sie noch grün ist. Noch fünf Minuten. Wenn er im Haus nichts findet, das ihn weiterbringt, wird er zu Finjas Praxis weiterfahren und in den Patientenakten nachschauen, was sie über den geheimnisvollen Sebastian Krüger notiert hat, vor allem wie lange er schon ihr Patient ist beziehungsweise war. Er will jetzt nicht überreagieren, aber sein Bauchgefühl sagt ihm, dass da etwas nicht stimmt, und er kann nur hoffen, dass Finja seine jahrelange Warnung, dass die uralte Tür keinem ernsthaften Einbruchsversuch standhalten würde, nicht ausgerechnet jetzt beherzigt hat und das Schloss oder gar die ganze Tür ausgewechselt wurde.

Wenigstens in diesem Punkt ist das Glück ihm hold, er braucht nicht länger als eine halbe Minute, um die Kellertür aufzubrechen. Einmal den Schraubenzieher ansetzen, fertig, genau wie er sich das vorgestellt hat. Es fühlt sich merkwürdig an, wie ein Einbrecher in das Haus einzudringen, in dem er bis vor Kurzem noch gewohnt hat, aber den Gedanken schiebt er rasch beiseite.

Im Keller gibt es nichts zu finden, das ist klar. Darum marschiert er direkt hoch ins Schlafzimmer. Hier sieht es aus, als hätte sie bis zur letzten Minute überlegt, welche Klamotten sie einpacken soll, typisch Finja. Die aussortierten Sachen liegen auf dem Bett, auf seiner Seite. Schwarze Spitzenunterwäsche, die er noch nie gesehen hat. Er will sich Finja jetzt nicht in den knappen Dessous vorstellen, jedenfalls nicht, wenn ein anderer Mann sie darin sieht. Mit den Fingerspitzen streicht er über die blau gemusterte Strickjacke, die er so gut kennt. Mehrere Blautöne, ein dunkles Gelb und Weiß, irgendwie sind das genau ihre Farben. Den letzten Sommerurlaub haben sie in Schweden verbracht, dort hat sie die Jacke entdeckt – und fand sie viel zu teuer. Er hat sie heimlich gekauft und Finja zum Geburtstag geschenkt. Nicht mal ein Jahr ist das her. Verdammt, es darf ihr nichts passiert sein.

Sein Blick wandert hoch auf den Kleiderschrank. Die rote Reisetasche fehlt, der letzte Beweis, dass sie wirklich gefahren ist.

Im Bad gibt es keinerlei Hinweise darauf, dass hier ein Mann regelmäßig nächtigt, so weit sind sie noch nicht. Alles, was hier rumsteht oder im Spiegelschränkchen verborgen ist, gehört Finja.

In der Küche widersteht er dem Impuls, die Kaffeemaschine in Gang zu setzen, dafür ist jetzt keine Zeit. Einen Becher, der umgedreht auf der Spüle steht, ein Holzbrett und ein Messer nimmt er als Beweis, dass sie gestern allein gefrühstückt hat.

Neben der Tür hängt immer noch der Familienplaner mit den Illustrationen von Silke Leffler. Finja liebt die märchenhaften Abbildungen der Künstlerin und kauft den Kalender jedes Jahr wieder. Die alten Kalender sammelt sie irgendwo in ihrem Zimmer. Auf jeder Seite sind fünf Spalten für Termine, zwei für Finja, zwei für ihn selbst und eine für gemeinsame

Termine. Seine Spalte ist jetzt leer, den Zahnarzttermin Ende des Monats hat Finja mit schwarzem Filzstift durchgestrichen. Für dieses Wochenende steht da nur Sebastian, mit großen Druckbuchstaben.

Hier unten ist nichts, das ihm weiterhilft, also wieder hoch in den ersten Stock, wo er die Tür zu ihrem Zimmer öffnet, das gleich neben dem Schlafzimmer liegt. Er fährt das Notebook hoch. Zum ersten Mal kommt ihm die Idee, dass sie ihr Passwort geändert haben könnte. Bis zu seinem Rauswurf hieß es N120212F, und sie hat es überall verwendet. Nikolai 12.02.2012 Finja. Am 12. Februar vor fünf Jahren haben sie sich kennengelernt, nicht hier in Bremen, sondern in Dortmund auf einem Konzert ihrer gemeinsamen Lieblingsband, Silbermond. Auf der Rückfahrt im Zug wusste er schon, dass die blonde Frau mit dem offenen, klaren Gesicht und dem unwiderstehlichen Lächeln die Richtige für ihn ist. Nicht mal eine Woche später ist er hier eingezogen. Vollkommen verrückt, aber keiner von ihnen hat daran gezweifelt, dass es richtig so war.

Finja hat das Passwort nicht geändert, auch nicht den Bildschirmschoner, ein Bild aus Schweden. Es zeigt nur Landschaft, keine Menschen, trotzdem war es ihr letzter gemeinsamer Urlaub, und er hofft, dass sie jedes Mal, wenn sie darauf schaut, an ihn denken muss. Er ruft Thunderbird auf. Keine einzige Mail von Sebastian Krüger. Die beiden haben also über das Handy kommuniziert und das hat sie mitgenommen.

Einen richterlichen Beschluss, um ihre Anrufliste einzusehen, wird er nicht bekommen. Der Oberstaatsanwalt, der über das Wochenende Bereitschaftsdienst hat, ist einer von der Sorte, dem Datenschutz über alles geht. Aufgrund einer vagen Vermutung unterschreibt der gar nichts, erst recht nicht, wenn man denken könnte, dass ein frustrierter Bulle seine Ex verfolgt, weil sie mit seinem Nachfolger unterwegs ist.

Ihm wird nichts anderes übrig bleiben, als in die Praxis zu fahren und sich dort umzusehen. Seufzend zieht er die Schublade von Finjas Schreibtisch auf und holt den Ersatzschlüssel heraus, den sie hier aufbewahrt. Einzubrechen braucht er wenigstens nicht mehr. Und wenn das alles vorbei ist, wird er dafür sorgen, dass Finja sich besser gegen Einbrecher schützt.

FINJA

»Falls nicht gerade Ebbe ist, würde ich gern an die See fahren.«

»Warum?« So wie Sebastian sie jetzt anschaut, findet er ihren Vorschlag vollkommen abwegig. »Wir werden es uns hier gemütlich machen. Ich möchte sehr viel mehr über dich erfahren. Du hältst dich ja immer so bedeckt, wenn es um dein Privatleben geht.«

»Wir könnten doch beim Spazierengehen reden. Wenn ich schon in Nordseenähe bin, möchte ich auch das Wasser sehen und Seeluft schnuppern. Der Hund braucht auch einmal täglich einen längeren Gang.«

»Dafür ist hier Platz genug.«

Frei auf einem Grundstück rumstromern, egal wie groß es auch sein mag, ist für einen Hund nicht das Gleiche wie ein Spaziergang, könnte sie jetzt sagen, aber sie merkt Sebastian an, dass er bereits genervt ist. Nach kurzem Nachdenken gesteht sie sich ein, keine große Lust auf Meinungsverschiedenheiten oder gar Krisengespräche zu verspüren, in gewisser Weise ist sie ja abhängig von Sebastian und seiner guten Laune, schließlich sind sie mit seinem Auto hier. Sie kann nicht einfach nach Hause fahren, obwohl sie gerade große Lust dazu hätte.

»Okay«, sagt sie deshalb. »Ich füttere jetzt den Hund.«

»Tu das, ich gehe hoch und ziehe mich um.«

Nachdem China ihr Trockenfutter gefressen hat, geht sie mit ihr raus in den Garten. Sie stellt Chinas Wasserschüssel auf die Terrasse, setzt sich auf einen der weißen Gartenstühle und schaut zu, wie ihre Hündin zuerst säuft und dann planlos über den Rasen streift. Chinas gesamte Körperhaltung kommt ihr anders vor als sonst, sie bewegt sich ebenso lustlos, wie Finja sich fühlt. Wie so oft spiegelt China ihren eigenen Seelenzustand. Ja, es macht absolut keinen Spaß, hier zu sein. Sebastian ist viel verschrobener, als sie sich das vorgestellt hat, und weil sie nun einmal Therapeutin ist und er ihr ehemaliger Patient, sucht sie ständig nach Erklärungen für sein Verhalten. Nicht gerade ideale Voraussetzungen für ein gelungenes Wochenende. Heute ist Samstag, morgen geht es schon wieder zurück. Bis dahin wird sie es wohl aushalten.

»Ich sehe, du fühlst dich bereits wie zu Hause.« Sebastian steht plötzlich hinter ihr, sie hat ihn nicht kommen hören und erschrickt. Als sie den Kopf in den Nacken legt, um ihn anzusehen, fällt ihr sofort auf, dass er sich nicht, wie angekündigt, umgezogen hat.

Ist das wichtig? Wohl kaum, doch wie auf ein geheimes Kommando produziert ihr Gehirn die verrücktesten Gedanken. Vielleicht musste er einfach nur zur Toilette, und er ist so verklemmt, dass er nicht darüber reden kann. So etwas gibt es. Oder er hat in letzter Minuten entschieden, dass es keinen Grund gibt, sich etwas anderes anzuziehen, weil Finja sich doch nicht als seine Traumfrau entpuppt hat. Warum denkt sie überhaupt darüber nach?

Jetzt erst bemerkt sie, dass er zwei Gläser in der Hand hält, schon wieder Champagner. Gut, warum soll sie diese Tage nicht angesäuselt verbringen, um sich besser zu fühlen? Sie stoßen an und nippen an ihren Gläsern.

Dann zieht er einen Stuhl heran und setzt sich ihr gegenüber, so nah, dass ihre Knie sich berühren. »Hast du Geschwister?« Interessiert schaut er sie an.

Finja schüttelt den Kopf und erzählt von ihrer Kindheit, dass ihre Mutter die Familie verlassen hat und sie bei ihrem Vater aufgewachsen ist. »Dr. Bernd Michaelis, vielleicht kennst du ihn sogar. Du kommst doch aus Bremen, oder?«

»Warum willst du das wissen?«

»Nur so. Weil ich dachte ...«

»Aber jetzt bin ich dran mit Ausfragen. Hast du nie versucht, das Verhältnis zu deiner Mutter wieder aufzufrischen?«

»Nicht wirklich«, gibt sie ehrlich zu. »Ich habe nicht den Eindruck, dass ich ihr wichtig bin. Wenn wir uns treffen, reden wir nur über Belanglosigkeiten. Meist ist sie auf der Durchreise und lädt mich zum Essen ein.«

»Erzähl mir von deinem Freund, was war das für ein Typ?«

Langsam wird es Finja unbehaglich. Sie weiß allerdings nicht, wie sie das zum Ausdruck bringen soll, ohne ihn zu verärgern. Außerdem kann sie ihn ja irgendwie verstehen, sie weiß aus den Therapiestunden eine Menge über ihn und er praktisch nichts über sie, keine guten Voraussetzungen für eine Beziehung, zu der es allerdings nicht kommen wird. Sie merkt bereits deutlich, dass sie dabei ist, eine innere Mauer zu errichten. »Nikolai ist Beamter.« Es fühlt sich gut an, das zu sagen, so als würde allein die Tatsache, dass sie seinen Namen laut ausspricht, sie beschützen. Als wäre das nötig. Niemand muss Finja beschützen. Sie macht hier Kurzurlaub mit einem Mann, der nicht so charmant ist wie erwartet, aber das ist keine Katastrophe.

»Ach, ein Beamter. Wahrscheinlich beim Finanzamt, das würde zu dir passen.«

»Was ist schlecht an einem Finanzbeamten?«, fragt sie mit leiser Stimme. Irgendetwas sagt ihr, dass es klug ist, Nikolais Beruf nicht zu erwähnen.

Sein spöttisches Lachen verrät, was er von Finanzbeamten denkt. »Seht ihr euch noch?«

»Nein«, lügt sie. »Wozu?«

Er nickt zufrieden. »Und jetzt möchtest du einen neuen Mann an deiner Seite.«

An dieser Stelle muss sie einfach protestieren. »Ich befinde mich nicht aktiv auf der Suche, falls du das denkst.«

»Warum bist du dann hier?«

»Weil du mich eingeladen hast. Aber wenn du dich nicht wohl mit mir fühlst, kannst du mich gern zum nächsten Bahnhof fahren.«

»Das hättest du wohl gern.« Mit zusammengezogenen Brauen schaut er sein Glas an und leert es auf einen Zug. »Ich hol mir noch was zu trinken, willst du auch?«

Da sie bislang so gut wie nichts getrunken hat, lehnt sie ab. Hat Sebastian ein Alkoholproblem? Und wie verändert er sich mit steigendem Promillewert? Sie will es gar nicht wissen, doch so wie es scheint, wird sie es heute noch erfahren.

Als er zurückkommt, erklärt sie, eine Jacke holen zu wollen. »Ist doch kälter, als es den Anschein hat.«

»Red keinen Blödsinn, wir haben zweiundzwanzig Grad und hier auf der Terrasse sitzt man sehr geschützt. Ich kann die Heizstrahler anschalten, wenn du wirklich frierst. Ehrlich gesagt finde ich es unhöflich, mitten im Gespräch abzuhauen.«

»Ich möchte aber meine Jacke anziehen. Wir können ja gleich weiterreden.«

»Du bleibst sitzen, bis ich sage, dass du aufstehen darfst.«

»Spinnst du?«, fragt sie fassungslos und springt hoch.

Im selben Augenblick schnellt seine rechte Hand vor und boxt ihr in den Magen. »Hinsetzen, hab ich gesagt.«

KONSTANZE

Auf dem Klingelschild steht einfach nur Luna, und die junge Frau öffnet arglos die Tür in der irrigen Annahme, dass jemand anders dort steht. »Wird auch Zeit, du Loser, komm rein.«

Beim Anblick der Polizeimarke versucht sie, die Tür wieder zuzuwerfen, doch Konstanze ist schneller und stellt ihren Fuß dazwischen.

Lunas Wohnung sieht aus wie eine Müllhalde. Es ist kaum zu fassen, was sie dort alles angehäuft hat, unter anderem drei rostige Fahrräder, einen Rasenmäher, einen Kühlschrank ohne Tür und einen uralten Kinderwagen, außerdem altmodische Kleinmöbel und mehrere Stehlampen. Das meiste lässt sich unter dem Begriff Sperrmüll zusammenfassen.

»Fassen Sie nichts an«, blafft Luna, die ihren Blicken gefolgt ist. »Das brauche ich alles für eine Installation.« Dann konzentriert sie sich auf Florian. »Dich hab ich schon mal gesehen, im *Millennium*, stimmt's? Sag nicht, du gehörst zu den Bullen.«

Der Kleine errötet verschämt und sagt keinen Ton. Am liebsten würde Konstanze ihn anstoßen und darin erinnern, dass er hier zu den Fragestellern gehört.

Aber dann fällt ihr Blick auf Adam und nichts anderes ist mehr von Belang. Ihr Ehemann hockt auf einem ausgebauten Autositz und kritzelt etwas in ein schwarz eingebundenes Notizbuch, so tief in Gedanken versunken, dass er nicht bemerkt, was um ihn herum vorgeht. Vielleicht hat das auch mit dem süßlichen Duft zu tun, der durch die Wohnung wabert. Konstanze kann sich gut vorstellen, dass die beiden total bekifft sind.

Beinahe hätte sie Adam gar nicht erkannt. Die blonden Haare sind der Schere zum Opfer gefallen, und das, was übrig geblieben ist, hat er schwarz gefärbt. Eine harmlose Erklärung wäre, dass er sich passend zu seinem neuen Künstlerdasein neu erfinden will, eine weniger harmlose Erklärung erscheint ihr allerdings wahrscheinlicher: Adam weiß genau, dass er gesucht wird, und will nicht erkannt werden.

Als sein Name fällt, zuckt er zusammen. Er tauscht einen kurzen Blick mit Luna, dann hebt er müde die Schultern.

»Hey.« Zu Luna gewandt sagt er: »Das ist Konstanze.« Auf die Idee, aufzustehen und ihr die Hand zu geben, sie vielleicht sogar zu umarmen, kommt er nicht. Er bleibt einfach auf dem abgewrackten Autositz hocken und blinzelt sie misstrauisch an. Und wenn sie so recht darüber nachdenkt, ist sie froh darüber. Sie möchte jetzt nicht von ihm berührt werden.

»Du weißt, warum wir hier sind. Du stehst unter dem dringenden Tatverdacht, am 24. Mai Bea Kerber ermordet zu haben.«

»So ein hirnrissiger Scheiß«, kreischt Luna. Ihre Stimme lässt Konstanze an eine Kreissäge denken. »Damit hat er nichts zu tun. Er hat ein Alibi, wir waren die ganze Zeit zusammen.«

Nichts anderes hat Konstanze erwartet. »Gibt es dafür Zeugen?«, fragt sie kühl.

»Ich bin seine Zeugin, hast du nicht zugehört? Wir waren zusammen, den ganzen Abend.«

»Schon gut.« Adam klappt sein Notizbuch zu, legt es auf den Fußboden neben den Autositz und steht auf, bleibt aber dort stehen. »Ich habe keinen Menschen getötet. Aber ich muss mir wohl vorwerfen lassen, einen labilen jungen Menschen zu einem Mord angestiftet zu haben.« Er schluckt schwer und massiert mit der rechten Hand seinen Nacken. »Das ist noch schlimmer, ich weiß. Weil es zwei Opfer gibt, die Tote und ihren Bruder.«

Diese Schlussfolgerung will Luna nicht akzeptieren. Sie stellt sich vor Adam und breitet die Arme aus, wie eine Mutter, die ihr Junges beschützen will; dabei könnte sie vom Alter her seine Tochter sein und damit Marius' ältere Schwester. »Wir haben nur so geredet, über Gefühle und wie sie das künstlerische Schaffen beeinflussen. Ganz bestimmt haben wir das kleine Arschloch nicht aufgefordert, so etwas Abgefahrenes zu tun. Wenn einer nicht den Unterschied kennt zwischen Fantasie und Wirklichkeit, kann man uns doch nicht dafür verantwortlich machen.«

»Für mich hört sich das nach Anstiftung zum Mord an, aber das wird ein Richter entscheiden«, sagt Konstanze leise. »Falls es überhaupt stimmt. Der besagte kleine Bruder leugnet nämlich, die Tat begangen zu haben, und bislang haben wir keinen Beweis für seine Täterschaft gefunden. Er ist überzeugt, dass Adam seine Schwester umgebracht hat. Oder soll ich dich jetzt Raphael nennen?«

»Das ist mein Künstlername«, erwidert Adam, und er klingt sehr entschlossen, fast schon ein bisschen stolz. »Ich erwarte nicht, dass jemand wie du das versteht. Wenn man zwei Leben führt, so wie ich, kann ein zweiter Name helfen, sie voneinander zu trennen. Als Adam konnte ich nie meinen Job vergessen, dich, Marius, meine Verpflichtungen. Als Raphael bin ich endlich frei.«

Ballast ist sie also für ihren Ehemann gewesen, lästiger Ballast, den er endlich abgeworfen hat. Und es macht ihm gar nichts aus, sie damit vor Zeugen zu demütigen.

»Wir werden die Wohnung spurentechnisch untersuchen, Frau Specht.« In Gedanken entschuldigt sie sich schon mal bei den Kriminaltechnikern, die sich durch diese Müllhalde arbeiten müssen.

»Ich heiße Luna, kapiert?«

»Für die Ermittlungsbehörden heißen Sie Verena Specht. Was ist mit dem Wagen?« Die Frage ist an Adam gerichtet.

»Verkauft.«

Damit hat sie im Leben nicht gerechnet. Seit sie Adam kennt, fährt er den alten Pick-up mit der Camouflagelackierung, ein Vermögen hat er in die Klapperkiste gesteckt, um ihn immer wieder durch den TÜV zu bringen. Und jetzt will er dieses Symbol seines Andersseins verkauft haben?

»Du hast dich von deinem Cherokee getrennt?«, fragt sie ungläubig.

Er nickt steif. »Den Jeep kann ich mir nicht mehr leisten. Du weißt ja, was er an Sprit geschluckt hat. Luna fährt einen alten Fiat, der reicht für uns.«

»Wann hast du den Wagen verkauft und an wen. Wir brauchen den Kaufvertrag.«

»Vor fünf Tagen, an einen Türken. Einer von denen, die ihre Visitenkarten unter die Wischerblätter stecken. Wir haben keinen richtigen Vertrag gemacht, ich hab nur 'ne Quittung, hier.« Er zieht einen zusammengefalteten Zettel aus seinem Portemonnaie, die Unterschrift des Käufers ist nicht zu entziffern, nur der Kaufpreis, tausendfünfhundert Euro, die Adam in bar erhalten hat.

»Ich dachte, der Wagen ist ein Vermögen wert, eine Geldanlage.« Genau das hat Adam immer behauptet, wenn sie sich über die hohen Unterhaltskosten beschwert hat.

»Es musste schnell gehen und das Lenkgetriebe hat 'ne Macke. Wer kauft schon einen Wagen mit so offensichtlichen Mängeln?«

»Wir gehen über die Zulassungsstelle. Der Käufer muss den Wagen ja abmelden«, schaltet Florian sich ein und sie ist ihm dankbar für die Unterbrechung.

»Ihren Wagen werden wir auch untersuchen, Frau Specht. Wo finden wir ihn?«

»Das geht Sie überhaupt nichts an.«

»Ein alter Fiat, steht unten vor der Tür.« Mit schleppender Stimme nennt Adam das Kennzeichen.

»Warum hilfst du den Bullen?«, keift Luna ihn an.

»Weil sie es sowieso rauskriegen. Wozu das alles unnötig in die Länge ziehen.«

Konstanze holt tief Luft. Dann erklärt sie den beiden, dass sie vorläufig festgenommen sind. Es kann gut sein, dass Adam in Untersuchungshaft muss, ihr Ehemann, der Vater ihres Sohnes. Als er aus dem Raum geführt wird, die Hände auf dem Rücken mit Handschellen gefesselt, bleibt er vor Konstanze stehen. »Ich habe niemanden getötet, ich hoffe, das weißt du.«

»Kannst du das beweisen?«, fragt sie automatisch, wendet sich aber sofort ab. Ein Geständnis zwischen Tür und Angel lässt sich schlimmstenfalls nicht gerichtlich verwerten. Sie sollte wirklich den Mund halten und die Kollegen auf dem Präsidium ihre Arbeit tun lassen.

Luna lässt sich nicht so widerstandslos abführen. Sie spuckt Gift und Galle. »Bullenschweine« ist noch eine der harmloseren Beschimpfungen. Sie ist neunzehn und damit volljährig, aber für Konstanze ist sie ein Kind, genauso trotzig und unbeherrscht wie Marius. Bei der Vorstellung, dass ihr fünfundvierzigjähriger Mann mit Luna Sex hatte, wird ihr übel.

NIKOLAI

Finjas Wagen steht auf dem Parkplatz vor der Praxis. Drinnen sieht es aus wie immer. Zielstrebig geht er an den Rechner und stellt ihn an. Dann blättert er ihre schriftlichen Notizen durch, findet aber nichts über S. K. Das muss nichts bedeuten, Finja überträgt ihre Notizen regelmäßig in die Patientendateien und vernichtet anschließend die handschriftlichen Aufzeichnungen, in denen die Patienten nur mit ihren Initialen erscheinen.

Ein Piepslaut verkündet, dass der PC hochgefahren ist. Natürlich fragt das Programm nach dem Passwort. Es ist dasselbe wie überall. Finja ist nicht besonders computeraffin, er selbst hat die Oberfläche so eingerichtet, dass sie mit einem Mausklick auf den richtigen Icon in die jeweiligen Programme kommt, und so findet er sich mühelos zurecht.

In dem Ordner »Patienten« gibt es eine Datei »Sebastian Krüger«, dem Himmel sei Dank. Der Mann war drei Monate lang ihr Patient, sie haben sich zweimal die Woche gesehen. Der letzte Eintrag lautet: »Therapie aus persönlichen Gründen beendet«.

Nikolai überfliegt den Inhalt der Therapiesitzungen, nichts Weltbewegendes, eine unerfreuliche Kindheit, eine jüngere Schwester, die freiwillig aus dem Leben schied, allerdings ist das schon zwanzig Jahre her. Am Anfang ein Vermerk, dass die Rechnung zurückgekommen ist, kein Wunder, schließlich existiert die Adresse gar nicht. Danach nichts mehr in diese Richtung, wahrscheinlich hat sie ihm die Rechnungen von da an persönlich ausgehändigt. Hier kommt er nicht weiter.

Im Verlauf ihrer Google-Suchen entdeckt er den Namen Sebastian Krüger. Sie hat nichts gefunden. Warum, verdammt noch mal, ist sie trotzdem mit ihm weggefahren?

Es gibt nichts, was auf die Identität des Mannes hinweist. Einer, der Namen und Adresse erfindet, wird auch keine Schwierigkeiten damit haben, sich eine traurige Kindheit auszudenken. Wahrscheinlich hat diese Annabell gar nicht existiert.

Der Gedanke, dass dieser Mann sich vorsätzlich in Finjas Leben geschlichen hat, als Patient, um ihr Vertrauen zu gewinnen und mit ihr auf diese Reise zu gehen, raubt ihm für einen Moment den Atem. Wenn Finja etwas passiert, ist das allein seine Schuld. Ohne diese verdammte Geschichte mit Charlotte wäre Finja jetzt nicht mit einem anderen unterwegs. Erneut versucht er sie zu erreichen, vergeblich, beide Handys sind ausgeschaltet.

Wie soll er rausfinden, mit wem sie unterwegs ist?

Auf dem Parkplatz trifft er auf Frau Stadler, die gerade mit dem Fahrrad wegfahren will. Finjas Mieterin schaut ihn sehr erstaunt an. Dann sagt sie entschlossen: »Guten Tag, Herr König. Frau Michaelis ist nicht hier. Sie ist über das Wochenende weggefahren. Mit einem Mann. Er hat sie hier abgeholt.«

»Ich weiß. Haben Sie ihn zufällig gesehen?«, fragt er aufgeregt.

Sie nickt zögernd. Sofort spürt er, dass sie noch etwas weiß, das sie nicht so ohne Weiteres aussprechen wird. Klar, er führt sich gerade auf wie ein eifersüchtiger Ex-Liebhaber, ein Stalker, das wird sie misstrauisch machen. Doch er muss sie zum Reden bewegen, unbedingt.

»Frau Stadler, das mag jetzt komisch klingen, vielleicht denken Sie, dass ich nur eifersüchtig bin. Bin ich auch«, gibt er unumwunden zu. »Aber Fakt ist, dass dieser Mann Finja einen falschen Namen und eine falsche Adresse genannt hat. Und jetzt sind die beiden weggefahren und keiner weiß, wohin. Ans Telefon geht sie nicht und das ist wirklich untypisch für Finja. Wenn Sie irgendwas über den Mann wissen, ihn vielleicht beschreiben können …« Er muss sich zwingen, um Frau Stadler nicht zu schütteln, damit sie den Mund aufmacht.

»Hmm. Vor ein paar Tagen ist er hier ums Haus geschlichen, spätabends. Ich kam vom Kino zurück, und er hat gesagt, dass er Frau Michaelis besuchen will, aber keine Klingel mit ihrem Namen findet. Ob sie wirklich hier wohne.« Prustend atmet sie aus. »Ich fürchte, ich bin keine gute Lügnerin. Er hat gemerkt, dass hier nur die Praxis ist. Und er sah ziemlich böse aus. Gestern Vormittag hat Frau Michaelis dann erzählt, dass sie mit einem Mann verreisen will. Ich hab mir nicht viel dabei gedacht, weil ich weiß, dass Sie und Frau Michaelis, nun ja …«

»Dass wir uns getrennt haben«, hilft er ihr über die Klippe und sie nickt dankbar.

»Ich bin dann hoch in die Wohnung. Und ja, ich gebe es zu, ich war neugierig und hab aus dem Fenster geschaut. Und fährt da nicht genau dieser Mann vor, der neulich noch ums Haus geschlichen ist? Ich hab dann …« Ihr Mund verzieht sich und sie senkt den Blick. »So etwas ist bestimmt verboten, ich weiß … und Sie sind ja Polizist … aber …« Sie kramt in ihrer Handtasche, holt ihr Smartphone heraus, sucht ein bisschen und hält ihm dann ein Foto vor die Nase. »Das ist er. Und das ist sein Wagen. Das Kennzeichen kann man nicht erkennen, ich hab es aber aufgeschrieben. Oben. Vielleicht kommen Sie eben mit hoch.«

»Sie sind ein Engel, Frau Stadler, ehrlich, ein richtiger Engel.«

FINJA

Sie wird sich ihre Angst nicht anmerken lassen, auf gar keinen Fall. Am besten verwandelt Finja sich wieder in seine Therapeutin, in die Frau, die das Zepter in der Hand hält. Ohne sich umzuschauen, geht sie Richtung Flur, betont langsam, so als wäre nichts geschehen, auch wenn ihr Magen brennt wie Feuer. Sebastian folgt ihr, doch er hält sie nicht zurück. Möglicherweise ist ihm gerade klar geworden, dass er zu weit gegangen ist.

Ihre Handtasche liegt auf dem Garderobenschrank. Sie öffnet den Reißverschluss und kramt darin herum, bis sie ihr Handy gefunden hat, das, von dem er ruhig wissen darf.

»Was soll das werden?«

»Ich werde mir ein Taxi bestellen. Oder glaubst du ernsthaft, dass ich unter diesen Umständen hierbleibe?« Erleichtert stellt sie fest, wie kühl und selbstsicher ihre Stimme klingt. Wenn sie und China erst im sicheren Taxi sitzen, wird sie sich dafür auf die Schulter klopfen.

Wortlos schlägt Sebastian ihr das Handy aus der Hand, es knallt gegen die Wand und dann auf den Boden. Er hebt es auf und schmettert es ein weiteres Mal auf den Marmor. Sie hört, wie es zerbricht. Trotzdem trampelt er noch mit den Füßen darauf herum. Ganz nebenbei fährt seine rechte Faust nach vorn und boxt ihr erneut in den Bauch, diesmal ein Stück tiefer. Sie klappt nach vorn und ringt um Luft, der Schmerz fühlt sich an, als hätte er ihr ein Messer in den Bauch gerammt.

Schluchzend sinkt sie in die Knie. Von irgendwoher taucht China auf, sie knurrt leise, aber auch unsicher. Als Sebastian sie anherrscht, duckt sie sich weg.

»Steh auf!«, brüllt er Finja an und sie gehorcht zitternd. »Und jetzt guck ganz genau hin! Jetzt wird es nämlich interessant!«

Sie muss mit ansehen, wie er ihren Hund am Halsband packt und über den spiegelglatten Boden zur Terrassentür zieht, die er mit der linken Hand aufreißt. Er zerrt China über die Terrasse und wirft sie in den Swimmingpool.

»Was glaubst du, wie lange ein Hund schwimmen kann?«

Mit einem Blick erfasst sie seinen perfiden Plan. Der Wasserspiegel in dem Pool ist so tief, dass China den Rand nicht erreichen kann. Die Wände gehen steil nach oben und es gibt nur eine Einstiegsleiter aus Metall, die ein Hund nicht erklimmen kann. China wird jämmerlich ertrinken.

»Bitte nicht«, flüstert sie rau. »Nicht mein Hund. Du kannst mit mir machen, was du willst, aber lass China wieder raus.«

Grob packt er sie am Arm und dreht ihn auf den Rücken. »Wir zwei gehen jetzt wieder ins Haus. Hab ich dir schon von Annabells Hund erzählt? Von Molly?«

Unsanft wird sie auf einen der Cocktailsessel gestoßen. Er setzt sich genau gegenüber. Finja ist schlecht vor Schmerzen, schlecht vor Angst, schlecht vor Abscheu. Noch nie in ihrem Leben hat sie einen Menschen so tief gehasst wie diesen Mann. Sie könnte ihn, ohne mit der Wimper zu zucken, umbringen, wenn sie nur wüsste, wie sie das anstellen soll.

»Na, überlegst du, wie du entkommen kannst? Gar nicht, meine kleine Finja, du sitzt in der Falle. Dein Köter paddelt draußen um sein Leben und du bist mir völlig ausgeliefert.«

»So wie Annabell«, flüstert sie und es ist ihr ganz egal, dass er ihr eine heftige Ohrfeige versetzt und hinterher ihr ganzer Kopf davon summt.

Er brüllt, dass sie gar nichts weiß über ihn und seine Schwester. »Gleich als ich dich zum ersten Mal gesehen habe, musste ich an Annabell denken. Ich habe mich sogar ein wenig in dich verliebt. Die gleichen blonden Haare, blaue Augen, dieses stille Lächeln, wenn dir etwas gefällt. Du bist klug, das war sie auch. Sogar diese übertriebene Liebe zu Hunden verbindet euch. Du und ich, wir hätten ein wunderbares Leben führen können, so als wäre Annabell zu mir zurückgekommen.«

Hast du ihren Hund auch getötet?, würde Finja gern fragen, aber sie sollte ihn besser nicht provozieren. »Wie ist deine Frau?«, sagt sie stattdessen. »Hat sie dich auch an Annabell erinnert?«

Ganz kurz gelingt es ihr, ihn aus dem Konzept zu bringen. »Irina?« Seine Augenbrauen schnellen in die Höhe, dann winkt er lässig ab. »Unwichtig. Ein Versuch, Annabell zu vergessen. Laut und anspruchsvoll. Ich habe mich vor ihr geekelt, vor ihrem Körper, ihrer Stimme, ihren Geräuschen.«

Die Beschreibung seiner Ehe lässt Finja das Blut gefrieren. Weil ihr etwas Furchtbares einfällt. Ganz ähnlich hat sie selbst den Drosselmörder charakterisiert. Ein Mann, den lebendige Frauen abstoßen, Frauen, die sich bewegen und sprechen. Wenn Annabell so aussah wie sie selbst, war sie blond und langhaarig, so wie die toten Frauen. Sollte Sebastian wirklich dieser Serientäter sein? Wird sie bald schon zu seinen Opfern gehören?

Die Bernsteinaugen, die sie vor gar nicht langer Zeit noch fasziniert haben, stoßen Finja jetzt ab. Sein Blick tut ihr beinahe körperlich weh. Sie muss sich zwingen, ihn zu erwidern, weil ihr klar ist, dass sie Stärke zeigen muss. Seine Schwester war jünger als er und mit Sicherheit unterlegen, unter keinen Umständen darf sie so sein wie Annabell.

»Na, rattert es schon in deinem Kopf? Legst du dir gerade die Therapie zurecht? Vergiss es, Finja, das haben schon ganz andere versucht. Ich bin verrückt, glaub es ruhig, mir kann keiner mehr helfen.«

So wie er jetzt lacht, kreischend und viel zu hoch für einen Mann, möchte sie nicht widersprechen. Vor ihr sitzt ein hochgradig psychotischer Mann, der gerade jeglichen Bezug zur Realität verliert und bereit ist zu töten. Sie hat keine Ahnung, ob er wirklich der sogenannte Drosselmörder ist oder ob sie sich in ihrer Angst in etwas reinsteigert, aber sie weiß, dass sie um ihr Leben fürchten muss.

NIKOLAI

Der Eigentümer des Alfa Romeo Giulia heißt Ronald von Weidenholtz. Er wohnt in Schwachhausen, und Nikolai weiß sofort, wo er den Namen von Weidenholtz schon mal gelesen hat. Ein Ludger von Weidenholtz steht auf der Liste der Jeepbesitzer. Der Mann ist vierundachtzig Jahre alt und kommt als Serientäter ganz sicher nicht in Betracht, aber warum sollte sein dreiundvierzigjähriger Sohn sich den Wagen nicht mal ausleihen. Gemeldet sind beide unter derselben Adresse. Der Familie von Weidenholtz gehört ein mittelständisches Unternehmen, es geht um Werkzeugherstellung.

Sie leben auf einem parkähnlichen Gelände in einer eindrucksvollen alten Villa, die in die Epoche des Jugendstils gehören könnte, umgeben von einem zwei Meter hohen Zaun aus Gusseisen mit gedrehten Spitzen.

Zum überdachten Eingangsbereich muss man eine Steintreppe hochsteigen. Eine Haushälterin öffnet die Tür; sie wirkt wie ein Mensch, der gelernt hat, sich lautlos zu bewegen und nicht aufzufallen. Beim Anblick der Polizeimarke zuckt sie unmerklich zusammen, doch sie hat sich gleich wieder in der Gewalt. »Worum geht es?«

»Ich möchte mit Ronald von Weidenholtz sprechen.« Nikolai ist groß genug, um den meisten Menschen allein durch seine Statur Respekt einzuflößen. Bei der Haushälterin, die ihren Namen nicht genannt hat, gelingt es ihm ebenfalls.

»Das ist nicht möglich. Herr von Weidenholtz …« Sie verhaspelt sich und bricht ab. »Ich werde Frau von Weidenholtz holen, seine Mutter. Wenn Sie bitte einen Moment warten würden.«

»Moment.« Bevor sie wieder verschwindet, hält er ihr das Foto hin, das Frau Stadler aus ihrem Fenster geschossen hat. »Das ist er doch?«

»Ja, sicher.« Sie führt ihn in eine große Diele, die trotz der bogenförmigen Doppeltür aus Glas, die in einen Wintergarten führt, sehr düster wirkt. Das mag an dem Fußboden liegen, Steinfliesen in einem dunklen Grau, fast schon schwarz, mit einem Muster aus achteckigen blauen Ornamenten, oder an der Kassettendecke aus dunklem Holz, in jedem Fall kommt es Nikolai so vor, als wäre er in einer dunklen Höhle gelandet. Ganz automatisch folgen seine Blicke dem Licht, er schaut durch den Wintergarten, in dem palmenähnliche Gewächse in riesigen Tontöpfen stehen und für Schatten sorgen, in den weiträumigen Garten, der in diesem Bereich nur aus Rasen und in Form geschnittenen Büschen besteht.

»Guten Tag.«

Nikolai fährt herum. Vor ihm steht eine Frau, die unglaublich dünn ist und das mit einem sehr eng geschnittenen hellgrünen Kleid noch betont, so als wäre sie stolz auf ihre knochige Figur. Ihr graues Haar ist zu einem Knoten frisiert, so stramm nach hinten gezogen, dass die Gesichtshaut zu spannen scheint. Sie hat leuchtend pinkfarbenen Lippenstift aufgelegt und die Fingernägel im selben Farbton lackiert. Die Hände, auf denen sich ein Netz aus blauen Adern abzeichnet, sind übersät von

Altersflecken und verraten ihr wahres Alter, das Nikolai bei siebzig plus ansiedelt.

»Helene von Weidenholtz. Wenn ich um Ihren Namen bitten dürfte.« Beim Sprechen bewegt sie kaum die Lippen, trotzdem ist sie sehr gut zu verstehen. Selten hat Nikolai jemand getroffen, der mit jedem Wort und jedem Blick so viel Hochmut ausstrahlt.

»Hauptkommissar Nikolai König, Kriminalpolizei Bremen.«

»Und Sie wünschen?«

»Es geht um Ihren Sohn Ronald.«

»Mein Sohn ist nicht hier«, erklärt sie kühl.

»Das ist mir bekannt. Ich möchte wissen, wo er sich aufhält.«

»Und da fragen Sie mich?« Sie lupft einmal kurz die Oberlippe. »Er ist volljährig und muss mich nicht informieren, wie er seine Freizeit verbringt. Soweit mir bekannt ist, macht Ronald ein paar Tage Urlaub. Seit mein Mann erkrankt ist, führt er unsere Geschäfte. Das ist sehr aufreibend. Von Zeit zu Zeit braucht er etwas Erholung.«

»Kann ich mir vorstellen«, behauptet Nikolai.

Ein Blick aus eisgrauen Augen macht klar, dass Frau von Weidenholtz ihm das nicht abnimmt. Ein kleiner Bulle hat ganz sicher keine Ahnung von der großen weiten Geschäftswelt. »War es das? Ich muss mich wieder um meinen Mann kümmern.«

Das wiederum kann Nikolai sich nicht vorstellen. Diese Frau ist keine Krankenpflegerin, für solche irdischen Tätigkeiten beschäftigt sie mit Sicherheit Personal. »Sagt Ihnen der Name Sebastian Krüger etwas?«

»Nein.«

»Ihr Sohn benutzt diesen Namen. Er ist als Sebastian Krüger mit seiner Therapeutin in Kurzurlaub gefahren. Die Frau meldet sich nicht mehr, was sehr ungewöhnlich ist.«

Schweigend schaut sie ihn an und er erwidert ungerührt ihren Blick. Ein kaum wahrnehmbares Flackern in ihren Augen verrät, dass sie sich in ihrer Haut nicht wohlfühlt. Sie tut nur so, als ließe der Besuch der Polizei sie kalt.

»Beunruhigt Sie das, Frau von Weidenholtz? Sie sehen so aus, als würden Sie sich Sorgen machen. Sebastian Krüger. Benutzt Ihr Sohn häufiger falsche Namen?«

Ihre Atmung wird schneller, auch wenn sie versucht, ganz ruhig zu wirken. »So ein Unsinn. Wenn eine junge Frau mit einem Mann in Urlaub fährt, wird sie das freiwillig tun. Und sollte es tatsächlich der Wahrheit entsprechen, dass mein Sohn seinen wahren Namen verschweigt, wird er seine Gründe haben. In unseren Kreisen ist es nicht einfach für einen Mann, eine adäquate Partnerin zu finden. Viele Frauen denken nur an Geld und ein sorgloses Leben, wenn Sie mit einem Mann wie Roland ausgehen.«

»Nun, auf Frau Michaelis trifft das nicht zu, das kann ich Ihnen versichern. Sie ist sehr erfolgreich in ihrem Beruf und braucht keinen Versorger.« Stopp, mahnt ihn seine innere Stimme. Er sollte jetzt wirklich kein glühendes Plädoyer für Finja halten. »Die beiden wollten an die Küste fahren. Können Sie sich vorstellen, wohin?«

»Nein.«

»Ein Haus, eine Ferienwohnung, ein Hotel, denken Sie bitte noch mal darüber nach.«

»Ich kann Ihnen nicht helfen. Und das, was Sie hier andeuten, ist absolut lächerlich.«

»Was deute ich denn Ihrer Meinung nach an?«

»Dass mein Sohn unter falschem Namen eine junge Frau verschleppt hat. Allein die Vorstellung ist vollkommen absurd. Ronald weiß sich zu benehmen, er trägt schließlich einen bekannten Namen.«

»Wenn Frau Michaelis etwas zustößt und es sich herausstellen sollte, dass Sie doch wissen konnten, wo die beiden sich aufhalten, werden Sie sich vor einem Gericht rechtfertigen müssen. Ich hoffe, das ist Ihnen klar.«

»Wollen Sie mir drohen, junger Mann?«

Er schürzt die Lippen, als müsste er über ihre Worte nachdenken, dann schüttelt er den Kopf. »Warum sollte ich? Ich mache Sie nur darauf aufmerksam, dass Sie nicht über dem Gesetz stehen. Ich habe noch eine Frage. Auf den Namen Ihres Mannes ist ein Jeep angemeldet. Wer fährt den Wagen?«

»Mein Mann ist mit dem Wagen zur Jagd gefahren. Das ist allerdings schon eine Weile her. Er ist seit geraumer Zeit bettlägerig, ein schwerer Schlaganfall. Der Jeep steht nur noch aus nostalgischen Gründen in der Garage. Niemand fährt damit.«

»Auch nicht Ihr Sohn?«

»Niemand, sagte ich.«

»Wir werden das überprüfen. Der Wagen ist hiermit beschlagnahmt. Ich werde veranlassen, dass er abgeholt wird. Und so lange darf niemand die Garage betreten.«

Endlich verliert sie die Fassung. »Das dürfen Sie nicht, dazu haben Sie überhaupt kein Recht! Was glauben Sie, mit wem Sie hier sprechen?«

»Ich spreche mit einer Person, die nicht gewillt ist, mir bei meinen Ermittlungen weiterzuhelfen, obwohl sie dazu in der Lage wäre, und der Grund will sich mir nicht erschließen. Ich weiß nicht, was mit Ihrem Sohn nicht stimmt, aber ich werde es rauskriegen. Darauf können Sie sich verlassen.«

»Frau Hiller, bringen Sie den jungen Mann bitte hinaus.«

Achselzuckend wendet Nikolai sich ab. Erst jetzt bemerkt er das Ölgemälde neben der Treppe, das zwei blonde Menschen zeigt, die den Betrachter ernst anschauen. Der Mann ist jung, die Frau noch sehr viel jünger, eigentlich noch ein Mädchen. Das Erschreckende ist, dass es sich um ein Bildnis von Finja handeln könnte, Finja als Teenager. Die Ähnlichkeit ist wirklich frappierend. Er dreht sich wieder um. Frau von Weidenholtz hat sich noch nicht von der Stelle gerührt.

»Sind das Ihre Kinder auf dem Bild?«

»Ja. Mein Sohn Ronald und meine Tochter Annabell.«

»Sie ist tot, richtig? Hat sich vor zwanzig Jahren das Leben genommen.«

Erneut gelingt es ihm, sie für einen Moment aus der Fassung zu bringen. »Woher wissen Sie das?«

»Ich bin Kriminalbeamter. Es gehört zu meinem Beruf, solche Dinge zu wissen.« Mehr sagt er nicht. Schließlich muss niemand erfahren, dass er heimlich Finjas Patientenakte über den angeblichen Sebastian Krüger gelesen hat. Andere Dinge hingegen sollte Frau von Weidenholtz schon erfahren. »Falls es Sie interessiert, Frau Michaelis könnte die ältere Schwester Ihrer Tochter sein, die Ähnlichkeit ist geradezu unheimlich.«

Sie wendet den Kopf ab. »Ich muss nach meinem Mann sehen. Frau Hiller, ich hatte Sie gebeten, den Herrn von der Polizei hinauszubegleiten.« Mit hölzernen Bewegungen geht sie zu der Treppe, die ins Obergeschoss führt.

Die Haushälterin weist mit der Hand Richtung Tür. »Wenn Sie so freundlich wären.« Dann flüstert sie: »Ronald fährt ab und zu den Jeep. Aber sagen Sie nicht, dass Sie das von mir wissen.«

Wortlos drückt er ihre Hand. Vom Wagen aus ruft er direkt beim diensthabenden Staatsanwalt an und schildert die Sachlage. »Ich möchte den Wagen spurentechnisch untersuchen lassen, bevor Frau von Weidenholtz ihn in die Waschanlage schafft oder ganz verschwinden lässt.«

»Weidenholtz«, sagt der Staatsanwalt zögernd. »Sie erinnern sich an die Geschichte mit der Schwiegertochter?«

»Ehrlich gesagt nicht.«

»Die Frau des jungen Weidenholtz wurde von ihrer Freundin als vermisst gemeldet, letztes Jahr, glaub ich. Eine Russin, die angeblich in ihre Heimat zurückgekehrt ist. Irgendwie weiß ich gar nicht mehr, wie das ausgegangen ist. Oder warten Sie, da ist ein Brief aufgetaucht … und der Chauffeur hat ausgesagt, die Frau zum Bahnhof gefahren zu haben. Ludger von Weidenholtz ist ein ziemlich bekannter Unternehmer in der Stadt, seine Frau hat zusätzlich ein großes Vermögen in die Ehe mitgebracht, alter Geldadel. Ihrer Familie gehören ausgedehnte Ländereien und ein Sägewerk im niedersächsischen Umland. Einflussreiche Leute. Aber gut, das mit dem Wagen geht klar. Das können Sie veranlassen. Und die Geschichte mit der Therapeutin, hm, klingt schon ein wenig unheimlich, das will ich nicht leugnen. Was halten Sie davon, wenn wir zuerst ihr Telefon anpeilen?«

Im Präsidium klopft Nikolai sofort an Jochens Tür. Sein Bericht, den er atemlos vorträgt, sorgt dafür, dass es für ein paar Minuten ganz still ist im Raum.

Dann legt Jochen eine Hand auf Nikolais Schulter. »Das kriegen wir schon hin.« Allzu überzeugt klingt das allerdings nicht, eher nach Zweckoptimismus. Wenn Nikolai recht hat, befindet Finja sich seit fast vierundzwanzig Stunden in der Gewalt eines Psychopathen. »Ich kümmere mich um die Handypeilung, jemand anders muss gucken, ob die Familie von Weidenholtz eine Immobilie in Küstennähe besitzt. Dass er mit ihr in ein Hotel geht, kann ich mir unter diesen Umständen nicht vorstellen. Der will nicht gesehen werden. Und du, Nikolai, holst dir einen Kaffee und was zu essen. Das wird ein langer Tag. Noch was, wir haben Adam Schaffer gefunden. Er und seine Freundin sitzen im Verhörraum. Heute ist hier wirklich der Teufel los.«

FINJA

Sebastian hat Finja hochgeschickt. Sie soll sich umziehen. Er will sie in dem Kleid von gestern Abend sehen.

»Wenn du Glück hast, darfst du anschließend deinen Hund besuchen. Ich finde, er sieht schon ganz schön müde aus. Hunde können ziemlich zäh sein, aber spätestens gegen Abend wird sie schlappmachen und aufgeben. Oder was denkst du?«

Der Gedanke, dass China so schrecklich sterben soll, lässt Finja aufschluchzen, obwohl sie sich geschworen hat, keine Angst zu zeigen.

Dann erinnert sie sich an ihre Vorsichtsmaßnahme. Nein, China wird nicht sterben. Weil sich im Seitenfach ihrer Reisetasche das Privathandy befindet, von dem Sebastian nichts weiß. Sie wird Nikolai anrufen, sofort.

Finja muss sich zwingen, um nicht die Treppe hochzurennen. Oben reißt sie die Tür auf und knallt sie hinter sich ins Schloss. Dann stürzt sie sich auf die Tasche und steckt die Hand in das Seitenfach. Nichts. Das Fach ist leer. Aber das ist unmöglich. Verzweifelt wühlt sie in der Tasche herum, zuletzt kippt sie den gesamten Inhalt auf das Bett, doch das Handy bleibt verschwunden.

Dafür gibt es nur eine Erklärung. Sebastian war hier, er hat ihre Sachen durchsucht und das Smartphone gefunden. Vermutlich heute Vormittag, als er sich angeblich umziehen wollte. Wahrscheinlich hat er es längst zerstört, so wie ihr Diensthandy, damit man ihren Aufenthaltsort nicht auf diesem Weg herausfinden kann.

Was soll sie jetzt tun? Zuerst muss sie sich umziehen, damit sie genauso aussieht wie gestern Abend, als Sebastian sie noch so zuvorkommend behandelt hat. Ihr Unterleib schmerzt von seinen Boxhieben. Ist es vorstellbar, dass er sie verletzt hat? Nein, wahrscheinlich nicht. Finja ist nur überempfindlich, weil sie noch nie in ihrem Leben ernsthaft geschlagen wurde. Aber sie ist trotzdem nicht aus Zucker, verdammt noch mal, und wird das überstehen. Sie zwingt sich, an die Wrestler zu denken oder an die Boxer, die halten ganz andere Schläge aus.

»Na, fehlt was?«, empfängt Sebastian sie im Wohnzimmer, und sein Grinsen würde Finja als diabolisch bezeichnen, genau wie sein hämisches Lachen. »Du hast Deiner Freundin also mitgeteilt, dass du mit Sebastian Krüger an die Küste gefahren bist. Und weißt du, was ich daran amüsant finde, Finja?« Lachend streckt er seine Faust in die Höhe. »Obwohl es doch so nett klingt, gibt es in ganz Bremen keine Kirchgasse und schon gar keinen Sebastian Krüger. Deine alberne WhatsApp bringt dir also nichts, falls sich überhaupt jemand für dein Schicksal interessiert.« Mit der linken Hand streicht er sein Haar zurück. »Böse? Warum? Du lügst doch selbst wie gedruckt. *Ich wohne über der Praxis, ein Handy muss reichen*«, wiederholt er ihre Worte. »Lügen, nichts als Lügen. Aber ich bin nicht so blöd wie die anderen, die auf deine Masche reingefallen sind. Du lebst in Schönebeck an der Aue, das weiß ich längst.«

»Du warst das, du wolltest China vergiften«, rutscht es ihr heraus. »Mit dieser präparierten Frikadelle.«

Er lacht, als hätte sie ihm ein Kompliment gemacht. »Richtig. Aber es hat ja nicht geklappt. Jetzt bin ich ganz froh darüber, ihr verzweifeltes Planschen im Swimmingpool muss für dich eine Qual sein.«

Er hat den Hundegurt und die Decke also nur angeschafft, damit sie ihn nicht verdächtigen konnte, am Tod des Hundes schuld zu sein. Bestimmt war er sehr überrascht, die Hündin zu sehen. Jetzt kann sie gar nicht mehr verstehen, warum sie ihn nicht verdächtigt hat. Tatsächlich ist er der einzige Mensch, den sie kennt, der nicht mit China auskommt. China. Warum nur hat sie nicht darauf vertraut, dass ihre Hündin Menschen besser beurteilen kann als sie selbst? Warum ist sie mitgefahren?

Jetzt ist ihr wirklich eiskalt, zumal das Kleid aus Wildseide nur dünne Träger hat und einen tiefen Rückenausschnitt. »Kann ich mir etwas Wärmeres oder wenigstens eine Jacke holen?« Sie bemüht sich, nicht zu unterwürfig zu klingen oder gar zu betteln.

»Auf keinen Fall. Du gefällst mir in dem roten Nuttenkleid. Es passt zu deinem Charakter. Ich will dich genauso sehen, wie du bist.« Seine Stimmung hat sich schon wieder verändert. Er mustert sie voller Abscheu.

Finja muss ihre Fingernägel in die Handballen bohren, um die Fassung zu bewahren. Scheinbar gleichmütig zuckt sie mit den Schultern und achtet darauf, ihren Gesichtsausdruck nicht zu verändern. Sie wird keine Angst zeigen, um ihn nicht damit zu stärken. Was kann sie darüber hinaus tun, damit er wieder zur Vernunft kommt, sie ist doch Therapeutin und müsste mit der Situation umgehen können? *Reden*, denkt sie, *du musst mit ihm reden.* »Was willst du von mir? Warum hast du mich hergebracht?«

»Weil du mich an meine Schwester erinnerst. Sie würde so aussehen wie du, wenn sie noch am Leben wäre.« Sein Blick bleibt an ihrem Körper hängen und er verzieht verächtlich sein Gesicht. »Nein, sie wäre nicht so fett, Annabell war gertenschlank.«

Finja ist nicht fett, wirklich nicht, aber daran sollte sie jetzt keinen Gedanken verschwenden.

»Hier, willst du ein Foto sehen?« Er holt seine Brieftasche hervor und öffnet sie. Das Foto ist abgegriffen. Das strahlende Mädchen darauf hält einen Yorkshireterrier auf dem Arm. Ohne den Hund könnte es sich um ein Jugendfoto von Finja handeln.

Alles ist noch viel schlimmer als gedacht. Sebastian hat sich ganz bewusst in ihr Leben geschlichen, weil sie seiner Schwester so ähnlich sieht. Hinter all dem steckt ein schrecklicher Plan. »Glaubst du, sie wäre damit einverstanden, wie du dich gerade verhältst?«

Für so eine dumme, provokative Frage kassiert sie natürlich eine heftige Ohrfeige. Als sie hinterher mit der Zunge über das Zahnfleisch fährt, schmeckt sie Blut. Was soll sie nur tun, gibt es irgendetwas, das ihre Situation verbessern kann? Einen Kurs mit dem Thema: *Wie entkomme ich einem psychotischen Gewalttäter?* kam in ihrem Studium nicht vor. Finja fühlt sich hilflos und total ausgeliefert.

NIKOLAI

Finjas Handy lässt sich nicht anpeilen. Darüber, was das bedeutet, möchte Nikolai gar nicht erst nachdenken. Jetzt müssen sie ihre Anruflisten anfordern, um zu sehen, wo Finja zuletzt eingeloggt war. Aber das dauert mindestens zwei Stunden. Am Wochenende gibt es überall nur Notfallbesetzungen, die sich nicht so gut mit dem Prozedere auskennen.

Um die Zeit zu überbrücken, ruft er den Vermisstenfall Irina von Weidenholtz auf seinen PC. Vor siebzehn Monaten wurde die Frau vermisst gemeldet, von einer Freundin und nicht von der Familie. Bei einem Gespräch hat ihr Mann den Kollegen einen Abschiedsbrief vorgelegt, in dem sie erklärte, für eine Weile in ihre Heimat zurückzukehren. Sie stammt aus Polen und nicht aus Russland, und der Chauffeur hat tatsächlich ausgesagt, sie mit mehreren Koffern zum Bahnhof gefahren zu haben.

Eine Suche im Netz unter Ronald von Weidenholtz ergibt viele Treffer, darunter ein Hochzeitsbild, das ihn mit einer schlanken blonden Frau zeigt. Vielleicht sollte man die Kollegen in Polen einschalten und klären, ob Irina von Weidenholtz jemals in ihrer Heimat angekommen ist.

Ein lautes Schnaufen reißt Nikolai aus seinen Überlegungen. Jochen lässt sich auf Konstanzes Schreibtischstuhl fallen. »Wir haben was gefunden. Die Familie von Weidenholtz besitzt ein Ferienhaus in Werdum, das liegt in der Nähe von Neuharlingersiel. Ich habe schon mit den Kollegen vor Ort telefoniert. Die kennen das Anwesen. Muss 'ne ziemlich große Kiste sein, umgeben von einer Zweimetermauer, von oben gesichert mit Glasscherben.«

»Das ist doch verboten«, sagt Nikolai müde. »Oder?«

»Ja, aber wenn so was erst mal steht, rührt keine Sau daran. Du weißt ja, wie das ist. In jedem Fall gibt es da eine Alarmanlage, weil der Protzpalast die meiste Zeit leer steht und die Eigentümer Angst vor Einbrechern haben. Jemand hat gestern Nachmittag Herrn von Weidenholtz gesehen, auf dem Beifahrersitz saß eine blonde Frau. Finja, nehme ich an. Die sitzen in dem Haus und wir müssen genau überlegen, wie wir vorgehen.«

»Über die Mauer«, ruft Nikolai aufgeregt. »Wir besorgen uns eine Kletterausrüstung.«

»Damit die Alarmanlage anspringt? Nee. Außerdem liegt Werdum nicht in unserem Zuständigkeitsbereich, wir müssen die Kollegen aus Niedersachsen um Amtshilfe bitten. Ich plädiere dafür, direkt ein SEK anzufordern. In jedem Fall bin ich weit davon entfernt, mich vor Ort als Superman aufzuführen, und du reagierst mir viel zu emotional.« Jetzt grinst er schwach. »Ist Finja wirklich deine Ex? Kommt mir gar nicht so vor.«

»Ein SEK ist doch Mist. Bis alle Anträge genehmigt sind, vergeht eine Ewigkeit und dann müssen sie auch noch eingeflogen werden. In der Zeit kann sonst was passieren.«

»Es gibt keine Alternative. Jetzt verlass dich mal auf einen altgedienten Bullen, der nicht persönlich involviert ist. Wir brauchen Leute, die eine Alarmanlage entschärfen können und wissen, wie man ungesehen auf so ein Gelände kommt, mit anderen Worten: ein gut eingespieltes SEK-Team mit der entsprechenden Ausrüstung. Das ist die einzige Chance, die Finja hat. Glaub mir.«

»Dann sollten wir schon mal rauskriegen, wer die Alarmanlage eingebaut hat, und fragen, wie man das Ding entschärfen kann.«

FINJA

»Guck mal, Annabell, ich hab draußen eine Kamera angebracht. Willst du sehen, wie der Hund sich abmüht?«

Er ist völlig neben der Spur, nennt sie beim Namen seiner Schwester und merkt es nicht einmal.

Finja liegt auf dem Bett in Annabells Zimmer, in Unterwäsche, weil er das so verlangt hat. Auf einem Monitor kann sie sehen, wie China verzweifelt versucht, aus dem Wasser zu kommen. Ihr Herz bricht bei dem Anblick der vergeblich kämpfenden Hündin. »Was soll ich tun, damit du sie aus dem Wasser holst?«

»Gute Frage, du weißt doch, was ich will.«

»Okay, dann mach es einfach.«

»Später. Du kannst ihr ja noch ein wenig zusehen.«

Er geht einfach aus dem Zimmer und schließt die Tür von außen ab. Und ihr will partout keine Lösung einfallen, wie sie sich und den Hund retten könnte.

Es gibt hier keine Waffe, mit der sie ihn angreifen könnte, es sei denn, sie wäre stark genug, mit bloßen Händen die Möbel zu zerlegen, um so an eine Holzlatte zu gelangen. Aber das schafft sie nicht. Seit einer halben Stunde weiß sie, dass eine

Flucht nicht möglich ist, weil das Fenster sich nicht öffnen lässt. Sie befindet sich völlig in seiner Gewalt.

Aber aufgeben wird sie nicht. Gerade ist ihr eingefallen, dass sich eine Nagelschere in ihrer Kulturtasche befindet. Vielleicht gelingt es ihr, ihn damit außer Gefecht zu setzen. Einen Versuch ist es wert. Ihr Vater hat immer gesagt, dass die Augen eines Menschen seine empfindlichste Stelle sind. *Wenn es um Leben und Tod geht, musst du versuchen, deinen Gegner an den Augen zu verletzen, egal womit, notfalls mit dem ausgestreckten Zeigefinger.*

Vor ihrem inneren Auge entsteht das Bild einer wild entschlossenen Finja, die ihrem Gegner, ohne zu zögern, die Nagelschere ins Auge rammt, und der Gedanke lässt sie wieder Mut fassen. Sie rollt sich vom Bett und stürzt ins Bad. Ein kurzer Blick reicht aus, um festzustellen, dass die Kulturtasche verschwunden ist. Er hat sie weggenommen, das weiß sie sofort. Dennoch muss sie beinahe zwanghaft danach suchen, alle Schranktüren aufreißen, die Reisetasche durchwühlen, sogar unter dem Bett nachsehen. Das Ergebnis ist niederschmetternd, hier gibt es nichts, das sie als Waffe einsetzen könnte.

Finja ist zu erschöpft, um ein weiteres Mal in Tränen auszubrechen, das würde nur unnötige Kraft verbrauchen. Stattdessen stößt sie unflätige Flüche aus. Vermutlich fühlt Sebastian sich nicht mal von ihr bedroht. Er hat alle spitzen und scharfen Gegenstände aus ihrer Reichweite entfernt, damit sie sich nicht selbst töten kann. Wie Annabell. Sie ist seine neue Annabell, und er passt auf, dass sie ihm nicht entkommen kann, nicht mal durch den Tod. Das also hatte der Abschiedsbrief zu bedeuten: *Ich gehöre mir selbst und mein Tod ist der einzige Weg zu entkommen.*

Jetzt weiß sie, was damals passiert ist. Sebastian hat seine Schwester über ihren Hund gefügig gemacht, weil er Sex mit ihr wollte. Wahrscheinlich war sie wie erstarrt vor Angst um den Hund und Ekel vor ihrem Bruder. Dieses Gefühl der absoluten

Macht über eine Frau hat ihm gefallen und ist mit den Jahren zu seiner sexuellen Präferenz geworden.

Seiner Ehefrau, über die er nicht gern spricht, ist es nicht gelungen, seine Vorstellung zu erfüllen. Vielleicht hat sie es sogar versucht, doch es hat nicht funktioniert. Er fand ihre Geräusche abstoßend. Nach der Trennung muss irgendwann der Wunsch entstanden sein, Sex mit einer Frau zu haben, die tatsächlich tot ist. Es wird eine Weile gedauert haben, bis er so weit war, dieses Kopfkino in die Tat umzusetzen, aber die Trennung liegt ja auch schon ein Jahr zurück. Allerdings haben ihn die Leichen nicht so angemacht, wie er es sich ausgemalt hat. Es kam zu keiner Erektion. Er musste Gegenstände zu Hilfe nehmen, aber das ist nicht das Gleiche. Jetzt hofft er wahrscheinlich, dass eine neue Annabell seine erektile Störung wieder beheben kann. Eine neue Annabell, die aus Angst um ihren Hund all seine Wünsche erfüllen wird. Sie selbst ist seine neue Annabell, o Gott, wie soll sie das überstehen.

Ganz automatisch fällt ihr Blick auf den Monitor, China bewegt sich kaum noch, sie will aufgeben. *Halt durch, Dicke,* fleht sie wortlos. *Bitte, lass mich nicht im Stich. Wir kommen hier irgendwie raus.*

NIKOLAI

»Das Einsatzkommando ist schon in der Luft, sie fliegen direkt nach Werdum. Wir haben die Firma ausfindig gemacht, die die Alarmanlage eingebaut hat. Die Pläne werden gerade übermittelt. In dem Haus scheint sich nicht viel zu tun, die Kollegen vor Ort sind schon anwesend. Viel können sie nicht sehen, wegen der Mauer, aber der Gesuchte muss sich drinnen befinden. Einer der Nachbarjungs ist stolzer Besitzer von einer dieser albernen Drohnen, er hat sie aufsteigen lassen. Sieht so aus, als würde euer Hund im Swimmingpool paddeln.«

»Was?«, fragt Nikolai erschrocken.

»Ich sagte, da schwimmt ein brauner Hund im Swimmingpool und es sind keine Leute zu sehen.«

Ein Pool bedeutet gechlortes Wasser, nicht gerade das richtige Element für einen Hund, auch wenn es sich um einen Labrador handelt, der ursprünglich für die Jagd auf Wassergeflügel gezüchtet wurde. Finja würde China nie erlauben, in Chlorwasser zu schwimmen, schon gar nicht, wenn sie nicht dabei ist.

FINJA

Sebastian ist zurück, in der rechten Hand eine Flasche Champagner, in der linken zwei Gläser. Sein erster Blick gilt nicht Finja, sondern dem Monitor, und das, was er dort sieht, lässt ihn strahlen. »Wir machen uns heute einen schönen Fernsehabend. Der Hund quält sich und wir schauen ihm dabei zu. Aber du weißt ja, wie du ihn retten kannst.«

»So wie Annabell Molly gerettet hat?« Das hätte sie nicht sagen sollen, es ist ihr einfach rausgerutscht und sie würde sich am liebsten die Zunge abbeißen dafür.

Seine eben noch positive Stimmung kippt augenblicklich ins Gegenteil. »Kein Wort über Annabell«, herrscht er sie an. »Du hast sie nicht gekannt.«

Vielleicht gelingt es ihr, ihn wieder zu versöhnen. »Du hast sie sehr geliebt, nicht wahr?«

Sie kann sehen, wie es hinter seiner Stirn arbeitet; er überlegt, ob sie ihre Worte ernst meint.

»Natürlich hast du sie geliebt. Auch nach zwanzig Jahren gelingt es dir nicht, über ihren Tod hinwegzukommen.« Verzweifelt bemüht Finja sich, wie seine Therapeutin zu reden, kompetent, ruhig und überlegt.

Er zuckt müde mit den Schultern. Zögernd nähert er sich dem Bett. Er stellt den Champagner und die Gläser auf den Nachttisch und legt ein großes Messer daneben. Ihr Herz gerät ins Straucheln, und sie wagt nicht, sich zu bewegen. Das Messer steht für ihren Tod, das begreift Finja sofort. Wie oft musste Annabell das erdulden und wie oft wird sie es aushalten müssen. Sie ist nicht so naiv zu glauben, dass sie morgen Abend zurückfahren werden, so als wäre nichts passiert. Das kann Sebastian sich nicht erlauben. Und wenn sie diesen Gedanken zu Ende denkt, ist sie eigentlich schon tot, genau wie ihr Hund. Sie sollte nach dem Messer greifen und es einfach in ihr Herz stoßen. Ein letzter Akt von Selbstbestimmung. Aber zwischen ihr und der Waffe hat Sebastian sich jetzt auf dem Bett ausgestreckt, und er würde nicht zulassen, dass sie das Messer in die Finger bekommt.

Bislang hat Finja sich für eine gute Therapeutin gehalten, doch bei Sebastian stößt sie an ihre Grenzen. Sie kann ihn nicht heilen, nicht hier und unter diesen Voraussetzungen. Sie kann nur versuchen, ihren Tod hinauszuzögern, und darauf hoffen, dass Konstanze sich über ihre WhatsApp wundert, sich mit Nikolai in Verbindung setzt und Nikolai auf die Idee kommt, den Mann zu überprüfen, mit dem sie unterwegs ist. Wenn er Finja liebt, müsste er doch spüren, dass sie sich in Gefahr befindet. Andererseits hat sie am Donnerstagabend noch mal deutlich gemacht, dass es endgültig aus ist. Ein Mann wie Nikolai läuft nicht wochenlang einer Frau hinterher, dafür ist er viel zu stolz.

Es gibt nur eins, das sie tun kann, um ihre Lebenszeit zu verlängern; es ist hässlich und widerwärtig, und sie könnte allein bei der Vorstellung kotzen, aber es ist ihre einzige Chance, um noch ein wenig weiterzuleben, die Chance zu wahren, dass jemand kommt und sie rettet. Sebastian will eine Frau, mit der er seine spezielle Art von Sex haben kann, und sie muss diese

Frau sein. Sie versucht sich einzureden, dass es nicht so schlimm sein wird, wenn sie sich dabei totstellt, so wie Annabell es getan hat.

»Lass uns anfangen. Ich werde keinen Ton von mir geben.«

Sie hat keine Ahnung, wie sein unwilliges Knurren zu deuten ist, und beschließt, gar nicht darauf zu reagieren. In ihrem ganzen Leben hat Finja noch nie versucht, einen Mann zu verführen, und wahrscheinlich stellt sie sich total blöd dabei an. Aber ihr Leben hängt davon ab. Ganz langsam hebt sie die linke Hand, fährt mit dem Zeigefinger unter den Träger ihres Büstenhalters und zieht ihn im Zeitlupentempo von der Schulter. »Komm her«, gurrt sie und spitzt die Lippen.

Er kommt wirklich näher, aber nur, um sie zu ohrfeigen. »Das hätte Annabell nie getan!«, keift er und boxt gegen ihre linke Brust.

Der Schmerz ist unbeschreiblich und Tränen schießen ihr in die Augen. »Entschuldigung, aber ich hab solche Angst«, schluchzt sie.

Aber das reicht ihm nicht. Er zerrt sie vom Bett, wirft sie auf den Boden und tritt mit den Füßen gegen ihre Rippen, wieder und immer wieder. Finja schreit um Hilfe, sie kann nicht anders, auch wenn ihr Kreischen seine blinde Raserei nur noch anfeuert. Es ist, als hätte sie mit ihrem Verhalten eine Bombe zur Detonation gebracht. Blind vor Wut tritt er gegen alle Körperteile, die er erreichen kann, Rippen, Unterleib, Beine, einmal trifft er das Kinn. Sie kneift die Augen zusammen und versucht, ihr Gesicht mit den Händen zu schützen, gleichzeitig meint sie zu spüren, wie ihre Knochen brechen.

Und dann hält er mitten in der Bewegung inne und schnappt nach Luft. »Das kann doch nicht …«, keucht er. »Verdammt.«

Vorsichtig öffnet sie die Augen und folgt seinem Blick, der auf den Monitor gerichtet ist. Jemand gleitet ins Wasser und packt den Hund am Nackenfell, ein dunkelhaariger Mann mit nacktem Oberkörper und einer kleinen Tätowierung auf dem rechten Oberarm, einem verschnörkelten F, aber das weiß nur Finja, weil sie das Tattoo kennt. Nikolai. Gleichzeitig tauchen am Rand des Pools die Unterkörper von schwarz gekleideten Gestalten in Springerstiefeln auf, die sich zielstrebig von rechts nach links bewegen, also in Richtung Haus. Das Messer auf dem Nachttisch fällt ihr ein, das er einsetzen wird, wenn er sich bedroht fühlt. Es bleiben nur zwei Sekunden, um zu reagieren, ein Wimpernschlag, um vielleicht davonzukommen.

KONSTANZE

Jochen und Nikolai sind irgendwo an der Nordsee, um dabei zu sein, wenn ein SEK aus Hannover das Haus stürmt, in dem der Mann, der vielleicht der gesuchte Drosselmörder ist, Finja gefangen hält. Keiner hier spricht aus, was alle befürchten, dass sie zu spät kommen und er Finja bereits umgebracht hat.

Zwei Kollegen vom Landeskriminalamt haben die Vernehmung von Adam und Luna übernommen. Florian ist nicht erfahren genug für diese Aufgabe und Konstanze zu befangen.

Eine Weile hat sie einfach nur auf ihren leeren Monitor gestarrt, dann hat sie ihre Sachen gepackt und ist nach Hause gefahren. Sie muss jetzt etwas essen, das Loch, das sich gerade in ihrem Inneren auftut, mit etwas füllen. Süß muss es sein und klebrig. Sie entscheidet sich für ein Brot mit Erdbeermarmelade, so dick aufgestrichen, dass sie beim Essen über ihr Kinn läuft. Aber das ist gerade richtig, so muss sie sich jetzt trösten. Die Marmelade ist ein Geschenk von ihrer Mutter. Obwohl sie Diabetikerin ist, kocht sie immer noch für ihr Leben gern Marmelade – zum Verschenken. Im Keller steht eine ganze Auswahl. Die Erdbeermarmelade ist Konstanze allerdings immer noch die liebste, eine Erinnerung an ihre Kindheit.

Heute reicht ein Brot nicht, es müssen zwei sein und hinterher fehlt ein Drittel im Glas.

Jetzt erst gestattet sie sich, über das nachzudenken, was heute passiert ist. *Ich habe niemanden getötet, ich hoffe, das weißt du*, hat Adam gesagt, und sie spürt, dass sie ihm glauben möchte. Die Vorstellung, dass ihr Ehemann bei einer wildfremden Frau klingelt und aus nichtigen Gründen ein Messer in ihren Körper rammt, ist vollkommen absurd. Adam mag unglücklich gewesen sein an ihrer Seite, nach Anerkennung gelechzt haben und dabei auf diese schrille Luna gestoßen sein, doch das macht ihn nicht zum Mörder.

Das Telefon klingelt. Die Klinik. »Hallo?«

»Mama, hier ist Marius. Ich wollte sagen, dass es mir leidtut. Ich weiß auch nicht, warum ich so sauer auf dich war. Können wir nicht wieder normal miteinander reden? Bitte.« Es hört sich an, als würde er gleich losheulen.

»Soll ich kommen?«

»Ja. Bringst du mir was Anständiges zu essen mit? Einen Cheeseburger von Mäckes?«

»Okay.«

Nach dem Handy fragt er nicht, er traut sich wohl nicht. Sie steckt es trotzdem ein.

Unterwegs erreicht sie ein Anruf aus dem Präsidium. Adam und Luna haben ein Alibi für die Tatzeit, hieb- und stichfest. Sie waren in Bremerhaven auf der Vernissage einer Fotografin, die mit Luna befreundet ist. Es gibt Fotos im Netz, auf denen die beiden zu sehen sind, und die Künstlerin hat am Telefon bestätigt, dass Raphael und Luna bis zum Schluss da waren und erst gegen halb elf gemeinsam in Lunas Fiat nach Hause gefahren sind. Unterwegs wurden sie sogar geblitzt. Der Bußgeldbescheid ist noch nicht da, aber sie können den entsprechenden Vorgang samt Foto gleich am Montagmorgen bei der Bußgeldstelle anfordern.

Bea Kerber ist gegen elf gestorben und die Fahrt von Bremerhaven zur Wohnung der Fotografin dauert mindestens vierzig Minuten. Adam kommt als Mörder nicht länger in Betracht. Es dauert einen Moment, bis diese Erkenntnis in ihr Bewusstsein eindringt und sie begreift, dass sie mit einem blauen Auge davongekommen ist. Nichts wird so sein wie vorher, aber das Schlimmste ist nicht eingetreten, der Vater ihres Sohns ist kein Mörder. Jetzt erst merkt sie, wie verkrampft ihre Körperhaltung ist, weil sie seit Tagen versucht, nicht die Fassung zu verlieren. Blind vor Tränen steuert sie den Straßenrand an und stellt den Motor ab. »Lieber Gott, danke«, schluchzt sie, weil sie nicht weiß, an wen sie ihren Dank sonst richten soll.

FINJA

Sie rollt sich unter das Bett und robbt bis ganz nach hinten an die Wand. Mit beiden Händen umklammert sie den Bettpfosten in der hinteren Ecke. Dann dreht sie ihren Körper so, dass er diagonal liegt, Kopf und Oberkörper in der sicheren Ecke, geschützt durch zwei Wände und von oben durch Lattenrost und Matratze. Beine und Füße zieht sie in Embryonalstellung an den Körper. Der Abstand zwischen Fußboden und Lattenrost beträgt höchstens zwanzig Zentimeter, und Sebastian kann sie nur erreichen, wenn er sich auf den Bauch legt und an ihren Beinen zerrt oder zu ihr unter das Bett kriecht. In diesem Fall sollten ihre angezogenen Beine die lebenswichtigen Organe schützen. Finja kann nur hoffen, dass der überstürzt gefasste Plan wirklich funktioniert.

»Komm raus!«, brüllt er, ohne sich Gedanken darüber zu machen, dass er dem SEK-Beamten damit seinen Aufenthalt verrät. »Komm raus, du Miststück.«

Er lässt sich auf die Knie fallen, legt den Kopf auf den Boden und streckt die Arme aus. Wie befürchtet, kriegt er eines ihrer Fußgelenke zu fassen und zerrt daran. Sein Plan lautet, Finja unter dem Bett hervorzuholen, um sie mit dem Messer zu attackieren. Ihr Plan lautet, genau das zu verhindern. Sie wird den Bettpfosten nicht loslassen, egal, wie Sebastian an ihr herumreißt, weil ihr Überleben davon abhängt. Sebastian will sie töten. Wenn sie das hier lebend übersteht, hat sie ihn besiegt, und das lässt seine kranke Weltsicht nicht zu. Das Bett schrammt ein paar Zentimeter über den Boden, und Finja ist sicher, dass die Polizisten das Geräusch von unten hören können.

»Hier ist die Polizei. Das Gebäude ist umstellt, kommen Sie mit erhobenen Händen raus!«

»Vorher stirbt die Frau! Ich hab nichts mehr zu verlieren!«

»Ihr müsst reinkommen, sofort!« Sie erkennt ihre eigene Stimme nicht wieder, sie ist mindestens eine Oktave zu hoch und klingt total hysterisch. »Schnell!«

Wenn sie Schuhe anhätte, könnte sie mit dem anderen Fuß nach ihm treten, aber Finja ist barfuß und kann nicht verhindern, dass er das Messer in ihre Wade rammt. Es tut weh, unbeschreiblich weh; obwohl ihre Augen geschlossen sind, sieht sie vor sich eine glühendrote Wand.

»Raus da«, knurrt er. Und dann zieht er das Messer mit einem Ruck heraus und stößt es erneut in ihr Fleisch.

Ich muss still sein, denkt sie, *wenn ich schreie, werden die Polizisten zögern und ihren Plan ändern.* Aber sie kann nicht anders, sie stößt einen gellenden Schrei aus.

Irgendwas detoniert mit einem lauten, trockenen Knall, die Tür fliegt auf, es knallt erneut, gleichzeitig wird es so hell, als hätte mitten im Zimmer ein Blitz eingeschlagen, eine Blendgranate.

Finja hört laute Männerstimmen, die Sachen brüllen wie: »Weg von der Frau! Hände auf den Rücken! Zielperson ist hier! Sicher, ihr könnt rein!« Das Bett wackelt, Sebastian stößt rüde Flüche aus, und sie heult auf, weil sie noch lebt. Dann wird alles schwarz.

KONSTANZE

Entschlossen reißt Konstanze die Tür zu ihrem Büro auf. »Wenn Adam unschuldig ist, muss Tim Kerber seine Schwester erstochen haben!«

Florian, der gerade irgendwas in seinen Computer tippt, schaut erstaunt hoch. Wahrscheinlich wundert er sich über ihren Elan, aber gerade könnte sie Bäume ausreißen.

»Ich freut mich schon darauf, das kleine Arschloch in die Mangel zu nehmen.« Sie lacht. »Zuerst brauchen wir einen Beschluss von der Staatsanwaltschaft, damit die Kriminaltechnik das Haus der Kerbers auf den Kopf stellen kann. Dass wir bei der ersten Hausdurchsuchung nichts gefunden haben, muss ja nicht heißen, dass es nichts zu finden gibt. Vielleicht hat er die Tatwaffe im Garten vergraben.«

»Aber sein Wagen ist sauber, genau wie der seines Vaters«, wirft Florian ein.

»Weiß ich. Aber wer sagt uns, dass der Wagen, den Finja gehört haben will, von dem Täter gefahren wurde. Die Straße ist sehr befahren, ein paar Häuser weiter liegt ein Imbiss. Vielleicht ist zur Tatzeit jemand dort weggefahren.«

»Und Tim Kerber war nicht mit dem Auto, sondern mit dem Rad da. Warum nicht. Und das Messer hat er unterwegs einfach von der Lesumbrücke geworfen.«

»Gute Idee!«, ruft Konstanze und meint das ganz ehrlich. »Wir brauchen Taucher. Das kannst du schon mal veranlassen. Und ich fahre jetzt zu McDonald's und kauf ein Happy Meal für meinen Sohn. Später melde ich mich noch mal. Hast du was von Nikolai gehört?«

Nikolai. Daran, was er gerade durchmacht, möchte sie am liebsten gar nicht denken. Sie wünscht ihm von Herzen, dass für ihn alles so gut ausgeht wie für sie selbst, weiß aber nicht, ob sie wirklich daran glauben kann.

»Nee. Ich weiß nur, dass die Aktion läuft. Ein SEK aus Hannover ist vor Ort und Jochen und Nikolai dürfen nur zugucken.«

FINJA

Als Finja die Augen wieder öffnet, beugt sich ein Mann in einem schwarzen Overall über ihren Körper, ein anderer beschäftigt sich mit ihrem Bein. Beide tragen eine Sturmhaube, den Helm haben sie abgelegt.

Jetzt zieht einer von ihnen die Maske vom Kopf. Er ist älter, als sie dachte. »Wie geht es Ihnen? Sie brauchen keine Angst mehr zu haben, der Täter befindet sich in Gewahrsam.«

»Ich habe Schmerzen«, sagt sie wahrheitsgemäß.

»Kann ich mir vorstellen. Der Notarztwagen steht schon bereit. Ich veranlasse jetzt, dass Sie abgeholt werden.« Er beugt sich zur Seite und spricht in ein Funkgerät

Finja liegt immer noch in der Zimmerecke. Das Bett haben die Polizisten offenbar beiseitegehoben, um sie nicht an den Beinen darunter hervorziehen zu müssen. Das Atmen fällt ihr schwer, und sie erinnert sich, wie Sebastian, rasend vor Wut, gegen ihre Rippen getreten ist. Aber daran stirbt man nicht.

Ihr Blick irrt durch das Zimmer, sie sieht nur Männer in voller Kampfmontur. »Wo ist Nikolai?«, fragt sie. »Hauptkommissar Nikolai König von der Kripo Bremen?«

Der Mann, der seinen Funkspruch abgesetzt hat, grinst. »Ihr Freund? Der durfte nicht mit hoch. Wir arbeiten grundsätzlich allein. Er kümmert sich draußen um den Hund.«

Ihr Hund, wie kann sie nur ihren Hund vergessen. »Wie geht es China? Sie lebt doch?«

»Kann ich nicht sagen. Seit wann schwimmt sie schon um ihr Leben?«

»Schon ewig«, flüstert sie. »Stunden.«

»Ich habe mitbekommen, dass Ihr Freund einen Tierarzt herbestellt hat.«

Der Notarzt unterbricht das Gespräch. Nach einer kurzen Untersuchung erklärt er, dass sie nicht lebensbedrohlich verletzt und damit transportfähig ist. Die Stichwunden am Bein werden verbunden, müssen aber in der Klinik genäht werden. »Meine Kollegen werden Sie außerdem röntgen und den Bauchraum per Ultraschall auf innere Verletzungen untersuchen.«

Auf einer Trage verlässt sie wenig später den Eispalast. Draußen kniet Nikolai neben China, über deren Körper jemand eine Rettungsdecke aus goldglänzender Folie gelegt hat. Er sieht sehr besorgt aus, und für einen Moment ist Finja überzeugt, dass ihre Hündin tot ist. Dann aber sieht sie die Schwanzspitze, die unter der Decke hervorlugt und sich zaghaft bewegt, als wolle China trotz ihres schlechten körperlichen Zustandes zeigen, wie froh sie ist, dass einer von ihren Leuten sie aus dem Wasser gezogen hat und jetzt bei ihr ist.

Als er die Trage bemerkt, springt Nikolai sofort auf. Mit wenigen Schritten ist er an ihrer Seite und greift nach ihrer Hand. Solange sie zusammen sind, hat Finja noch nie erlebt, dass Nikolai weint. So wurde er erzogen, in seiner Familie zeigen Männer ihre Gefühle nicht, schon gar nicht vor anderen. Doch als er sie jetzt anschaut, versagt ihm die Stimme und er schluchzt trocken auf. »Mein Gott …« Er beugt sich vor und berührt mit den Lippen ihre Wange. »Ich hab Annika angerufen, sie kommt mit Hannes vorbei, um China abzuholen. Die müssten jeden Moment eintreffen. Ich fahre mit ihnen zurück nach Bremen. Wenn die mich heute Nacht nicht mehr in die Klinik lassen, ruf ich dich an.«

»Ich hab kein Handy.«

Ohne zu zögern, angelt er sein Smartphone aus der Hosentasche. »Nimm meins. Ich leih mir ein Telefon von Hannes. Morgen früh tauschen wir.«

***

Hämatome am ganzen Körper, Prellung der linken Niere, zwei gebrochene Rippen, zwei Stichwunden in der linken Wade, aber keine lebensgefährlichen Verletzungen. Hinter Finja liegt ein Untersuchungsmarathon, doch sie wehrt sich gegen den Schlaf aus Angst vor dem, was sie träumen könnte.

Sie ist gerade ein wenig weggedämmert, als die Tür leise aufgeht und Licht in das Zimmer fällt. Die Krankenschwester schleicht an ihr Bett. »Ihr Mann ist da. Wollen Sie mit ihm reden?« Hinter ihr kann Finja den Umriss von Nikolais großer Gestalt erkennen.

Als sie nickt, lässt die Schwester ihn eintreten. »Aber nur kurz, das hab ich Ihrem Mann auch schon gesagt Sie brauchen jetzt Ruhe.«

»Ich musste das sagen, sonst hätten sie mich nicht um zwei Uhr in der Nacht reingelassen.«

Finja hat keine Ahnung, wie viele Tränen sie in den letzten Monaten vergossen hat, aber dieses Mal weint sie vor Erleichterung und Glück. Sie hat überlebt, und ihre gemeinsame Geschichte fängt noch mal von vorn an, nicht mehr so leicht und unbeschwert wie vor fünf Jahren, aber mit ganz viel Liebe.

Er holt sich den Stuhl, der am Fenster steht, stellt ihn vor das Bett und setzt sich. »China ist total erschöpft, aber sie wird sich erholen. Morgen kann ich sie mitnehmen, hat Annika gesagt. Hier, ich hab ein Foto für dich gemacht.«

Manchmal behält Annika Tiere, denen es besonders schlecht geht, über Nacht in der Praxis. Dort gibt es einen entsprechend großen Käfig. China darf mitten in Annikas Wohnzimmer liegen, auf einer rot gestreiften Wolldecke.

Ganz behutsam tastet Nikolai mit den Fingerspitzen ihr Gesicht ab, die Wangen, die aufgesprungenen Lippen und den Unterkiefer, der angeschwollen ist und schmerzt, dann schlägt er die Decke zurück und schiebt ihr OP-Hemd nach oben. Die Blutergüsse, die ihren Körper bedecken wie eine Landkarte der Grausamkeiten, lassen ihn aufstöhnen.

»Nicht so schlimm, ich lebe ja noch«, flüstert sie.

Heute Nacht fehlt ihr die Kraft zu erzählen, was passiert ist, sie ist einfach nur froh, in Sicherheit zu sein, zu wissen, dass sie keine schwerwiegenden Verletzungen davongetragen hat und bald nach Hause darf und dass Nikolai dort sein wird. Sie weiß nicht, wie er sie gefunden hat, aber sie weiß, dass sie ihm ihr Leben verdankt.

»Alles wieder gut?«, murmelt Nikolai und sie kann nur nicken und ihren Kopf auf seine Schulter legen.

So bleiben sie sitzen, bis die Nachtschwester erklärt, jetzt sei es wirklich genug.

»Okay, lass uns noch schnell die Handys tauschen, damit niemand dich morgen früh wachklingelt. Dann fahre ich nach Hause und geh schlafen«, sagt Nikolai, und Finja weiß, dass er von ihrem Haus redet, von ihrem Bett, und sie wünschte, er könnte sie mitnehmen.

NEUN MONATE SPÄTER

»Komm, das muss nicht mit.« Entschlossen greift Konstanze in den Umzugskarton und holt eine gelbe Plastikfigur heraus. »Du willst mir doch nicht erzählen, dass ein Fünfzehnjähriger noch mit Transformers spielt, oder?«

Marius grinst peinlich berührt. »Nee, das nicht gerade, aber …« Dann gibt er sich einen Ruck. »Okay, du hast recht, den brauch ich nicht mehr. Den kann Leo auch haben.« Leo ist fünf und wohnt drei Häuser weiter. Alle Spielsachen, die heute aussortiert werden, soll er bekommen.

Das Haus ist verkauft und der Umzugswagen ist für den nächsten Tag bestellt. Nach allem, was passiert ist, wollte Marius auf gar keinen Fall in Bremen bleiben. Er hat sie geradezu angefleht, sich anderswo um eine Stelle zu bewerben, und so wird ihr Weg sie nach Göttingen führen, wo niemand ihre Geschichte kennt und er seinem Vater nicht auf der Straße begegnen kann.

Adam wird sich demnächst vor Gericht verantworten müssen, Anstiftung zum Mord, lautet die Anklage, aber Jochen meint, dass er mit viel Glück davonkommen könnte. Doch egal, wie der Prozess auch ausgehen mag, vor seiner Verantwortung kann er nicht davonlaufen, seine Schuld wird ihn bis ans Ende seiner Tage begleiten. Durch seine Geltungssucht ist ein unfertiger junger Mensch zum Mörder geworden.

An Tim Kerbers Schuld besteht kein Zweifel. Die Tatwaffe wurde in der Lesum gefunden, unterhalb der Brücke, die er auf dem Rückweg von Beas Haus überqueren musste. Das Messer war nagelneu, ein sogenanntes Pfadfindermesser mit einer fünfzehn Zentimeter langen Klinge. Er hatte es wenige Stunden vor der schrecklichen Tat in einem Waffengeschäft in der Nähe des Bahnhofs gekauft und der Inhaber konnte ihn zweifelsfrei identifizieren. Am Griff ließen sich Spuren von Bea Kerbers Blut nachweisen. Als die Verhörexperten Tim in die Mangel genommen haben, ist er sehr schnell zusammengebrochen und hat gestanden.

In erster Instanz wurde er zu einer lebenslangen Freiheitsstrafe verurteilt. Seine Eltern sind sofort in Revision gegangen. Der zweite Prozess ist für den Sommer angesetzt. Konstanze kann sich allerdings nicht vorstellen, dass das Urteil milder ausfallen wird. Der Kauf des Messers ist der Beweis, dass der junge Mann die schreckliche Tat vorsätzlich geplant hat. Obwohl ein Psychologe ihm eine unreife Persönlichkeitsstruktur bescheinigt hat, besteht kein Zweifel an seiner Schuldfähigkeit.

Die Kerbers haben sich in ihrem Kummer völlig zurückgezogen. Jeder, der etwas dazu beigetragen hat, dass Tim verhaftet wurde, ist jetzt ihr Feind, vor allem natürlich die Polizei und die Staatsanwaltschaft, die nicht verstehen wollen, dass der wahre Schuldige Adam Schaffer heißt. Er hat ihren labilen Sohn zu der schrecklichen Tat verführt. Ein wenig kann Konstanze die beiden sogar verstehen.

Es muss entsetzlich sein, zuerst die Tochter zu verlieren und dann auf diese entsetzliche Art und Weise auch noch den Sohn. Vermutlich kann ihr Leben nur weitergehen, solange es ihnen gelingt, Tim nicht als Mörder, sondern als Opfer zu sehen.

Ronald von Weidenholtz wurde vor wenigen Tagen in einem spektakulären Prozess mit hoher Medienaufmerksamkeit zu einer lebenslangen Freiheitsstrafe mit anschließender Sicherheitsverwahrung verurteilt. Auf dem Grundstück in Werdum hat man kurz nach seiner Verhaftung die Leiche seiner Ehefrau gefunden, erdrosselt und vergraben. Fünf Opfer sind bis jetzt bekannt, und zurzeit werden weitere Vermisstenfälle überprüft, nicht nur hier, sondern auch im Großraum Stuttgart. Dort hat er zehn Jahre gelebt, bevor er nach Bremen zurückkehrte, um die Firmenleitung zu übernehmen.

Während der Verhandlung hat Ronald von Weidenholtz seine Verbrechen nicht geleugnet, im Gegenteil, sein zynisches Lächeln, während die Taten im Detail geschildert wurden, machte deutlich, wie stolz er darauf war, die Polizei so lange beschäftigt zu haben. Als Mensch ohne jedes Unrechtsbewusstsein scheint er keine Reue empfinden zu können. In seinem eigenen Wertesystem bleibt er immer der Gewinner.

Adam und Luna sind immer noch zusammen, ein schräges Paar, das alle gesellschaftlichen Zwänge über Bord geworfen hat. Manchmal sieht sie die beiden in der Stadt, wo sie Flyer verteilen. Demnächst wollen die beiden eine ganze Woche unter freiem Himmel in Sperrmüllmöbeln leben, unter den Augen der Bremer Öffentlichkeit. Was das mit Kunst zu tun haben soll, will sich Konstanze nicht erschließen, und sie verspürt auch wenig Lust, sich damit auseinanderzusetzen. Sosehr sie sich auch bemüht, sie kann den Vater ihres Sohnes nicht mehr ernst nehmen. Und Marius geht es genauso. Er lehnt jegliche Treffen ab, obwohl Adam ihn immer wieder anruft und ihn zu irgendwelchen komischen Events einlädt. Adam will nicht begreifen, dass Marius keiner ist, der gern auffällt. Und mit so einem Vater fällt er ganz automatisch auf.

Ebendeshalb ziehen sie nach Göttingen, in eine Vier-Zimmer-Altbauwohnung mit Südbalkon und ohne Garten.

Konstanze hat eine Stelle bei der Kripo gefunden, im Dezernat für Jugendkriminalität.

So merkwürdig es auch erscheinen mag, sie vermisst Adam nicht.

***

In diesem Jahr will der Winter einfach nicht weichen. Daran, dass es Ende März schon mal so heftig geschneit hat, kann die alte Frau auf dem Friedhof sich nicht erinnern. Sie beugt sich über den Grabstein ihres Mannes und fegt mit einem Tuch den Schnee herunter, was überhaupt keinen Sinn ergibt, weil sich bereits neue Schneeflocken auf dem schwarzen Granit sammeln. Eigentlich wollte sie gerade nach Hause gehen, um sich mit einer Kanne Tee wieder aufzuwärmen, aber dann hat sie den Mann, die junge Frau und den braunen Hund gesehen und beschlossen, noch ein wenig zu bleiben. Und damit die beiden nicht merken, dass sie beobachtet werden, wischt sie einfach weiter an dem Stein herum.

Das Paar besucht manchmal das Grab der jungen Frau, die im letzten Jahr von ihrem Bruder getötet wurde, eine schreckliche Geschichte. Der Mann sieht aus, als käme er aus Russland, so wie ihr Nachbar, der könnte glatt sein Bruder sein, und es ist schön anzugucken, wie liebevoll er die blonde Frau behandelt, so als wäre sie für ihn das Kostbarste auf der Welt.

Beim letzten Mal hat sie schon bemerkt, dass sich ein Bäuchlein unter dem Wintermantel abzeichnet und heute sieht man es noch deutlicher. Die beiden bekommen ein Kind und scheinen sich sehr darüber zu freuen. Immer wieder streichelt sie über ihren Bauch und manchmal legt er seine Hand über ihre, und bei dem Anblick wird der alten Frau trotz der Kälte ganz warm um Herz, weil es einfach ein großes Glück ist, wenn zwei Menschen sich so lieben. Für einen Moment kommt ihr der verrückte Gedanke, dass die beiden, wenn sie nur lange genug dort stehen bleiben würden, sogar den Schnee zum Schmelzen bringen könnten.

Die junge Frau hat eine weiße Rose mitgebracht, bestimmt mit Wachs überzogen, damit sie nicht gleich kaputtfriert. Sie legt die Blume auf das Grab und weint dabei. Ihr Mann umarmt sie und redet leise auf sie ein.

»Komm jetzt, du frierst«, hört sie ihn sagen.

Eng umschlungen verschwinden sie in der Dämmerung hinter einer Wand aus weißen Schneeflocken.

13059110R00247

Printed in Germany
by Amazon Distribution
GmbH, Leipzig